Knaur.

Im Knaur Taschenbuch Verlag sind von Gabriella Engelmann bereits erschienen:
Die Promijägerin
Jagdsaison für Märchenprinzen
Eine Villa zum Verlieben

Über die Autorin – Gabriella Engelmann im Gespräch:

Wie kommen Sie auf die Ideen für Ihre Romane?
Manchmal habe ich das Gefühl, nicht ICH habe die Ideen, sondern die Ideen suchen MICH. Meine ersten beiden Bücher (»Die Promijägerin« und »Jagdsaison für Märchenprinzen«) haben sich mir quasi im Traum aufgedrängt. Es blieb mir gar nichts anderes übrig, als sie aufzuschreiben.

Was ist für Sie schwieriger – den ersten Satz zu schreiben oder den letzten?
Eindeutig den letzten. Im Laufe des Schreibens wachsen mir meine Figuren nämlich derart ans Herz, dass es mir schwerfällt, mich von ihnen zu verabschieden und sie loszulassen. Das geht mitunter sogar so weit, dass mich meiner alten Protagonistin gegenüber fast schon ein schlechtes Gewissen plagt, sie durch eine neue ersetzt zu haben.

Was hat Sie daran gereizt, dieses spezielle Buch zu schreiben?
Da ich schon immer gern Urlaub auf Sylt gemacht habe und weiß, dass auch viele andere diese Nordseeinsel lieben, habe ich die Gelegenheit beim Schopf gepackt, meinen letzten Aufenthalt dort als »Recherche« zu verbuchen.

Über die Autorin:
Gabriella Engelmann, geboren in München, ist gelernte Buchhändlerin. Nach einigen Jahren als Verlagsleiterin eines Kinderbuchverlages, spezialisiert auf Kinderbücher von Promis, arbeitet sie heute freiberuflich als Literaturscout und Autorin. Gabriella Engelmann lebt und arbeitet in Hamburg.
Mehr Informationen zur Autorin auf ihrer Homepage:
www.gabriella-engelmann.de

Gabriella Engelmann

Inselzauber

Roman

Knaur Taschenbuch Verlag

Besuchen Sie uns im Internet:
www.knaur.de

Vollständige Taschenbuch-Neuausgabe Mai 2009
Copyright © 2007 by Knaur Taschenbuch
Ein Unternehmen der Droemerschen Verlagsanstalt
Th. Knaur Nachf. GmbH & Co. KG, München
Dieser Titel erschien bereits unter der Bandnummer 63437.
Alle Rechte vorbehalten. Das Werk darf – auch teilweise –
nur mit Genehmigung des Verlags wiedergegeben werden.
Redaktion: Angela Troni
Umschlaggestaltung: Hilden Design, München – www.hildendesign.de
Umschlagabbildung: shutterstock
Satz: Adobe InDesign im Verlag
Druck und Bindung: CPI – Clausen & Bosse, Leck
Printed in Germany
ISBN 978-3-426-50453-6

2 4 5 3 1

Dieser Roman spielt auf einer Insel, mit der mich persönlich einiges verbindet und die ich immer wieder gern besuche. Lassen auch Sie sich verzaubern und an Orte entführen, die mir viel bedeuten oder nur in meiner Phantasie existieren. Ich wünsche Ihnen viel Vergnügen beim literarischen Rundgang über die »Königin der Nordsee«.

Gabriella Engelmann

Für L. Danke für alles!

1. Kapitel

Gerade noch geschafft, den Zug zu erwischen, doch Sie haben noch kein Ticket? Dann begeben Sie sich bitte umgehend auf die Suche nach einem Zugbegleiter, um sich eine Fahrkarte zu kaufen. Sollten Sie dies nicht tun, kann das als versuchtes Schwarzfahren gewertet werden«, reißt mich die Stimme der Zugansage der NOB, der Nord-Ostsee-Bahn, brutal aus meinen Gedanken.

Nein, ich fühle mich von der barschen Aufforderung nicht angesprochen, denn meine Reise ist von längerer Hand geplant, weshalb ich nicht nur im Besitz eines gültigen Schleswig-Holstein-Tickets bin (allerdings ohne Rückfahrkarte), sondern auch einen Sitzplatz reserviert habe.

Denn es steht seit einem halben Jahr fest, dass ich heute, kurz vor Weihnachten, zu meiner Tante Bea nach Sylt reisen werde, um sie für drei Monate in ihrer Buchhandlung zu vertreten. Was danach mit mir passiert – keine Ahnung! Dafür weiß ich seit genau zwei Wochen, dass Stefan, der Mann, den ich heiraten wollte, jetzt eine andere Frau liebt, die ein Kind von ihm erwartet. Melanie, Sprechstundenhilfe in Stefans kardiologischer Praxis und der Grund dafür, dass ich gerade versuche, ein neues Leben zu beginnen. Abseits von Stefan, abseits von Hamburg kehre ich nun zurück zu meinen Sylter Wurzeln.

Doch so traurig mich diese Fahrt ins Ungewisse auch stimmt, so sehr muss ich beim Gedanken an meine Tante Bea lächeln, weil ich mich wahnsinnig auf sie freue. Ich habe sie lange, viel zu lange, nicht gesehen und weiß, dass wir beide einiges nachzuholen haben.

Während ich die Landschaft betrachte, die an mir vorbeigleitet, denke ich ein wenig ängstlich, aber auch neugierig an die Zeit, die nun vor mir liegt. Eine Zeit der Entscheidungen, das spüre ich deutlich.

Vor meinem inneren Auge lasse ich Revue passieren, was ich in Hamburg zurückgelassen habe: eine Liebe, ein Heim, einen festen Job in einem renommierten Hotel. Ein überschaubares Leben. Eines, das mir Sicherheit geboten hat und nun vorbei ist.

Aller Trauer zum Trotz freue ich mich darauf, meiner Tante den langgehegten Traum zu ermöglichen, mit ihrer besten Freundin Veronika, genannt Vero, auf einem Kreuzfahrtschiff auf Weltreise zu gehen.

Nachdenklich betrachte ich die unzähligen Windräder, welche die Bahnstrecke säumen. Ihre Arme bohren sich in den Winterhimmel und drehen sich so synchron, als wären sie Teil einer Ballettchoreographie. Kurz schießt mir ein Bild aus Kindertagen durch den Kopf: ich, die siebenjährige Larissa, im roséfarbenen Tüllröckchen, wie ich aufgeregt die Hand meines Vaters halte, eingehüllt in meinen Wintermantel, auf dem Weg zur Ballettstunde. Eine Erinnerung an glückliche Kindertage, als meine Eltern noch lebten.

Bevor ein Autounfall drei Jahre später mit einem Schlag ihrem jungen Leben ein viel zu frühes und gewaltsames Ende setzte.

Nun kehre ich zurück auf die Insel Sylt, zu meiner Tante, die mich als Zehnjährige zu sich genommen und mich großgezogen hat.

Zusammen mit ihrem Mann Knut, einem Seefahrer, der naturgemäß die meiste Zeit seines Lebens auf dem Meer verbracht hat. Die beiden wohnten in einem alten Kapitänshaus, das mir damals Sicherheit und Geborgenheit gab, ebenso wie die Arme meiner Tante, die mich umschlungen hielten, als meine Kinderwelt in Trümmern lag.

»In wenigen Minuten erreichen wir Westerland Hauptbahnhof«, ertönt erneut die Zugansage, und mein Herz beginnt schneller zu schlagen. Rasch sammle ich meine Gepäckstücke zusammen, die ich um mich herum verteilt habe, denn für diesen langen Aufenthalt auf Sylt ist es mit einer kleinen Tasche wahrlich nicht getan.

Nach dem bezaubernden Anblick der schier endlos weiten norddeutschen Landschaft, den die Überfahrt auf dem Hindenburgdamm geboten hat, versetzt mir die Stadt Westerland nahezu einen Schock. Die Betonbauten und Hochhäuser stehen in absolutem Kontrast zu den Deichlämmern, die ihre bunt bemalten Hintern in die Luft recken und in harmonischem Einklang nebeneinander grasen, und ebenso wenig zum Bild des gurgelnden Meeres, das seine grauen Schaumkronen in die Ausläufer um den Bahndamm herum spült.

Die Kälte des Ferienorts steht auch in völligem Kontrast zu dem heimelig wirkenden Turm der Keitumer Kirche, der alle Sylt-Besucher willkommen heißt und sie aufzufordern scheint, das Gotteshaus in aller Stille aufzusuchen, um der umtriebigen Welt den Rücken zu kehren und ein wenig durchzuatmen. Genau das werde ich tun. Nach den Turbulenzen der letzten Wochen kann ich wahrlich Ruhe gebrauchen, denke ich, während der Zug auf dem Bahnsteig einfährt und ich Bea und Veronika winken sehe.

Ein Bild, wie Pat und Patachon: Bea ist groß und hager und

trägt ihre grauen Haare kurz. Veronika hingegen ist klein, leicht untersetzt und hat ihre silberblonden Haare zu einem Dutt hochgesteckt.

Dass es so eine Frisur überhaupt noch gibt, überlege ich schmunzelnd, während ich meine Koffer aus der Tür ins Freie wuchte. Ein älterer Herr ist mir freundlicherweise behilflich und wechselt dabei kurz einen Blick mit Bea, während Veronika eine rote Rose schwenkt. Ja, meine Tante hat schon immer eine große Wirkung auf Männer gehabt, obwohl sie auf den ersten Blick kein femininer Typ ist und auch im Alter noch viel Unabhängigkeit ausstrahlt. Viel zu viel für den Geschmack der meisten Herren.

Veronika hingegen ist ein absolutes Weibchen, eine Herzensgute, im Gegensatz zu Bea, die zunächst erst einmal skeptisch in die Welt schaut. Wenn ich meine Tante so sehe, mit ihrer schwarzen Lederjacke, die langen Beine in eine Cargohose gehüllt, wundere ich mich wieder einmal, wie es eine solche Frau überhaupt auf diese Insel verschlagen konnte, noch dazu an der Seite eines Seemanns, der auf den ersten Blick so gar nichts mit ihr gemeinsam hat.

»Moin, min Deern«, unterbricht Veronika meine Gedanken und zieht mich an ihre Brust, während die Rose die ersten Blätter verliert.

»Vero, schön dich zu sehen!«, rufe ich und drücke ihr links und rechts herzhafte Küsse auf ihre mittlerweile leicht erschlafften Wangen, die sich zart und weich anfühlen. »Hattest du denn eine gute Reise, Kind?«, fragt Veronika und schnappt sich sofort den schwersten meiner Koffer. Sie ist es gewohnt, zuzupacken, so kennt sie es von dem Hof, auf dem sie lebt.

»Lissy«, meldet sich nun endlich auch Bea zu Wort, die ihrer Freundin energisch den Koffer aus der Hand nimmt und ihn auf einen Gepäckwagen wuchtet.

Rasch werfe ich die restlichen Sachen hinterher und stürze mich in die Arme meiner Tante. Auch wenn sie rein physisch so gar nichts Kuscheliges an sich hat, fühle ich mich dennoch in ihrer Nähe so geborgen wie bei sonst niemandem auf der Welt. Selbst bei Stefan habe ich nicht so viel Wärme und Behaglichkeit empfunden. Ihr Parfüm – sie trägt seit ich sie kenne dasselbe – umhüllt mich wie ein Seidentuch, und ich fühle mich sofort zu Hause. Zu Hause bei ihr und auf dieser Insel, die zwar lange meine Heimat war, die ich aber in den letzten Jahren fast komplett aus den Augen verloren habe.

»Gut siehst du aus«, plappert Veronika drauflos, während wir gemeinsam zum Parkplatz laufen.

Bea und ich gehen Arm in Arm und lösen uns erst voneinander, als meine Tante hinter dem Steuer Platz nimmt, um ihren Wagen – einen alten, wackeligen Jeep – zu starten. Ich öffne die hintere Tür und werde in Sekundenschnelle von Timo abgeschlabbert. Beas Berner Sennhund erkennt mich auch nach so langer Zeit wieder und ist offensichtlich begeistert, mich zu sehen.

»Hallo, Süßer«, begrüße ich ihn, streichle ihm über den Kopf und stecke meine Nase in seinen Hundepelz.

Während der Fahrt nach Keitum betrachte ich schweigend die Landschaft und lausche den Worten der beiden Freundinnen, die vorne im Wagen plaudern. Genauer gesagt plaudert vor allem Veronika. Bea hört ihr aufmerksam zu und wirft ab und zu einen Blick in den Rückspiegel, um mit mir Blickkontakt aufzunehmen. Nachdem wir die hässlichen Neubauten Westerlands hinter uns gelassen haben, fahren wir an Tinnum vorbei Richtung Keitum.

Wie jedes Mal, wenn ich auf der Insel bin, amüsiere ich mich über die Namen, die, wie es scheint, allesamt auf »um« enden. Natürlich ist das nicht wirklich so, denn Westerland, Kampen, List, Wenningstedt oder Braderup machen ja die andere Hälfte der Orte aus, aber ich werde das Gefühl nicht los, dass das wahre Sylt in den Dörfern stattfindet, die auf »um« enden.

Schon allein diese Silbe klingt irgendwie kuscheliger als das ruppige »rup« von Braderup, oder als das scheinbar listige »List«. Morsum, Archsum, Hörnum, Keitum, Rantum – das sind die Orte, die ich mag, zu denen ich mich hingezogen fühle.

Während wir uns Keitum nähern, sehe ich Pferde, Kühe und Schafe auf den Weiden, beschienen von der kalten Dezembersonne, die alles in klares, gleißendes Licht taucht und die Konturen schärft.

Dann – ganz allmählich – vollzieht sich eine Wandlung: Die Weiden werden weniger, die freien Flächen verschwinden, und in meinem Blickfeld tauchen die ersten typischen Friesenhäuser auf, für die ich diesen Ort so liebe.

An dieser Stelle ist Sylt besonders lieblich, besonders hübsch und beinahe puppenhaft.

»Timo, Lissy raus mit euch!«, ruft Bea, scheucht ihren riesigen Hund von der Rückbank, reißt die Wagentür neben mir auf und lässt keinen Zweifel daran, dass die Zeit des Träumens und Betrachtens vorbei ist, denn jetzt sind wir da.

Eine halbe Stunde später sitzen wir vor dampfendem Tee und Friesenwaffeln, bestäubt mit jeder Menge Puderzucker, der wie Schnee auf dem Gebäck liegt, heißen Kirschen und Vanilleeis.

»Autsch«, entfährt es mir, während mich ein gemeiner Schmerz durchzuckt. Heiß und kalt ist eine Kombination, die ich überhaupt nicht vertrage.

Bei diesem Vergleich fällt mir umgehend Stefan ein, der mich am Bahnhof Altona in Hamburg ziemlich unterkühlt verabschiedet hat. Genau wie ich ihn auch.

Wie aufs Stichwort fragt Veronika, von der die leckeren Waffeln sind, im nächsten Moment: »Wie geht's eigentlich Stefan? Wann heiratet ihr denn nun?«, und sieht mich erwartungsvoll an.

Vermutlich bastelt sie im Geiste bereits an der Menüfolge und der Hochzeitstorte, schließlich ist es schon eine Weile her, dass sie dergleichen für ihre Kinder tun konnte, und nun fühlt sie sich wohl nicht ausgelastet. So gern, wie sie die Gastgeberin spielt.

Vero ist nun mal ein echtes Familientier. Seit nunmehr fast vierzig Jahren ist sie mit ihrem Mann Hinrich verheiratet, einem eher wortkargen Bauern – und das allem Anschein nach glücklich, auch wenn ich nicht viel über diese Ehe weiß. Die beiden haben sich in der Schule kennen- und liebengelernt. Mit zwanzig bekam Vero ihre Tochter Friederike, auf die später die Zwillinge Lars und Ole folgten.

Offensichtlich hat Bea ihre Freundin noch nicht über den neuesten Stand der Dinge informiert, was meine Familienplanung betrifft.

»Vero, lass mal«, bekomme ich Schützenhilfe von meiner Tante, die an ihrem Tee nippt und die Augen rollt. »Als ob es für Lissy nichts Wichtigeres gäbe, als *diesen* Stefan zu heiraten.«

Veronika sieht mich kurz irritiert an, blickt dann unsicher zu Bea, und ich fühle mich bemüßigt, die Freundin meiner Tante selbst aufzuklären.

»Ich werde *diesen* Stefan wohl nicht heiraten, denn er wird in vier Monaten Vater.«

An dieser Stelle wird Vero noch unruhiger, und ich sehe kurz die Hoffnung in ihren Augen aufglimmen, ich sei schwanger und es gäbe bald wieder ein Baby im Haus.

»Die glückliche Mutter bin allerdings nicht ich«, fahre ich fort, während sich Veros Gesichtszüge in Sekundenschnelle enttäuscht verfinstern, »sondern eine gewisse Melanie Immendorf. Melanie ist Sprechstundenhilfe in Stefans Praxis, zwanzig, blond, vollbusig und meines Wissens ein bisschen doof. Allerdings nicht zu doof, um sich auf diesem Wege einen gut situierten Kardiologen zu angeln, der die Praxis, in der sie arbeitet, unter anderem meiner finanziellen Unterstützung verdankt«, vervollständige ich den Bericht über meine private Situation. Dabei versuche ich zu ignorieren, wie sich mein Herz verkrampft.

Das alles tut immer noch weh – viel zu weh!

Ich fühle, wie mir Tränen in die Augen schießen, und bin dankbar, dass Timo mir in diesem Moment die Hand leckt, vermutlich als verspätetes Zeichen seines Dankes für die Leckerli, die ich ihm mitgebracht habe.

»Oh, so ist das also«, murmelt Veronika bedrückt und schafft es kaum, mich anzusehen. »Das tut mir leid. Ihr wart so ein schönes Paar.« Damit ist dann auch alles gesagt.

Wir waren ein schönes Paar, und nun sind wir es eben nicht mehr.

»Ich gehe dann mal nach oben, um meine Sachen auszupacken«, sage ich und stelle mein Geschirr in die Spüle.

Wie gemütlich diese alte Friesenküche ist. Alles ist wunderhübsch gekachelt, in traditionellem Blau-Weiß, mit Motiven der hiesigen Region. Wie sehr ich das alles genießen könnte, wenn ich mich nur besser fühlte.

»Komm einfach runter, wenn dir nach Gesellschaft ist. Ansonsten gibt es um acht Uhr Abendessen«, ruft Bea mir nach, während ich die knarrende Treppe nach oben gehe und Timo mir hinterhertrottet.

In meinem alten Zimmer angekommen, werfe ich mich überwältigt von Schmerz aufs Bett. Dabei versinke ich fast in den flauschigen Daunen und atme den Duft von Sandelholz ein, der sich im Stoff der Tagesdecke verfangen hat. Timo legt sich artig auf den Bettvorleger, nimmt den Kopf zwischen die Pfoten und sieht mich, wie ich finde, besorgt an.

Dann kann ich die Tränen nicht länger zurückhalten. Tränen, die ich in Hamburg nicht hatte vergießen können, weil ich nicht wusste, wo ich dies ungestört hätte tun sollen, ohne in dieser Wohnung zu sein, die nun nicht länger mein Zuhause ist. Die Wohnung, in der nun wohl bald Melanie Einzug halten und triumphierend ihren schwangeren Bauch vor sich hertragen wird. Vermutlich verteilt sie bereits überall Ultraschallaufnahmen. Eine Frau wie sie pinnt sicher das erste Bild ihres Kindes an die Kühlschranktür, stolz auf das, was die Natur da in ihr hervorbringt, weil sie sonst nichts anderes hat, worauf sie blicken kann.

Aber wie ist das mit mir? Was kann ich eigentlich?, frage ich mich plötzlich und rolle mich in Embryohaltung auf der Decke zusammen. Wie war es eigentlich bislang, mein Leben, auf das ich vor kurzem noch so stolz war? War ich nicht total auf Stefan fixiert? Habe ich mich nicht komplett über IHN definiert? SEINE Pläne unterstützt? Sie sogar FINANZIERT? Mich mit SEINEN Interessen identifiziert? Mit SEINEN Freunden Umgang gepflegt? Nichts EIGENES gehabt, außer einem Job, der mir keinen Spaß macht und mich auch nicht erfüllt?

Ich habe ja noch nicht einmal eine beste Freundin, denke ich nun und schnüffle in mein Taschentuch, das ich, seit es Melanie gibt, immer griffbereit bei mir trage. Wie sehr ich Bea und Veronika beneide! Auch wenn die beiden auf den ersten Blick eine etwas skurrile Kombination sind – und zwar nicht nur äußerlich. Bea ist die Kluge, die Strenge, die alles Hinterfragende. Vero die ewig Gutgelaunte, Weiche, Warmherzige, manchmal aber auch ein wenig einfach Gestrickte. Sie weiß nicht viel von der Welt. Ihr Kosmos ist diese Insel, ihre Familie, der Hof. Und Bea. Vero ist das totale Gegenteil zu meiner mutigen, starken und abenteuerlustigen Tante: übervorsichtig, ängstlich, stets auf Sicherheit bedacht.

Mir ist überhaupt nicht klar, wie Bea es geschafft hat, ihre Freundin, die außer Kiel und Hamburg nichts weiter von Deutschland, geschweige denn von Europa gesehen hat, zu überreden, eine Weltreise mit ihr zu unternehmen. Das muss ich Bea unbedingt fragen, nehme ich mir fest vor, während mich eine Welle des Selbstmitleids unerbittlich überrollt.

Wie schön wäre es, jetzt eine gute Freundin zu haben, denke ich. Denn Bea und Vero sind in ein paar Tagen auf hoher See und kommen erst in drei Monaten wieder. Wir können kaum telefonieren, allerhöchstens mal mailen oder uns mit ein paar knappen SMS auf den neuesten Informationsstand bringen. Wer wird mich trösten, wenn ich nachts weinend im Bett liege, weil es mir vor Sehnsucht nach Stefan fast das Herz zerreißt und ich die Bilder von ihm und Melanie nicht aus dem Kopf bekomme?

Wie aufs Stichwort leckt Timo mir mit seiner rauhen Hundezunge die Hand, die über den Bettrand baumelt. Hund müsste man sein, überlege ich. Tiere denken angeblich nicht und haben auch keine Seele. Obwohl ich das gar nicht glauben kann … Wenn man Timo so betrachtet, in seine großen, dunkelbraunen Hundeaugen schaut und er den Kopf schief legt, sieht es immer so aus, als verstehe er einen. Sobald es mir wieder bessergeht, werde ich in Erfahrung bringen, wer so einen Mist über Tiere verbreitet, und gegen denjenigen vorgehen. Jawohl!

Bei dem Gedanken daran, wie ich womöglich anlässlich eines Symposiums eine flammende Rede halte, die beweisen soll, dass die Tierforschung irrt und nur ich, Larissa Wagner, die einzig Wissende bin, muss ich schon wieder ein wenig grinsen. Denn erstens bin ich nicht der Typ, der kluge Reden schwingt, schon gar nicht vor vielen Zuschauern, und zweitens wäre ich viel zu faul, um mich ernsthaft in die Materie zu vertiefen. Diese partielle Faulheit hat mich auch eine Ausbildung als Hotelkauffrau beginnen lassen, anstatt nach dem Abitur zu studieren.

Tja, fasse ich mich nun sozusagen an die eigene Nase – was unterscheidet dich an dieser Stelle eigentlich von Melanie? Die ist immerhin schwanger geworden, und das ist doch schon mal was. Zumindest wenn man zu dem Typ Frau gehört, deren Ziel es ist, eines Tages Ehefrau und Mutter zu sein. Melanie hatte wenigstens ein Ziel – ich dagegen habe momentan keines, so wie es aussieht.

Über diesem traurigen Gedanken muss ich wohl eingeschlafen sein, denn als ich wieder auf die Uhr sehe, ist es 19.50 Uhr und stockdunkel im Zimmer. Nur der Mond lugt hinter einer kahlen Baumkrone hervor und wirft einen schmalen Lichtstreifen in den Raum. Fröstelnd ziehe ich mir die Decke um die Schultern und überlege, ob ich nach unten gehen soll. Timo ist nicht mehr da, sicher war es ihm zu langweilig, mir beim Schlafen zuzusehen. Während ich noch auf dem Rücken liege und an die dunkle Decke starre, höre ich auf einmal die Treppe knarren und schnuppere den Duft von Beas Parfüm, der ihr stets vorauseilt.

»Lissy, Schätzchen. Hast du Hunger? Magst du mit nach unten kommen?«, fragt meine Tante und lugt vorsichtig durch den Türspalt.

So viel kann ich trotz der Dunkelheit erkennen.

»Komme gleich«, antworte ich und krabble aus dem Bett, während Bea schon wieder auf dem Weg nach unten ist.

Kindheitserinnerungen werden wach, genau so habe ich mich als Zehnjährige gefühlt, als sie mich bei sich aufgenommen hat. Ein wenig ermattet vom Nachmittagsschlaf begebe ich mich ins Badezimmer, um mir Hände und Gesicht zu waschen. Ein Blick in den Spiegel sagt mir, dass man mir meinen Kummer ansieht.

Ich bin blass, trage einen enttäuschten Zug um den Mund und habe nur wenig mit der attraktiven Endzwanzigerin gemeinsam, die noch bis vor kurzem mit ihren braunen Augen neugierig und zuversichtlich in die Welt sah. Verärgert bemerke ich, dass meine Haare sich im Schlaf verknotet haben, und flechte sie zu einem Zopf. Stefan hat meine langen nussbraunen Locken immer geliebt und sie mir oft gekämmt, eine zärtliche Geste, die ich vermissen werde. In Zukunft werde ich mich wohl selbst kämmen müssen.

Aus der Küche zieht Essensduft zu mir hoch, und ich merke, dass ich Hunger habe. Was es wohl gibt?, frage ich mich, während ich ein paar dicke Socken anziehe und eine Jacke aus dem Koffer hole. Ich bin gespannt, denn Bea ist, das muss man einfach so klar sagen, eine absolute Niete als Köchin. Sie isst nicht besonders gern – ganz im Gegensatz zu mir – und betrachtet Küchenarbeit ausschließlich als lästig und unnütz. Sie verbringt ihre Zeit lieber mit Büchern oder macht mit Timo lange Spaziergänge am Meer.

Als Kind wäre ich vermutlich verhungert oder elendiglich an

Skorbut zugrunde gegangen, wäre da nicht Vero gewesen, bei der ich entweder zum Essen Dauergast war, oder die uns mit Selbstgekochtem versorgt hatte, das Bea nur noch aufzuwärmen brauchte. Doch selbst das Aufwärmen konnte bei meiner Tante zum Abenteuer geraten, insbesondere wenn sie – etwa völlig versunken in ein Buch – alles um sich herum vergaß und es noch nicht einmal bemerkte, wenn dichte Rauchschwaden durch die Küche zogen.

Ich persönlich neige ja zu der Ansicht, dass Knut deswegen so gern lange auf See war, weil er dort vor seiner Frau und ihren zweifelhaften Kochkünsten fliehen konnte.

Beim Gedanken an meinen Onkel muss ich seufzen. Sein Tod ist nun auch schon fünf Jahre her. Ob Bea wohl noch immer um ihn trauert?

»Hmm, das duftet ja lecker«, sage ich, eher, um mir selbst Mut zuzusprechen, als zu Bea, und luge vorsichtig in Richtung Herd.

Doch dort scheint ausnahmsweise alles im grünen Bereich zu sein – merkwürdig! Eine dicke, sämig aussehende Krabben-suppe blubbert gemütlich vor sich hin, und im Ofen schmort eine Lammkeule. Der Tisch ist hübsch gedeckt, Rotwein schimmert in einer Karaffe, und als musikalische Unterma-lung laufen Vivaldis »Vier Jahreszeiten«. Idylle pur.

»Bea, was ist passiert?«, frage ich überrascht, als meine Tante, in eine Küchenschürze gewandet (allmählich mache ich mir ernst-haft Sorgen!), im Türrahmen auftaucht.

Bewaffnet mit einem Paar Topflappen, die ich als Kind gehäkelt und ihr zu Weihnachten geschenkt habe, nimmt sie den Schmor-topf aus dem Ofen.

»Da staunst du, was?«, sagt Bea lachend, stellt den Bräter auf den Herd und füllt die Krabbensuppe in Schüsseln.

Während ich die heiße Suppe genieße und sich eine wohlige Wärme in meinem Körper ausbreitet, erzählt meine Tante begeistert, dass Veronika sie zu einem Kochkurs überredet hat. »So kann es nicht weitergehen‹, hat Vero zu mir gesagt, und irgendwann fand ich, dass sie recht hat. Es ist zwar viel einfacher, sich immerfort darauf zu berufen, dass man für etwas zu untalentiert ist, als sich mal daranzumachen und sich selbst das Gegenteil zu beweisen. Aber was hat das Leben für einen Sinn, wenn man sich nicht weiterentwickelt? Man muss doch immer mal wieder etwas dazulernen, damit man nicht komplett einrostet und verblödet, oder wie siehst du das?«, fragt sie mich mit einem Hauch von Provokation im Blick, während ich beeindruckt meine Suppe löffle.

»Aber du bildest dich doch ständig weiter«, protestiere ich und trinke einen Schluck Wein. »Du liest andauernd. Und wenn du nicht liest, bist du in deinem Literaturzirkel oder siehst dir irgendwelche Dokumentationen oder Theaterstücke auf arte oder 3sat an. Du fährst nach Hamburg zu Konzerten, du besuchst Vorträge. Wo ist denn da auch nur die kleinste Gefahr einzurosten?«

»Das ist sicher alles richtig. Aber wenn du genau hinsiehst, dann merkst du, dass alles, was du gerade geschildert hast, keine echte Herausforderung für mich ist. Weil es mir leichtfällt. Weil ich zeit meines Lebens nichts anderes getan habe. Ich muss mich nicht anstrengen, um bestimmte Dinge zu verstehen. Ich muss mich nicht dazu aufraffen, nach Hamburg zu fahren, um in die Oper zu gehen. Und Vorträge könnte ich manchmal sogar selbst halten. Aber die einfachen Dinge des Lebens zu regeln, gut zu sich selbst zu sein, zu fühlen und nicht nur mit dem Kopf zu arbeiten, fällt mir oft schwer. Genau das möchte ich nun auf meine alten Tage ändern!«

Bei »alten Tage« zucke ich unwillkürlich zusammen, denn für mich ist Bea mit ihren fast sechzig Jahren zwar älter, aber dennoch irgendwie zeitlos. Ich kann mir nicht vorstellen, dass es sie womöglich eines Tages nicht mehr geben sollte. So wie meine Eltern. An dieser Stelle bildet sich ein dicker Kloß in meinem Hals.

»Und weil Vero dir das Kochen beigebracht hat, was ihr übrigens ausgezeichnet gelungen ist, lernt sie nun im Gegenzug die weite Welt kennen? Auch wenn bereits eine Fahrt nach Kiel für sie eine ähnliche Herausforderung darstellt, wie für mich die Aussicht, den Himalaja zu besteigen. Wie hast du es nur geschafft, sie zu dieser Reise zu überreden?«, hake ich nach. Dabei bemühe ich mich, den Gedanken zu verdrängen, Bea könnte eines Tages nicht mehr für mich da sein.

»Tja«, erwidert meine Tante lächelnd und schenkt uns Wein nach. »Darauf, dass mir das gelungen ist, bin ich in der Tat stolz. Ehrlich gesagt, werde ich es aber selbst erst glauben, wenn es tatsächlich so weit ist. Noch fühlt Vero sich in Morsum sicher, und am Kachelofen lässt es sich gut träumen. Aber sie ist wie ich der Meinung, dass wir im letzten Drittel unseres Lebens noch ein bisschen was ausprobieren müssen. Jetzt hoffe ich einfach mal, dass es in ihrem Fall gut geht. Wenn nicht, kommen wir eben wieder zurück. Es ist ja nicht so, dass wir auf einer einsamen Insel stranden werden, von der wir nicht mehr wegkönnen. Es gibt von überall Flüge zurück – das ist auch das Sicherheitsnetz, mit dem ich Vero locken konnte. Außerdem sind wir nicht als Backpacker unterwegs, die morgens nicht wissen, wo sie abends schlafen werden. So eine Kreuzfahrt ist immerhin bestens durchorganisiert, und bei dieser Art zu reisen kann nicht allzu viel passieren.«

»Aber wärst du nicht furchtbar enttäuscht, wenn ihr trotzdem nach zwei oder drei Wochen schon wieder umkehren müsstet? Was, wenn Vero auf dem Schiff die Krise bekommt oder wenn ihr die Ausflugziele an Land zu exotisch sind?«, frage ich skeptisch nach. Gleichzeitig genieße ich die Lammkeule mit provenzalischem Gemüse, das so aromatisch ist, als käme es direkt aus dem Himmel.

»Nein, ich glaube nicht«, antwortet Bea. »Ich würde es akzeptieren müssen. Ich kenne Vero nun schon sehr lange und mache mir keine Illusionen darüber, wie sie gestrickt ist. Das Risiko, dass ihr die Reise womöglich nicht gefällt und sie Heimweh nach Morsum und ihrer Familie hat, muss ich eingehen. Ich wäre keine gute Freundin, wenn ich das nicht verstehen könnte. Ich hätte ja auch die Möglichkeit, alleine zu reisen oder mit meiner Freundin Iris, der Reisejournalistin aus Hamburg. Aber ich möchte dieses Wagnis nun mal mit Vero eingehen. Wenn das Experiment scheitert, sind wir beide um eine Erfahrung reicher, wissen aber dennoch zu jeder Zeit, was wir aneinander haben.«

Beeindruckt von ihren Worten, kaue ich weiter und betrachte meine Tante. Wie toll sie immer noch aussieht, wie vital, wie klug. Wie gerne wäre ich ein wenig wie sie. So gelassen, in mir ruhend, so voller Vertrauen in mich und das Leben. Wie wird man nur so?

»Willst du mir vielleicht kurz erzählen, was da mit dir und Stefan passiert ist?«, fragt Bea und reißt mich aus meinen Gedanken.

Lust habe ich eigentlich keine, aber natürlich bin ich es meiner Tante schuldig, die ganze Geschichte zu berichten, immerhin hat sie sich lange genug in Zurückhaltung geübt. Vielleicht ist es auch ganz gut, wenn ich mal mit jemandem über die Trennung spreche, denn bislang habe ich alles mit mir selbst ausgemacht.

Dann sprudelt es aus mir hervor, als hätte jemand einen Wasserhahn aufgedreht. Es ist ungemein befreiend, endlich alles aussprechen zu können, was mir seit Wochen auf der Seele lastet. Ich schildere ihr, wie ich an unserem fünften Jahrestag eine SMS entdeckte, aus der ziemlich eindeutig hervorging, dass Stefan eine Affäre hat. Weiter berichte ich, dass ich eine Zeitlang versucht war, diese Tatsache zu ignorieren, und wie sehr ich darunter litt, dass Stefan sich immer mehr von mir distanzierte, fast nur noch auf dem Golfplatz oder angeblich mit Freunden unterwegs war. Zuletzt führten wir nicht einmal mehr richtige Gespräche, weshalb ich ihn eines Tages zur Rede stellte, weil dieser Zustand nicht mehr auszuhalten war. Zumindest nicht für mich.

Ich habe immer schon mehr vom Leben erwartet.

Totale gegenseitige Hingabe und Liebe, die bis ans Lebensende dauert.

So wie bei meinen Eltern.

Da brach Stefan endlich sein Schweigen und beichtete mir alles. Dass diese Melanie die Frau seines Lebens sei, dass er noch nie zuvor für eine Frau so empfunden habe und zu guter Letzt auch noch, dass sie ein Kind von ihm erwarte. Während ich mir anhörte, was er zu sagen hatte, war ich eigentümlich ruhig und irgendwie gar nicht verwundert. Im Grunde wusste ich, dass wir uns unwiederbringlich voneinander entfernt hatten. Aus den einst verschlungenen Pfaden waren auf einmal parallel laufende Schienen geworden, die einander niemals mehr treffen konnten.

Trotz dieser Erkenntnis tat das, was Stefan sagte, mir weh. Sehr weh sogar. Er selbst wirkte indes erleichtert, endlich nicht mehr lügen zu müssen, denn im Grunde seines Herzens ist er ein ehrlicher Mensch.

Nachdem er gesagt hatte, was er sagen musste, ging er »spazieren, um noch ein wenig frische Luft zu schnappen«, dabei wussten wir beide, dass es ihn zu Melanie zog. Er wollte so schnell wie möglich bei der Frau seines Herzens sein. Bei der zukünftigen Mutter seines Kindes.

Sobald die Tür hinter ihm ins Schloss gefallen war, rollte ich mich auf dem Sofa zusammen, auf dem ich gesessen hatte, als meine Welt zum zweiten Mal nach dem Tod meiner Eltern zerbrach, und wartete auf die Tränen, die jedoch nicht kamen.

Sie kamen weder am nächsten Tag noch an den folgenden. Im Hotel funktionierte ich wie ein Roboter, wies meine Vertretung ein, die von einer Zeitarbeitsfirma kam und für drei Monate einsprang, und organisierte nebenbei den Haushalt, wie ich es immer getan hatte. Stefan schlief ab sofort auf dem Sofa, und ich fühlte mich unendlich einsam und schrecklich allein in diesem großen Doppelbett.

Schließlich kam der Tag meiner Abreise nach Sylt, und Stefan war noch so nett, mich zum Bahnhof zu fahren. Wir verabschiedeten uns förmlich, ich stieg in den Zug und blickte nicht zurück. Vermutlich hätte ich sowieso nichts anderes gesehen, als den Rücken von Stefan, der es eilig hatte, wieder zu Melanie zu kommen.

»Und wie geht es dir jetzt damit?«, fragt Bea mitfühlend und streichelt mir die Hand.

Ich komme jedoch gar nicht dazu, ihr zu antworten, weil die

Türglocke läutet. »Erwartest du jemanden?«, frage ich und bin ein wenig enttäuscht, nicht weiter mit meiner Tante allein sein zu können.

»Eigentlich nicht«, antwortet sie und geht an die Eingangstür, um zu öffnen.

»Ach, du bist's«, höre ich Bea sagen. Ein paar Sekunden später steht sie zusammen mit einem jungen Mann im Raum, dem die Störung sichtlich unangenehm ist, als er merkt, dass wir gerade beim Essen sind.

»Ich wollte nur schnell das Buch zurückbringen«, sagt der Unbekannte und streckt mir freundlich die Hand zum Gruß entgegen. »Hallo, ich bin Leon«, stellt er sich vor.

»Lissy Wagner«, antworte ich und mir fällt auf, dass sich seine Hand angenehm warm und fest anfühlt.

»Leon ist Journalist und arbeitet für den *Sylter Tagesspiegel*«, erklärt Bea, während wir beide uns eingehend mustern.

Der Besucher ist etwas älter als ich, groß, schlank, dunkelhaarig und macht einen sehr sympathischen Eindruck. Seine langen Beine stecken in verwaschenen Jeans, unter seinem Parka trägt er einen anthrazitfarbenen Rollkragenpulli. Die dichten Haare hat er lässig nach hinten gestrichen, und die zarte Nickelbrille verleiht seinem eher jungenhaften Gesicht einen gewissen intellektuellen Touch.

»Das ist meine Nichte, Larissa Wagner«, fährt Bea fort. »Lissy wird mich in der Bücherkoje vertreten, wenn ich mit Vero auf Reisen gehe«, erklärt sie, und ich bemerke, wie Leons Blick interessiert an mir auf und ab wandert.

Unwillkürlich nestle ich an meinen Haaren und wippe mit den Füßen, wie immer, wenn ich nervös bin. Hoffentlich sieht mein Gesicht von der ganzen Heulerei nicht mehr allzu verquollen aus, denke ich und frage mich gleichzeitig, weshalb es mir überhaupt wichtig ist, was dieser Mann von mir denkt.

»Was ist das denn für ein Titel?«, erkundige ich mich mit einem Blick auf das Buch, das Leon in der Hand hält. Als Buchhändlerin in spe kann ich ruhig gleich heute damit beginnen, mich in die Materie einzuarbeiten.

»*Pu der Bär*«, antwortet Leon, offensichtlich ebenfalls leicht verlegen.

Ich schmunzle. »Mein Lieblingskinderbuch«, sage ich, nehme ihm das Exemplar aus den Händen und betrachte gerührt die liebevollen, hauchzarten Illustrationen von E. H. Shepard.

Auf dem Cover lehnen Pu (der tapsige und verfressene Bär aus dem Hundertmorgenwald, der nichts anderes als Honig im Kopf hat), sein Freund Ferkel (ein junges Schwein, wie der Name schon sagt) und Christopher Robin (der einzige menschliche Protagonist der Geschichte) an einem Brückengeländer und starren völlig versunken in den Bach, der ihnen zu Füßen liegt und gemütlich vor sich hin plätschert. Als ich den Innenteil aufschlage, sehe ich mit krakeliger Kinderschrift geschriebene die Worte:

Dieses Buch gehört Lissy Wagner. Wer so gemein ist, es auszuleihen und nicht zurückzubringen, ist es nicht wert, mein Freund zu sein!

Tatsächlich, dieser Leon hat sich mein persönliches Exemplar von Bea ausgeliehen.

»Lassen Sie mich raten. Sie arbeiten gerade an einem hochbrisanten Beitrag über die Psychologie des Zusammenlebens von

Bären, Ferkeln und Eseln in der Enge des Hundertmorgen-walds«, necke ich den Journalisten.

Der lächelt mich daraufhin erfreut an. »Ich sehe schon, Sie sind noch immer eine Pu-Expertin«, antwortet er, rückt seine Brille gerade und mustert mich ernst. »Wenn das so ist, können Sie sich doch sicher auch noch erinnern, wie Pu hieß, bevor er beschloss, Winnie der Pu zu sein?«, fragt er und nimmt nun ebenfalls am Tisch Platz.

Bea hat inzwischen einen weiteren Teller, Besteck sowie ein Glas geholt. Das bedeutet wohl, dass wir den Rest des Abends mit diesem Leon verbringen werden.

Mist, wie war das noch?, grüble ich und versuche mich zu entsinnen, was meine Tante mir immer vorgelesen hat. *Pu der Bär* war nämlich eines der ersten Bücher, die bei unserem allabendlichen Vorleseritual fester Bestandteil meiner kindlichen Traumwelt wurden. Manchmal glaubte ich eine Art weiblicher Christopher Robin zu sein, dessen Freunde allesamt Tiere waren, die ich gern mochte. Ich konnte Stunden damit verbringen, mir Geschichten auszudenken, in denen Elefanten, Giraffen, Zwergkaninchen oder Rehkitze eine tragende Rolle spielten. Auch wenn ich mit zehn Jahren schon fast zu alt für solche Phantastereien war.

»Wenn Sie es nicht wissen, halb so schlimm«, erlöst Leon mich aus meiner Grübelei. »Das Wichtigste ist doch, dass ich Ihnen das Buch zurückgebracht habe. Denn ich möchte keinesfalls riskieren, dass Sie böse auf mich sind!«

»Kinder, wollt ihr euch nicht duzen?«, mischt sich nun Bea in unser Gespräch ein und hebt energisch ihr Weinglas. »Ich finde, wir sollten darauf anstoßen, dass ich endlich meine Weltreise antreten kann, dass Lissy hier ist und hoffentlich die Zeit auf

Sylt genießen wird und dass du, Leon, den Job als stellvertretender Chefredakteur bekommen hast. Auf eine tolle Zukunft!«, sagt meine Tante und prostet uns zu. Irre ich mich, oder zwinkert sie mir hinter dem funkelnden Rotwein verschwörerisch zu?

Nachdem Leon und ich auf Du und Du getrunken und wir uns gegenseitig verschämt ein Küsschen auf die Wangen gehaucht haben, sind wir auch schon verstrickt in ein Gespräch, das sich um Reisen, Zukunftspläne und Bücher rankt. Doch sosehr ich mich auch amüsiere und mich an dem verbalen Schlagabtausch über Bücher erfreue, den Bea und Leon sich gelegentlich liefern, kann ich nicht umhin, ab und zu an Stefan zu denken.

Ich war zwar nicht oft mit ihm hier und will auch nicht behaupten, dass meine Tante und er ein Herz und eine Seele gewesen wären, dennoch gab es Momente, an die ich mich gern erinnere.

Zum Beispiel unser erster Aufenthalt hier, als ich Stefan »mein Sylt« jenseits der bekannten und touristisch frequentierten Ecken gezeigt habe. Das Sylt, das mit dem Promitreiben in Kampen oder in der Sansibar ebenso wenig zu tun hat wie mit dem Nacktbaden an der Buhne 16, den schicken Partys im Roten Kliff, dem Schaulaufen in der Sturmhaube oder auf der Terrasse des Grand Plage.

Es versetzt mir einen kurzen Stich, als ich daran denke, wie Stefan und ich in der Alten Friesenwirtschaft hier in Keitum saßen und zum ersten Mal darüber sprachen, wie es wohl wäre, wenn wir zusammenwohnten. Oder als wir beim Strandspaziergang um den »Ellbogen« Pläne für Stefans Praxis schmiedeten. Als wir überlegten, wie wir das Geld dafür zusammenbekommen könnten. Und schließlich eine Lösung fanden.

Ich habe nicht lange Gelegenheit, meinen trüben Gedanken

nachzuhängen, denn Leon fragt mich nach meinen Lieblingsbüchern. Es stellt sich heraus, dass der Kulturteil des *Tagesspiegels* in sein Ressort fällt, und ehe ich es mich versehe, stecken wir auch schon mitten in einer Diskussion darüber, ob das Lesen als Freizeitbeschäftigung in dieser von Hektik und Zeitmangel geprägten Zeit in Zukunft überhaupt noch eine Bedeutung haben wird. Als er sich wundert, dass ich als Hotelkauffrau in Sachen Literatur so bewandert bin, erzähle ich ihm, dass mein Vater Lehrer für Deutsch und Geschichte war, dass Bücher in unserem Leben immer schon eine große Rolle gespielt haben und die Liebe zur Literatur bei uns in der Familie liege.

»Er hieß übrigens Eduard Bär«, sage ich, als Leon sich gegen 24.00 Uhr verabschiedet und in die eiskalte, sternklare Nacht verschwindet.

Ich sehe noch, wie er anerkennend grinst, und schließe die Tür hinter ihm.

2. Kapitel

Morgen, meine Süße! Zeit aufzustehen«, vernehme ich unvermittelt die Stimme meiner Tante und kann kaum glauben, wie dynamisch und fröhlich sie klingt. Verschlafen werfe ich einen Blick auf meinen Wecker, der 6.30 Uhr anzeigt.
»Bea, ich fasse es nicht! Spinnst du?«, quake ich in die Richtung, aus der die Stimme kommt, und ziehe mir die Decke über den Kopf. »Was willst du denn schon so früh?«
»Es ist gar nicht so früh, mein Liebling, angesichts des Programms, das auf uns wartet«, lautet die lapidare Antwort meiner Tante, die offensichtlich schon mit Protest meinerseits gerechnet hat. »Wir müssen doch alles ganz genau durchspielen, für die Zeit, wenn ich nicht da bin. Und wir müssen aus einer Hotelfachfrau möglichst schnell eine Buchhändlerin machen. Also, raff dich auf, unten steht Tee, der wird bald kalt.« Beas Stimme duldet keinen Widerspruch.
Also schwinge ich missmutig die Beine aus dem Bett und treffe damit aus Versehen Timo, der demonstrativ seine Leine in der Schnauze hat und mich auffordernd ansieht.
»Oh, Timo, nein. Ich KANN jetzt nicht mit dir Gassi gehen, vergiss es!«, versuche ich ihm klarzumachen, dass ich keine dynamische Frühaufsteherin bin. Da muss er sich schon jemand anderen suchen, der zu dieser nachtschlafenden Zeit mit ihm um die Ecken tobt.
Da fällt mir plötzlich siedend heiß ein: Wenn Bea auf Reisen ist, muss sich jemand um den Hund kümmern. Und dieser jemand

werde naturgemäß wohl ich sein. Ein Gedanke, der mir überhaupt nicht behagt. So ein riesiges Tier braucht jede Menge Auslauf, und ich gehe nicht gerade gern spazieren. Erst recht nicht mitten in der Nacht.

»Dich bringen wir als Erstes auf Veros Hof«, sage ich zu Timo, der erfreut mit dem Schwanz wedelt.

Er sieht aus, als würde ihm die Vorstellung gefallen, den ganzen Tag auf dem Bauernhof Enten zu jagen und im angrenzenden Teich zu baden. Als er jedoch erkennt, dass es – wenn überhaupt – nicht sofort losgeht, weil ich unmissverständlich den Weg ins Bad einschlage, trottet er missmutig die Treppe hinunter. Ich könnte schwören, dass er dabei Protestlaute von sich gibt.

Um wach zu werden, spritze ich mir erbarmungslos eiskaltes Wasser ins Gesicht, was mich eine ungeheure Überwindung kostet, denn im Bad ist es alles andere als warm. Für mich als Hamburger Frostbeule, die mitunter sogar im Sommer die Heizung anmacht, stellt dieses zweihundert Jahre alte Kapitänshaus eine echte Herausforderung dar. Denn hier gibt es keine Zentralheizung, sondern pro Raum entweder einen Öl- oder einen Kohleofen und im Wohnzimmer zusätzlich einen gemauerten Kachelofen, an den ich mich als Kind immer gern gekuschelt habe. Da Bea von Natur aus nicht besonders kälteempfindlich und immer in Aktion ist und Knut sowieso fast nie zu Hause war, ist es für sie ein Kinderspiel, mit diesen Gegebenheiten zu leben.

O mein Gott, ich muss mir unbedingt noch zeigen lassen, wie diese Öfen funktionieren, ärgere ich mich, während ich unter der Dusche allmählich auftaue. Ich bin mehr als froh, dass es wenigstens Warmwasser gibt. Doch Moment mal! Wie kann das sein?, wundere ich mich und beschließe, mit Bea nicht nur über Timos Unterbringung zu sprechen, sondern mir auch die Heizung erklären zu lassen. Und zwar rechtzeitig, bevor ich in ein Hotel umziehen muss, um nicht jämmerlich zu erfrieren.

»Wie gefällt dir eigentlich Leon?«, erkundigt sich meine Tante unvermittelt.

Wir sitzen inzwischen gemeinsam am Frühstückstisch, und ich bin im Geiste immer noch beim Thema Öfen. Wie soll ich bloß die schwere Kohle in den ersten Stock schleppen?, überlege ich, während ich etwas Kandis in meinen Tee gleiten lasse.

»Ich finde ihn ganz nett«, antworte ich, ohne lange zu überlegen. Leon ist sehr sympathisch, klug, witzig, offen – ein angenehmer Mensch, mit dem es Spaß macht, zusammen zu sein.

Jede weitere Ausführung zu diesem Thema erübrigt sich jedoch, weil es an der Tür klingelt und eine Frau (die Nachbarin?) ihre kleine Tochter bei uns abliefert.

»Das ist Paula«, klärt Bea mich auf, als ich verwundert registriere, mit welcher Selbstverständlichkeit das kleine Mädchen am Küchentisch Platz nimmt und meine Tante ihm einen heißen Kakao kredenzt. »Ich bringe Paula jeden Morgen zum Kindergarten«, fährt sie mit ihrer Erklärung fort.

Beinahe hätte ich mich an meinem Tee verschluckt. O nein! Bedeutet das etwa, dass ich morgens nicht nur Timo ausführen und alle Öfen befeuern, sondern auch noch dieses Mädchen zum Kindergarten bringen muss? Das ist selbst für jemanden, der danach nicht noch den ganzen Tag in der Buchhandlung stehen und abends die Abrechnung machen muss, ein volles Pensum. Dabei wird es Herausforderung genug sein, mich überhaupt in diesen für mich völlig fremden Beruf einzuarbeiten.

»Aber abgeholt wird sie schon, oder gehört das auch zu meinen Aufgaben?«, erkundige ich mich vorsichtig.

»Nein, keine Sorge, das macht Vero«, klärt Bea mich auf und wirkt, als sei es das Selbstverständlichste auf der Welt, dass die kleine Paula offensichtlich fast komplett von meiner Tante und ihrer Freundin betreut wird.

»Was ist mit Paulas Mutter?«, frage ich irritiert und bin mir gleichzeitig nicht ganz sicher, ob ich die Antwort überhaupt hören möchte.

»Paulas Mutter ist alleinerziehend und arbeitet in Westerland als Kellnerin. Sie hat es nicht leicht, seit ihr Mann sie verlassen hat und auf Nimmerwiedersehen verschwunden ist. Weil wir Tanja (aha, das muss wohl die Mutter der Kleinen sein!, denke ich) und Paula so gern mögen, helfen Vero und ich eben, so gut wir können.«

Ich sehe schon, ich habe nicht die geringste Ahnung von dem Leben, das meine Tante hier führt. Trotz zahlloser Telefonate habe ich wichtige Sachen offenbar nie erfahren. Merkwürdig! Was es wohl noch so alles gibt, wovon ich nichts weiß?

Neugierig und, wie ich finde, auch ein wenig feindselig beobachtet Paula mich mit gerunzelter Stirn, während sie ihren Kakao trinkt.

»Gehst du gern in den Kindergarten?«, frage ich sie – zugegeben nicht besonders originell – und kassiere prompt einen genervten Blick.

Ihr gedehntes »Hmm«, lässt nicht einwandfrei darauf schließen, was sie meint. Aber ich bin momentan auch nicht in der Verfassung, Freundschaft mit einem Kind zu schließen, von dessen Existenz ich bislang noch nicht einmal etwas wusste.

»Wie alt bist du?«, frage ich beharrlich weiter, denn wenigstens das will ich verbindlich geklärt wissen.

»Paula ist gerade vier geworden. Nicht wahr, Schätzchen?«, antwortet Bea anstelle des Mädchens. Vorsichtig nimmt sie mit einem Löffel die Haut ab, die sich auf dem Kakao gebildet hat. Wie lieb und fürsorglich meine Tante sein kann, stelle ich mal wieder fest. Genau so hat sie es früher mit meiner heißen Schokolade auch immer gemacht.

»Wie soll ich eigentlich das mit dem Heizen handhaben?«, erkundige ich mich nun bei Bea, da Paula ganz offensichtlich nicht mit mir kommunizieren möchte.

»Das erkläre ich dir, wenn du von deinem Rundgang mit Timo zurück bist«, antwortet Bea. Dann drückt sie mir energisch die Hundeleine in die Hand und räumt mein Frühstücksgeschirr weg.

»Halt, stopp!«, protestiere ich, denn für mein Gefühl habe ich noch gar nichts gegessen.

Aber Bea sieht mahnend auf ihre Armbanduhr, und so bleibt mir nichts anderes übrig, als Schuhe und Mantel anzuziehen, während Timo erfreut an mir hochspringt und mich dabei fast umwirft. »In einer halben Stunde müsst ihr wieder da sein«, sagt meine Tante mahnend.

Aus den Augenwinkeln nehme ich wahr, dass Paula sich ein Marmeladenbrötchen schmiert und mir triumphierend die Zunge herausstreckt. Na warte, du Früchtchen, denke ich und zerre Timo hinaus in den kalten Wintermorgen.

Draußen ist es nicht nur kalt, es pfeift auch ein scharfer Wind – auf dieser Insel beinahe ein Dauerzustand. Unwillkürlich muss ich an den dummen Spruch denken, der da lautet: »Es gibt kein schlechtes Wetter, nur falsche Kleidung«, und ziehe fröstelnd meinen Wollmantel enger um mich. Für das Hamburger Wetter ist er optimal, aber für hier? Vermutlich muss ich mir einen dicken Parka besorgen, wie Leon einen anhatte, oder einen anderen wattierten Mantel, auch wenn ich dabei mit Sicherheit aussehen werde wie die sprichwörtliche Wurst in der Pelle. Überhaupt vermute ich, dass Sylt meinem Äußeren nicht besonders gut bekommen wird. Ich merke jetzt schon, wie die jodhaltige, frische Luft meinen Appetit anregt. Das war noch jedes Mal so, wenn ich hier war. Gestern Abend habe ich bereits eine Suppe und zwei Portionen Lammkeule mit provenzalischem Gemüse gegessen. In spätestens vier Wochen werde ich meine Kleider zwei Nummern größer benötigen, in Gummistiefeln herumstapfen, mir die Haare aus praktischen Erwägungen ausschließlich zum Zopf binden und zur friesischen Landpomeranze mutieren. Mein Magen knurrt, und ich denke sehnsuchtsvoll an das Brötchen, das sich Paula vorhin in den Mund gesteckt hat. MEIN Brötchen, um genau zu sein!

Während Timo und ich Seite an Seite die dunkle Straße zum Watt hinuntertrotten, begegnet uns ab und zu ein anderer Fußgänger und begrüßt uns mit einem fröhlichen »Moin«.

Das gefällt mir an den Inselbewohnern so gut. Egal, ob Fremder oder bester Freund. Egal, ob es regnet oder die Sonne scheint. Egal, wo und zu welcher Tages- und Nachtzeit man sich trifft. Ein freundliches »Moin«, begleitet von einem Nicken, ist das mindeste, was man als Gruß erwarten kann. Und natürlich erwidert man ihn gern.

Bei dem Gedanken, wie es wohl wäre, wenn man in Hamburg jeden grüßte, der einem begegnet, muss ich kichern. Dann käme man zu nichts anderem mehr. Man wäre andauernd mit Grüßen beschäftigt, und überall wäre es furchtbar laut, wenn diese permanenten »Hallos« durch die Luft schwirrten. Tja, auf so einer kleinen Insel ticken die Uhren und die Menschen wirklich anders. In manchen entlegenen Ecken sprechen die Bewohner sogar noch echtes Friesisch. Wenn ich als Kind mit Vero auf dem Markt war, konnte ich vor lauter Knack-, Krach- und Schluchzlauten kaum etwas verstehen und war immer völlig beeindruckt, dass sie genau das bekam, was sie haben wollte.

Bea hat es Gott sei Dank nicht mit dem Friesischen, auch wenn Knut diese Mundart als alter Seebär natürlich beherrscht hat.

Über dem Eingang des Kapitänshauses hängt ein Schild, auf dem steht »Rüm Hart, klaar Kimming«, was so viel bedeutet wie »Offenes Herz, klarer Horizont«. Ein Sinnspruch, der gut zu einem ehemaligen Seefahrer wie ihm passt und zudem zahllose Sylter Hauseingänge oder im Wind flatternde Fahnen ziert.

Meinen klaren Horizont trübt im nächsten Moment eine große, männliche Gestalt, die sich vor den Mond schiebt, der noch als schmale Sichel am dunklen Morgenhimmel hängt.

»Moin, Lissy, Moin, Timo, welch Überraschung. Ihr seid ja früh unterwegs!«

Kaum hat die unbekannte Silhouette ihren Morgengruß ausgesprochen, reißt Timo sich auch schon los, um an dem Fremden hochzuspringen. »Feiner Hund, braver Hund«, höre ich den morgendlichen Spaziergänger sagen, während ich einen besseren Blick auf ihn werfen kann.

Es ist Pastor Lorenz Petersen, der mich konfirmiert hat und von dem ich gehofft habe, dass er eines Tages Stefan und mich trauen würde.

»Moin, Lissy, hab schon gehört, dass du wieder auf der Insel bist und eine Weile bleiben willst. Aber wieso bist du zu dieser nachtschlafenden Zeit unterwegs? Seit ich dich kenne, hast du die Nase nie vor dem späten Vormittag vor die Tür gestreckt!«

Deshalb bin ich auch so manchem Sonntagsgottesdienst ferngeblieben, denke ich beschämt, während Lorenz mich so fest an seine Brust drückt, dass ich kaum Luft bekomme.

»Das tue ich nicht freiwillig, das können Sie mir glauben, Pastor«, antworte ich und versuche, mich wieder aus seinen Armen zu befreien. »Aber Sie kennen Bea. Wenn die sich etwas in den Kopf gesetzt hat, ist es schwer, dagegen anzukommen. Und da ich für eine Woche quasi ihre Schülerin, oder nennen wir es besser Praktikantin bin, mache ich erst mal brav, was sie sagt.«

»Um dann später das genaue Gegenteil davon zu tun«, vervollständigt Lorenz Petersen meinen Satz. »So hast du es zumindest als Kind immer gemacht. Ich hoffe, wir sehen uns zur Christmette. Und denk daran: Wann immer du etwas brauchst, wenn Bea und Veronika unterwegs sind, Lina und ich sind für dich da. Mach's gut, min Deern, bis Freitag.« Spricht's und verschwindet hinter der nächsten Böschung.

Ich kann gerade noch »Grüßen Sie bitte Lina von mir« hinter ihm herrufen und dabei zusehen, wie mein Atem kleine Wölkchen bildet. »Komm, Timo, es ist Zeit, nach Hause zu gehen und Paula, das unfreundliche Monster, in den Kindergarten zu bringen«, rufe ich nach dem Berner Sennhund. Er schnüffelt gerade neugierig an einer Straßenlaterne, als hätte er sie nicht schon mindestens tausendmal gesehen und gerochen.

»Da seid ihr ja endlich«, begrüßt Bea den Hund und mich und dirigiert uns sofort energisch ins Auto.

Paula nimmt völlig selbstverständlich vorne neben meiner Tante Platz, während ich mir mit Timo die Rückbank teile.

Der Kindergarten ist am anderen Ende des Dorfes, gleich neben der Boy-Lornsen-Grundschule. Die Fenster dort sind mit selbstgebastelten Kerzen aus rotem und gelbem Tonpapier geschmückt, und in den Hecken, die den Spielplatz säumen, hängen Lichterketten. Ein Klettergerüst und eine Schaukel laden zum Herumtollen ein, und bei ihrem Anblick muss ich sehnsuchtsvoll an den Sommer denken. Gegenüber liegt die Kurverwaltung mit dem dazugehörigen Schwimmbad, nebenan ist eine Apotheke. Alles ist nur ruhig und friedlich wie jetzt, solange keine Touristen auf der Insel sind. Irgendwie graut mir schon vor der Zeit, wenn hier wieder Hochbetrieb herrscht. Aber wer weiß, was bis dahin ist?

Vielleicht bin ich dann schon gar nicht mehr auf Sylt?

Als wir Paula abliefern, verabschiedet sie sich nicht von mir, sondern drückt lediglich Bea einen feuchten Kuss auf die Wange. Dennoch beruhigt meine Tante mich netterweise im Hinblick auf die Babysitterqualitäten, die in Zukunft von mir gefordert werden.

»Keine Sorge«, sagt sie lachend, als sie den Blick bemerkt, den ich dem Mädchen zuwerfe, nachdem es ausgestiegen ist. »Das mit euch beiden wird schon noch. Am Anfang ist Paula immer ein wenig schüchtern. Außerdem ist sie über Weihnachten und Silvester bei ihren Großeltern in Stuttgart, so dass du dich hier in Ruhe einleben kannst, ohne dich um sie kümmern zu müssen.«

Aha, denke ich erleichtert, da habe ich ja noch einmal Glück gehabt!

Dann erreichen wir die Bücherkoje – meine berufliche Herausforderung für die kommenden drei Monate. Gerührt betrachte ich die reetgedeckte Kate, die mit ihren beleuchteten Schaufenstern verträumt in den Morgen blinzelt. Die Eingangstür wird umsäumt von mehreren Rosenstöcken, die für Keitum so typisch sind. Natürlich sind sie um diese Jahreszeit längst verblüht und warten nun im Winterschlaf darauf, dass der Frühling sie wieder wachküsst. Die Tür ist in den friesischen Farben Blau-Weiß gestrichen und wird links und rechts von den beiden Schaufenstern flankiert.

Neugierig betrachte ich, welche Themen Bea darin präsentiert: Im rechten steht ein großes Lebkuchenhaus, der Boden ist mit weißer Watte ausgelegt, die wohl Schnee darstellen soll. Auf einem Schlitten liegen mehrere Astrid-Lindgren-Bücher, darunter und daneben Koch- und Backbücher, ein Band mit alten Sylter Sagen und eine wunderschön illustrierte Bibel. Kein Zweifel, in wenigen Tagen ist Weihnachten.

Das linke Fenster steht offensichtlich im Zeichen der guten Vorsätze, die so mancher an Silvester fasst. Ein großer Schornsteinfeger, Blumentöpfe mit vierblättrigem Klee und Luftschlangen weisen auf den Jahreswechsel hin. Diätbücher, Reiseführer, Esoterik-Ratgeber oder Gesundheitsbücher sprechen ihre eigene Sprache – je nachdem, ob man sie als Mahnung oder Inspiration verstehen will. Beide Fenster sind liebevoll dekoriert und alles andere als kitschig überladen – sie sehen eben ganz nach Bea aus!

Meine Tante öffnet die Eingangstür, und schon schlägt mir der typische Duft entgegen, der in fast allen Buchhandlungen hängt: diese köstliche Mischung aus dem Staub, den Bücher anziehen, dem Sisalboden, der überall ausliegt, einem Hauch von Kaffee und eben dem Geruch von Büchern, den ich weiter gar nicht spezifizieren kann. Es ist der Duft meiner Kindheit, denn ich habe es immer schon geliebt, mit Bea in der Bücherkoje zu sein.

»Als Erstes musst du immer den Marktwagen und die Zeitungsständer hinausschieben, sonst kommst du gar nicht an die Kasse heran«, erklärt sie.

Ehe ich es mich versehe, wuchte ich auch schon einen nicht ganz leichten Holzkarren nach draußen und plaziere ihn rechts neben der Tür. Daneben gehören zwei Rollständer, die ich wenige Minuten später unter der strengen Anleitung meiner Tante fachgerecht mit den Tageszeitungen und Zeitschriften bestücke, die ordentlich gebündelt und gegen etwaige Nässe in Folie verpackt vor der Tür gelegen haben. Als ich den *Sylter Tagesspiegel* in Händen halte, muss ich unwillkürlich an Leon denken und lächeln. Schön zu wissen, dass ich eine Anlaufstelle für die Zeit habe, in der Bea und Vero weg sind.

Wäre wirklich nett, ihn wiederzusehen, überlege ich, während ich noch immer alte Zeitungen aus dem Ständer nehme und auf dem kalten Boden staple. Anschließend muss ich sie für die Remission in Listen eintragen und verpacken, wie mir Bea erklärt. Zu weiteren Träumereien bleibt ohnehin keine Zeit, denn nun erklärt sie mir den Kopierer, die Kasse und den Briefmarkenverkauf.

»Ich dachte, du betreibst eine Buchhandlung, und keinen Gemischtwarenladen«, maule ich ein wenig. Ich habe nämlich nicht die geringste Lust, mich damit zu beschäftigen, wie man einen etwaigen Papierstau entfernt, was man macht, wenn die Kasse klemmt oder jemand nicht weiß, wie ein Brief nach Frankreich ordnungsgemäß frankiert werden muss. Okay, das mit der Kasse kann ich noch akzeptieren, weil es nun mal zum Buchverkauf gehört, aber alle anderen Tätigkeiten erinnern mich fatal an meinen Job im Hotel.

»Na, wie lässt sich der erste Arbeitstag an?«, erklingt auf einmal eine männliche Stimme, und ich drehe mich um. Es ist Leon, einen Berg von Zeitungen und Zeitschriften in der Hand, die er gerade aus dem Ständer genommen haben muss.

»Oh, hallo, lange nicht gesehen«, antworte ich leicht ironisch, weil ich mich wundere, was er hier macht.

»Tja, an meinen Anblick wirst du dich wohl oder übel gewöhnen müssen, denn ich besorge hier jeden Morgen auf dem Weg zum Verlag meinen Pressespiegel«, beantwortet Leon meine unausgesprochene Frage und lächelt mich an.

»Wohnst du denn hier in der Nähe?«, erkundige ich mich, während ich fieberhaft überlege, wie genau die Kasse funktioniert. Der Redakteur des *Sylter Tagesspiegels* scheint mein erster offizieller Kunde zu sein.

»Kann man so sagen«, antwortet Leon und legt den Zeitungsstapel auf den Tresen. »Ich wohne direkt nebenan. Über dem Möwennest.«

»Dem Möwennest?«, frage ich irritiert, während ich mit zitternden Händen die ersten Beträge in die Kasse tippe. Gar nicht so schwer, denke ich aber dann. Beim Anblick der Gesamtsumme, die der Bon am Ende auswirft, runzle ich die Stirn. Zeitungen sind ganz schön teuer!

»Ja, das Café gleich nebenan. Sag bloß, das hast du noch nicht gesehen?«

Verwundert überlege ich, dass es bislang meines Wissens kein Café neben der Buchhandlung gegeben hat. Aber ich war immerhin seit zwei Jahren nicht mehr hier, da kann sich natürlich einiges getan haben.

»Das Möwennest gehört Nele Sievers, einer Bremerin, die seit zwei Jahren auf der Insel lebt. Genauso lange gibt es auch das Möwennest schon. Wenn du Lust hast, können wir da abends mal ein Glas Wein trinken. Nele kocht auch ganz gut …«, fährt Leon fort und lässt seine Worte verlockend in der Luft hängen.

»Gern«, antworte ich. »Wenn ich mich ein wenig akklimatisiert habe, wäre das sicher nett.«

»Also, dann bis morgen, viel Spaß noch«, verabschiedet sich der Journalist. Seine Beute unter den Arm geklemmt, steigt er auf ein Fahrrad, das im Ständer vor der Bücherkoje steht.

Es gibt also auch noch Männer, die kein Auto fahren, denke ich, während ich plötzlich ein Bild von Stefan vor Augen habe, wie er vor seinem BMW steht. Wieder versetzt mir der Gedanke an ihn einen Stich, insbesondere, weil ich bereits Melanie und den Kindersitz auf der Rückbank vor mir sehe.

»Alles in Ordnung mit dir?«, höre ich auf einmal meine Tante fragen, die mir liebevoll durchs Haar streicht. »Das wird schon alles wieder, du wirst sehen«, flüstert sie und lächelt mich an. »Du wirst hier aufblühen wie eine Keitumer Rose und bald vergessen, dass du jemals um Stefan getrauert hast«, fügt sie hinzu, als hätte sie meine Gedanken gelesen.

»Versprochen?«, frage ich ängstlich, wie ein kleines Kind, und muss mir die Tränen verkneifen, die sich schon wieder in meinen Augenwinkeln sammeln.

»VERSPROCHEN!«, antwortet Bea im Brustton der Überzeugung, und irgendwie glaube ich ihr.

Die Einarbeitungswoche verfliegt im Nu, und bald habe ich mich fast daran gewöhnt, morgens früh aufzustehen, mit Timo meine Runde zu drehen (vielleicht bringe ich ihn doch nicht zu Vero) und den ganzen Tag in der Buchhandlung zu arbeiten. Das viele Stehen ist anfangs mein größtes Problem, dem ich abends mit heißen Lavendelfußbädern zu Leibe zu rücken versuche. Aber Schwächeleien oder Ähnliches kann ich mir nicht leisten, denn so kurz vor Weihnachten ist die Buchhandlung voll.

Bea, Frau Stade, Lisa und ich haben alle Hände voll zu tun, die Kunden zu beraten und die empfohlenen Bücher anschließend als Geschenk zu verpacken. Ich bin froh, dass es neben den beiden älteren Damen auch noch unsere Aushilfe gibt. Lisa ist eine nette, unkomplizierte, 32-jährige Goldschmiedin, die sich mit dem Nebenjob in der Bücherkoje etwas dazuverdient. Sie ist blond, von zierlicher Statur und beeindruckt mich immer wieder mit ihren selbst entworfenen Ringen und Kettenanhängern. Vielleicht werde ich mir eines Tages das eine oder andere Stück aus ihrer Kollektion gönnen.

Es macht richtig Spaß, zu sehen, wie die Bücherstapel im Trubel des Weihnachtsgeschäfts allmählich kleiner werden und die eine oder andere Lücke im Regal klafft, so dass wir bereits die ersten Bücher querstellen können.

Der Beruf der Buchhändlerin scheint keine Hexerei zu sein, denn man kann alles, was man nicht weiß, in irgendwelchen Katalogen nachschlagen. Man benötigt nur den Autorennamen oder den Titel, und schon geht es ruckzuck. Allerdings finde ich es persönlich ein wenig anstrengend, mit den vielen schweren Katalogen herumzuhantieren, wo doch alle relevanten Informationen leicht und schnell per Mausklick im Computer abrufbar wären. Aber um Technik aller Couleur macht Bea nach wie vor einen konsequenten Bogen.

Ich bin ja schon froh, dass es im Kapitänshaus wenigstens einen Fernseher und eine Stereoanlage gibt. Den Fernsehapparat hat meine Tante erst seit kurzem, da sie es bis dahin kategorisch abgelehnt hat, sich diesen »Mist« anzusehen, den sich (O-Ton

Bea) »kranke Gehirne noch viel kränkerer Programmmacher ausgedacht haben, um die Menschheit endgültig zu verblöden«. Ich selbst sehe das nicht ganz so kritisch, weil ich gute Filme liebe und es auch schön finde, mich abends mal berieseln zu lassen. Gerade wenn ich Kummer habe oder mich allein fühle, ist derartige Unterhaltung ganz tröstlich. Auch wenn ein Buch natürlich dieselbe Funktion erfüllen kann.

Abends, nach dem Essen (Bea ist wirklich eine richtig gute Köchin geworden), sinke ich erschöpft auf das Sofa im Wohnzimmer oder kuschle mich, die Füße auf einem Schemel, an den Kachelofen. Dann beginnt der schönste Teil des Tages. Wir trinken Wein, schmusen mit Timo, unterhalten uns, lesen oder spielen Scrabble. Unsere Lieblingsbeschäftigung besteht jedoch darin, die Köpfe in Beas Reiseunterlagen zu stecken und immer und immer wieder die geplante Route durchzugehen.

Vero und sie starten in Hamburg, fliegen weiter nach Frankfurt und von dort nach Miami, wo sie an Bord der »Columbus« gehen werden. Die »Columbus« ist ein gediegenes Kreuzfahrtschiff der Mittelklasse, mit dem man innerhalb von 128 Tagen die ganze Welt bereisen kann. Die Tour erinnert mich ein wenig an eines meiner Kinderbücher, nämlich *In 80 Tagen um die Welt* von Jules Verne, das mir Bea damals schon mit großer Begeisterung vorgelesen hat. Vielleicht ist in jener Zeit der Entschluss in ihr gereift, eines Tages selbst die Welt zu erkunden? Zumindest haben Bea und Knut, seit ich sie kenne, immer recht sparsam gelebt und jeden Cent zurückgelegt, den sie übrig hatten, damit Bea sich eines Tages diesen Wunsch erfüllen kann.

Von Miami aus geht es weiter nach Acapulco, von dort über Honolulu nach Papeete, Sydney, Manila, Singapur und Dubai.

Die letzte Station ist Venedig, wo die beiden ein paar Tage bleiben wollen, um sich wieder ein wenig in Europa einzuleben und sich dem Zauber von »La Serenissima«, der Lagunenstadt, hinzugeben. Wenn ich daran denke, werde ich immer ein wenig melancholisch, weil dies die letzte Reise war, die ich mit meinen Eltern unternommen habe. Seitdem ist es immer mein Traum gewesen, noch einmal dorthin zu fahren, jedoch hat es sich bislang nicht ergeben.

Ehe ich es mich versehe, ist Heiligabend, und die Abreise von Bea und Vero rückt immer näher. Um nicht nur in der Bücherkoje weihnachtliche Stimmung zu haben, dekoriere ich am Vorabend des 24. Dezember auch die Wohnung und verteile sogar ein paar Tannenzweige in meinem Zimmer. Ich liebe den strengen, beinahe bitteren Duft von Kiefernnadeln und muss beim Anblick der Zweige immer an Weihnachten in Schweden denken, auch wenn ich noch nie dort war. An *Weihnachten in Bullerbü,* um genau zu sein, denn neben den Büchern von Pu dem Bären hatte es mir früher vor allem die heile Welt von Astrid Lindgren besonders angetan. Wie die meisten Kinder liebte auch ich Pippi Langstrumpf. Doch wenn ich ehrlich sein soll, hatte ich mich immer schon eher mit der braven Annika identifiziert als mit der für meinen Geschmack viel zu wilden und verrückten Pippi.

Seit der Lektüre dieser Bücher halte ich es mit der Weihnachtsdekoration in den klassischen Farben Rot-Grün. Kein Gold, kein Silber, kein anderer Schnickschnack. Ich glaube, Bea ist mir sehr dankbar dafür, denn sie wirkte nicht wirklich begeistert, als ich ihr beim Frühstück eröffnete, dass ich Heiligabend so richtig kitschig zelebrieren wolle. Bea hat in diesem Jahr eindeutig ein anderes Verhältnis zu Weihnachten als ich – sie träumt bereits von kokosnussbehangenen Palmen und nicht von Stechpalmen und Mistelzweigen.

Den Weihnachtsabend verbringen wir bei Vero und Hinrich, deren Kinder und Enkel zu Besuch kommen, so dass wir eine richtig große Runde sind. Trotz des andächtigen Anlasses herrscht heilloses Chaos, alle rufen durcheinander, überall liegt zerrissenes Geschenkpapier herum, und die Musik aus dem Radio hat es schwer, das Stimmengewirr zu durchdringen.

Bea und Vero schenken mir einen wunderschön bestickten Parka, eine bunte Strickmütze mit langen Troddeln, die einem panflötespielenden Indio alle Ehre machen würde, und einen passenden Schal. Nun kann mir die »steife Brise« auf der Insel kaum mehr etwas anhaben. Ich bin gerührt und drücke die beiden, so fest ich kann.

»Ihr werdet mir fehlen«, sage ich aus tiefstem Herzen und versuche gleichzeitig, jeden Gedanken an Stefan und Melanie zu verdrängen. Diesen Abend haben Stefan und ich traditionsgemäß immer zu zweit verbracht, bevor wir am ersten Weihnachtstag zu Stefans Eltern nach Köln gefahren sind. Da Köln so weit von Hamburg entfernt ist, haben wir es meist nicht mehr bis nach Sylt geschafft, so dass ich die letzten fünf Jahre Weihnachten ohne Tante Bea gefeiert habe.

Was die beiden wohl in diesem Augenblick tun?, frage ich mich und versuche jeden Gedanken daran zu verscheuchen, dass sie womöglich gerade verliebt turtelnd im Bett liegen und sich Gedanken über den Namen des Babys machen.

»Alles in Ordnung mit dir?«, fragt Vero und hält mir ein Glas Punsch vor die Nase. »Hier, trink den, damit dir nachher in der Kirche warm genug ist. Vielen Dank noch mal für die tollen

Reiseführer, die du Bea und mir geschenkt hast. Und für den Englischsprachkurs. Ich werde fleißig üben«, verspricht sie. Vero hat die Weltreise von Hinrich anlässlich ihres dreißigsten Hochzeitstages geschenkt bekommen und prostet mir nun fröhlich zu. »Frohe Weihnachten, Lissy. Auf dich und darauf, dass bald alles besser wird!«.

Darauf trinke ich gerne, füge aber tapfer noch ein »Auf euch. Auf eure Reise!« hinzu, als sich nun auch Bea mit ihrem Punsch zu uns gesellt.

Um 23.00 Uhr gehen wir zur Christmette und lauschen andächtig den Worten von Pater Lorenz, der – offensichtlich beschwingt von Glühwein oder dergleichen – eine flammende Rede hält. Beim Anblick der festlich geschmückten Kirche, der feierlichen Gesichter der Kinder und der schönen Kleider der Gottesdienstbesucher wird auch mir endlich warm ums Herz. Stefan beginnt ein wenig in die Ferne zu rücken.

In der Reihe schräg vor uns entdecke ich neben vielen anderen bekannten Gesichtern Leon und habe so wenigstens ausgiebig Gelegenheit, seine Rückenansicht zu studieren. Die welligen Haare kringeln sich über dem grauen Schal, den er sich um den Hals geschlungen hat. Den Parka hat er gegen einen anthrazitfarbenen Wollmantel getauscht, und seine Füße stecken in schwarzen Glattlederschuhen. Neben ihm sitzt eine blonde junge Frau, die Haare zu einem strengen Pferdeschwanz zusammengebunden, die immer wieder zu ihm hinübersieht und ihm etwas zuflüstert. Vertraut stecken die beiden beim Singen die Köpfe zusammen, und ich überlege, ob sie wohl seine Freundin ist.

Im Anschluss an die Christmette treffen wir die beiden vor der Kirche, wo Bea und Vero noch einen kleinen Plausch mit ein paar Freunden halten. Leon stellt mir die Blonde an seiner Seite als Julia vor, ohne näher auf sein Verhältnis zu ihr einzugehen. Ich bemerke, wie Bea Julia leicht irritiert ansieht, aber dann gerät die Begegnung über die allgemeinen Festtagswünsche ins Hintertreffen, und wir kehren nach Hause zurück.

Die beiden Weihnachtsfeiertage sind geprägt von hektischem Packen, Organisieren, dem Schreiben von Listen und letzten Anweisungen im Hinblick auf die Buchhandlung. Alle nötigen Impfungen und Einkäufe für die Reise (neidisch blicke ich auf eine Ansammlung von Sonnenhüten, Sandalen, Strandtüchern und Taschen), haben die beiden termingerecht erledigt, so dass es nur noch das Kunststück zu vollbringen gilt, die Gepäckmassen in den beiden Koffern unterzubringen und nicht das Gewichtslimit für den Flug nach Miami zu sprengen. Dann ist es endlich so weit: Ich bringe Bea und Vero mit dem Jeep nach Hamburg-Fuhlsbüttel.

Am Flughafen verdrücke ich dann doch ein paar Tränen – insbesondere, als ich die beiden die Sicherheitskontrolle passieren lassen muss. Da gehen sie hin: Pat und Patachon, die beiden unterschiedlichen Freundinnen, die sich gemeinsam auf das wohl größte Abenteuer ihres Lebens einlassen.

»Alles Gute euch beiden, kommt gesund wieder«, flüstere ich, als Bea und Vero meinem Blickfeld entschwinden, und bin froh, dass Timo bei mir ist und mir die Hand leckt. »Komm, Süßer, jetzt geht's wieder heim«, sage ich und stelle verwundert fest, dass ich Sylt gerade als meine Zuhause bezeichnet habe.

»Was ist DAS denn für ein Lärm?«, frage ich am nächsten Tag Birgit Stade, seit heute meine einzige Mitstreiterin und Verbündete in der Bücherkoje, als plötzlich ohrenbetäubende Musik (EMINEM?) auf die Straße und damit durch die geöffnete Eingangstür in die Buchhandlung dröhnt.

»Es ist wieder so weit«, antwortet meine Kollegin lediglich achselzuckend und geht unbeirrt weiter ihrer Tätigkeit nach.

Wir sind gerade dabei, das Schlachtfeld vom letzten Arbeitstag aufzuräumen, die Weihnachtsdekoration abzuhängen und die Regale zu putzen. So steht es zumindest auf der To-do-Liste, die Bea uns hinterlassen hat. Und daran halten wir uns natürlich.

»Was ist wieder so weit?«, frage ich und überlege, ob ich die Tür schließen soll. Draußen herrscht Eiseskälte, doch Beas strenge Anordnung lautet, den Eingang stets geöffnet zu halten, um die Kunden, wie sie sagt, »einzuladen« und keine hemmenden Barrieren aufzubauen.

»Nele hat wieder Liebeskummer«, lautet die lakonische Antwort von Frau Stade, die ungerührt weiter Weihnachtskugeln und vertrocknete Tannenzweige auseinandersortiert.

»Nele? Ist das nicht die Besitzerin vom Möwennest?«, frage ich weiter nach, denn nun bin ich WIRKLICH neugierig!

»Ja, das ist die vom Möwennest. Und wenn Nele Liebeskummer hat, was nicht gerade selten passiert, weil sie sich ständig mit den falschen Männern einlässt, dreht sie die Musik so laut auf und singt mit, dass man es bis nach Westerland hört. Das ist völlig normal. Kein Grund, sich Sorgen zu machen!«, antwortet meine Kollegin und legt die Weihnachtskugeln ordentlich in einen Karton.

Birgit Stade ist Mitte fünfzig, gelernte Buchhändlerin und sogenannte erste Sortimenterin in der Bücherkoje, was ich angesichts der Tatsache, dass es außer Bea und ihr keine weiteren Arbeitskräfte gibt, witzig finde. Aber Frau Stade nimmt diese

Aufgabe und die damit verbundene Verantwortung sichtlich ernst, was mir natürlich nicht ganz unrecht ist. Als humorvoll, warmherzig oder besonders nett würde ich sie nicht bezeichnen, eher als nüchtern und ein wenig langweilig. Aber so unspektakulär ich sie auch als Person empfinde, so beeindruckt bin ich von ihrem buchhändlerischen Wissen.

Sie muss so gut wie nie nach einem Titel in den Katalogen suchen. Die Kunden brauchen nur ein Stichwort zu nennen, und schon weiß Frau Stade, wie das Buch heißt, wer es verfasst hat und ob es am Lager ist. Und wenn sie Bücher empfiehlt, wird sie auf einmal ein komplett anderer Mensch. Ihr Gesicht nimmt Farbe an, ihre blassblauen Augen leuchten, ihre Körpersprache verändert sich komplett. Geht sie sonst eher leicht gebückt, strafft sich mit einem Mal ihr Rücken, sie scheint um mehrere Zentimeter zu wachsen und ist völlig in ihrem Element. Die Kunden lieben sie dafür, und selten geht jemand hinaus, ohne mindestens zwei der von Frau Stade empfohlenen Bücher gekauft zu haben.

Die Musik bleibt anhaltend laut, und ich meine Wörter wie »fuck you« und »damned« zu vernehmen, was in der Tat keine positiven Rückschlüsse auf die Gemütsverfassung dieser Nele zulässt.

Liebeskummer hin oder her – das ist kein Grund, derart die Straße und unsere Buchhandlung zu beschallen. Schon gar nicht mit so grauenvoller und aggressiver Musik! Ob ich mal nach nebenan gehe und sie bitte, die Lautstärke ein wenig zu drosseln?

»Frau Stade, ich bin gleich zurück«, unterrichte ich meine Kollegin und entledige mich der Gummihandschuhe, die bis eben noch meine Hände vor der Putzlauge geschützt haben.

Energischen Schrittes marschiere ich nach nebenan, kann aber zunächst niemanden im Möwennest entdecken. Auf diese Weise habe ich zumindest Gelegenheit, in Ruhe den Innenraum des Cafés zu begutachten, das ich bislang nur von außen gesehen habe. Die Wände sind ochsenblutrot gestrichen, für Sylter Verhältnisse eher ungewöhnlich, die Möbel aus Teakholz. Auf den ersten Blick wirkt das alles zwar recht dunkel, aber auch sehr gemütlich. Besonders ein mit rotem Samt bezogenes Sofa hat es mir angetan, es bildet das Herzstück des Cafés. Überall stehen Kerzenständer und Holzmöwen, die einen eigentümlichen Kontrast zu dem mediterranen Ambiente des Interieurs bilden.

»Was wollen Sie hier, können Sie nicht lesen?«, reißt mich eine pampige Frauenstimme aus meinen Betrachtungen.

Schuldbewusst stelle ich eine der Möwen, die ich mir gerade näher angesehen habe, auf den Tisch zurück. »Was heißt, ich kann nicht lesen?«, antworte ich ebenfalls unwirsch.

Schon funkeln wir uns finster an: Nele Sievers vom Möwennest und Lissy Wagner von der Bücherkoje.

»Auf dem Schild an der Eingangstür steht *Closed,* oder können Sie etwa kein Englisch?«, giftet die rothaarige junge Frau weiter und blitzt mich aus ihren grünen Augen an.

»Wenn Gäste hier derart unerwünscht sind, dann schließen Sie doch einfach ab«, blaffe ich – mittlerweile ernsthaft sauer – zurück, und schon sind wir mitten im Zickenkrieg. »Bei der grauenvollen und lauten Musik will hier sowieso niemand sitzen«, fahre ich fort, mache auf dem Absatz kehrt und rausche hinaus.

Ich kann gerade noch hören, dass Nele mir so etwas wie »Tussis wie Sie will ich hier auch gar nicht haben!« hinterher ruft.

»Ärger?«, vernehme ich auf einmal eine bekannte Stimme hinter mir und bin froh, dass ich nach dieser Zimtzicke wenigstens einen netten Menschen treffe, nämlich Leon. »Ich wollte gerade einen Tee trinken gehen«, sagt er, »und dich fragen, ob du nicht Lust hast, mich zu begleiten.«

Ich murmle etwas von »Cappuccino«, und wir gehen fast wortlos weiter zur Kleinen Teestube, die völlig überfüllt ist. Sylt ist ab dem zweiten Weihnachtsfeiertag ähnlich gut besucht wie im Hochsommer, wenn nach den Norddeutschen die Nordrhein-Westfalen und die Bayern wie ein Heuschreckenschwarm über die Insel hereinbrechen und alles bevölkern, was es zu bevölkern gibt.

Doch wir haben Glück, und es werden gerade zwei Plätze an einem größeren Tisch frei. Die Kellnerin, die unsere Bestellung aufnimmt, scheint Leon zu kennen und lächelt ihm freundlich zu, als er die Karte verlangt.

»Also, ich weiß ja nicht, wie der Cappuccino hier ist, aber die frischen Friesenwaffeln mit Pflaumenmus sind ein Gedicht. Die haben noch jede miese Laune in Nullkommanichts vertrieben«, sagt Leon.

Also bestelle ich diese Kalorienbombe zusätzlich zum Rauchtee mit in Rum getränkten Kirschen, einer hauseigenen Spezialität, für die ich mich anstelle des Cappuccinos entschieden habe.

»Und? Macht es Spaß in der Buchhandlung?«, erkundigt sich Leon, als der Tee vor uns steht, und sieht mich aus seinen dunkelblauen Augen intensiv an.

»Das kann ich noch nicht genau sagen«, antworte ich und rühre gedankenverloren in meinem Getränk. »Bislang habe ich nur den hektischen Weihnachtstrubel mitbekommen. Da ging es weitestgehend darum, erst mal der Massen Herr zu werden und

Geschenke zu verpacken. Momentan weiß ich weder, wie es ist, wirklich Buchhändlerin zu sein, noch habe ich mich näher damit beschäftigt, welche Bücher wir führen, oder in Ruhe in den einen oder anderen Titel hineingelesen. Allerdings freue ich mich schon auf die bevorstehenden Besuche der Verlagsvertreter, und zwar deutlich mehr als darauf, immer nur Briefmarken und die ewig gleichen Bestseller zu verkaufen. Momentan scheint alle Welt geradezu besessen von diesen Vatikanthrillern. Was liest du eigentlich gerade?«, frage ich Leon und sehe ihn gespannt an.

»Mein aktuelles Lieblingsbuch handelt von einem Wissenschaftler, der besessen ist von dem Gedanken, dass Jesus ein Verhältnis mit Maria Magdalena hatte. Er ist auf der Suche nach dem echten Turiner Grabtuch und begegnet ständig einem Mann, dessen Initialen den Namen des Teufels tragen. Auf der Flucht vor diesem Fremden gerät der Wissenschaftler in die Fänge einer mysteriösen Sekte, die Züge der Rosenkreuzer trägt, und entdeckt in einem Kloster ein geheimes Buch, das jeden sofort tötet, der es berührt.«

Leon mustert mich herausfordernd, und ich überlege, was ich antworten soll. Vorsichtshalber sage ich gar nichts, weil ich nicht weiß, wie ich wieder aus dem Fettnapf klettern soll, in den ich da gerade hineingefallen bin.

Ich muss wohl sehr erschüttert aussehen, denn plötzlich beginnt Leon zu lachen. »Das war ein SCHERZ, keine Sorge, du hast mich nicht beleidigt, falls du das jetzt denken solltest. Zur Entspannung lese ich solche Vatikanthriller auch gern, aber momentan fasziniert mich eher *Der Schatten des Windes* von Carlos Ruiz Zafón. Ein opulenter Schmöker vor der Kulisse Barcelonas. Darin geht es um das mysteriöse Verschwinden eines geheimnisvollen Buches, um Freundschaft und die Suche nach der wahren Liebe.«

Das klingt spannend, finde ich, und beschließe, umgehend nachzusehen, ob wir den Titel am Lager haben. Dabei fällt mir siedend heiß ein, dass ich Frau Stade nichts davon gesagt habe, dass ich so lange wegbleibe. Inzwischen ist es bereits Mittag, und sie ist ganz allein in der Buchhandlung.

»Tut mir furchtbar leid, aber ich muss los«, sage ich, springe auf und suche nach meiner Tasche. Dabei fällt mir ein, dass ich sie nicht dabeihabe, weil ich gar nicht geplant hatte, mich weiter als zehn Meter von der Bücherkoje zu entfernen.

Leon sieht mich irritiert an und erhebt sich ebenfalls.

»Das ist mir jetzt sehr unangenehm, aber könntest du bitte meinen Tee und die Waffeln übernehmen? Ich habe mein Portemonnaie in der Bücherkoje gelassen. Komm doch einfach gleich mit, dann gebe ich dir dort das Geld.«

Leon zahlt wortlos und schüttelt den Kopf, so als wolle er sagen: Diese Großstädter, sie sind immer so hektisch.

Zehn Minuten später stehen wir in der Bücherkoje, wo bereits die leicht aufgebrachte Frau Stade wartet.

»Um Himmels willen, wo waren Sie denn so lange?«, fragt sie mich vorwurfsvoll. »Können Sie nicht Bescheid geben, bevor Sie einfach so mir nichts dir nichts verschwinden? Man macht sich schließlich Sorgen!«

»Aber Frau Stade, was soll mir denn hier schon passieren?«, erwidere ich lachend und versuche dadurch die Situation zu entschärfen. Wie peinlich! »Ich habe doch keine nächtliche Wattwanderung ohne Führung unternommen. Aber entschuldigen Sie, ich hätte wirklich Bescheid geben sollen, da haben Sie völlig recht. Mir ist da spontan etwas dazwischengekommen. Wird nicht wieder passieren. Machen Sie erst mal Pause, ich bin ja jetzt da!«

Bei dem Wort »dazwischengekommen« merke ich, wie Birgit Stades Blick von Leon zu mir wandert, der aber gar nicht bemerkt, wie aufmerksam er taxiert wird, so beschäftigt ist er damit, seinen Pressespiegel zusammenzustellen, den er am Morgen noch nicht abgeholt hat.

»Jetzt ist ja wieder alles in Ordnung, Frau Stade. Lissy ist zurück«, sagt er, zwinkert mir verschwörerisch zu und verlässt die Bücherkoje.

Den Rest des Tages verbringe ich damit, mir die vorrätigen Titel in Ruhe etwas genauer anzusehen und über diese merkwürdige Nele nachzudenken. Gott sei Dank hat sie wenigstens die Musik leiser gedreht.

»Leon scheint ganz nett zu sein, findest du nicht auch?«, befrage ich Timo beim Abendspaziergang. Allerdings interessiert sich der Berner Sennhund viel mehr für eine junge Labradorhundedame als für mein Geschwafel. »Lad sie doch zum Essen ein, wenn sie dir so gut gefällt«, schlage ich ihm vor, als er vollkommen betört um das Weibchen herumscharwenzelt und sich kaum von ihr lösen kann. »Frag sie, ob sie Pansen mag«, lästere ich weiter und schüttle mich gleichzeitig innerlich bei diesem Gedanken.

Ich bin froh, dass Timo aus gesundheitlichen Gründen fast ausschließlich Trockenfutter bekommt. Das fehlte mir gerade noch, dass ich mich in die Küche stelle, stinkenden Pansen koche, im Esszimmer eine Decke ausbreite, Kerzen aufstelle und romantische Klaviermusik auflege, um dem jungen Hundeglück so rasch wie möglich auf die Pfoten zu helfen. Aber eine roman-

tische Geschichte wäre es schon, denke ich seufzend und frage
mich gleichzeitig, wann und vor allem ob ich in meinem Leben
jemals wieder Romantik werde erleben dürfen …

Zu Hause angekommen, beschließe ich, einen Wellness-Abend
einzulegen, nehme ein heißes Bad, gönne mir ein Körperpeeling
und trage eine Honigmaske auf, um meine von Wind und Kälte
gerötete und trockene Haut zu beruhigen. Am Wannenrand
habe ich Kerzen aufgestellt, und während die Gesichtsmaske
sowie eine Haarkur ihre Wirkung entfalten, nippe ich an einem
Glas Prosecco, den ich noch in Beas Kühlschrank gefunden
habe.
Wie es den beiden wohl geht?, frage ich mich und schrubbe mir
den Rücken mit einer Massagebürste. Allmählich könnten sie
sich mal melden, um Bescheid zu geben, ob sie heil in Miami
und auf ihrem Schiff gelandet sind! Wie aufs Stichwort vibriert
mein Handy, das ich mit ins Badezimmer genommen habe.

Sind auf der »Columbus«, haben eine tolle
Kabine und jede Menge Spaß. Nehmen jetzt Kurs
auf Acapulco. Freuen uns auf Margaritas und
Tortillas. Melden uns in ein paar Tagen.
Küsse für dich und Timo, Bea und Vero.

Gott sei Dank, denke ich und schrubbe nun Ellbogen und Knie,
die ich nachher mit meinem »Magic Oil« verwöhnen möchte.
Timo, der mittlerweile ins Bad getrottet ist, beobachtet das Geschehen interessiert.
»Ich soll dich schön von Bea grüßen«, teile ich dem Hund mit,
der aussieht, als hätte er schweren Liebeskummer. Irgendwie

wirken seine braunen Hundeaugen noch trauriger als sonst. »Ich werde morgen exakt zur selben Zeit an dieselbe Stelle mit dir gehen. Dort triffst du die Dame deines Herzens bestimmt«, verspreche ich Timo und habe den Eindruck, dass sich das Dunkle seiner Augen ein wenig aufhellt.

Eingemummelt in meinen dicken Frotteebademantel und mit Wollsocken an den Füßen, kuschle ich mich ein paar Minuten später ins Bett und versuche zu lesen. Doch irgendwie kann ich mich nicht so recht konzentrieren. Seit Bea und Vero weg sind, ist es hier ungewohnt fremd und einsam für mich. Bis auf ein gelegentliches Knacken der alten Holzdielen ist es absolut still im Haus – wie gut, dass ich nicht allzu ängstlich bin. Auch wenn ich gerade dabei bin, ein Buch von Charlotte Link zu lesen, das spannend und ziemlich gruselig ist.

Doch dann wandern meine Gedanken von der Heldin des Buches zu mir und meiner Situation. Merkwürdig, wie schnell sich so ein Leben ändern kann. Vor wenigen Monaten noch verlief alles in geregelten Bahnen. Ich hatte Stefan, ich hatte meinen Job im Hotel und wohnte in Hamburg. Als Bea mich fragte, ob ich ihr in der Buchhandlung aushelfen könne, rang ich anfangs mit mir, weil ich nicht so lange ohne Stefan sein wollte. Hätte ich damals geahnt, dass er mich betrügen und verlassen würde, hätte ich mir das schlechte Gewissen ihm gegenüber und die vielen Zankereien wegen dieses Themas sparen können. Im Nachhinein kommt es mir vor wie Hohn, dass Stefan sich überhaupt über meine Auszeit geärgert hat, wo er doch zu diesem Zeitpunkt schon längst ein Verhältnis mit Melanie hatte.

Beim Gedanken an meinen ehemaligen Freund legt sich Einsamkeit wie eine schwere Decke über mich. Sie drückt mich nieder, und ich habe das Gefühl, keine Luft mehr zu bekommen. Mühsam zwinge ich mich zu anderen, positiveren Gedanken. Was das kommende Jahr wohl bringen wird?, überlege ich, schließlich ist bald Silvester. Ich starre an die Decke, auf die das Mondlicht kleine Schatten malt.

Das erinnert mich an meine Kindheit, als mein Vater mit Hilfe seiner Hände lustige Tierfiguren als Silhouetten an die Wand geworfen und dann mit verstellter Stimme kleine Rollenspiele aufgeführt hat. Er spielte einen lispelnden Hasen, einen mutigen Adler, einen knuddeligen Bären und eine lahme Schildkröte, und ich konnte nicht genug von diesen Spielen bekommen. Eine schöne Erinnerung, die mir, solange ich lebe, keiner mehr nehmen kann. Ein beruhigendes Gefühl! Aber ebenfalls ein sehr einsames.

Ob ich mich weiter an Einsamkeit werde gewöhnen müssen?, frage ich mich, weil ich nicht weiß, wie es nach Sylt mit meinem Leben weitergehen wird. Werde ich mich in Hamburg wieder zurechtfinden? Werde ich überhaupt in einer Stadt bleiben wollen, in der zu befürchten ist, dass ich hin und wieder per Zufall Stefan, Melanie und ihrem Kind begegnen werde? Wird mir mein Job im Hotel noch Spaß machen, wenn ich mich erst einmal an die Tätigkeit als Buchhändlerin gewöhnt habe? Wird mein Leben überhaupt noch lebenswert sein?

3. Kapitel

Die beiden Tage bis zum Jahreswechsel sind hektisch, weil wir in der Bücherkoje Vorbereitungen für die Inventur treffen müssen. Ich bin froh, dass die kleine Paula immer noch bei ihren Großeltern in Stuttgart ist, denn auf diese Weise habe ich nicht NOCH eine Verpflichtung, der ich gewissenhaft nachkommen muss.

Ich habe keine Ahnung, wie ich Silvester verbringen werde, und beschließe, mir in Ermangelung einer spannenderen Alternative etwas Leckeres zu kochen und früh ins Bett zu gehen. Ich bin sowieso immer ein Silvestermuffel gewesen und habe eine Heidenangst vor Böllern und Raketen. Das Tolle an Sylt ist, dass dergleichen strengstens verboten ist, weil die Gefahr besteht, dass eines der Reetdächer in Brand gerät. Apropos Brand: Wenn ich in den nächsten Tagen nicht erfrieren will, muss ich mich allmählich um die Öfen kümmern.

Zu diesem Zweck begebe ich mich am frühen Morgen zu meinem Nachbarn Ole Hinrichs auf der linken Seite (rechts wohnen Tanja und Paula). Denn ich habe zwar das Öl und die Kohle entdeckt, wage es aber nicht, das Zeug eigenständig anzuzünden. Wie ich mich kenne, schaffe ich es in Nullkommanichts, das ganze Kapitänshaus in Brand zu setzen. Und dann ist es wärmer, als mir lieb ist! Dummerweise habe ich es versäumt, einen Probedurchgang mit Bea zu exerzieren. Da laut ihrer Aussage Herr Hinrichs für dergleichen gerne zur Verfügung steht, kann er jetzt ruhig mal zeigen, was er von Öfen versteht.

Als ich klingle, steckt zuerst seine Frau Uta den Kopf in die kalte

Winterluft und bittet mich umgehend herein. »Ole, Lissy ist hier«, ruft sie.

Alsbald erscheint ihr Mann, rustikal in eine Latzhose gewandet, deren Beine in Gummistiefeln stecken. »Na, min Deern, was kann ich für dich tun?«, erkundigt er sich und mustert mich neugierig.

Fehlt nur noch, dass er feststellt, wie groß ich geworden sei.

»Hast du schon was von Bea und Vero gehört?«, fragt er munter weiter.

Dabei habe ich gerade gar keine Zeit für einen netten Plausch, weil ich schleunigst in die Bücherkoje muss. »Den beiden geht es bestens. Sie sind gesund und munter, tragen mexikanische Hüte und singen permanent »La Cucaracha«, antworte ich.

»Da ist also soweit alles im grünen Bereich. Dafür habe ich ein Problem mit den Öfen und hoffe, dass du mir helfen kannst!«, sage ich und sehe ihn hoffnungsfroh an.

»Na, dann wollen wir mal«, ruft Ole tatkräftig, nimmt seinen Parka vom Haken und folgt mir zu Beas Haus. »Mann, du hast es aber wirklich kalt hier«, bestätigt er Minuten später, was ich sowieso schon weiß, und sieht sich der Reihe nach alle Öfen an.

»Da ist schon alles in Ordnung, Ole. Du brauchst mir nur zu zeigen, wie man die Dinger anmacht«, erkläre ich und winke mit der Ölkanne, die ich zuvor noch aus dem Keller geholt habe.

»Wenn du damit rumhantierst, isses kein Wunder, dass es hier nich warm wird. Wo hat Bea denn die Kiisen und die Sjiplurter?«, fragt mein Heizungsmechaniker und sieht mich erwartungsvoll an.

»Sjip was?«, wiederhole ich verwundert und habe nicht den geringsten Hauch einer Ahnung, wovon Ole da spricht.

»'tschuldige bitte, ich hab ganz vergessen, dass du kein Friesisch

kannst«, erwidert Ole grinsend und holt einen Packen Streich-
hölzer aus der Tasche seiner Latzhose. »Kiisen und Sjiplurter
sind Kuhfladen und Schafsköttel«, erklärt er mir dann.

Ich überlege kurz, ob Bea wohl vergessen hat, mir zu erzählen,
dass Ole mit seinen immerhin fast achtzig Jahren allmählich der
Alterssenilität und/oder Demenz anheimgefallen ist.

»Weißt du das denn nicht?«, fragt er weiter und verzieht immer
noch keine Miene. »Seit Jahrhunderten sammeln wir Friesen die
Fladen und Köttel, trocknen sie und stapeln sie dann in der
Scheune, damit wir gut über den Winter kommen. Das ist Natur pur, ist billig und brennt so gut wie Torf!«

»Aaaaha«, antworte ich gedehnt, weil ich nicht weiß, wie ich
reagieren soll.

Auf der einen Seite halte ich das alles für puren Unsinn, auf der
anderen Seite weiß man bei Bea nie so genau. Wer nachts bei
Vollmond Kräuter pflückt, um daraus Tee zu kochen, ist vermutlich auch dazu fähig, Exkremente von Schafen und Kühen
ökologisch korrekt zu verwerten.

»Nu gib mal die Kanne her«, sagt Ole amüsiert und befreit mich
damit netterweise von meinen Zweifeln. »Du hast dich als Kind
schon immer so vereimern lassen, und ich wollte nur mal sehen,
ob's immer noch klappt«, erklärt er.

Nach und nach entfacht er jeden Ofen im Haus. Ich folge ihm
artig, lasse mir jeden Handgriff erklären und kann nach dieser
Demonstration beruhigt in die Bücherkoje fahren.

Als ich dort ankomme, sehe ich als Erstes die Rückenansicht
einer rothaarigen Frau, die gerade bei Frau Stade eine Zeitschrift
bezahlt. Mist, ich bin schon wieder zu spät … Als sich die Kundin umdreht, blicke ich direkt in das Gesicht von Nele Sievers.

Sie mustert mich spöttisch und sagt dann zu Frau Stade: »Da ist sie ja endlich. Scheint sich nicht richtig an die Arbeitszeiten halten zu wollen, die Gute. Was wohl Bea dazu sagen würde, wenn sie wüsste, dass ihre Nichte ab und zu einfach verschwindet, ohne Bescheid zu sagen, und morgens erst dann hier auftaucht, wenn sie ausgeschlafen hat.« Mit diesen Worten macht sie auf dem Absatz kehrt und rauscht mit ihrem langen, bunten Wollmantel, der aussieht wie ein Flickenteppich, aus der Buchhandlung.

Ich bin sauer. Richtig sauer, und das aus zwei Gründen. Erstens wegen der dummen Anmache und zweitens, weil Frau Stade offensichtlich über mich gelästert hat, sonst wüsste Nele nichts von dem Kaffee mit Leon. Na toll, denke ich verärgert. Kaum ist Bea weg, beginnen auch schon die Probleme.

Allerdings beschließe ich, mich nicht unterkriegen zu lassen, Birgit Stade gegenüber ein Pokerface aufzusetzen und sie gar nicht erst auf die Idee zu bringen, ihr Getratsche oder das Verhalten dieser durchgeknallten Nele machten irgendwie Eindruck auf mich. Ich erkläre kurz und knapp, dass ich ein Problem mit der Heizung hatte, und mache mich daran, die Inventurlisten vorzubereiten und die Remittenden herauszusuchen. Während ich alle Bücher aus den Regalen nehme, die an die Verlage zurückgeschickt werden sollen, betritt Leon die Buchhandlung.

»Was machst du eigentlich morgen Abend?«, erkundigt er sich, nachdem er seine Zeitungen zusammengesucht hat.

Da ist es wieder – das blöde Thema Jahreswechsel! »Nichts Besonderes«, antworte ich. »Ich bin ganz froh, wenn ich mal ein wenig allein sein kann. Dieses Jahr hat einige Veränderungen mit sich gebracht, und ich will den Jahreswechsel dazu nutzen, mir ein paar Gedanken darüber zu machen, was ich mit mir und meinem Leben anfangen will«, erläutere ich meine Pläne, höre aber selbst, dass ich ein wenig unsicher klinge.

»Gedanken kannst du dir später immer noch machen«, entgegnet Leon und sieht mich intensiv an. »Ein paar Kollegen aus der Redaktion feiern im Samoa-Seepferdchen. Hast du nicht Lust, mitzukommen?«

Ich gerate kurz ins Schwanken. Vielleicht ist das tatsächlich netter, als alleine zu Hause zu sein, wo mir mit Sicherheit spätestens kurz vor Mitternacht die Decke auf den Kopf fallen wird. Außerdem ist das Samoa-Seepferdchen eines meiner Lieblingsrestaurants auf der Insel. Eine Bretterbude inmitten der Dünen am Strand, aber nicht so überdreht wie das bekanntere Schwesterrestaurant namens Sansibar.

»Komm schon, sag ja«, insistiert Leon. »Nele ist auch mit von der Partie. Du wirst sehen, das wird lustig! Wir wollen um zehn los. Ich hole dich ab und bringe dich anschließend wieder nach Hause, versprochen. Timo kann übrigens auch mitkommen, damit haben die dort kein Problem.«

Ich überlege, aber nur kurz. Diese widerliche Nele kommt auch? Dann ist es ja keine Frage, dass ich stattdessen doch lieber allein bleibe, mir irgendeinen dummen Film anschaue und mit mir selbst Fondue esse. Oder mit Hilfe von Beas Tarotkarten einen Blick in meine unmittelbare Zukunft werfe.

»Das ist ganz lieb, Leon, und ich weiß dein Angebot wirklich sehr zu schätzen. Aber ich bin dieses Jahr einfach nicht in Partystimmung und möchte niemandem die Laune verderben. Ich wünsche dir viel Spaß und freue mich, wenn du mir später erzählst, wie es war«, antworte ich einen Tick energischer, als mir lieb ist.

Leon akzeptiert offensichtlich, dass er keine Chance hat. »Okay, dann rufe ich dich am nächsten Tag an. Vielleicht können wir ja mit Timo einen Spaziergang machen und beim Neujahrsnacktbaden in Westerland zusehen.«

Ich lächle kurz, und er verlässt die Bücherkoje, um in die Redaktion zu gehen.

Am späten Nachmittag dcs darauffolgenden Tages schließen Birgit Stade und ich die Bücherkoje ab und verabschieden uns mit gegenseitigen Wünschen für einen guten Start ins neue Jahr. Meine Kollegin feiert bei ihrer Tochter in Archsum, und ich mache mich mit meinen Einkäufen und Timo auf den Weg zum Kapitänshaus. Im Briefkasten finde ich eine Postkarte von Bea und Vero, die sie offensichtlich in Miami abgeschickt haben.

Es ist eine Abbildung der »Columbus«, und ich kann nicht umhin zu überlegen, wie die beiden wohl mit den Gepflogenheiten auf einem noblen Kreuzfahrtschiff klarkommen. Die Süßen, denke ich und schmunzle bei dem Gedanken, dass die beiden vielleicht beim Kapitänsdinner sein werden, und frage mich, wie Silvester auf so einem Schiff gefeiert wird. Ob man Raketen ins offene Meer hinausschießen darf? Oder denken dann die anderen Schiffe, dass es sich um einen Notruf handelt?

Gegen 20.00 Uhr durchforste ich Beas Videobestände (nein, hier gibt es noch keinen DVD-Player!) nach einem geeigneten Film, denn im Fernsehen kommt nur Mist. Irgendwie will ich noch nicht mit dem Fondue beginnen, weil der Abend sonst unerträglich lang wird. Denn jetzt, da ich tatsächlich allein bin, verlässt mich all mein Mut, und ich ärgere mich, dass ich nicht doch zu der Samoa-Party gehe.

Andererseits ist mir nach allem zumute, nur nicht danach, mit dieser zickigen Kuh von Nele gemeinsam am selben Ort ins

neue Jahr zu feiern. Es reicht mir schon, dass ich sie heute – bepackt mit mehreren Einkaufstüten und arrogant in den Wind
gestrecktem Kinn – an der Bücherkoje habe vorbeirauschen
sehen. Ich durchwühle Beas Kassetten und finde schließlich das
Passende. *High Society* mit Grace Kelly, Bing Crosby und Frank
Sinatra. Einen meiner absoluten Lieblingsfilme!

»Damit wäre der Abend gerettet«, murmle ich vor mich hin,
während ich mich in eine Decke gewickelt an den Kachelofen
setze und mir ein Glas Rotwein einschenke. Nach dem Film,
der mich tatsächlich abgelenkt hat (es ist jetzt 22.00 Uhr), er-
hitze ich ein wenig Biskin im Fonduetopf, hole das kleinge-
schnittene Fleisch aus dem Kühlschrank, wobei Timo jeden
meiner Schritte genauestens verfolgt, und beginne, mir einen
Salat zu machen. Um 22.30 Uhr sitze ich am Esstisch, habe
Kerzen angezündet, Timo zu meinen Füßen und Brahms als
musikalische Untermalung.

Stück für Stück tauche ich meine Fleischwürfel in das siedend
heiße Fett und beglückwünsche mich dazu, alle Fonduegabeln
für mich allein zu haben. Keiner, der mich stört und behauptet,
seine Gabel sei die mit dem roten Punkt, obwohl das glatt gelo-
gen ist. Ich trinke noch ein Glas Wein und freue mich schon auf
die Piccolo-Flasche Veuve Cliquot, die ich mir zur Feier des Tages gönnen werde. Zur Feier meiner neu erworbenen Freiheit,
auch wenn ich sie nicht ganz freiwillig erlangt habe.

Ich trinke immer zügiger, vergesse dabei fast mein Fleisch und
beschließe, im nächsten Jahr ein vollkommen neuer Mensch zu
werden. Um 23.00 Uhr überlege ich zu studieren (nur was?),
um 23.05 Uhr erwäge ich nach Italien (Venedig?) auszuwandern, und um 23.10 Uhr breche ich in Tränen aus. Während es
mich schüttelt und ich das Gefühl habe, nie wieder mit dem

Weinen aufhören zu können, sagt eine mahnende Stimme in mir, dass es jetzt an der Zeit ist, den Anfall von Selbstmitleid zu unterbrechen und mich auf etwas anderes zu konzentrieren. Aber worauf? Was könnte so stark sein, sich gegen meine Silvesterdepression durchzusetzen? Ein spannender Film? Ein spannendes Buch?

Dabei fällt mir ein, dass ich noch immer nicht weiß, ob die arme, von ihrem psychopathischen Ex-Lover verfolgte Heldin des Buches von Charlotte Link überlebt. Plötzlich erscheint es mir furchtbar wichtig, zu wissen, wie die Geschichte endet. Ich bilde mir ein, in ihrem Ende so etwas wie ein Zeichen sehen zu können. Wenn SIE es schafft, aus einer scheinbar ausweglosen Situation herauszukommen, werde ich es ihr gleichtun.

Beschwingt von der Aussicht, etwas bewegen zu können, erklimme ich die Stufen nach oben in mein Zimmer in Windeseile. Timo, der schon eine Weile vor dem Kachelofen geschlummert hat, hebt kurz den Kopf, um gleich darauf wieder einzudösen. Sicher träumt er von seiner Hundedame, die wir seit dem ersten Rendezvous noch ein-, zweimal getroffen haben. Oben angekommen stelle ich jedoch fest, dass das Buch nicht da ist.

Mist, ich habe es offensichtlich im Pausenraum der Bücherkoje liegenlassen, wo ich in den letzten Tagen immer wieder darin gelesen habe. Ich überlege kurz, was ich tun soll: mir einen zweiten Film ansehen, eine Liste mit Neujahrsvorsätzen anfertigen oder in die Buchhandlung fahren, um das Buch zu holen. Gegen Letzteres spricht, dass ich bereits einige Gläser Wein getrunken habe. Ich entscheide mich dennoch für Charlotte Link, schwinge mich aber auf Beas Fahrrad, anstatt zu riskieren, dass sie mich mit dem Jeep erwischen.

Eingemummelt in alles, was ich an Kleidern in der Hektik finden kann, erreiche ich zehn Minuten später die Bücherkoje und hechte die Treppen hinauf zum Pausenraum, denn ich möchte natürlich pünktlich um 23.55 Uhr zu Hause sein, um den Champagner zu entkorken. Kaum habe ich das Buch gefunden, renne ich wieder hinunter und schließe in Windeseile die Tür ab.

Dann gehe ich plötzlich – ich habe keine Ahnung weshalb – nach nebenan, um einen Blick ins Möwennest zu werfen. Was an sich blanker Unsinn ist, weil ich es zum einen eilig habe und das Café zum anderen an diesem Tag mit Sicherheit geschlossen ist. Schließlich ist Nele ja auf der Party im Samoa-Seepferdchen. Durch das Fenster erkenne ich einen schwachen Schein im hinteren Teil des Raumes und wundere mich. Wer außer Nele kann sich um diese Uhrzeit und an einem solchen Tag im Café aufhalten? Soweit ich weiß, gibt es keine Angestellten, und sie selbst ist in Rantum. Ob sie einfach nur vergessen hat, das Licht auszumachen?

Während ich über mögliche Ursachen sinniere, erkenne ich auf einmal die Silhouette eines Menschen, die im Halbdunkel auf und ab geht. Das finde ich nun wirklich unheimlich und überlege, was ich jetzt tun soll. Die Polizei benachrichtigen? Selbst nachsehen? Leon auf dem Handy anrufen, damit er Nele Bescheid gibt? Irgendetwas muss ich auf alle Fälle unternehmen, denn so unsympathisch mir die Frau auch ist, sosehr empfinde ich es als meine nachbarschaftliche Pflicht, einen mutmaßlichen Einbruch zu verhindern. Dasselbe würde sie sicher auch für mich respektive für Bea tun, oder nicht? Ich zücke mein Handy und will soeben Leons Namen eingeben, da erkenne ich, dass es sich bei der Person im Möwennest um eine Frau handelt. Um eine Frau mit langen Haaren.

Sie begibt sich nun zum Sofa und setzt sich darauf. DAS würde mit Sicherheit kein Einbrecher tun. Etwas weniger ängstlich, dafür umso neugieriger gehe ich näher an die Fensterscheibe heran und versuche zu erkennen, was sich da im Inneren des Cafés abspielt. Mittlerweile haben sich meine Augen etwas besser an das diffuse Licht gewöhnt, und jetzt kann ich es sehen: Es ist Nele, die da auf dem Sofa sitzt, mutterseelenallein. Sie verschränkt die Arme auf dem Schoß und legt den Kopf darauf. Fast sieht es aus, als ob sie …

In der Tat. Auch Nele scheint es heute Nacht nicht besonders gut zu gehen, denn nun sehe ich, dass es ihren Körper genauso schüttelt, wie es noch vor einer halben Stunde bei mir der Fall war. Sie weint sich offenbar genauso die Seele aus dem Leib, wie ich es bis eben getan habe. Erstaunt registriere ich, dass ich so etwas wie Mitleid empfinde, auch wenn ich diese Frau weder kenne noch mag. Aber irgendwie rührt mich ihr Anblick, und ich verspüre den spontanen Impuls, sie in den Arm zu nehmen.

Ehe ich weiter darüber nachdenken kann, was ich da tue, klopfe ich auch schon gegen die Fensterscheibe. Beim ersten Mal registriert Nele mich nicht, aber nachdem ich beharrlich weiterklopfe, hebt sie auf einmal den Kopf und sieht in meine Richtung. Für einen Moment denke ich, dass sie mich ignorieren wird, doch dann höre ich, wie sich der Schlüssel im Türschloss dreht. Vor mir steht eine vollkommen verheulte Nele, das einst so kunstvolle Make-up völlig verschmiert, die Haare zerzaust, mit verwundertem Gesichtsausdruck, als sie erkennt, dass ICH es bin, die da geklopft hat.

»Was wollen Sie hier? Sie sehen doch, dass geschlossen ist«, sagt sie in einem barschen Ton, der allerdings gar nicht zu ihrer Mimik passt. Sie hat die Augen weit aufgerissen, was durch den verschmierten schwarzen Kajal geheimnisvoll betont wird. Auch in diesem Zustand ist sie zweifelsohne sehr attraktiv, das muss ich neidlos anerkennen!

»Ich dachte im ersten Moment, dass hier gerade eingebrochen wird«, entgegne ich in einem schärferen Ton als beabsichtigt. So funkeln wir uns erneut an, und ich habe das fatale Gefühl, als erlebte ich unsere erste Begegnung noch einmal.

»Aha, und da dachtest du dir, du klopfst mal, um nett mit dem Einbrecher zu plaudern«, entgegnet Nele spöttisch, und ich registriere verwundert, dass sie mich auf einmal duzt. »Ist das dein Hobby, Verbrecherjagd?«, fragt sie und geht wieder ins Café zurück, lässt jedoch die Tür einen Spalt geöffnet, was ich als Einladung werte.

»Nein, eigentlich nicht«, entgegne ich, während ich die Handschuhe abstreife und die Mütze abnehme. »Aber als ich gesehen habe, dass du hier sitzt und weinst, wollte ich zumindest mal fragen, ob ich dir irgendwie helfen kann. Was machst du eigentlich um diese Zeit hier? Ich dachte du bist in Rantum, auf der Samoa-Party?«

»Das dachte ich auch«, entgegnet Nele und deutet mir mit einer Kopfbewegung an, Platz zu nehmen. »Möchtest du was trinken?«

Bevor ich antworte, werfe ich einen Blick auf die Uhr. Mist, es ist 23.50 Uhr. Nun schaffe ich es auf keinen Fall pünktlich um Mitternacht mit meinem Schampus auf das neue Jahr anzustoßen. Auch Nele sieht auf die Uhr, scheinbar verwundert, bis sie sich jedoch wieder fängt und mich anlächelt. Zum ersten Mal, seit ich sie kenne.

»Wie sieht's aus, Lissy? Es ist kurz vor Mitternacht, wir haben offensichtlich beide keine Verabredung. Soll ich uns eine Flasche Champagner holen, und wir feiern hier zu zweit das neue Jahr?«

Ich kann nur stumm nicken, so skurril finde ich die Situation, und schon ist Nele in Richtung Küche verschwunden. Fünf Minuten später ist sie wieder da und balanciert zwei wunderschöne Gläser und eine Flasche Dom Perignon, dazu zwei Schalen voller Chips und Erdnussflips auf einem Tablett. Sie schaltet das Radio ein, damit wir den Jahreswechsel nicht verpassen. Andächtig sitzen wir beide im Kerzenschein nebeneinander auf dem Sofa und lauschen der Musik, bis es so weit ist. Punkt 24.00 Uhr fallen wir uns spontan in die Arme.

»Frohes neues Jahr«, sage ich und proste Nele zu.

»Auf ein besseres als das vergangene«, antwortet sie, und ich sehe erneut Tränen in ihren Augenwinkeln glitzern. Doch der melancholische Moment währt nur kurz, dann springt sie auf, um Raketen zu holen.

»Du willst doch nicht wirklich?«, protestiere ich.

Doch sie zerrt mich vor das Möwennest, steckt zwei Raketen in zwei leere Flaschen und drückt mir einen Zettel samt Stift in die Hand.

»Hier, schreib auf, was du alles zum Teufel schicken willst. Wenn du damit fertig bist, befestigen wir den Zettel an der Rakete, und dann kannst du den ganzen Mist im wahrsten Sinne des Wortes auf den Mond schießen«, erklärt Nele.

Ich finde, dass das eine ziemlich gute Idee ist, und brauche nicht lange, um mir zu überlegen, was ich auf den Zettel schreibe. Es sind nur drei Wörter – doch die sagen alles. »Mein bisheriges Leben«, schreibe ich und sehe dann zu, wie Nele den Zettel mit einer Reißzwecke an meine Rakete heftet.

Anschließend ist sie dran, und auch sie scheint nicht lange nachdenken zu müssen. Eine Minute später entzündet sie beide Raketen, und als diese mit viel Getöse in die Mondnacht zischen, ruft Nele mit lauter Stimme: »Blödes Jahr, verpiss dich, kein Mensch vermisst dich!«

Ich muss kichern, weil ich die ganze Situation rasend komisch finde. »Und du meinst, das hilft?«, frage ich amüsiert, während ich einen weiteren Schluck Champagner trinke, den Nele wohlweislich mit hinausgenommen hat.

Ein bisschen Angst habe ich schon, dass wir erwischt werden oder dass eine der Raketen versehentlich ein Reetdach getroffen hat. Da es aber nicht angebrannt riecht und es nirgendwo zu lodern beginnt, entspanne ich mich wieder und folge Nele ins Möwennest, nicht ohne jedoch die beiden leeren Flaschen mitzunehmen, quasi die Startrampen für unser Spaceshuttle. Ich muss dringend daran arbeiten, weniger brav und ängstlich zu sein, nehme ich mir vor und setze mich wieder auf das Sofa.

»Was hast du denn zum Mond geschossen?«, frage ich vorsichtig und mustere Nele, die an ihrem Schampus nippt und trotz der befreienden Aktion wenig glücklich aussieht.

»Das Möwennest«, antwortet sie knapp.

Neugierig lasse ich den Blick durch den Raum schweifen. Ich persönlich kann hier nichts Falsches entdecken und schon gar nichts, das so schlimm wäre, es auf den Mond schießen zu müssen.

»Besser gesagt mich selbst«, fährt Nele mit ihrer Erklärung fort und füllt erneut unsere Gläser.

Allmählich spüre ich, wie mir der Champagner in den Kopf steigt. Er bewirkt allerdings keine wohlige Mattigkeit, die Körper und Seele gnädig einlullt, wie schwerer Rotwein, sondern ist im Gegenteil absolut anregend und im wahrsten Sinne des Wortes prickelnd.

»Ich bin so gut wie pleite, mein Kredit für das Café ist nicht verlängert worden, der Vermieter droht mir mit Rauswurf, weil ich seit drei Monaten die Pacht nicht mehr bezahlt habe, und Liebeskummer habe ich auch.«

Ich muss mich schwer zusammenreißen, um nicht loszukichern, denn Nele hat ihre grünen, verschmierten Augen derart theatralisch aufgerissen und unterstreicht jedes ihrer Worte mit so ausladenden Gesten, dass ich sie schon fast nicht mehr ernst nehmen kann. Außerdem klingt diese Anhäufung von Dramen in meinen Ohren völlig überzogen und wie aus einem schlechten Film. Fehlt bloß noch, dass sie mir eröffnet, eine schwere Krankheit zu haben, die ihr nur noch wenige Tage zum Leben lässt. Kann es sein, dass mein erster Eindruck richtig war und diese Frau einfach nicht alle Tassen im Schrank hat?

»Was willst du jetzt tun?«, frage ich sachlich nach, um zu verhindern, dass noch weitere Tränen kullern. Außerdem habe ich letztlich doch eher eine pragmatische Einstellung zu den Dingen des Lebens. Schließlich hatte ich bislang auch schon einiges an Schicksalsschlägen wegzustecken.

»Tja, wenn ich das wüsste«, seufzt Nele und putzt sich geräuschvoll die Nase. »Momentan überlege ich von hier wegzugehen. Das alles hinter mir zu lassen und irgendwo neu anzufangen, wo mich keiner kennt.«

»An welche Stadt hast du dabei gedacht?«, hake ich weiter nach und überlege gleichzeitig, was wohl ihr Vermieter dazu sagen würde, wenn Nele einfach das *»Closed«*-Schild an die Tür hängte und mit der Nord-Ostsee-Bahn auf Nimmerwiedersehen verschwände.

»An Mexiko oder Indien«, lautet die für mich überraschende Antwort.

Ich hätte eher mit München oder Berlin gerechnet, jedoch nicht mit so exotischen Zielen. Da hätte Nele gleich mit Bea und Vero fahren können. »Aber wie stellst du dir das denn vor?«, bohre ich weiter und fühle mich zugegebenermaßen penetrant und ein bisschen spießig. »Um die Insel verlassen zu können, musst du erst mal die Pacht und deine Schulden bezahlen und einen Nachmieter für das Café finden. Du kannst doch nicht einfach sang- und klanglos verschwinden und nach dir die Sintflut. Das ist kindisch!«

Noch während ich das sage, bereue ich auch schon meine Worte. Ob, was, wann und wie Nele irgendetwas macht, geht mich im Grunde nichts an. Immerhin kennen wir uns gerade mal seit einer halben Stunde, und ich habe nicht das Recht, mich hier als Miss Allwissend aufzuspielen. SO viel habe ich in meinem Leben bislang nämlich auch noch nicht richtig gemacht. Prompt bekomme ich auch die Retourkutsche, die ich verdient habe.

»Ach, DU nennst mich also kindisch, ja?«, faucht Nele und funkelt mich an. Ihre grünen Augen schießen spitze Pfeile in meine Richtung, woraufhin ich unwillkürlich zurückweiche und mich tiefer in das Sofa hineinpresse. »Was hast du denn bislang Tolles gemacht in deinem Leben? Soviel ich weiß, hat dich dein Freund wegen einer anderen verlassen. Dein Job im Hotel hat dir keinen Spaß gemacht, und nun spielst du hier ein bisschen Buchhändlerin bei deiner Tante und bist auf der Flucht vor deiner Einsamkeit.«

Rumms, das sitzt. Ich überlege kurz, ob ich aufstehen und aus dem Café stürmen soll, entschließe mich dann aber zu bleiben.

Denn DAS kann auf keinen Fall unkommentiert bleiben, so viel ist sicher. Kampflos überlasse ich Nele das Feld nicht.

»Was mich betrifft«, sage ich im Brustton der Überzeugung und wende mich wieder Nele zu, »bin ich mittlerweile froh und glücklich, dass alles so gekommen ist, wie es ist. Es stimmt, mein Freund hat mich wegen einer anderen verlassen, und es stimmt auch, dass es verdammt wehtut und ich mich einsam fühle. Es stimmt sogar, dass ich keinen Spaß an meinem Job hatte und nun froh bin, etwas Neues kennenzulernen. Aber ich bin NICHT auf der Flucht und habe keine unerledigten Baustellen, so wie du offensichtlich. Das ist ein GANZ großer Unterschied.«

Eine Weile ist es still im Raum, und mich beschleicht eine gewisse Angst, dass Nele mich gleich auffordern wird zu gehen, denn das würde ich an ihrer Stelle gewiss tun. Dann kracht und poltert es plötzlich in dem hinteren Raum, der so gut wie gar nicht beleuchtet ist. Mein Herz bleibt beinahe stehen, weil ich sofort denke, dass es sich nun tatsächlich um die Einbrecher handelt, die ich vorhin vermutet hatte. Reflexartig fassen Nele, die genauso erschrocken ist, und ich uns an den Händen und drücken uns. Komisch. Obwohl ich zittere wie Espenlaub, durchströmt mich Neles warmer Händedruck schlagartig, gibt mir Energie und eine merkwürdige Art von Zuversicht.

»Ist da jemand?«, höre ich mich auf einmal zu meiner eigenen Überraschung mit fester Stimme fragen.

Schnell presst Nele mir ihre freie Hand auf den Mund. »Bist du verrückt?«, zischt sie mir zu und zieht mich in geduckter Haltung Richtung Tür.

Als wir fast beim Ausgang sind, saust auf einmal ein schwarzer Schatten an uns vorbei, und ich habe das Gefühl, für eine Sekunde in zwei glühende Augen zu blicken. In die Augen eines Mörders. Sofort verscheuche ich jeden aufkeimenden Gedanken an meinen Krimi, von dem ich offensichtlich in den letzten Tagen eine Überdosis erwischt habe.

Plötzlich fängt Nele hemmungslos an zu lachen, und ich erkenne die Ursache des Lärms. Es ist eine schwarze Katze, die Nele hochhebt und die augenblicklich zu schnurren beginnt. »Blairwitch, meine Süße, da bist du ja, ich hab dich schon vermisst«, säuselt sie, während ich versuche, meinen immer noch rasenden Puls unter Kontrolle zu bekommen. »Darf ich bekannt machen? Meine Katze Blairwitch, benannt nach dem Hexenfilm *Blair Witch Project,* und Lissy Wagner, meine neue Freundin. Komm, Blairwitch, sag Lissy Hallo.«

Wie auf Kommando maunzt die Katze und rekelt sich wohlig in Neles Armen. Ich bin immer noch verwirrt. Zum einen, weil noch gar nicht sicher ist, dass wirklich die Katze die Ursache für das Gepolter war, und zum anderen, weil mich Nele gerade als ihre Freundin bezeichnet hat.

»Am besten wir sehen mal nach, ob wirklich alles in Ordnung ist«, sage ich und bleibe dennoch wie angewurzelt an der Tür stehen, weil mir dieser Fluchtweg momentan recht sicher erscheint. Nele hingegen ist schon auf dem Weg nach hinten, und so folge ich ihr, eine große Holzmöwe in der Hand und bereit, sie jedem schwungvoll über den Kopf zu ziehen, der uns Böses will.

»Na, das hast du ja toll hingekriegt«, höre ich Nele sagen und lasse umgehend die Waffe sinken.

Wie zur Bestätigung maunzt nun die Katze, und ich sehe, was passiert ist: Auf dem Boden liegt eine lädierte Kamelie, die offensichtlich von einer Blumensäule heruntergefallen ist. Der

Terrakottablumentopf ist zersprungen, überall liegt Erde herum, mit der Blairwitch nun begeistert spielt. Aber nicht nur das. Scheinbar hat der herabsausende Topf auch noch etliche Keramikbecher mit sich gerissen, die nun ebenfalls einen nicht unerheblichen Scherbenhaufen bilden.

»Wo hast du Schaufel und Besen?«, frage ich und gehe, ohne die Antwort abzuwarten, in die Küche.

Hinter der Tür werde ich fündig, und nun beginnen wir Seite an Seite die Reste in einen blauen Müllsack zu stopfen.

»Mist, Mist, Mist«, flucht Nele, und ich sehe, wie ihr wieder Tränen übers Gesicht kullern. »Die Becher hatte ich in Kommission, um sie zu verkaufen. Nun schulde ich also auch noch Inga Geld, super!«, schluchzt sie.

Unangenehm berührt stehe ich da und weiß kaum, wie ich mich nun verhalten soll. Welch ein Abend, welch eine Nacht!

Ich habe fast schon vergessen, dass an anderen Orten die meisten Leute entweder bereits erschöpft im Bett liegen und selig schlummern oder aber ausgelassen feiern, um das neue Jahr zu begrüßen. Eines ist auf alle Fälle sicher: SO habe ich Silvester noch nie verbracht! Doch auch wenn ich nicht wie in den vergangenen Jahren mit Stefan auf einer Party bin oder selbst Gäste habe, finde ich den Jahreswechsel diesmal gar nicht so schlecht. Originell und aufregend ist er allemal …

Nachdem wir das Gröbste beseitigt haben, setzen wir uns erneut auf die Couch, leeren nun endgültig den Inhalt der Flasche und machen uns voller Heißhunger über die Erdnussflips und Chips her. Wir wechseln kaum ein Wort, so sehr sind wir beide versunken in Gedanken an das, was wir gerade erlebt haben. Nach einer Weile – es ist mittlerweile 3.00 Uhr – beginnen wir beide wie auf Kommando zu gähnen. »Komm, lass uns ins Bett gehen, es wird Zeit. Morgen muss ich um zehn das Café öffnen, und vorher würde ich gern noch ein wenig in mein Kissen heulen«, sagt Nele.

»War nett mit dir und … ungewöhnlich«, sage ich zum Abschied, bevor sie die Tür hinter mir abschließt.

Dann schwinge ich mich auf mein Fahrrad und radle zurück zum Kapitänshaus.

4. Kapitel

Am nächsten Morgen erwache ich nach wirren Träumen völlig gerädert vom Läuten des Telefons. Das sind bestimmt Vero und Bea, die mir ein frohes neues Jahr wünschen wollen, denke ich und tapse verschlafen nach unten. Timo folgt mir hechelnd auf den Fersen, und ich habe ein ganz schlechtes Gewissen, weil er sicher längst Gassi gehen muss. 14.00 Uhr, stelle ich entsetzt fest und sehe den Hund entschuldigend an, während ich den Hörer abnehme.

Doch es ist nicht meine Tante, wie erwartet, sondern Leon, offensichtlich völlig ausgeruht und putzmunter. Wie angekündigt, möchte er gern einen Neujahrsspaziergang mit mir machen. Müde gähne ich in den Hörer und erschrecke mich gleichzeitig beim Anblick meines Gesichts im Spiegel, der über der Konsole mit dem Telefon hängt. Ich sehe aus, als hätte ich die ganze Nacht kein Auge zugetan, sondern durchgetrunken. Meine Haare hängen kraftlos und stumpf an mir herunter, und ich bin leichenblass, bis auf ein Paar eindrucksvoller Augenringe, die zumindest etwas Farbkontrast in mein Gesicht bringen. In DEM Zustand kann ich mich auf gar keinen Fall präsentieren, denke ich und laviere mich mit der Begründung, ich hätte Kopfschmerzen (was irgendwie auch stimmt) aus der Verabredung heraus, was Leon mit einem bedauernden »Schade. Gute Besserung, bis morgen« quittiert.

Nach einem kurzen Frühstück schlüpfe ich in meinen neuen Parka und mache mich mit dem Hund auf den Weg zum Watt.

Es ist ein sonniger, klarer und kalter Tag, eigentlich genau das richtige Wetter, um Kopf und Seele durchzulüften. Timo ist begeistert, endlich nach draußen zu dürfen, und begrüßt jeden Baum, jeden Fahrradfahrer und jeden Spaziergänger mit Schwanzwedeln und freudigem Gebell. Am Watt angekommen, halte ich kurz inne, um den Anblick der vor mir liegenden Landschaft aufzunehmen. Das Wasser ist sehr weit zurückgegangen, und ich blicke auf wellig gerifelten Sand, der gräulichbraun und träge in der Sonne liegt. Algenfetzen, die aussehen, als hätte man Salatblätter über dem Strand verstreut, bilden einen hübschen farbigen Kontrast zu den dominierenden Brauntönen, über denen ein nahezu unecht aussehender kobaltblauer Himmel thront.

»Ist das nicht wunderschön?«, frage ich Timo, der sich jedoch eher für die Möwen interessiert und einer von ihnen gerade hinterherjagt, anstatt sich meinen poetisch motivierten Eindrücken zu widmen. Wieder und wieder atme ich tief ein, als könnte die jodhaltige Luft mich zum Leben erwecken. So fühlt es sich also an, das neue Jahr, überlege ich und mustere zeitgleich die Sandformationen, die im Sonnenlicht glänzen wie Gletschermoränen. Während ich weiter auf den Horizont starre, als würde dieser mir irgendwelche Antworten auf die Fragen zu meiner fernen Zukunft geben, lässt sich auf einmal eine Schneeflocke auf meiner Nasenspitze nieder und es schieben sich Wolken vor die Sonne, was die Szenerie schlagartig verdunkelt.

»Na endlich«, sage ich zu der Flocke, zu der sich nun weitere gesellen. »Ich habe euch an Weihnachten vermisst. Aber da habt ihr immer keine Lust zu kommen, wie jedes Jahr. Wahrscheinlich habt ihr auch Weihnachtsferien und denkt gar nicht daran, genau DANN zu erscheinen, wenn es uns kitschige Menschenseelen danach verlangt. Irgendwie verständlich, ich würde es vermutlich nicht anders machen!«

Gedankenversunken gehe ich weiter und werfe Stöckchen für Timo, der heute über ein sensationelles Energiepotenzial verfügt. Mit wehenden Ohren und heraushängender Zunge tobt er über den Strand, und ich muss so lange mit ihm spielen, bis ich das Gefühl habe, dass mein Arm bald abfällt. Der Schnee wird nun tatsächlich dichter und bleibt streckenweise sogar liegen.

Der Anblick ruft mit einem Mal Kindheitserinnerungen in mir wach. Ich sehe meine Eltern vor mir, wie wir zusammen im Schnee »Christkind« spielen. Erst lassen wir uns einen verschneiten Hang hinunterrollen und bleiben dann mit gespreizten Armen und Beinen im tiefen, dicken Schnee liegen, der nach Eistruhe duftet. Dann zieht einer den anderen vorsichtig hoch und übrig bleibt ein Abdruck in der weißen Schicht. Weshalb das Spiel »Christkind« heißt, weiß ich nicht, aber das hat mich auch nie wirklich interessiert. Wichtig war nur für mich, mit meinen Eltern zusammen zu sein. Mit ihnen zu toben und zu lachen, als hätte ich damals schon geahnt, dass unsere gemeinsame Zeit begrenzt ist.

An dieser Stelle breche ich meine Gedankenreise abrupt ab. Zu sehr schmerzt die Erinnerung an meinen Vater und meine Mutter – sie fehlen mir immer noch unendlich. Wird diese Trauer denn niemals aufhören?

Um mich ein wenig abzulenken, überlege ich, wie es Nele wohl heute geht und was sie macht. Ob überhaupt irgendjemand an diesem Tag ins Möwennest geht? Die meisten Sylter sind sicher in Westerland und sehen beim Neujahrs-Nacktbaden zu. Beim Gedanken an das eiskalte Wasser schüttelt es mich dermaßen, dass ich beschließe, einen heißen Kakao trinken zu gehen.

»Komm, Timo, lass die armen Möwen in Ruhe«, rufe ich dem Hund zu, der augenblicklich kehrtmacht und brav hinter mir hertrottet.

Ohne ein besonderes Ziel vor Augen, gehe ich weiter ins Dorf und lande, wie von Zauberhand geführt, vor dem hell erleuchteten Möwennest. Mittlerweile ist es wieder dunkel, und die Kerzen im Café und der prasselnde Kamin sehen so einladend aus, dass ich eintrete. In der Tat sind ein paar Gäste da und sitzen vor heißen Getränken und riesigen Kuchenstücken. Im Hintergrund läuft klassische Musik, es ist also alles so, wie es in einem schönen Café sein soll. Es ist mir absolut schleierhaft, weshalb das Möwennest oder besser Nele in solchen finanziellen Schwierigkeiten steckt.

»Hallo, schön dich zu sehen«, ruft sie, als sie Timo und mich entdeckt, und strahlt mich an. »Komm, setz dich, du siehst ganz verfroren aus.«

Nachdem ich Platz genommen habe, eilt Nele auch schon weiter zu den anderen Gästen, und ich beobachte sie, wie sie mit leicht geröteten Wangen und stark gestikulierend kommuniziert. Es sieht ganz danach aus, als würde ihr der Job Spaß machen.

Neugierig studiere ich die Karte. Auch da ist alles drauf, was man sich von einem Café erwartet. Ich entscheide mich für einen Tchai Latte aus Sojamilch und einen Rüblikuchen, vermutlich werde ich heute sowieso das Abendessen ausfallen lassen. Nachdem Nele die Bestellung aufgenommen hat, schnappe ich mir aus dem Zeitschriftenhalter an der Wand eine *Brigitte*. Ah, das Jahreshoroskop, wie passend!

Begierig, zu erfahren, was das neue Jahr mir bringen wird, sauge ich den Text auf. Da steht etwas von großen Veränderungen (ach!), einem möglichen Ortswechsel (aha!), einem inneren Reifungsprozess (auch gut, vermutlich sogar notwendig!) und einem Jahr, das viel Geduld erfordert (o nein!), ebenso wie viel Mut, Phantasie und Kreativität. Ob am Ende alles gut wird, entscheidet wie immer, ob man etwas aus den Chancen macht, die sich einem bieten oder nicht.

Na super, denke ich und lasse die Zeitschrift sinken. Das klingt jedes Mal toll und unglaublich wichtig, aber am Ende ist doch alles austauschbar und ähnelt fatal dem, was bereits im vorigen Jahr an derselben Stelle stand. Ich werde also wie immer alles auf mich zukommen lassen müssen.

Nachdem ich den ausgezeichnet schmeckenden Kuchen gegessen habe und Timo seinen Wassernapf, den Nele ihm gebracht hat, leergeschlabbert hat, kommt Blairwitch angeschlichen, um kurz darauf auf meinen Schoß zu springen und sich dort gemütlich zusammenzurollen. Erstaunlich, dass Timo und die Katze sich gegenseitig in Ruhe lassen und sich nicht benehmen, wie ihre Artgenossen dies normalerweise tun. Aber vermutlich liegt das auch daran, dass die beiden Tiere sich als »Nachbarn« schon länger kennen. Trotz allen Friedens glaube ich einen leicht vorwurfsvollen Blick von Timo zu kassieren, der es sich dann allerdings ebenfalls bequem macht und einen Nachmittagsschlaf einlegt.

Ob Tiere eifersüchtig sein können?, überlege ich und rühre gedankenverloren in meinem Tchai Latte. Dann beobachte ich die Besucher des Cafés, überwiegend jüngeres Publikum. Die älteren Leute zieht es vermutlich in die traditionelleren Sylter Cafés, in denen die Welt noch friesisch-blau und damit in Ordnung ist. Ob das ein Teil des Möwennest-Problems ist?

Ein interessant aussehender Mann Mitte vierzig mit graumelierten, nach hinten gekämmten welligen Haaren, der einen Zigarillo raucht und Espresso trinkt, blättert in der *GEO Saison*. Er sieht aus, als sei er Künstler. Vielleicht ein Autor. Oder aber auch nur ein einfacher Beamter, der einen auf interessant macht …

Einen Tisch weiter sitzt eine etwas verlebt aussehende Frau Ende fünfzig, Anfang sechzig, mit verfilzten knallroten Haaren, einem bodenlangen Batikrock und einer offensichtlich selbstgestrickten Jacke. Sie trinkt etwas, was nach frischem Minztee aussieht, und erinnert entfernt an eine Kräuterhexe. Vor ihr auf dem Tisch liegen Karten, vermutlich Tarot, die sie immer wieder aufmerksam mustert und eine nach der anderen aufdeckt. Vielleicht ist sie auch gerade mit ihrer persönlichen Deutung des neuen Jahres beschäftigt, mit dem Unterschied, dass sie sich selbst die Zukunft voraussagen kann und nicht auf Horoskope in Zeitschriften angewiesen ist.

Am Tisch in der Nähe des Kamins sitzt eine Familie mit zwei Kindern, einem Jungen und einem Mädchen, das immer wieder sehnsüchtig zu Timo hinübersieht. Doch der schlummert ungerührt vor sich hin und hängt seinen Hundeträumen nach. Die Mutter lässt gerade braunen Kandis in ihren Tee gleiten, ihr Mann streichelt ihr währenddessen liebevoll über den Arm. Beide wechseln zärtliche Blicke und wenden sich dann wieder ihren Kindern zu, die Nele zuvor mit Buntstiften und Papier versorgt hat.

Diese Idylle bringt mich für Sekunden wieder aus dem Gleichgewicht, weil sich für einen Moment mein und Stefans Gesicht vor die Köpfe der beiden mir fremden Menschen schiebt. Wir hatten uns auch Kinder gewünscht, jedoch beschlossen, noch zu warten, bis Stefans Praxis laufen würde und er sich als Kardiologe etabliert hätte. Diesen Zeitpunkt hatte Melanie nun nicht mehr abwarten müssen.

»Na, alles in Ordnung mit dir? Du hast gerade so traurig ausgesehen«, unterbricht auf einmal Nele meine Gedanken. Sie nimmt ihre Katze von meinem Schoß und räumt meinen leeren Teller und den Becher ab. »Ich schließe in einer halben Stunde. Hast du Lust, noch einen Moment hierzubleiben?«

Ich überlege kurz, aber mir will kein Grund einfallen, der dagegen spricht. Heute habe ich noch frei, bevor es morgen mit der Inventur losgeht. Und Timo habe ich auch dabei, mit dem können wir dann vielleicht noch zu zweit Gassi gehen. »Gern«, antworte ich daher und hole mir eine weitere Zeitschrift, um die Wartezeit zu überbrücken.

Als die letzten Gäste gegangen sind und Nele abgeschlossen hat, zücke ich mein Portemonnaie, um mein Getränk und den Kuchen zu bezahlen.

»Lass mal, das geht aufs Haus«, winkt Nele ab und setzt sich zu mir.

Ich protestiere energisch, habe jedoch keine Chance. »Hast du eigentlich viele Stammgäste?«, frage ich, weil ich sie dabei beobachtet habe, wie sie zumindest mit dem scheinbar Kreativen und der Kräuterhexe sehr vertraut wirkte, und ich – wenn ich genau darüber nachdenke – auch nicht gesehen habe, dass die beiden bezahlt hätten. Ob ich damit wohl schon einem Teil des Problems auf der Spur bin?

»Ja, doch, kann man so sagen«, antwortet Nele und zieht einen weiteren Stuhl zu sich heran, auf den sie ihre Füße legt. Kein Wunder, sie war ja auch den ganzen Tag auf den Beinen. »Valentin und Carola zum Beispiel, die du sicher bemerkt hast. Der grauhaarige, gutaussehende Mann und die rothaarige Hexe. Die beiden sind von Anfang an hier gewesen. Valentin nicht so häufig, weil er als Fotograf viel unterwegs ist (aha, Fotograf also!), aber Carola kommt fast jeden Tag. Genauso wie viele andere, die allerdings meist unter der Woche da sind. Die wirst du im Laufe der Zeit sicher auch noch alle kennenlernen. Das wird dir die Eingewöhnungsphase hier ein bisschen erleichtern.«

»Dieser Valentin«, frage ich weiter nach, nun doch sehr neugierig, »kennst du den irgendwie« – ich stocke leicht – »näher?«

»Wenn du wissen willst, ob ich mit ihm im Bett war, dann kann ich nur sagen: ja, war ich. Und nicht nur einmal. Ist ein ganz guter Typ, kann ich nur empfehlen, wenn du mal Lust auf unverbindlichen Sex hast. Du darfst dich nur nicht in ihn verlieben, denn dann löst er sich schneller in Luft auf als die Sandformationen, die er fotografiert, wenn der Wind sie umpustet.«

Für einen Moment bin ich schockiert von Neles offener, unverblümter Art und Ausdrucksweise. Andererseits passt es zu ihr, denn wenn Nele eines ist, dann direkt. Sie wirkt sehr selbständig und unabhängig. Und das trotz der offensichtlichen Verletzbarkeit, die offenbar ebenso zu ihr gehört. Abgesehen davon ist sie eine attraktive Frau, die ganz bestimmt viele Männer fasziniert. Mit ihren roten Locken, den grünen, leicht schräg stehenden Augen, den hohen Wangenknochen und der zierlichen Figur ist sie sicher der Traum eines jeden Mannes, der sich von ungewöhnlichen Frauen angezogen fühlt.

»Ist er der Mann, der dir Liebeskummer bereitet hat?«, frage ich neugierig, da Nele kein Problem mit derartigen Themen zu haben scheint.

»Liebeskummer?«, lacht sie und pustet in den Schaum ihres Milchkaffees, den sie sich mitgebracht hat. »Wegen Valentin? Nein, ganz sicher nicht. Der ist okay, wir können ganz gut reden, haben Spaß im Bett, und er hilft mir ab und zu, wenn ich

Fotos brauche. Aber wie gesagt, er ist kein Mann zum Verlieben, denn letztlich gibt es nur einen Menschen, den Valentin wirklich liebt, und das ist eindeutig er selbst.«

Aha, denke ich und stelle irritiert fest, dass ich zu Sexualität eine völlig andere Einstellung habe als Nele. Für mich gehört zu dieser Intimität die Liebe untrennbar dazu.

»Und du?«, eröffnet nun mein Gegenüber die Fragestunde. »Erzähl doch mal was von dir. Alles, was ich bislang weiß, habe ich aus zweiter Hand. Von Bea, Leon und Birgit Stade.«

In kurzen, knappen Sätzen erzähle ich ihr alles, was aus meiner Sicht wichtig ist, damit sie sich ein Bild von mir machen kann. Wie so häufig stelle ich fest, dass mein Leben, bis auf den Unfalltod meiner Eltern, wenig spektakulär verlaufen ist. Ich hatte unter den gegebenen Umständen eine glückliche, behütete Kindheit, war eine Zeitlang in einem Internat in St. Peter Ording, habe anschließend in Hamburg eine Ausbildung zur Hotelkauffrau gemacht und in einer WG mit einer Kollegin gewohnt. Vor Stefan hatte ich zwar die eine oder andere Liebelei, aber nichts wirklich Ernstes. Erst als ich ihn kennenlernte, hatte ich ein Ziel vor Augen: heiraten und mit ihm eine Familie gründen. Ich wollte meinen Kindern das geben, was mir selbst nur für so kurze Zeit vergönnt gewesen war.

Ruhig und konzentriert lauscht Nele meinen Worten, während ich selbst unglaublich langweilig finde, was ich da erzähle. Keine Skandale, keine Irrungen und Wirrungen, keine Abgründe, kein spannender Job – nichts.

»Ich finde, das klingt alles sehr einsam und traurig«, kommentiert Nele meine Ausführungen, und ich bekomme augenblicklich einen Kloß im Hals. Wie schön, dass sie so einfühlsam ist.

»Vermisst du deine Eltern nicht immer noch?«, erkundigt sie

sich weiter und streichelt dabei flüchtig meine Hand, die unruhig mit dem Kaffeelöffel spielt.

»Doch, sehr. Es vergeht kein Tag, an dem ich nicht an sie denke und mir wünschte, ich könnte ihnen noch so vieles sagen. Oder etwas mit ihnen gemeinsam erleben.« Ich erzähle ihr von Venedig und dass Stefan nie mit mir dorthin wollte.

»Ja, Venedig ist toll, das finde ich auch«, schwärmt nun auch Nele und sieht ganz versonnen aus. »Hast du nie daran gedacht, mit einer Freundin dorthin zu fahren? Oder alleine? Wenn man alleine reist, ist man viel konzentrierter und aufnahmefähiger.«

»Aber man kann seine Eindrücke mit niemandem teilen«, entgegne ich traurig, während ich überlege, ob ich es nicht einfach mal ausprobieren soll. Ich bin noch nie alleine verreist. Schließlich höre ich immer wieder, was das für eine gute Erfahrung ist, und irgendwie gehört es zum Prozess des Erwachsenwerdens dazu. »Bist du denn schon mal alleine verreist?«, erkundige ich mich, obwohl ich die Antwort bereits kenne. Würde Nele sonst mit dem Gedanken spielen, nach Mexiko oder Indien auszuwandern? »Wie hat es dich eigentlich nach Sylt verschlagen?«

Nele lächelt vielsagend und erzählt mir dann, dass sie aus einer großen Familie mit vier Brüdern stammt und von Bremen nach Hamburg gegangen ist, um Kinderbuchillustration zu studieren. Mit ein paar Kommilitonen teilte sie sich eine Wohnung an der Alster und führte alles in allem ein spannendes und abwechslungsreiches Leben.

»Und weshalb gerade Sylt?«, frage ich weiter, denn es ist mir ein Rätsel, weshalb sie nicht in einer Agentur oder für einen Kinderbuchverlag arbeitet. »Hast du dein Studium denn beendet?« Irgendwie wundere ich mich nicht, als ich höre, dass Nele keinen Abschluss gemacht hat. Offensichtlich hat sie das Studium irgendwann nicht mehr so ernst genommen, weil die zahllosen Männergeschichten und das viele Jobben allmählich an ihre Substanz gegangen waren.

»Außerdem gab es da noch diesen Professor, Gregor Thade hieß er«, sagt Nele geheimnisvoll, und ihre grünen Augen werden für einen Moment dunkler. »DAS ist jetzt die Stelle, an der ich uns einen Prosecco hole.« Spricht's und verschwindet in der Küche.

Prosecco um diese Uhrzeit? Es ist gerade mal halb sieben, ich weiß ja nicht so recht. Doch was soll's. Andere Leute betrinken sich an Silvester, ich hole das eben am Neujahrstag nach.

Minuten später stoßen wir an, und ich bin gespannt zu hören, wie die Geschichte weitergeht, auch wenn ich es mir eigentlich denken kann. »Du hast dich sofort in ihn verliebt, als ihr euch gemeinsam über deine Zeichnungen gebeugt habt?«, frage ich erwartungsvoll und leere mein erstes Glas in einem Zug, was Nele mit einem leichten Lächeln quittiert.

»Ja, das habe ich«, antwortet sie und trinkt ebenfalls. »Und er sich auch in mich. Das Problem war nur, dass er …«

»… verheiratet war«, vervollständige ich ihren Satz. Wie sonst könnte es gewesen sein?

»Richtig«, antwortet sie und streichelt Blairwitch, die sich nun wieder zu uns gesellt hat. »Außerdem hatte er zwei kleine Kinder, also das volle Programm! Seine Frau hat sich natürlich irgendwann darüber gewundert, dass Gregor kaum noch zu Hause war. Als sie dann eine SMS von mir in die Finger bekommen hat (an dieser Stelle zucke ich zusammen), war der Ofen endgültig aus (was ich sehr gut nachvollziehen kann). Sie hat Gregor gezwungen, sich zwischen seiner Familie und mir zu entscheiden. Sie hat ihm mit Scheidung gedroht und damit, ihm das Sorgerecht für die Kinder zu entziehen. Zu guter Letzt hat Gregor natürlich nachgegeben.«

»O nein, wie furchtbar«, sage ich mitfühlend, weil ich es immer traurig finde, wenn Menschen, die sich eigentlich lieben, nicht zusammen sein können.

Doch Nele lässt sich durch meinen Einwurf nicht irritieren und erzählt weiter. »Obwohl Gregor zu seiner Frau zurückgekehrt ist, ist sie nicht mit der Tatsache klargekommen, dass wir uns im Rahmen des Studiums immer noch gesehen haben, und ist immer wunderlicher geworden.«

»Was meinst du mit wunderlich?«, frage ich, gespannt zu hören, was da noch kommt.

»Seine Frau ist depressiv geworden und musste schließlich sogar in psychologische Behandlung. In ihren schlimmen Phasen hat sie mich nachts angerufen und beschuldigt, ihre Familie und ihr persönliches Glück auf dem Gewissen zu haben.«

»O mein Gott«, rufe ich und spiele aufgeregt mit meinem Glas. Das klingt ja alles sehr, sehr abenteuerlich. »Wie hast du reagiert?«

»Anfangs konnte ich noch einigermaßen damit umgehen«, antwortet Nele, »doch dann begann sie mir telefonisch zu drohen. Eines Abends stand sie plötzlich vor meiner Tür und flehte mich an, aus Hamburg und aus dem Leben ihres Mannes zu verschwinden. Ihr Lebensglück hinge davon ab, sagte sie und sah mich dabei so flehentlich an, dass es mir trotz meines eigenen Kummers fast das Herz zerriss.«

»Da hast du dann beschlossen, dich hierher zu verkrümeln«, sage ich und kann nicht umhin, Nele ein wenig seltsam zu finden. Nett und unterhaltsam, aber irgendwie auch ein bisschen anstrengend!

»Genau! Ich habe von einer Freundin gehört, die gerade Urlaub auf Sylt gemacht hat, dass in Keitum ein schöner Laden zu vermieten war. Als ich ihn besichtigte, habe ich mich auf der Stelle in die Insel verliebt.«

»Woher hattest du das Geld für das alles hier?«, erkundige ich mich.

»Zum einen hatte ich etwas gespart, zum anderen habe ich eine Existenzgründungsförderung bekommen. Karin und ich haben es geschafft, den Leuten von der Behörde klarzumachen, dass ich ansonsten auf lange Sicht vermutlich eine ewig arbeitslose Illustratorin ohne Abschluss sein werde. Dann haben wir ein Konzept für die Bank erstellt und auf dieser Basis alles über einen Kredit finanziert.«

»Wo ist Karin jetzt?«, hake ich nach. »Hat sie Urlaub oder so was?«

»Nein«, antwortet Nele düster. »Sie ist vor drei Monaten ausgestiegen, weil sie keine Lust mehr hatte. Sie hat sich im Sommer in einen reichen Hamburger Schnöselanwalt verliebt und ist mit ihm über alle Berge.«

»Seitdem steckst du in Schwierigkeiten?«, frage ich mitleidig.

»Genau. Karin hat mir zwar noch eine kleine Abfindung gezahlt, aber das Café alleine zu finanzieren, ist alles andere als leicht. Tja, gestern habe ich einen Brief von der Bank bekommen, dass mein Kredit nicht aufgestockt werden kann, und dazu eine Mahnung meines Vermieters mit der Drohung, mich hinauszuwerfen, wenn ich nicht innerhalb von zwei Monaten die Pacht bezahle.«

»Deshalb bist du gestern nicht mit den anderen zur Samoa-Party gegangen, stimmt's?«, mutmaße ich.

Nele nickt. »Nach DER Post war mir einfach nicht nach Feiern zumute. Weshalb warst du nicht dort? Leon hat dich doch eingeladen – zumindest hat er mir das gesagt.«

Ich überlege, ob ich ehrlich antworten soll, und entscheide mich für die Wahrheit. »Zum einen, weil ich zurzeit selbst nicht gerade ein Ausbund an guter Laune bin, und zum anderen, weil ich die Aussicht darauf, einen Abend mit dir zu verbringen, nicht so animierend fand. Nicht nach DER Begegnung, die wir vor ein paar Tagen hatten«, sage ich.

Nele legt den Kopf leicht schief und lächelt. »So nachtragend bist du also?«, fragt sie und mustert mich forschend. »Das hätte ich nicht von dir gedacht. Du wirkst auf den ersten Blick eher sanftmütig und positiv. Und das habe ich auch allerorten von dir gehört. Leon ist ebenfalls völlig begeistert von dir …«

Die letzten Worte lässt Nele bedeutungsschwanger im Raum hängen, und ich merke, dass ich mich ein wenig unwohl fühle.

»Na, was ist mit Leon und dir? Nun bin ICH neugierig!«, fragt sie.

Ich fühle, wie ich plötzlich rot werde, auch wenn es dafür nicht den geringsten Anlass gibt. »Nichts ist mit uns. GAR NICHTS. Was soll denn da sein? Ich finde Leon zwar ganz nett, aber ich kenne ihn kaum. Und ich habe auch nicht die Absicht, ihn näher kennenzulernen, falls es das ist, was du als Nächstes fragen möchtest«, greife ich vor.

»Okay, okay, ist ja schon gut«, verteidigt Nele sich. »Ist sowieso besser so, schließlich ist er mit Julia aus seiner Redaktion liiert. Glaube ich zumindest.«

Aha, also doch. Komisch nur, dass Bea offensichtlich gar nichts davon weiß, obwohl Leon und sie so eng miteinander wirkten. Apropos Bea: Ich kann es nicht fassen, dass die beiden sich noch gar nicht gemeldet haben, um mir ein frohes neues Jahr zu wünschen. Seltsam! Aber vielleicht gibt es ja dort, wo sie gerade sind, keinen Handy-Empfang.

»Hast du Lust, noch ein bisschen mit Timo und mir spazieren zu gehen?«, frage ich, während der Hund wie aufs Stichwort aus seinen Träumen erwacht und den Kopf hebt.

»Lust hätte ich schon, aber ich kann leider nicht«, lautet Neles Antwort.

Zu meiner Enttäuschung, wie ich verwundert feststelle. Denn irgendwie mag ich diese seltsame Frau mit ihren merkwürdigen Geschichten. Es macht Spaß, ihr zuzuhören, und ich fühle mich in ihrer Gegenwart eigentümlich wohl.

»Ich muss noch ein bisschen Kassensturz machen und mir eine Strategie für die kommenden Tage überlegen. Wenn das alles nichts hilft, bastle ich an meinem Fluchtplan für Mexiko. Kannst ja mitkommen, wenn du willst.«

Ich schüttle den Kopf, streichle kurz Blairwitch, die maunzend um mein Bein streicht, und lege Timo die Leine an. »Ich glaube, ich muss erst einmal richtig hier ankommen, bevor ich ein neues Abenteuer wage«, sage ich und ziehe meinen Parka an. Nele begleitet mich zur Tür und schließt auf. »Aber ich fände es schade, wenn du gehen müsstest. Vielleicht kann ich dir irgendwie helfen«, murmle ich und begebe mich widerwillig in die eisige Kälte.

Während ich im Möwennest saß, hat es kräftig geschneit. Die sanfte Puderzuckerschicht ist einer ernstzunehmenden Schneedecke gewichen, die sich nun wie Schlagsahne über die Häuser, Zäune und Autos legt. Die weiße Masse glitzert im Licht der Straßenlaternen, und auf einmal ist mir – wenn auch etwas verspätet – wirklich weihnachtlich zumute. Die Lichterketten in den Bäumen und Hecken blinzeln fröhlich in den dunklen

Abend, und die Reetdächer sehen aus, als hätten sie Pelzmützen aufgesetzt, um sich gegen die Kälte zu schützen.

»Walking in a Winter Wonderland«, summe ich, während ich mit Timo meine Runden drehe. Mir geht so viel durch den Kopf, dass ich gar nicht weiß, worüber ich zuerst nachdenken soll. Doch dann piepst mein Handy, und ich erhalte endlich den ersehnten Neujahrsgruß von Bea und Vero.

> Happy New Year, Süße. Hoffen, es geht dir gut!
> Haben Schampus auf dich und dein Glück getrun-
> ken und bedanken uns tausendmal, dass du uns
> das hier ermöglicht hast. Lass mal hören,
> wie es dir so geht. Gruß und Kuss, BuV.

Ich muss grinsen. BuV – das sieht Bea wieder ähnlich. Nur keine unnötigen Worte verlieren. Rasch tippe ich mit steif gefrorenen Fingern eine Antwort, dann lege ich das letzte Stück des Wegs im Schnellschritt zurück. Ich sehne mich mit einem Mal nach der Ruhe und Geborgenheit des Kapitänshauses und möchte nichts weiter, als mich dort an den Kachelofen kuscheln und darüber nachdenken, wie ich Nele helfen kann.

Weil ich plötzlich nicht mehr möchte, dass sie so schnell wieder aus meinem Leben verschwindet, wie sie gekommen ist.

Am nächsten Morgen starten wir mit der Inventur. Eine langweilige, äußerst nervige Angelegenheit, zumal wir laut Beas Anweisung die Buchhandlung nicht schließen dürfen, sondern das Zählen der Bücher, Hörbücher, Postkarten, ja sogar der dämlichen Briefmarken, nebenbei erledigen müssen, während die

Kunden um uns herumlaufen und noch die letzten nachweihnachtlichen Umtauschaktionen tätigen wollen.

Birgit Stade hat das Kommando über fünf Schülerinnen, die in erster Linie mit Zählen beschäftigt sind, während Lisa und ich den Tagesbetrieb aufrechterhalten. Die Aushilfen hantieren mit endlos langen Papierlisten herum, und ich kann mal wieder nicht umhin, mich zu wundern, weshalb der Warenbestand nicht in irgendeiner Form elektronisch erfasst wird. Das ist mir mindestens ebenso rätselhaft wie das für mein Empfinden völlig antiquierte System der sogenannten Buchlaufkarten, die darüber Auskunft geben sollen, wann und in welcher Stückzahl die einzelnen Titel eingekauft wurden.

Laut Beas System wird jedes neu eingetroffene Buch mit einer solchen Karte versehen und dann ins Regal gestellt. Anhand dieser Karte werden wiederum Nachbestellungen getätigt, es sei denn, sie geht verloren. Dann kann es passieren, dass auf einmal Klassiker wie *Das Geisterhaus* oder Hesses *Steppenwolf* fehlen. Natürlich macht es den Keitumer Kunden meist nichts aus, wenn wir das Buch für sie bestellen müssen, aber Touristen zum Beispiel – ein nicht ganz unerheblicher Anteil von Beas Kunden – sind da weniger flexibel. Ihre Buchwünsche müssen sofort erfüllt werden, und wenn wir das Buch nicht haben, hat es eben die Konkurrenz.

Für dieses Problem muss es doch eine andere Lösung geben, grüble ich, während ich den Kartenstapel durchsehe, der sich am Silvestertag angesammelt hat. So arbeiten wir alle vor uns hin und sind froh um jeden Kunden, der uns in Ruhe lässt. Am späten Vormittag organisiere ich für alle zur Stärkung belegte Brötchen und bin ehrlich gesagt froh, als Leon irgendwann auftaucht und unsere stupide Tätigkeit unterbricht.

»Oh, Inventur, wie schön!«, erfolgt sogleich der entsprechende Kommentar, begleitet von einem breiten Grinsen.

»Dir auch ein frohes neues Jahr, Leon«, kontere ich und lege meine Liste beiseite. »Na, wie war die Party im Samoa-Seepferdchen?«

»Ganz nett«, antwortet er gedehnt, während er seine Zeitschriften auf den Tresen legt. »Wir haben bis vier Uhr morgens gefeiert. Und du? Wie hast du diesen denkwürdigen Abend verbracht? Gestern am Telefon warst du ja nicht sehr gesprächig!«

Ich schildere ihm also meinen Abend, auch die seltsame Nacht mit Nele, und Leon hört konzentriert zu. Bei der Erwähnung von Neles Namen zucken seine Mundwinkel leicht, worüber ich jedoch nicht weiter nachdenke.

»Ach, deshalb war sie nicht auf der Party, ich habe mich schon gewundert«, kommentiert er meine Schilderungen, wobei ich es vermeide, ihm zu erzählen, was der genaue Grund für Neles Kummer ist. In solchen Dingen bin ich immer sehr diskret. »Na, dann scheinst du ja einen netten Abend gehabt zu haben. Ich hatte mir schon Sorgen gemacht, dass du deprimiert zu Hause sitzt und dir die Decke auf den Kopf fällt. Stattdessen hast du offensichtlich eine neue Freundin gewonnen, und das ist das Beste, was dir momentan passieren kann.«

Ja, genau, denke ich, wobei ich nach wie vor mit der Formulierung »Freundin« meine Schwierigkeiten habe. Ich finde nicht, dass man gleich »befreundet« ist, nur weil man zwei Abende hintereinander ein wenig geplaudert hat. Bis man mein Herz nachhaltig erobert, muss schon einiges mehr geschehen!

»Wann sehen wir beiden uns mal wieder? Ich meine außerhalb dieser vier Wände hier?«, fragt Leon, während ich seine Einkäufe boniere.

Wie gut, dass es wenigstens keine Zeitschriftenlaufkarten gibt – das hätte mir noch zu meinem Glück gefehlt! »Keine Ahnung«, antworte ich zögernd, weil ich gar nicht recht weiß, ob ich Lust darauf habe, mich mit ihm zu treffen. Sicher, er ist ganz nett und vermutlich wegen Bea darum bemüht, freundlich zu mir zu sein. Doch ich kann mir nicht vorstellen, dass seine Julia es besonders witzig findet, wenn wir uns zum Abendessen treffen. Das mit dem Kaffee neulich war etwas anderes, weil es sich spontan ergeben hatte. Doch Leon lässt gar nicht zu, dass ich ihm eine Abfuhr erteile. Er lädt mich für den folgenden Abend zu einer Lesung im Kamphuis ein, und diese Einladung kann ich einfach nicht ablehnen.

Schließlich sind Lesungen und kulturelle Veranstaltungen aller Art eine Pflichtübung für angehende Buchhändlerinnen wie mich! Wir verabreden uns also und beschließen, nach der Lesung noch ein Glas Wein trinken zu gehen. Mit dieser Form von Rendezvous kann ich leben und bin eigentlich auch ganz froh über den unerwarteten Ortswechsel, denn die letzten beiden Wochen habe ich fast ausschließlich in Keitum verbracht. Ein wenig Kampener High-Society-Luft zur Abwechslung wird mir sicher guttun.

5. Kapitel

Am nächsten Tag holt Leon mich um 19.00 Uhr in der Bücherkoje ab. Bevor wir nach Kampen fahren – diesmal hat er sein Auto dabei –, drehen wir noch schnell eine Runde mit Timo und bringen ihn dann nach Hause, wo ich den Hund mit Futter versorge.

Punkt 20.00 Uhr startet dann die Lesung im Kamphuis, einem romantisch anmutenden, reetgedeckten Häuschen in der Nähe der Kampener Kurverwaltung, wo alle wichtigen kulturellen Veranstaltungen der Insel stattfinden. Heute Abend liest ein gewisser Marco Nardi aus seinem neuen Buch *Jenseits der Grenze*.

Der Halbitaliener ist der neue Inselschreiber von Sylt, klärt Leon mich auf, und die Lesung bildet den Auftakt zu seinem Aufenthalt. Als Inselschreiber bekommt man von der Kulturbehörde und der Sylter Quelle ein Literaturstipendium, das einen achtwöchigen Inselaufenthalt bei freiem Logis in einem Ferienapartment sowie ein Honorar von 5000 Euro umfasst. Marco Nardi ist der diesjährige Gewinner, der sich gegen zweihundert Konkurrenten durchgesetzt hat, die einen Text zu dem Motto »Eine Insel ist eine Insel« verfassen mussten.

Ich bin gespannt zu hören, worum es in seinem Buch geht. Denn ich muss zu meiner Schande gestehen, dass mir sein Name nicht geläufig ist, auch wenn der Titel bei G. Ascher in Frankfurt, einem renommierten literarischen Verlag, erschienen ist.

Meist fällt es mir schwer, mich bei Lesungen zu konzentrieren, und ich bin auch kein Fan von Hörbüchern, weil ich das Erlebnis, ein Buch in Händen zu halten und Seite um Seite umzublättern, dem passiven Zuhören vorziehe. Die einzige Ausnahme bildete die abendliche Lesestunde mit Bea, bei der es allerdings in erster Linie um die Nähe zu ihr und um das Kuscheln ging und erst dann um die jeweilige Geschichte.

Entgegen meiner Erwartung schafft es Marco Nardi, mich binnen Sekunden in seinen Bann zu ziehen. Da Leon und ich als »Vertreter der örtlichen Presse« in der ersten Reihe sitzen, habe ich ausreichend Muße und Gelegenheit, den Mann genau zu beobachten, der uns eine Stunde lang aus seinem Debütroman vorliest. Er ist vollkommen konzentriert und sitzt mit geradem Rücken am Tisch, vor ihm eine Leselampe und das obligatorische Wasserglas. Ich betrachte seine schmalen, langen Finger, die eher wie die eines Pianisten wirken als die eines Autors.

Marco Nardis Ergebnis kann sich jedenfalls hören lassen. Die Geschichte fesselt mich so schnell, dass ich umgehend in der Handlung versinke. Sprachlich ist der Text ein absoluter Genuss, und auch sein Vortrag ist ein Erlebnis. Die Stunde verfliegt im Nu, und ich bin fast traurig, als Marco Nardi irgendwann das Buch zuklappt, einen hypnotischen Blick aus seinen dunkelbraunen Augen in den Zuschauerraum schickt und sich höflich für die ihm gewidmete Aufmerksamkeit bedankt.

War mir ein Vergnügen, denke ich und hätte nichts dagegen, ihm noch eine weitere Stunde zuzuhören. Doch an dieser Stelle ergreift die Kampener Pressereferentin das Mikrophon und teilt den Zuhörern mit, dass der Autor ab Mai für zwei Monate auf der Insel sein werde. Danach weist sie noch geschäftstüchtig darauf hin, dass der Büchertisch vorne im Eingangsbereich aufgebaut sei.

Ob ich mir den Roman kaufen und signieren lassen soll?, überlege ich einen Moment, während ich mich gleichzeitig dagegen entscheide, weil ich es peinlich finde, den Schriftsteller wie ein Groupie um ein Autogramm zu bitten. Andere Frauen haben offensichtlich keine derartigen Hemmungen und erwerben in ihrer Euphorie den Roman teilweise in mehrfacher Ausfertigung, so dass der Büchertisch binnen Minuten leergekauft ist. Marco Nardi signiert mit engelsgleicher Geduld und fragt immer wieder nach, wie sich der eine oder andere Name schreibt. Leon und ich stehen artig neben dem Tisch und warten darauf, dass der Autor Zeit für das Interview mit dem *Sylter Tagesspiegel* hat.

Weil mir das Ganze doch zu lange dauert, sehe ich mich ein wenig im Foyer des Lesesaals um, wo eine Ausstellung zum Thema »Eine Insel ist eine Insel« Sylter Künstler zu den unterschiedlichsten Werken inspiriert hat. Neben zahlreichen Aquarellen, Skulpturen, Schmuck und sonstigen Objekten entdecke ich wunderschöne Fotos, auf denen ausschließlich Sandformationen zu sehen sind. Wer auch immer die Aufnahmen gemacht hat, versteht etwas von seinem Metier. Neugierig geworden entdecke ich rechts unten eine Signatur, die ich nach mehrmaligen Anläufen als »Valentin Kremer« entziffere.

Valentin … Irgendwie kommt mir dieser Name bekannt vor. Auf einmal fällt es mir wieder ein: natürlich! Das muss der Fotograf sein, den ich neulich im Möwennest gesehen habe und der eine Affäre mit Nele hatte. Schon wandern meine Gedanken zu der seltsamen Frau und ihrem Café. Wie es ihr wohl geht?, frage ich mich und hoffe, dass sie bald einen Ausweg aus ihrer Misere findet. Während ich weiter auf und ab gehe, entdecke ich in einer Ecke einige handbemalte Keramikbecher, die ganz offensichtlich von Inga stammen, die ihre Ware im Möwennest verkauft. Sofern nicht gerade Blairwitch ihrer tönernen Existenz ein jähes Ende setzt. Sieh mal an, denke ich, auf dieser Insel ist einiges an künstlerischem Potenzial vorhanden!

»Lissy?«, vernehme ich auf einmal Leons Stimme und gehe wieder zurück in den Lesesaal. »Hast du Lust, noch eine Kleinigkeit essen zu gehen?«

Ich überlege einen Moment. Große Ambitionen habe ich eigentlich keine, weil ich mir schon vorstellen kann, wie das Ganze ablaufen wird: Die Buchhändlerin, die Pressereferentin und Leon werden sich mit voller Wucht und all ihrer Aufmerksamkeit auf den Autor stürzen, und ich starre dumm in die Luft, weil ich nichts wirklich Bemerkenswertes zu der Unterhaltung beizutragen habe. Andererseits kann ein wenig Abwechslung auch nicht schaden.

»Okay«, stimme ich also zu und trotte dem Tross, angeführt von Marco Nardi und der völlig überdrehten Pressereferentin, die ohne Punkt und Komma auf den armen Mann einredet, hinterher. »Wo geht es denn eigentlich hin?«, erkundige ich mich, als wir im Wagen sitzen und in Richtung Rantum fahren.

»In die Sansibar«, antwortet Leon und legt eine CD in den Player. Sanfter Barjazz hüllt mich binnen Sekunden ein, und dank der Sitzheizung bin ich versucht, es mir auf der Stelle gemütlich zu machen und zu schlafen. Ich rutsche ein wenig tiefer in den Sitz und beobachte den Sternenhimmel, der sich heute besonders plastisch von seinem tiefdunklen Hintergrund abhebt. Die Straße wird links und rechts gesäumt von sich auftürmenden Schneebergen, denn in den letzten beiden Tagen hat es noch mehr geschneit. Wie Dünen liegt das Weiß am Wegesrand und bildet einen Puffer zwischen der Straße und der dahinterliegenden Natur. Es ist eine lange, gerade Strecke bis nach Rantum, und ich habe Gelegenheit zu sehen, wie der Schnee sich überall breitgemacht hat. Ein wirklich seltener Anblick auf dieser Insel! Wie hell es auf einmal ist, wenn der viele Schnee das Licht reflektiert!

»Wunderschön, nicht?«, spricht Leon aus, was ich gerade denke. »Eigentlich müsste man jetzt eine Thermoskanne Glühwein mitnehmen und anstatt in einem verräucherten und lauten Restaurant herumzusitzen am Kliff spazieren gehen und in die Mondnacht blicken, findest du nicht auch?«

Ich nicke zustimmend, hoffe, dass Leon es sieht, und muss an Stefan denken. Der wäre sofort begeistert gewesen von der Aussicht, mit ein paar – seiner Meinung nach – »wichtigen« Personen in ein ebenso »wichtiges« Restaurant wie die Sansibar zu gehen. Ich dagegen kann diesem Promi- und Schickimickigehabe überhaupt nichts abgewinnen. Weder weiß ich, wie der Wirt dieses Etablissements heißt, noch würde ich die Mitglieder der Hautevolee erkennen, die dort stets tafeln und sich selbst feiern, selbst wenn Günther Sachs persönlich vor mir stünde.

Vielleicht wird es trotzdem ein ganz netter Abend. Wenigstens hat Marco Nardi mehr zu sagen als das übliche Blabla, das man häufig von den Autoren hört, die sich sonst so in der Kampener Literaturszene produzieren. Und gut essen werden wir in der Sansi auf alle Fälle.

Zu meiner großen Freude finden wir einen Parkplatz direkt vor der Tür, denn allmählich beginnt die winterliche Kälte an meinen Nerven zu zerren und ich hätte keine Lust gehabt, zu Fuß die befestigte Düne hochzugehen, auf der das Restaurant liegt. Der eisige Wind macht mir zu schaffen, und ich bin froh, als wir Minuten später im Warmen sitzen.

Mit viel Aufhebens begrüßt uns der Wirt, der die Pressereferentin so oft links und rechts auf die Wange küsst, dass ich schon befürchte, eines elenden Hungertodes sterben zu müssen. Doch irgendwann hat auch diese Prozedur ein Ende, und er geleitet uns an den bereits für uns reservierten Tisch.

»Bist du oft hier?«, flüstere ich Leon zu, während wir Platz nehmen. Zum Glück können wir nebeneinandersitzen, denn plötzlich erleide ich angesichts der vielen fremden Menschen einen eigentümlichen Schüchternheitsanfall.

»Für meinen Geschmack leider etwas zu häufig«, antwortet er und beginnt dann netterweise mit der offiziellen Vorstellungsrunde.

Neben der Pressereferentin, die auf den Namen Isabell von der Gathen hört, und Elisabeth Fahrenkroog, Marco Nardis Lektorin, hat sich auch noch Tilman Luckner, der Marketingchef der Sylter Quelle, zu uns gesellt, der mir bei der Lesung gar nicht aufgefallen ist. Wir lächeln einander höflich an, und ich bemerke aus den Augenwinkeln, wie Marco Nardi die Szene amüsiert betrachtet. Für einen Debütanten wie ihn muss es ein komisches Gefühl sein, derart umgarnt zu werden, als hätte er bereits mehrere Bestseller geschrieben.

Während wir alle die Speisekarte studieren, werden auch schon die berühmten Sansibar-Vorspeisen serviert. Sie sind im Preis enthalten, weshalb das Essen hier auch so teuer ist: getrocknete Tomaten, eingelegte Oliven, marinierter Schafskäse, Lauchsalat, Krabbencocktail und eine beachtliche Brotauswahl. Was mich betrifft, so wäre ich allein schon hiermit glücklich und bräuchte nichts weiter.

Der Tisch ist über und über gefüllt mit Köstlichkeiten, die rustikal in großen Einmachgläsern serviert werden, aus denen ein jeder sich selbst bedient. Ich amüsiere mich über den Kontrast, den das simple Interieur zu den Gästen bildet, die sich teilweise herausgeputzt haben, als säßen sie beim Kapitänsdinner an Bord der »Queen Mary«. Wenn man mal ehrlich ist, dann ist die Sansibar nichts weiter als eine unterkellerte Bretterbude am Strand.

Sitzt man im Winter zu nah an einem der Fenster, zieht es derart, dass man sich auf der Stelle in eine Sauna wünscht. Die Kellnerinnen sind gekleidet, als wollten sie entweder zum Trekking oder in die Disco, und ich schaudere angesichts unserer Kellnerin Maria und ihres bauchfreien Tops, das eine nicht wirklich gelungene Tätowierung offenbart. Es gehört hier zum guten Ton, sich zu duzen, als hätte man in Kindertagen zusammen in der Sandkiste gespielt.

Was soll's?, denke ich und träufle etwas Olivenöl auf mein Weißbrot. Eigentlich ist es nett, hier zu sein und in Ruhe ein paar Sozialstudien zu betreiben. Isabell von der Gathen hat Marco Nardi komplett mit Beschlag belegt, und Leon unterhält sich angeregt mit der Lektorin und Tilman Luckner. Um mich kümmert sich niemand, was mir ganz recht ist. Maria nimmt nun der Reihe nach unsere Bestellungen auf, auch wenn mir unklar ist, wie man jetzt noch etwas essen kann. Vor allem, weil ich die Portionen hier kenne.

Um den Gepflogenheiten des Restaurants gerecht zu werden, kommen wir nicht darum herum, das obligatorische Glas Champagner zu trinken. Irgendwie scheint es ein ungeschriebenes Gesetz zu sein, dass keiner diese Bretterbude verlassen darf, ohne mindestens ein Glas davon zu sich genommen zu haben. So trinke ich zum zweiten Mal innerhalb weniger Tage Champagner. Na ja, es könnte schlimmer kommen …

Gemeinsam stoßen wir auf das Wohl des Autors an und wünschen ihm schon mal eine erfolgreiche Zeit als Inselschreiber. Ich persönlich bin gespannt, wie der Halbitaliener sich in die Reihe der bisherigen Autoren einfügt.

»Hat eigentlich schon mal eine Frau den Preis gewonnen?«, höre ich mich zu meiner eigenen Überraschung fragen.

»Aber natürlich!«, entgegnet Tilman Luckner, beinahe empört, und beugt sich zu mir herüber.

»Na, dann bin ich ja beruhigt«, antworte ich, was Marco Nardi zu einem Lächeln animiert.

»Ist Ihnen das Verhältnis ausgewogen genug?«, erkundigt Luckner sich, und mir ist das Ganze ein wenig peinlich.

»Welche Autoren, pardon Autorinnen bevorzugen Sie denn?«, erkundigt sich Marco Nardi.

Ich fühle mich ein wenig durch seinen Samtblick irritiert. Dieser Mann ist wirklich mehr als attraktiv! Rasch zähle ich auf, was mir spontan einfällt – auch wenn es ausschließlich Autorinnen sind.

»Bücher von Männern lehnen Sie wohl kategorisch ab?«, fragt Marco Nardi amüsiert, während sich nun alle Blicke auf mich richten.

»Habe ich den Eindruck erweckt, eine Männerhasserin zu sein, nur weil ich sichergehen wollte, dass der Inselschreiber-Preis nicht ausschließlich an die Herren der Literaturszene vergeben wird? Im Grunde genommen ist es mir egal, von wem die Bücher stammen. Mir ist es wichtig, dass sie mir Geschichten erzählen, die ich noch nicht kenne. Wenn sie mir einen anderen Blick auf die Welt eröffnen, wenn sie Gedanken anstoßen und wenn ich in ihrer Sprache versinken kann.«

»So, so, Sie versinken also gern in Sprache«, erwidert Marco

Nardi schmunzelnd und zeichnet mit seinem Messer Kreise auf den Holztisch. »Wie muss Sprache denn klingen, damit Sie darin versinken können?«

Nun werde ich wirklich verlegen und wünsche mir, dass sich ein Erdloch unter mir auftun möge, dessen Schlund mich auf der Stelle in die Tiefe zieht. Meinetwegen auch in die Tiefe des sagenumwobenen Weinkellers, dann könnte ich mich dort wenigstens betrinken. Wie peinlich! Da sitzen wir nun, um einem Autoren einen netten Einstieg ins Sylter Kulturleben zu ermöglichen, und plötzlich entspinnt sich ein fast schon intimes Zwiegespräch, das alle anderen Beteiligten umgehend zu bloßen Statisten degradiert.

In diesem Moment erlöst mich Gott sei Dank Maria, indem sie den Hauptgang serviert, so dass ich sogar kurz geneigt bin, ihr Tattoo doch schön zu finden. Leon, der sensibel genug ist, zu bemerken, wie unwohl ich mich gerade fühle, ist so nett, mir ein Glas Wein einzuschenken und das Essen zu loben, das nun dampfend vor uns steht. Wir haben uns der Einfachheit wegen für eine große gemischte Fischplatte entschieden, die in der Mitte des Tisches thront.

»Ich würde dieses Gespräch gern bei Gelegenheit mit Ihnen fortsetzen«, insistiert Marco Nardi, was ich lediglich mit einem indifferenten Lächeln quittiere.

An dieser Stelle nutzt Isabell von der Gathen die Chance, die Aufmerksamkeit wieder auf sich und ihre Mission zu ziehen. Sie entwirft einen multimedialen PR-Feldzug, was ich persönlich nicht nur unnötig, sondern auch ziemlich unangebracht finde. Schließlich hat der Autor bislang erst einen Roman geschrieben und einen Beitrag zu einer Anthologie. Kein Grund, in ihm bereits den kommenden Nobelpreisträger zu sehen, auch wenn er offenbar recht talentiert ist. Leon ist bei alldem sehr still und intensiv damit beschäftigt, seinen Fisch zu filetieren. Zu gern wüsste ich, was er jetzt denkt, denn ich habe den Eindruck, dass ihm dieses wichtigtuerische Gehabe ebenso auf die Nerven geht wie mir.

Kurz vor Mitternacht beginnen die Ersten zu gähnen, was Leon zum Anlass nimmt, die Runde aufzulösen. Wir sind alle Gäste des *Sylter Tagesspiegels,* der ebenfalls einen Teil des Stipendiums finanziert.

Als wir in die sternklare Nacht hinaustreten, verabschiedet sich Marco Nardi von mir, indem er mir seine Visitenkarte in die Hand drückt. »Hier meine Handynummer, falls Sie sich weiter mit mir über Literatur unterhalten wollen. Ich bin noch zwei Tage auf Sylt, dann wieder ab dem ersten Mai.«

Ich bedanke mich, gebe ihm zum Abschied die Hand und stecke die Karte in meine Manteltasche. »Viel Spaß noch, wir sehen uns«, antworte ich und verabschiede mich von den anderen, die es eilig haben, in ihre Autos zu kommen.

»Wirst du dich bei ihm melden?«, erkundigt sich Leon, als wir im Wagen sitzen.

Weshalb ihn das wohl interessiert?, frage ich mich. »Nein, ich glaube nicht, zumindest nicht in den nächsten Tagen. Vielleicht im Mai, mal sehen.«

Versonnen male ich eine Blume auf das beschlagene Autofenster. Etwas, was Stefan gehasst hätte, weil er sich immer Sorgen um sein Auto macht. Tja, wenn es erst mal Mai ist und warm. Nicht so eisig und verschneit, wie momentan.

»Im Mai bist du doch gar nicht mehr auf der Insel«, wundert sich Leon.

Auch ich bin kurz irritiert. Stimmt, das hatte ich mal wieder völlig verdrängt. Mein Aufenthalt ist ja nur bis Ende April geplant, so ist es auch mit meinem Arbeitgeber vereinbart. Komisch, dass ich das immer wieder vergesse …

»Na, wie war's in der Sansi?«, erkundigt sich Nele am nächsten Morgen, als sie ungewöhnlich früh wie ein Wirbelwind in die Buchhandlung stürmt. Ein Hauch von Patchouli umweht sie und mischt sich süßlich mit dem Duft des Zimttees, den ich mir gerade aufgegossen habe.

»Woher weißt du denn schon wieder, wo ich gestern war?«, murre ich ein wenig ärgerlicher als beabsichtigt. Diese Insel ist wirklich ein Dorf. Hier bleibt nichts, aber auch gar nichts verborgen und unkommentiert.

»Sind wir heute etwa mit dem falschen Bein zuerst aufgestanden?«, fragt Nele provokativ.

Ich bin fast geneigt, ihr die Zeitschrift, die sie gerade kaufen will, um die Ohren zu hauen. Es ist das neue *GEO Saison* mit Schwerpunkt Mexiko. Nele will doch nicht etwa Ernst machen? In dem Moment, in dem ich das denke, überkommt mich mein schlechtes Gewissen, weil ich mit Literaturschickis um die Häuser gezogen bin, anstatt ihr wie versprochen zu helfen.

»Hast du heute Abend Zeit?«, entgegne ich, was zwar nicht direkt Neles Frage beantwortet, aber ein freudiges Lächeln auf ihr Gesicht zaubert.

Zum ersten Mal bemerke ich die Sommersprossen auf ihrem Nasenrücken und im Dekolleté, die mir vorher gar nicht aufgefallen sind, weil unsere beiden Treffen quasi im Dunkeln stattgefunden haben. Irgendwie erinnert mich Nele heute fatal an Pippi Langstrumpf, und als wäre das ihre Absicht gewesen, trägt sie über ihrer groben Wollstrumpfhose rot-weiß geringelte Legwarmer, die wunderbar zu ihrem knallroten Cordminirock passen, den sie unter ihrem Flickenteppichmantel trägt. Jede andere hätte in diesem Aufzug seltsam deplaziert ausgesehen, nicht jedoch Nele. Vielleicht hätte sie lieber Modedesign studieren sollen anstelle von Kinderbuchillustration?

»Ja, habe ich«, lautet zu meiner Freude die Antwort. »Allerdings erst um zehn, wenn das Möwennest schließt. Das ist dir bestimmt zu spät, oder?«

Ich überlege kurz, denn das ist in der Tat nicht die Uhrzeit, die ich bevorzuge, zumal ich letzte Nacht nicht besonders viel und gut geschlafen habe. Aber egal, sage ich mir. Ich bin schließlich keine achtzig!

»Magst du zu mir kommen? Dann zeige ich dir mal meine Wohnung und mein Atelier, falls dich das interessiert. Ist gleich über dem Café, kannst sie nicht verfehlen.«

»Du hast ein Atelier?«, frage ich verwundert, werde aber in meinen Überlegungen von einer alten Dame unterbrochen, die eine 55-Cent-Briefmarke kaufen will. Wie ich das hasse! Als ich die Schublade aufziehe, stelle ich fest, dass wir gar keine Briefmarken mehr haben. Nur noch die zu 2,20 Euro, nach denen äußerst selten verlangt wird. »Sorry, muss mal eben zur Post flitzen. Bis heute Abend«, sage ich zu Nele, die schon halb auf der Straße steht, und gleichzeitig entschuldigend zu der Kundin, die mich verwundert ansieht.

»Was? Sie müssen für die Briefmarken extra zur Post? Und ich soll so lange hier warten? Da kann ich gleich selbst hingehen«, protestiert sie.

Am liebsten würde ich darauf antworten, dass sie mir von dort gern einen Vorrat an Postwertzeichen mitbringen könne. Aber das verkneife ich mir lieber. Natürlich bleiben die unangenehmen Aufgaben an mir hängen, weil Birgit Stade mit wichtigeren Dingen beschäftigt ist. Zum Beispiel mit der Sichtung der neuen Verlagskataloge, Vorschauen genannt, die in diesen Tagen en masse bei uns eintreffen. Sie verbringt Stunden um Stunden damit, die Bestandslisten der jeweiligen Verlage mit unseren vorrätigen Titeln abzugleichen, Bestellungen zu notieren und die angekündigten Neuerscheinungen zu begutachten.

In den kommenden Wochen werden wir fast täglich Besuch von Verlagsvertretern bekommen, die besagte Neuerscheinungen nochmals detailliert präsentieren und uns darüber informieren, was die Verlage an PR-Maßnahmen für ihre Schwerpunkttitel geplant haben. Wenn ich mir das so anhöre, gewinne ich den Eindruck, als zählten Autoren und Inhalte nichts mehr, sondern es ausschließlich darauf ankommt, ob und wie viel für das jeweilige Buch geworben wird. Wenn man es knapp zusammenfasst, würde es reichen, sich auf die Titel zu konzentrieren, die mit dem Button »Talkshowauftritt bei Johannes B. Kerner« gekennzeichnet sind.

Allmählich verstehe ich Bea immer besser, die sich solchen Kriterien, die letztlich gar keine sind, konsequent verweigert. Was allerdings oftmals zur Folge hat, dass sie Titel nicht am Lager hat, von denen alle Welt spricht, und auf diese Weise häufig Umsatz verschenkt. Aber solange sie es sich leisten kann und auf diese Weise Autoren eine Chance gibt, die sonst kaum verkauft werden, soll mir das nur recht sein. Ich bin, was das betrifft, sehr stolz auf meine Tante und habe sie immer wegen ihrer Kompromisslosigkeit beneidet.

Im Übrigen wird diese Haltung durchaus honoriert. Im Weihnachtsgeschäft habe ich es häufig erlebt, mit welcher Inbrunst und Leidenschaft sie Bücher empfohlen hat, die aus Verlagsperspektive eher zu den Außenseitern zählen. »Gerade da liegen oftmals die größten Schätze verborgen«, hat sie mir immer gesagt und sich wie ein kleines Kind gefreut, wenn die Kunden ihren Empfehlungen blindlings gefolgt sind und Tage später völlig begeistert von ihren Leseerlebnissen erzählt und Nachschub verlangt haben.

Vermutlich ist es ja auch genau DAS, was diesen Beruf letztlich ausmacht – und woher auch der Begriff »Sortimenterin« stammt. Denn als Buchhändlerin geht es um das Sondieren, das Selektieren, also um das SORTIEREN. In einer Zeit, in der es alles und jedes zu jeder Zeit in völligem Überfluss gibt, sind die Menschen auch ein bisschen darauf angewiesen, dass jemand zumindest eine gewisse Vorauswahl trifft. Dann können sie immer noch selbst entscheiden.

Nachdem ich von der Post zurück bin, mache ich mich daran, das »Abholfach« zu durchforsten, eine Aufgabe, die ich ebenfalls nicht sonderlich mag. In diesem Fach stehen alle bestellten Bücher nach den Nachnamen der Kunden sortiert. Alle zwei Monate muss man kontrollieren, welche Titel nicht abgeholt wurden, um dann entweder den jeweiligen Kunden nett und höflich daran zu erinnern, dass er etwas vergessen hat, oder das Buch wieder an den Großhändler zurückzuschicken.

Mit einem gewissen Amüsement denke ich an meine ersten Tage in der Bücherkoje, als ich in der hektischen Vorweihnachtszeit mehrfach daran gescheitert bin, den Kunden das Gewünschte herauszusuchen, weil ich in Unkenntnis vieler Buchtitel oftmals ein Opfer von akustischen Verwechslungen wurde.

So suchte ich zum Beispiel an meinem ersten Arbeitstag verzweifelt und ohne jeden Erfolg nach dem bestellten Titel *Triste*

Butter unterwegs, den ich zwar ungewöhnlich fand, mich aber nicht weiter irritieren ließ, weil heutzutage fast alles möglich ist. Meine Phantasie schlug Purzelbäume, ich dachte an ein Kinderbuch und sah im Geiste schon das Cover vor mir, auf dem ein in Stanniol eingepacktes Stück Butter, die Mundwinkel traurig nach unten verzogen, mit einem Koffer in der Hand zum Bahnhof ging.

Wo genau sie hinwollte, hatte ich mir noch nicht überlegt, und es kam auch nicht mehr dazu, weil der Kunde allmählich ungeduldig wurde. Vor dem Abholfach wurde die Schlange der Wartenden immer länger, und personelle Unterstützung war auch nicht in Sicht. Es war nämlich Mittagszeit, Frau Stade war in der Pause und Bea mal wieder damit beschäftigt, den ewigen Papierstau beim Kopierer zu entfernen. Leicht hektisch durchwühlte ich das Fach mit dem Buchstaben »M«, denn unglücklicherweise hieß der Kunde mit Nachnamen Müller, bekanntlich nicht gerade ein seltener Name.

Da ich fest von einem Kinderbuch ausging und daher nach einem querformatigen Hardcover suchte, wurde und wurde ich einfach nicht fündig. Die Situation besserte sich auch nicht dadurch, dass Herr Müller sich erbost an Bea wandte und diese vom Kopierer abberief, um mir unter die Arme zu greifen. Alle starrten mich an, als Bea nochmals nach dem Buchtitel fragte, binnen Sekunden ein Taschenbuch aus dem Fach holte und es vor dem Kunden auf den Tresen legte. *Triffst du Buddha unterwegs* lautete der korrekte Titel eines esoterischen Buches aus dem Fischer Verlag. Ich starrte es fassungslos an und wusste nicht, ob ich lachen oder weinen sollte.

»Na bitte, geht doch. Man muss sich nur auskennen«, giftete Herr Müller besserwisserisch.

So bekam ich gleich einen Vorgeschmack darauf, dass nicht nur nette Menschen Bücher lesen oder kaufen. Bea hingegen ließ die Angelegenheit nicht auf sich oder vielmehr mir sitzen und konterte, dass jeder irgendwann mal irgendwo anfangen müsse. Abgesehen davon sei es auch kein Beinbruch, mal fünf Minuten zu warten. Schließlich sei bald Weihnachten, das Fest des Friedens und der Freude. Kurz befürchtete ich, Herrn Müller platze nun endgültig der Kragen, doch er besann sich umgehend eines anderen, wünschte mir eine gute Eingewöhnungszeit und schritt mitsamt seinem Buch davon.

Bea hatte es mal wieder geschafft, mit der für sie so typischen energischen, aber durchaus charmanten Art klar aufzuzeigen, wo die Grenzen lagen. In der Bücherkoje war eindeutig SIE die Herrin im Hause, und wer hier Kunde sein wollte, hatte sich auch entsprechend zu benehmen.

Nachdem ich eine Flasche Wein besorgt, mit Timo eine etwas längere Runde gedreht und weiter in meinem Charlotte-Link-Buch gelesen habe, klingle ich Punkt 22.00 Uhr an Neles Tür. Wie erwartet ist sie noch nicht zu Hause, doch gerade als ich überlege, sie vom Café abzuholen, höre ich das Klackern ihrer Absätze im Flur. Bis sie oben angekommen ist, habe ich Gelegenheit, das Treppenhaus zu mustern, und entdecke gegenüber ihrer Wohnung ein Klingelschild, auf dem der Name Leon Winter steht.

Dass die beiden unmittelbare Nachbarn sind, war mir gar nicht klar. Auch nicht, dass Leon bis auf das kleine Wörtchen »de« den Namen des holländischen Bestsellerautors Leon de Winter trägt. Das passt ja gut zum Kulturressort!, denke ich.

»Da bin ich schon!«, keucht Nele, eine riesige, prall gefüllte Einkaufstüte im Arm. »Wartest du schon lange?«, erkundigt sie sich, während sie die Tür öffnet.

Nun bin ich aber gespannt, ob sich ihre Kreativität auch in der Gestaltung ihrer eigenen vier Wände niederschlägt. In der Tat – sie tut es! Die Wohnung ist zwar winzig klein, genaugenommen besteht sie nur aus zwei Zimmern, von denen eines, das Atelier, auf der Galerie liegt und nur über eine Wendeltreppe zu erreichen ist. Die Wände sind alle farbig gestrichen und bilden so einen passenden Rahmen für die Bilder, die vermutlich aus Neles Feder oder besser Pinsel stammen. Verblüfft und beeindruckt betrachte ich die Kunstwerke, während die offenbar sehr begabte Künstlerin ihre Einkäufe in der Küche verstaut. Wunderschöne Akte und phantasievolle Stillleben offenbaren ein Bild von Nele, das ich nicht für möglich gehalten hätte. In dieser Frau scheint deutlich mehr zu stecken als die flippige Chaotin, als die sie sich selbst gern präsentiert.

»Sind die alle von dir?«, erkundige ich mich vorsichtig.

Nele antwortet mit einem knappen: »Wenn du willst, kannst du schon mal hoch ins Atelier gehen, ich komme gleich nach«, und verschwindet kurz, wahrscheinlich im Bad.

Zutiefst beeindruckt gehe ich nach oben und staune dort weiter. Auf knappem Raum stehen Skulpturen, lehnen stapelweise auf Leinwand gemalte Bilder an der Wand und sind zwei Staffeleien aufgestellt, auf denen bislang unvollendete Werke darauf warten, dass Nele Hand an sie legt. Auf dem Zeichentisch liegen Skizzen, die aussehen, als seien sie für ein Kinderbuch bestimmt. Vorsichtig, um nichts zu verwischen, nehme ich sie in die Hand, denn sie sind teils mit Kohle und teils mit etwas anderem gezeichnet, das ich nicht definieren kann.

»Das ist Pastellkreide«, klärt Nele mich auf und drückt mir ein

Glas Rotwein in die Hand. »Hier, als Aperitif, bevor wir mit dem Essen beginnen.«

»Essen?«, frage ich verwirrt und habe gleichzeitig einen aromatischen Duft in der Nase, der aus der Küche nach oben zieht.

»Ja, Essen. Du weißt doch, was das ist? Es wird durch den Mund aufgenommen, rutscht dann über die Speiseröhre in den Magen hinunter, um Sekunden später ein wohltuendes Sättigungsgefühl zu erzeugen. In diesem speziellen Fall handelt es sich um eine Spinatquiche, die ich gerade in den Ofen geschoben habe. Dazu gibt es Tomatensalat und als Dessert Mousse au Chocolat. Klingt das gut?«

»Doch, durchaus«, stottere ich leicht verwirrt, weil mir nicht klar ist, wann Nele das alles gezaubert haben soll.

»Nun guck nicht wie 'ne Kuh, wenn's donnert. Das habe ich aus dem Möwennest, war alles heute ein Teil des Mittagstisches. Ist aber trotzdem von mir selbst gekocht«, fügt sie hinzu, und ich habe den Eindruck, dass ihr diese Information wichtig ist.

Wow, was für eine Powerfrau, denke ich fast beschämt und betrachte weiter die Illustrationen. »Die sind wirklich toll! Wofür sind die gedacht? Hast du einen Auftrag von einem Kinderbuchverlag?«

»Nein, schön wär's«, seufzt Nele und nimmt etwas aus der Schublade des Tisches. »Hier, guck mal. So soll es aussehen, wenn es fertig ist!«

Ich fasse es nicht! Was ich da in Händen halte, sieht aus wie ein richtiges Buch. Der Text ist gesetzt, das Layout ist komplett, und die Illustrationen sind genau dort, wo sie sein sollen. Alles ist auf gutem Papier gedruckt und mit Fadenheftung gebunden.

»Ich verstehe nicht ganz«, wundere ich mich. »Hast du das alles selbst gemacht? Auch geschrieben?«

»Ja. Diese Geschichte habe ich schon seit meiner Kindheit im Kopf, und nun wollte ich mal sehen, wie sie wirkt, wenn ich sie aufschreibe und illustriere. Irgendwas Sinnvolles musste ich doch an der Hochschule in Hamburg machen. Das ist so eine Art Gesellenstück, nur dass ich kein passendes Diplom dazu habe.«

»Was hast du jetzt damit vor?«, erkundige ich mich, während ich das Buch durchblättere.

»Gar nichts«, lautet Neles lapidare Antwort. »Lass uns jetzt essen, ich habe Hunger. Kannst das Buch ja mitnehmen, wenn es dich so sehr interessiert.«

In der Tat, das werde ich, denke ich und habe plötzlich eine Idee.

Minuten später sitzen wir in Neles heimeliger Wohnküche und verputzen ihren Möwennest-Mittagstisch. Sie kann nicht nur backen, sondern auch hervorragend kochen, wie ich feststelle. Zum Essen trinken wir einen Rotwein, den ich mitgebracht habe, und plaudern über dies und das. Über Bea, über Leon, über meine Eindrücke vom Leben hier auf der Insel und die ersten Fauxpas, die ich mir in der Bücherkoje geleistet habe.

Über die Geschichte mit dem Triste-Butter-Buch lacht Nele sich kaputt und kritzelt parallel dazu etwas auf ihre weiße Papierserviette. Es ist ein trauriges Butterpaket, das einen Koffer in der Hand hält, so wie ich es mir in meiner Phantasie ausgemalt habe. Auch die nächste Geschichte, in der es um den Autor Wolfgang Borchert geht, findet sie unglaublich witzig und amüsiert sich über meine ersten Gehversuche als Buchhändlerin.

»Wie? Der Typ hat tatsächlich draußen nachgesehen?«, erkundigt sie sich und schüttelt sich dermaßen vor Lachen, dass ich befürchte, sie hört nie wieder auf.

»Ja, hat er«, sage ich und wiederhole meine Schilderung noch einmal.

Ein Kunde war in die Bücherkoje gekommen und hatte gefragt, ob wir DAS Buch von Wolfgang Borchert hätten. Worauf ich antwortete oder besser gesagt nachfragte: *»Draußen vor der Tür?«* Schließlich hat Borchert mehrere Bücher geschrieben, auch wenn dieses sein bekanntestes ist.

Der Kunde erwiderte auf meine Frage: »Nein, draußen ist es nicht, da habe ich schon nachgesehen« und deutete auf die Kiste mit den reduzierten Taschenbüchern, die wir im Marktkarren vor der Buchhandlung stehen hatten.

»Super«, begeistert sich Nele erneut und wischt sich mit der bekritzelten Serviette die Lachtränen vom Gesicht. »Ich wünschte, mir würde im Möwennest mal so was passieren. Aber irgendwie ist es da vergleichsweise langweilig. Die einzigen aufregenden Momente bestehen darin, wenn die Gäste mal etwas zu meckern haben, und das ist dann eher lästig als lustig.«

»Magst du denn erzählen, was mit dem Café schiefläuft?«, pirsche ich mich vorsichtig an das für sie sicher unangenehme Thema heran.

»Ach, das ist doch nun wirklich nicht interessant«, versucht sie meine Frage mit einer abwehrenden Handbewegung vom Tisch zu fegen. »Das ist alles eine fatale Kombination aus der Tatsache, dass Karin mich im Stich gelassen hat, dass die Leute einfach nicht mehr so viel aushäusig essen und trinken und dass ich leider auch nicht so gut mit Geld umgehen kann, fürchte ich«, seufzt Nele.

Sofort muss ich daran denken, wie großzügig sie bislang mir gegenüber war. »Machst du das häufig, dass du deine Stammgäste einlädst, so wie mich am Neujahrsabend, oder war das nur eine Ausnahme? Ich stelle es mir nämlich schwierig vor, wenn man Leuten, die man gut kennt, etwas in Rechnung stellen muss. Wahrscheinlich erwarten einige dieser Gäste sogar einen Rabatt, oder?« Durchdringend sehe ich Nele an, die unsicher eine Haarsträhne um ihren Zeigefinger wickelt.

»Ja, ich meine nein. Also, ich meine ja«, antwortet sie dann stockend.

Wieder frage ich mich, ob mich das alles überhaupt etwas angeht und ich nicht lieber den Mund halten soll. Doch ich kann nicht anders, weil ich diese Frau mag und ihr helfen möchte.

»Es ist schon so, wie du vermutest. Ich lade die Leute oft ein, wenn sie nur einen Espresso oder sonst was Kleines trinken. Viele Stammgäste haben außerdem bei mir eine Art Kreditkonto, wo ich alles notiere. Am Ende des Monats ist es mir aber meistens peinlich, nach dem Geld zu fragen. Oder ich habe solche Vereinbarungen wie zum Beispiel mit Inga. Du weißt schon, die Frau mit den Keramikbechern, die Blairwitch kaputtgemacht hat. Inga hat auch kaum Geld und gibt deshalb ihre Becher bei mir in Zahlung. Das Problem ist nur, dass ich nur ganz selten ein paar von den Dingern verkaufe. So schön sie auch sind, aber für die meisten potenziellen Spontankäufer sind sie eben einfach zu teuer. Tja, und so kommt irgendwie dann eins zum anderen. Jemandem wie Valentin kann ich natürlich auch kein Geld abknöpfen, zumal er immer mal wieder Fotos für mich macht, ohne etwas dafür zu verlangen.«

»Was denn für Fotos?«, erkundige ich mich neugierig und kann mir allmählich ein besseres Bild von Nele und ihren Schwächen machen. An Ideen, Talent und Elan scheint es ihr nicht zu mangeln. Dafür aber an der strengeren Durchsetzung der Dinge, die ihr zustehen. Komisch, so tough, wie sie wirkt, hätte ich ihr eine solche Verhaltensweise gar nicht zugetraut.

»Fotos von meinen Bildern und Skulpturen, mit denen ich mich bei Galerien bewerbe. Die schicke ich dann per E-Mail los, in der Hoffnung, endlich mal jemanden zu finden, der an mich glaubt und meine Sachen ausstellen möchte.«

»Und? Hat das schon mal geklappt?«, frage ich, denn die Idee ist gut und scheint in die richtige Richtung zu zielen. Ich denke auch, dass Nele langfristig eher mit ihrer Kunst Geld verdienen wird als mit diesem Café. Restaurants und Kaffeebars gibt es wie Sand am Meer, erst recht auf Sylt. Aber solche wundervollen Bilder?

»Ja, ab und zu habe ich mal Glück«, antwortet Nele und kritzelt wieder auf ihrer Serviette herum. »Aber das sind dann mal hie und da fünfhundert oder tausend Euro, damit kann ich den Karren auch nicht aus dem Dreck ziehen. Mit Kunst Geld zu verdienen ist schwer. Es gibt einfach zu viele begabte Leute oder vielmehr eine Menge noch begabtere als mich. Selbst die krebsen teilweise am Existenzlimit herum, wenn sie nicht gerade unwahrscheinlich viel Glück haben oder über das Talent verfügen, sich selbst gnadenlos zu inszenieren und zu vermarkten. Letzteres ist nun mal nicht mein Ding. Also wird es wohl darauf hinauslaufen, dass ich Ende Februar hier die Schotten dichtmache und mich nach Mexiko absetze. Dort ist es wenigstens warm und nicht so eisig wie hier.« Wie zur Bestätigung zieht Nele die Schultern hoch und ihre Jacke enger um sich.

»Das kannst du doch nicht allen Ernstes wirklich vorhaben? Wenn du alle Brücken hinter dir abbrichst und einfach weggehst, ohne deine Angelegenheiten zu klären, machst du dich sogar strafbar. Das wirst du unmöglich wollen, oder? Können dir deine Eltern denn nicht irgendwie helfen?«, bohre ich weiter nach, weil ich nicht möchte, dass Nele sich ins Unglück stürzt.

»Meine Eltern haben auch kein Geld«, lautet die knappe Antwort, während meine Gastgeberin eine zweite Flasche Wein öffnet. »Die haben schon meine Brüder während ihres Studiums unterstützt und mir die letzten beiden Monatsmieten für die Wohnung bezahlt. Aber mehr haben sie nicht, und ich würde es auch nicht annehmen, selbst wenn sie das Geld hätten. Die brauchen doch alles selbst für ihre Altersvorsorge. Außerdem können sie nichts dafür, dass ihre Chaotentochter so schlecht durchs Leben kommt. Das haben sie sich bestimmt auch anders vorgestellt.«

»Kannst du nicht wenigstens noch einmal mit dem Bankberater und deinem Vermieter reden? Vielleicht gibt es noch irgendeine Möglichkeit, von der du bislang gar nichts weißt?«, frage ich hoffnungsvoll, glaube aber selbst nicht so recht an das, was ich da gerade sage.

In der heutigen Zeit ist es nicht so einfach, ohne weitere Sicherheiten einen Kredit aufzustocken, wenn man die Tilgungsraten noch nicht mal bezahlt hat. Nein, die Situation klingt schon sehr verfahren.

»Komm, lass uns jetzt über was anderes sprechen, bevor ich depressiv werde«, sagt Nele, und ich habe den Eindruck, dass es für heute reicht.

Ich kann verstehen, dass sie abschalten will, und da ich augenblicklich auch keine schlaue Idee habe, ist Nele sicher fürs Erste am besten damit geholfen, dass sie eine Weile nicht an ihr Unglück denkt.

6. Kapitel

Am nächsten Morgen klingelt es an der Tür des Kapitänshauses: Paula ist wieder aus Stuttgart zurück. Tanja verabschiedet sich hastig von ihrer Tochter, um dann gleich nach Westerland zu fahren. Zuvor drückt sie mir noch eine Schachtel Pralinen in die Hand, vermutlich will sie mir das Zusammensein mit ihrer Tochter erträglicher machen.

»Danke, dass Sie Paula übernehmen, jetzt, wo Bea nicht da ist. Sie sind mir eine große Hilfe«, bekräftigt sie, und ich sehe in ihre traurigen Augen.

Es ist sicher nicht leicht, alleinerziehend zu sein und gleichzeitig einen anstrengenden Job zu haben.

»Hallo, Paula! Wie war's bei Oma und Opa?«, frage ich die Kleine betont munter, während ich ein Brötchen und Kakao vor sie auf den Tisch stelle.

Da ich keine Antwort bekomme, beschließe ich aus Rache, NICHT die Haut vom Kakao zu entfernen und stattdessen in aller Ruhe den *Sylter Tagesspiegel* zu lesen. Paula scheint das nicht weiter zu stören, stattdessen spielt sie mit Timo, der sich offensichtlich freut, dass seine kleine Freundin wieder da ist.

»Was die nur alle an der finden?«, murmle ich kopfschüttelnd, während ich die Autoschlüssel hole, das stumme Kind in den Jeep verfrachte und es am Kindergarten absetze.

Als ich auf die Bücherkoje zusteuere, stoße ich auf eine völlig aufgelöste Nele, die vor der verschlossenen Tür auf mich wartet.

»Da bist du ja endlich!«, ruft sie aufgebracht.

Ich bugsiere meine Besucherin erst einmal in die Buchhandlung, weil sie schon ganz blau vor Kälte ist. »Was ist denn passiert?«, erkundige ich mich besorgt, während ich den Marktwagen auf den Bürgersteig schiebe.

»Ich war gerade am Geldautomaten«, sagt Nele atemlos und mit aschfahlem Gesicht. »Der hat einfach meine Karte einbehalten. Aber ich muss jetzt unbedingt auf den Markt und für den Mittagstisch einkaufen. Kannst du mir dafür ein bisschen Geld leihen?«

»Klar, wie viel brauchst du denn?«, frage ich mechanisch und hole mein Portemonnaie aus der Tasche, während es in meinem Kopf rotiert. Ist es jetzt schon so weit, dass Nele kein mehr Geld bekommt? Oder ist das nur ein Versehen der Bank? »Hier, reichen erst mal hundert Euro?«, frage ich und stecke ihr zwei Fünfziger zu, als sie nickt.

»Danke«, sagt sie und fällt mir um den Hals. »Damit hast du mir den Tag gerettet. Du bekommst das Geld heute Nachmittag wieder. Nach dem Einkaufen gehe ich zur Bank, dann wird sich bestimmt alles aufklären. Das kann alles nur ein Missverständnis sein«, murmelt sie, steigt in ihren alten, wackligen Opel Corsa und fährt mit quietschenden Reifen davon.

»Was wollte DIE denn schon so früh hier?«, ertönt die Stimme von Birgit Stade aus dem Hintergrund der Bücherkoje.

»Mir etwas geben«, antworte ich vage, weil ich auf keinen Fall möchte, dass meine Kollegin erfährt, wie schlimm es um die Existenz von Nele bestellt ist. Denn irgendwie glaube ich nicht an ein Missverständnis.

Dass ich mit meiner Annahme recht behalte, zeigt sich bereits am Nachmittag, als ich ins Möwennest gehe, um dort einen Espresso zu trinken. Im Café ist nicht besonders viel los, und so erfahre ich, dass die Bank Neles Geschäftskonto gesperrt hat, weil sie ihren Dispokredit um 2000 Euro überzogen hat.

»Und nun?«, frage ich besorgt und etwas ratlos. Natürlich kann ich ihr finanziell ein wenig aushelfen, wenn Not am Mann ist, aber mit ein paar hundert Euro ist es hier ganz offensichtlich nicht getan.

»Morgen früh habe ich einen Termin beim Filialleiter«, erklärt Nele und wirkt nicht besonders überzeugt davon, dass ihr dies weiterhelfen wird.

»Was willst du ihm sagen? Hast du schon eine Idee?«

»Was heißt hier eine?«, antwortet Nele mit einem gefährlichen Glitzern in den Augen. »Ich habe Hunderte, ach was Tausende. Ich werde Lotto spielen, Klamotten und Schmuck bei EBay versteigern, meinen Wagen verkaufen, und wenn alle Stricke reißen, kann ich es immer noch mit Telefonsex versuchen.«

Jetzt muss ich trotz der ernsten Situation lachen, weil ich mir vorstelle, wie Nele, während sie in der Küche den Kuchenteig knetet oder Kartoffeln schält, mit erotischer Stimme versucht, einen Kunden am anderen Ende der Leitung anzuheizen. »Dann musst du dir nur noch überlegen, ob du lieber Olga aus Russland bist, Nathalie aus Frankreich oder Gina aus Italien. Ich finde, ein rassiger Akzent ist ein unbedingtes Muss in diesem Gewerbe«, erwidere ich kichernd.

Doch anders als erwartet, steigt Nele nicht lachend auf meine Phantasien ein, sondern sieht stattdessen tieftraurig aus. »Wird schon irgendwie weitergehen«, seufzt sie und wendet sich dann einem Gast zu, der gerade das Möwennest betreten hat. Leider ist es nur ein Tourist, der wissen möchte, wie er am besten zur Post kommt.

Nachdenklich gehe ich wieder in die Bücherkoje zurück. Es muss doch irgendetwas geben, womit man das Café wieder in Schwung bringen kann, überlege ich. Aber ich habe keine Zeit, weiter nachzudenken, weil Birgit Stade mich darauf aufmerksam macht, dass wir in zwei Wochen eine Veranstaltung in der Buchhandlung haben, die es noch vorzubereiten gilt. Es handelt sich um die Präsentation eines Kochbuchs mit Sylter Spezialitäten. Wir müssen eine Anzeige schalten, unsere Stammkunden einladen, Mailings in Auftrag geben, uns eine geeignete Dekoration überlegen und die Bestuhlung organisieren.

Wie immer bin ich froh, dass meine Kollegin alles so gut im Griff hat und ich ihr im Prinzip nur über die Schulter zu sehen brauche. Ich freue mich auf ein wenig Abwechslung und darauf, etwas Neues kennenzulernen, auch wenn das Organisieren von Events im Hotel ebenfalls in meinen Aufgabenbereich fällt. Bei dem Gedanken an Hamburg überkommt mich ein seltsames Gefühl. Wie wird es werden, wenn ich zurück bin? Kann ich mir überhaupt sicher sein, dass es meinen Job dann noch gibt? Unbezahlter Urlaub kann einer Karriere schnell schaden, vor allem in wirtschaftlich unsicheren Zeiten wie diesen.

Was erwartet mich schon in Hamburg außer meinem Job? Momentan habe ich noch nicht einmal eine Wohnung. Stefan hat alle meine Möbel in den Keller gebracht und mir versprochen, sie dort so lange zu verwahren, bis ich nach meiner Rückkehr eine Wohnung gefunden habe. Aber in Hamburg eine bezahlbare Wohnung in einem schönen Stadtteil zu ergattern, ist derzeit so gut wie unmöglich. Schnell verdränge ich den Gedanken an meine Zukunft und überfliege stattdessen den Anzeigentext, den Birgit Stade nach einer alten Vorlage verfasst hat. Besonders animierend oder aufregend klingt er nicht, aber wenn es bislang so funktioniert hat …

Am Abend beschließe ich, noch einmal kurz bei Nele vorbeizusehen, bevor ich meine Runde mit Timo drehe. Doch das Möwennest ist dunkel, und das »*Closed*«-Schild hängt an der Tür. Verwundert stehe ich vor dem Café und überlege, was Nele wohl veranlasst haben könnte, früher zu gehen. Ob der Banktermin vorgezogen wurde?

»Was meinst du, Timo, wo Nele wohl ist?«, frage ich den Hund, der bei der Erwähnung ihres Namens fröhlich bellt und mit dem Schwanz wedelt. »Wollen wir mal nachsehen, ob sie oben in der Wohnung ist?«, frage ich und lege ihm die Leine an.

Eine Minute später klingle ich an Neles Tür, doch sie öffnet nicht.

»Möchtest du zu mir?«, vernehme ich auf einmal die Stimme von Leon, der gerade die Treppe hinaufkommt, und werde leicht verlegen.

Natürlich will ich NICHT zu ihm, sondern suche seine Nachbarin, wie ich ihm erkläre.

»Nele hat das Café geschlossen?«, fragt Leon, nun ebenfalls irritiert. »Das ist in der Tat ziemlich ungewöhnlich. Ob sie krank ist?«

Genau, das wird es sein, das ist die Erklärung! Nele geht es nicht gut, sie sitzt gerade in irgendeiner Arztpraxis, und wir machen uns unnötig Gedanken. Wäre auch kein Wunder, wenn sie bei alldem Ärger krank geworden wäre. »So wird es sein«, antworte ich und wünsche Leon noch einen schönen Abend. Ich werde später versuchen, Nele anzurufen, dann ist sie sicher wieder zurück.

124

Doch sie kommt nicht nach Hause.

Sie reagiert auch nicht auf meine Anrufe auf ihrem Handy.

Ich versuche es jede Stunde, für den Fall, dass der Akku ihres Mobiltelefons leer ist oder sie keinen Empfang hat.

Ich rufe um 21.00 Uhr an.

Um 22.00 Uhr.

Um 23.00 Uhr.

Doch immer ohne Erfolg.

Ob sie sich vielleicht bei Valentin Kremer ausweint?

Oder bei Inga ist?

Oder ob sie sich zu Hause vergräbt, weil ihr alles über den Kopf wächst?

Um 1.00 Uhr morgens starte ich einen letzten erfolglosen Versuch, für den ich mich fast ein wenig schäme, weil es mir an sich nicht zusteht, Nele hinterherzutelefonieren.

Schließlich bin ich nicht ihre Mutter.

Andererseits hat Nele auf dieser Insel keine engen Kontakte, und irgendwie fühle ich mich für sie verantwortlich, seit ich von ihren Schwierigkeiten weiß.

Um 2.00 Uhr morgens rufe ich mich schließlich zur Räson und denke an meine Mutter, die als Psychologin sicher eine Menge dazu zu sagen gehabt hätte, wie ich mit dieser Situation umgehe. Ich höre sie förmlich sagen: »Lissy, sieh dir mal lieber dein Leben genau an. Du bist unter anderem hier auf dieser Insel, um dir darüber klar zu werden, wie es mit dir weitergehen soll. Fang gefälligst damit an, und lenk nicht von dir ab, indem du versuchst, Neles Angelegenheiten in den Griff zu bekommen!«

Natürlich habe ich als Zehnjährige keine derartigen Gespräche mit ihr geführt. Aber ich bin mir sicher, dass eine Unterhaltung mit ihr heute so oder zumindest so ähnlich abgelaufen wäre.

Nach einer unruhigen Nacht kann ich es kaum erwarten, mein Handy anzuschalten, um nachzusehen, ob Nele sich gemeldet hat. Keine Nachricht von ihr. Stattdessen haben BuV geschrieben, dass es ihnen gutgehe und sie nach Mexiko mittlerweile Kurs auf Honolulu nähmen. Ich sehe die beiden vor meinem geistigen Auge in Baströckchen, behängt mit kitschigen Blumenketten und in bunten Hawaii-Hemden mit einem Mai Thai in der Hand am Strand stehen.

Dieser Gedanke übertönt einen Moment die Sorge um Nele, und da auch Paula sich heute einigermaßen kommunikativ erweist (sie grüßt mich!), mache ich mich voller Elan auf den Weg in die Bücherkoje, um zu sehen, was der neue Tag bringt. Um 11.00 Uhr betritt Leon die Buchhandlung und erkundigt sich nach Nele. Das »*Closed*«-Schild hängt immer noch, und allmählich verstärkt sich mein Gefühl, dass hier etwas nicht stimmt.

Selbst wenn ich einkalkuliere, dass Nele heute Morgen einen Termin bei der Bank hat, kann ich mir nicht vorstellen, dass sie ihr Café erst derart spät öffnen würde.

»Findest du das nicht allmählich ein bisschen seltsam?«, frage ich Leon.

Er wirkt mittlerweile ebenfalls beunruhigt und antwortet, dass er dergleichen noch nicht erlebt habe, seit er Nele kennt. Auch hält er die Theorie, dass sie krank sein könnte, nicht mehr für plausibel, da sie sich bei hohem Fieber oder Ähnlichem sicher an ihn gewandt hätte. Wir beschließen, dass wir im Moment nichts weiter tun können, als abzuwarten und uns gegenseitig zu informieren, für den Fall, dass Nele sich bei einem von uns meldet.

Ob sie tatsächlich Ernst gemacht hat und sich auf dem Weg ins Ausland befindet?, frage ich mich, habe aber gleichzeitig keine Vorstellung davon, wie Nele ihr Vorhaben ohne Bargeld realisiert haben sollte. Ein Ticket nach Mexiko bekommt man schließlich nicht zum Schnäppchenpreis eines Mallorca-Fluges. Auch nicht für einhundert Euro …

Der Tag vergeht, und im Möwennest rührt sich immer noch nichts. Mein Handy bleibt stumm, Leon lässt ebenfalls nichts von sich hören, also versuche ich weiterhin, mich so gut es geht abzulenken.

Es wird Abend, Tag und wieder Abend. Schließlich vergeht fast eine Woche ohne ein Lebenszeichen von Nele.

Der Briefkasten des Cafés quillt mittlerweile über, so dass ich die gesamte Post herausnehme und mit Hilfe eines Schraubenziehers auch den Rest, den ich nicht sofort greifen kann, heraushole. Als ich die Briefe auf dem Tresen der Bücherkoje nach den Absendern durchsehe, kann ich auf den ersten Blick erkennen, dass es sich hauptsächlich um Rechnungen und Mahnungen handelt. Schreiben von der Bank, von ihrem Vermieter, von Lieferanten und sogar eine Benachrichtigungskarte von der Post, dass zwei Einschreiben für sie bereitliegen.

Mist, Mist, Mist, denke ich, habe keine Ahnung, was ich jetzt tun soll, und frage mich, ob es wirklich meine Aufgabe ist, mich darum zu kümmern, was aus dem Möwennest wird. Ich schwanke zwischen Sorge und Wut darüber, dass Nele sich überhaupt nicht meldet. Ein kleines Lebenszeichen würde mir schon genügen.

Immer wieder blicke ich durch das Schaufenster des Cafés, um zu sehen, ob ich Blairwitch irgendwo entdecke. Was auch immer Nele macht – ich kann mir nicht vorstellen, dass sie ihre Katze im Stich lässt. Doch obwohl ich Blairwitchs Namen durch die Tür rufe, ist weit und breit keine Katze in Sicht. Sie scheint sich genauso in Luft aufgelöst zu haben wie ihre Besitzerin.

Am Ende einer Woche ohne ein Lebenszeichen beschleicht mich eine andere Befürchtung. Eine weit schlimmere als die Vorstellung, dass Nele sich ohne Bargeld nach Mexiko oder Indien durchgeschlagen haben könnte.

Was, wenn sie gar nicht unterwegs ist, sondern sich etwas angetan hat?

Was, wenn sie tot in ihrer Wohnung liegt?

Nachdem dieser Gedanke sich erst einmal bei mir eingenistet hat, weiß ich gar nicht mehr, was ich tun soll. Immer wieder rufe ich mich zur Ordnung und rede mir gut zu, dass ich zu viele Filme gesehen und zu viele Bücher gelesen habe. Doch mittlerweile hat es sich auch in Keitum herumgesprochen, dass Nele Sievers spurlos verschwunden ist. Mehrmals am Tag kommen Gäste in die Bücherkoje und erkundigen sich nach dem Verbleib unserer Nachbarin. Leon sieht das Ganze etwas gelassener als ich (Männer!), wirkt jedoch mit seiner Sachlichkeit zwischenzeitlich auch beruhigend auf mich. Aber auch er ist der Meinung, dass wir uns mit Neles Eltern in Verbindung setzen sollten, für den Fall, dass sie sich nicht innerhalb der nächsten Tage bei uns meldet.

»Meinst du nicht, wir sollten erst einmal prüfen, ob sie sich etwas angetan hat, bevor wir ihre Eltern in Aufruhr versetzen?«, frage ich und bin kurz davor, die Polizei einzuschalten.

Leon verspricht, über meinen Einwand nachzudenken, und so widme ich mich wieder den Vorbereitungen für unsere Veranstaltung, die bereits große Resonanz ausgelöst hat. Genaugenommen haben wir so viele Anmeldungen, dass wir zahlreiche Interessenten auf die Warteliste setzen müssen, weil die Bücherkoje für einen derartigen Andrang zu klein ist.

Am späten Nachmittag erhalte ich eine SMS von Leon, in der er mich darum bittet, nach Ladenschluss zu ihm in die Wohnung zu kommen. Neugierig klingle ich bei ihm und sehe erstaunt auf den Werkzeugkasten, den er in der Hand hält, während er auf Neles Tür deutet.

»Du willst doch nicht etwa …?«, frage ich und beginne gleichzeitig zu zittern. Ein Teil von mir findet es gut, wenn endlich mal etwas passiert, was zur Klärung der Situation beiträgt, der andere hat enorme Angst davor, etwas Schlimmes vorzufinden. »Darf man das denn überhaupt?«, füge ich zaghaft hinzu, als Leon sich ans Werk macht.

Im Film reicht oft eine Kreditkarte, denke ich, während ich gebannt verfolge, ob Leons Einbruchsversuch fruchtet.

»Nein, darf man nicht«, lautet seine knappe Antwort, während er verschiedene Werkzeuge ausprobiert.

Anscheinend ist Neles Wohnung besser gesichert, als wir beide vermutet haben. Nach einer schier endlosen Weile, innerhalb derer ich immer wieder versuche, sowohl meinen Puls als auch Timo unter Kontrolle zu bringen, der es natürlich langweilig findet, im Hausflur herumzusitzen, klappt es endlich und die Tür ist offen.

Ich ertappe mich dabei, als Erstes zu schnuppern, ob der Geruch einen Hinweis darauf gibt, dass sich in diesen Räumen seit Tagen eine Tote befindet. Doch zu meiner Erleichterung ist dem nicht so, auch wenn der sich uns bietende Anblick nicht besonders vertrauenerweckend ist: Sämtliche Schubladen stehen offen, ebenso die Schranktüren. In Neles Schlafzimmer, aber auch im Badezimmer sieht es aus, als hätte eine Bombe eingeschlagen.

Einbruch? Entführung?, überlege ich zitternd, während Leon und ich uns stumm umsehen. Timo haben wir draußen angebunden, damit er uns nicht vor den Füßen herumwuselt und uns noch nervöser macht, als wir es ohnehin schon sind.

»Ich sehe mal oben nach«, sagt Leon, als feststeht, dass zumindest hier unten keine tote Nele liegt.

Schlotternd vor Angst folge ich ihm und stolpere vor Aufregung beinahe über meine eigenen Füße. »Und? Ist sie da oben?«, frage ich zaghaft und bin erleichtert zu hören, dass Leon klar und deutlich verneint.

Während wir uns auf der Galerie umsehen (hier ist übrigens alles ganz ordentlich), ertönt im Treppenhaus auf einmal Timos Gebell. Sicher ein Nachbar, der ihn gerade streichelt, denke ich, während ich zeitgleich unten ein Geräusch vernehme: das Quietschen einer Tür. Leon und ich sehen uns an, und ich bin froh, dass er die Initiative übernimmt und forschen Schrittes die Treppe nach unten geht. Mein Herz klopft immer noch wie wild, und ich muss mich am Geländer festhalten, um nicht zu stürzen. Diese Geschichte ist eindeutig nichts für meine schwachen Nerven!

»Sag mal, bist du wahnsinnig?«, vernehme ich auf einmal Leons wütende Stimme.

Sofort habe ich die Befürchtung, dass der Hund draußen etwas angestellt hat. Vielleicht hat er dem Ficus im Flur den Garaus gemacht?

»Wie kannst du einfach ohne irgendeine Erklärung verschwinden?«, höre ich und habe allmählich den Verdacht, dass es nicht Timo ist, mit dem Leon da schimpft. Wenn es nicht der Hund ist, dann kann es nur …

»Nele«, rufe ich erleichtert und fliege der Heimgekehrten in der nächsten Sekunde um den Hals.

»Was ist denn hier los? Könnt ihr mir mal sagen, was ihr hier tut?«, fragt Nele und mustert uns beide verärgert.

»Was glaubst du wohl, was wir hier tun?«, entgegne ich kühl, weil ich nicht glauben kann, dass Nele hier einfach so mir nichts, dir nichts hereinspaziert, als sei nichts geschehen.

»Wir haben uns Sorgen um dich gemacht«, erklärt Leon.

Ich nicke bekräftigend, während Nele ihren Koffer abstellt und den Katzenkorb öffnet, in dem die maunzende Blairwitch sitzt.

»Wieso Sorgen? Ich verstehe nicht«, antwortet Nele, nun offensichtlich verunsichert. »Ich war bloß eine Woche weg. Das ist doch kein Grund, in meine Wohnung einzubrechen.«

»Wo warst du denn die ganze Zeit, und warum hast du dich nicht gemeldet?«, mische ich mich ein und habe das Gefühl, mich mitsamt meinen Fragen gleich zu überschlagen.

»Ich war bei meinen Eltern in Bremen, das habe ich dir doch geschrieben«, erklärt Nele.

Nun bin ich völlig verwirrt.

»Ich habe einen Brief mit der Nachricht, dass ich erst mal ein paar Tage Auszeit brauche, um nachzudenken, in der Bücherkoje auf den Tresen gelegt, weil ich weder Frau Stade noch dich gefunden habe und schnell zum Bahnhof musste. Hast du ihn denn nicht gesehen?«

Nein, denke ich, ich habe keinen Brief gesehen. Ich wünschte, es wäre der Fall, dann hätten wir uns das alles hier sparen können.

»Warum hast du denn nicht wenigstens auf meine Nachrichten und SMS reagiert?«, frage ich und sehe Leon hilflos an, der verlegen von einem Fuß auf den anderen tritt.

»Mein Handy ist abgeschaltet, weil ich die Rechnung nicht mehr bezahlen konnte. Es funktioniert schon seit zwei Wochen nicht mehr. Deshalb hatte ich es gar nicht mit.«

Immer noch fassungslos, aber auch erleichtert sitzen wir ein paar Minuten später bei einem Tee in Neles Küche und lassen uns noch einmal ganz in Ruhe erklären, was passiert ist. Sie hatte also am späten Nachmittag beschlossen, sich erst einmal über ihre Situation klar zu werden, bevor sie am folgenden Tag den Termin bei der Bank wahrnehmen wollte. Der Brief an mich war offensichtlich irgendwie verschwunden, ich nehme an, dass er aus Versehen auf dem Boden gelandet und dann später in den Papierkorb gewandert ist. Nele war mit ihren letzten finanziellen Reserven zu ihren Eltern gefahren, um sich dort mit ihnen zu beratschlagen, wie es nun weitergehen solle.

»Wie hast du dich denn jetzt entschieden?«, fragen Leon und ich gleichzeitig und sehen Nele gespannt an.

»Ich habe beschlossen, dass ich es noch einmal mit dem Möwennest versuchen werde. Meine Eltern haben mir trotz meiner Proteste Geld geliehen und bieten ihr Haus als Bürgschaft für eine Kreditverlängerung an. Morgen früh habe ich noch mal einen Termin bei der Bank, und ich hoffe, dass der Berater sich auf dieses Arrangement einlässt.«

»Wie willst du die Situation im Café ändern?«, fragt Leon pragmatisch und spricht damit aus, was ich denke. Allein durch Zeitaufschub wird Nele gewiss nicht mehr Umsatz machen.

»Tja, das ist in der Tat die große Frage, über die ich mir nach wie vor den Kopf zerbreche. Als Erstes werde ich sämtliche Außenstände bei meinen Stammgästen einfordern und ihnen klarmachen, dass sie ab sofort keinen Kredit mehr bei mir haben. Die Alternative wäre, dass sie sich nach Schließung des Möwennests ein anderes Café suchen müssten, das ihnen mit Sicherheit keine solchen Vorteile einräumen würde. Die Sylter sind geschäftstüchtig und wollen ihr Geld sofort, und irgendwie haben sie ja auch recht damit. Dann werde ich mir überlegen, wie ich die Fixkosten reduzieren kann, und alle Lieferanten überprüfen, vielleicht neue Rahmenkonditionen mit ihnen vereinbaren oder sie notfalls durch andere ersetzen. Vielleicht kann ich auch einmal im Monat eine Veranstaltung bei mir durchführen, Firmenfeiern oder Ähnliches. Mal sehen, ich bin noch nicht ganz fertig mit meinen Überlegungen.«

Beim Stichwort »Veranstaltungen« kommt mir eine Idee, die ich allerdings noch mit Birgit Stade besprechen muss, bevor ich Nele umsonst Hoffnungen mache.

Eine Woche später sind alle Parkplätze vor der Bücherkoje und dem Möwennest besetzt, und vor dem Eingang des Cafés windet sich die Schlange von Wartenden bis auf die Straße.

»Wow, sieh nur, wie viele Leute das sind!«, ruft Nele begeistert und kassiert mit höchstem Vergnügen Eintrittsgelder.

Ich stehe neben ihr, lege den Gästen ein pinkfarbenes Plastikbändchen ums Handgelenk und wünsche ihnen einen schönen Abend.

Nachdem alle Anwesenden mit Prosecco versorgt sind, beginnt die Show. Starköchin Martina Meier präsentiert ihr neuestes Kochbuch mit Sylter Fischspezialitäten. Das Besondere an diesem Buch ist, dass es nicht um Rezepte mit gekochtem, gebratenem oder gegrilltem Fisch handelt, sondern ausschließlich um kalte Gerichte, ideal für Partys und Wohnungen mit offener Küche.

»Das war eine tolle Idee, die Veranstaltung hierher zu verlegen«, flüstert Birgit Stade mir zu.

Zufrieden stoßen wir darauf an, dass die Kochshow derart nachgefragt ist und wir aller Voraussicht nach jede Menge Bücher verkaufen werden.

Isabell von der Gathen hält eine kurze Ansprache, bei der ich mich wundere, wie schnell sie von Literatur auf das Thema Kochen umgeschwenkt hat, was nur beweist, dass sie ein echter PR-Profi ist. Wenn es gilt, Sylter Feriengäste davon zu überzeugen, dass die Insel außer Meer und Strand einiges mehr zu bieten hat, ist man bei ihr auf alle Fälle an der richtigen Adresse. Nach der Einleitung, welche die Verlegerin mit ein paar Worten ergänzt, beginnt Martina Meier mit ihrem Werk.

Sie hat inmitten des Cafés eine transportable Showküche aufgebaut und führt einige ihrer Kreationen vor. Die Gäste verfolgen das Schauspiel gebannt und lassen sich dabei von Nele mit kleinen Häppchen und weiteren Getränken versorgen. Nach einer Stunde ist das Spektakel vorbei, und Frau Meier nimmt Bestellungen entgegen. Sinn und Zweck der Veranstaltung ist es nämlich, auf Wunsch Gerichte aus dem Kochbuch zu bestellen und sie dann vor Ort zu verzehren.

Während Nele der Starköchin mit hochrotem Kopf assistiert, versorgen Lisa (die wir für diesen Abend als Aushilfe engagiert haben) und ich die Gäste. Wir servieren nonstop Getränke und später die Gerichte, die Martina Meier und Nele gezaubert haben. Das Café ist bis auf den letzten Platz ausgebucht, es haben sogar Leute an der Bar Platz genommen und verspeisen dort genüsslich ihren Fisch. Aus allen Ecken vernehme ich Komplimente für die kulinarische Vielfalt, mit der die Meeresfrüchte zubereitet sind, und nach dem einen oder anderen Glas Wein läuft endlich auch der Buchverkauf an.

Die Köchin signiert sich die Finger wund, und die Verlegerin macht sich Notizen über die Verkäufe. Ich sehe es ihrem Gesicht an, dass sie mit dem Ergebnis mehr als zufrieden ist. Im Anschluss an die Signierstunde lässt sich Martina Meier von einer Redakteurin des *Sylter Tagesspiegels* interviewen, die über diese Veranstaltung berichtet. Das haben wir Leon zu verdanken, der damit sowohl die Bücherkoje als auch das Möwennest unterstützen will. Er ist zusammen mit Julia gekommen, und ich beobachte die beiden, wie sie zärtlich Händchen halten und sich gegenseitig mit Sushi oder Sashimi füttern. Zweifelsohne sind die beiden ein schönes Paar und wirken glücklich miteinander.

»Ist das nicht ein toller Artikel?«, ruft Birgit Stade begeistert, als Nele, sie und ich uns am nächsten Tag gemeinsam über die Zeitung beugen.

In der Tat – wir sind der Aufmacher auf Seite eins, und in der Rubrik »Sylt persönlich« gibt es jeweils einen größeren Beitrag über die Buchhandlung und das Café, wofür die Redakteurin auch Nele und Frau Stade interviewt hat. Doch der Abend hat uns allen nicht nur positive Presse beschert, sondern auch eine stolze Summe Einnahmen aus den verkauften Büchern, Eintrittsgeldern und dem, was Nele mit Getränken umgesetzt hat.

»Vielleicht sollten wir weiter in diese Richtung denken«, sage ich zu Nele.

Diese starrt derweil überglücklich auf ihr Foto und sieht zum ersten Mal seit Tagen wieder etwas optimistischer aus.

7. Kapitel

Mann, ich ertrage die Kälte nicht mehr«, schimpfe ich, während die lodernden Flammen der Scheiterhaufen den Strand am Tipkenhoog, einem Grabhügel aus der Steinzeit, erhellen.

Es ist der 21. Februar, der Tag des Biike-Brennens. Ein auf heidnische Opferfeste zurückgehendes Ereignis, das ich eigentlich sehr mag, wären da nur nicht die unbarmherzige Kälte, die einem messerscharf in die Glieder fährt, und der eisige Wind, der über die Insel tobt, bevor der Winter Ende März hoffentlich bald endgültig dem Frühling weichen muss.

»Komm, wir bringen dem Gott der Banken ein Dankesopfer, weil er dich vorläufig verschont hat«, lache ich und proste mit meinem Glühwein Nele und Leon zu.

»Ja, das sollten wir«, antwortet Nele und wirft eine kleine Stoffpuppe in die Flammen. Dann führt sie eine Art Hexentanz auf und umrundet mit Richtung Himmel gestreckten Händen den Holzstoß aus Reisig, Strandgut und Weihnachtsbäumen, während sie merkwürdige Laute von sich gibt. »Hier, besuch deinen Kollegen da oben, der ist auch gleich dran«, höre ich Nele sagen, während die Puppe allmählich Feuer fängt.

In der Tat – oben auf dem Scheiterhaufen wartet eine große Figur aus Lumpen, die den Winter symbolisieren soll, darauf, zu verbrennen.

Es wird Zeit, dass der Frühling kommt, denke ich, während ein Hauch von Wehmut mich erfasst. Zwei Monate bin ich nun schon auf der Insel, in weiteren zwei Monaten sind Bea und

Vero wieder da, und ich muss zurück nach Hamburg. Die Zeit hier ist so unglaublich schnell vergangen, dass ich es kaum glauben kann. Ich habe den Eindruck, es ist noch keine Woche her, dass Bea mich am Westerländer Bahnhof abgeholt hat und ich meinen ersten Arbeitstag in der Bücherkoje absolviert habe.

»Komm, Chérie, es ist Zeit zum Grünkohlessen«, holt Nele mich zurück aus meinen sentimentalen Träumereien und zieht mich mit sich.

Dies ist eigentlich mein Lieblingsteil des Biike-Brennens – das traditionelle Grünkohlessen nach dem viel zu langen und viel zu kalten Aufenthalt am Strand.

Nele, Leon und ich sind mit ein paar Leuten verabredet, darunter auch Valentin Kremer und Julia, die noch auf der anderen Seite der Insel für einen Fernsehsender über die Biike-Feuer berichtet und direkt zur Alten Friesenwirtschaft fahren will, wo wir einen großen Tisch reserviert haben. Auch Timo scheint froh zu sein, endlich in die Wärme zu kommen, und springt freudig bellend auf die Rückbank des Jeeps, während Nele auf dem Beifahrersitz Platz nimmt.

In den vergangenen Wochen und nach den gemeinsam bestandenen Abenteuern sind Nele und ich tatsächlich so etwas wie Freundinnen geworden. So unterschiedlich wir auch sind, so sehr mögen wir uns, auch wenn die eine die andere nicht unbedingt immer versteht oder gutheißt, was diese macht. Ich habe hin und wieder mit Neles chaotischer Art meine Probleme und sie findet mich zeitweise zu brav und spießig. Wobei sie den Begriff »spießig« liebevoll gebraucht und ich genau weiß, wie sie es meint und wie gern sie mich hat.

Nele hat aufgrund der Finanzspritze ihrer Eltern bei ihrem Vermieter erst mal einen Aufschub von drei Monaten bekommen und sich auch mit ihrer Bank zumindest vorläufig geeinigt. Sie hat zwar nach wie vor Schwierigkeiten damit, dass ihre Eltern für ihren Kredit bürgen, andererseits hätte sie keine andere Wahl gehabt, außer Insolvenz anzumelden. Doch obwohl die größten Probleme fürs Erste aus dem Weg geräumt sind, ist klar, dass Nele und ihr Café noch lange nicht über den Berg sind.

Es ist erst ein paar Tage her, dass ich mittags zu meiner Freundin ins Café gegangen bin, um dort eine Suppe zu essen und miterleben musste, wie der Bierlieferant seine Ladung laut fluchend wieder mitnahm, weil Nele nicht genug Bargeld hatte, um die Rechnung zu begleichen. Seine Firma hatte ihm wohl Order gegeben, Nele nur noch gegen Barzahlung zu beliefern. Bedauerlicherweise war ich nicht die einzige Zeugin der Szene, denn das Café war gut besucht. Mit hochrotem Kopf rannte Nele in die Küche und weinte dort bitterlich. Sie war kaum zu beruhigen und weigerte sich fast eine halbe Stunde, wieder herauszukommen. Um die Situation nicht zu verschlimmern, übernahm ich so lange das Bedienen der Gäste, bis Nele sich wieder etwas beruhigte.

Seit diesem Vorfall ist meine Freundin immer noch auf der Suche nach einem neuen Lieferanten, was nicht besonders einfach ist, da sich ihre Zahlungsschwierigkeiten mittlerweile in der Branche herumgesprochen haben. Momentan gibt es daher kein Bier im Möwennest, eine ungute Situation, die in der Gastronomie natürlich fatale Folgen haben kann.

Bea und Vero lassen es sich auf ihrer Reise immer noch gutgehen und machen mittlerweile Australien unsicher, worum ich sie absolut beneide, weil ich für mein Leben gern einmal Tiere wie Koalas, Kängurus und vor allem Wombats in freier Wildbahn sehen möchte. Vero kommt offenbar bestens mit ihrer Ängstlichkeit klar und hat zumindest bislang noch nicht auf Rückreise gedrängt. In regelmäßigen Abständen bekomme ich Postkarten oder SMS von den beiden und wünschte einmal mehr, dass Bea sich der modernen Technik öffnen möge. Dann könnte sie wenigstens ab und zu eine E-Mail aus einem Internet-Café oder vom Schiff aus schicken. Die Tatsache, dass die beiden wenigstens ein Handy dabeihaben und damit umgehen können, haben sie – und damit auch ich – allein Veros Tochter zu verdanken, die darauf bestanden hat, die Damen mit einem Mobiltelefon auszustatten, und es ihnen daher zu Weihnachten geschenkt hat.

Im Anschluss an Australien geht es weiter nach Asien, wo die beiden sich einer Ayurveda-Kur unterziehen wollen. Beim Gedanken an die rundliche Vero, wie sie mit ihrem Dutt auf der Liege eines Ayurveda-Gurus liegt und sich heißes Öl auf die Stirn gießen lässt, muss ich schmunzeln. Ich kann mir wirklich vieles vorstellen, aber nicht die Freundin meiner Tante, wie sie auf exotischen Pfaden wandelt. Schließlich stapft sie sonst vorzugsweise mit Gummistiefeln durch ihren Gemüsegarten. Ich sehe sie schon im Geiste mit einer aufwendigen Mendhi-Bemalung zurückkommen, die Haare mit Henna gefärbt, eine Yoga-Matte unterm Arm und Sinnsprüche von Deepak Chopra auf den Lippen, über den Hof schreiten und den Kuhstall nach Feng-Shui-Prinzip umgestalten.

Nun sitzen wir also alle im Restaurant und bestellen deftigen Grünkohl mit süßen Kartoffeln und allem, was dazu gehört. Ein unglaublich schweres Essen, das man gemäß der Biike-Tradition mit einem kräftigen Schluck Feuerwasser, in diesem Fall eiskaltem Aquavit, bekämpft. Die Runde ist lustig und aufgekratzt, und ich beobachte zum ersten Mal, seit ich Nele kenne, dass sie Valentin Kremer doch mehr mag, als sie es bislang zugegeben hat. Wie eine Katze schmiegt sie sich in seine Arme (fehlt nur noch, dass sie zu schnurren beginnt!) und lauscht aufmerksam jedem seiner Worte. Valentin erzählt von seinem letzten Fotojob in der Wüste Namibias, was so gar nicht zu dem friesischen Ambiente des Restaurants und zum Essen passen will. Auch ich bin fasziniert und merke, wie mich Fernweh packt. Es muss ja nicht gleich Afrika sein.

Mittlerweile ist auch Julia eingetroffen und setzt sich zu uns. Außer Leon, Nele, Valentin und mir sind auch noch »Becher«-Inga, wie ich sie insgeheim nenne, und Jan Herzog, ein Web-Designer und ebenfalls Stammgast im Möwennest, sowie Olaf Müller, ein Lehrer, mit von der Partie. In den vergangenen zwei Monaten habe ich dank Nele viele nette Menschen kennengelernt und fühle mich nicht mehr ganz so einsam. Dennoch überfällt mich immer noch gelegentlich der Gedanke an Stefan, und ich habe damit zu kämpfen, dass er sich nicht ein einziges Mal gemeldet hat, um sich danach zu erkundigen, wie es mir auf Sylt geht.

Als der Aquavit serviert wird, bekomme ich eine SMS und bin natürlich neugierig zu erfahren, was darin steht, auch wenn ich es nicht mag, wenn man sich in Restaurants mit Mobiltelefonen beschäftigt. Ich öffne die Nachricht und überfliege sie schnell.

Bea sehr krank, versuchen den nächstmöglichen Flug nach Deutschland zu bekommen. Mache mir große Sorgen, weil die Ärzte nicht wissen, was sie hat. Melde mich, sobald ich Näheres zu unserer Ankunftszeit weiß. Vero.

Wie vom Donner gerührt starre ich auf mein Handy und kann nicht glauben, was ich da lese. Ich hätte mit allem gerechnet, aber nicht damit, dass ausgerechnet meine vitale und gesunde Tante ein Problem auf dieser Reise bekommen könnte. Die arme Vero, schießt es mir durch den Kopf, sie muss – je nachdem, wie schlimm es um Bea steht – völlig überfordert sein mit dieser Situation!

»Ist irgendetwas passiert?«, erkundigt sich Leon besorgt, was Julia mit einem leichten Heben ihrer Augenbrauen quittiert.

Ich habe nicht zum ersten Mal den Eindruck, dass es sie stört, wie gut Leon und ich uns verstehen. Selbst bei der Kochbuchpräsentation ist es mir so vorgekommen, als missfalle es ihr, wenn Leon mit mir spricht.

»Ja, scheint so«, stottere ich und beginne zu zittern.

Unwillkürlich habe ich wieder die Szene im Kopf, als eines Nachmittags, ich war gerade von einer Freundin nach Hause gekommen, mit der ich viel gelacht und herumgealbert hatte, zwei Polizisten vor unserer Wohnungstür standen. Normalerweise hätte ich die Tür nie geöffnet, wenn meine Eltern nicht da waren, aber als ich durch den Spion die uniformierten Beamten sah, fühlte ich mich nicht mehr an irgendwelche Vorsichtsmaßnahmen gebunden.

Langsam, als könnte ich dadurch verhindern, dass das Unglück nach mir und meinem Leben griff, öffnete ich die Tür und ließ die Beamten, einen Mann und eine Frau, eintreten. Als die Polizistin mich vorsichtig in den Arm nahm, wusste ich Bescheid. Der Rest war reine Formsache. Ich stand in unserem Flur, umarmt von einer Fremden, und hörte fast teilnahmslos, dass meine Eltern, die an jenem Tag einen Ausflug an die Nordsee gemacht hatten, um sich ein Ferienhaus anzusehen, auf der Landstraße von einem Falschfahrer frontal gerammt worden waren. Sowohl meine Eltern als auch der Geisterfahrer waren auf der Stelle tot.

Noch heute bin ich froh, dass die beiden offensichtlich nicht hatten leiden müssen. Sie waren auf der Rückfahrt, vermutlich beschwingt von der Aussicht, ein Feriendomizil am Meer für uns erwerben zu können, denn Tage später fragte der Besitzer des Hauses an, weshalb die beiden den per Post zugestellten Kaufvertrag nicht unterschrieben hatten. Ein Haus am Meer, das war immer der Traum der beiden gewesen. Dafür hatten sie gearbeitet und viel gespart. Auch ich war begeistert von der Aussicht, die Ferien an der Nordsee verbringen zu können, und hatte schon alle meine Freundinnen dorthin eingeladen.

Doch statt eine große Einweihungsparty zu feiern, stand ich zwei Wochen später mit meinen Verwandten und den Freunden meiner Eltern vor zwei Särgen, die in ein offenes Doppelgrab versenkt wurden. Unfähig zu realisieren, was da gerade geschah, warf ich zwei rote Rosen in das tiefe Loch, an die ich einen Brief und ein Foto von mir geheftet hatte. Den Vorschlag mit dem Bild hatte Bea gemacht, denn die Polizei hatte sie noch am Tag des Unfalls verständigt, und seitdem war sie mir nicht mehr von der Seite gewichen. Auch Vero war gekommen, um meinen Eltern zum Aufbruch zu ihrer letzten Reise Lebewohl zu sagen.

Eine Freundin meiner Mutter sang »Amazing Grace«, und noch heute ist dieses Lied für mich untrennbar verknüpft mit dem bislang traurigsten und einsamsten Tag meines Lebens. An den weiteren Verlauf der Trauerfeier habe ich kaum mehr eine Erinnerung. Ich sehe nur noch schemenhaft Gesichter, die sich zu mir herabbeugen, ihre Münder unfähig, das Unfassbare zu formulieren und die Erschütterung in Worte zu fassen. Ich spüre

Hände, die mir durchs Haar oder über den Kopf strichen, meinen Arm berührten, als könnten sie damit einen Teil der Trauer wegwischen und mit sich fortnehmen. Und ich sehe Bea weinen um ihren geliebten jüngeren Bruder, zu dem sie immer eine besonders innige Beziehung gehabt hatte.

Bitte lass Bea nichts passieren, denke ich und starre weiter auf mein Handy. Was, um Himmels willen, soll ich jetzt tun?

»Bin gleich wieder da«, sage ich zu Nele, die sich einen Moment von Valentin gelöst hat, weil sie merkt, dass etwas nicht in Ordnung ist.

Ich gehe vor der Friesenwirtschaft so lange auf und ab, bis ich Empfang habe, was auf Sylt gelegentlich etwas schwierig ist. Weshalb, habe ich noch nicht herausgefunden. Ich hoffe sehr, dass Veros Nachricht nicht schon mehrere Stunden alt ist und mich erst jetzt erreicht hat, denn gerade der Strand scheint ein einziges Funkloch zu sein, was ich prinzipiell gut finde. Timo ist mir hinterhergetrottet und streicht mir nun um die Beine, fast wie eine Katze. Er spürt, dass etwas nicht in Ordnung ist, und schleckt mir mit seiner breiten Zunge über den Handrücken, während ich ihm gedankenverloren den Kopf streichle.

»Bitte, Vero, geh ran«, flehe ich innerlich, weil ich die Ungewissheit nicht aushalte.

Dann habe ich Glück und erwische die Freundin meiner Tante, die umgehend zu weinen beginnt, als sie meine Stimme hört. Unter Tränen erzählt sie bruchstückhaft, dass Bea offensichtlich unerlaubterweise in einem See gebadet und sich dort durch ein Insekt infiziert hat. Dieser Blutegel, oder was auch immer es gewesen sein mag, hat sich in ihr Bein gefressen, was zum einen zu einer fieberhaften Entzündung und zum anderen zu einer Blutvergiftung geführt hat.

Natürlich ist meine Tante nicht gegen Tetanus geimpft, weil sie präventive medizinische Maßnahmen grundsätzlich ablehnt. Ich war damals schon froh, dass Vero sie zumindest von einer Malaria-Prophylaxe hatte überzeugen können. Derzeit wird Bea in einem Krankenhaus in Bombay behandelt, und es ist noch unklar, wann sie transport- und reisefähig sein wird. Ihr Zustand ist kritisch, und die nächsten Tage werden entscheiden, ob und wann sie über dem Berg sein wird. Meine Gedanken überschlagen sich, und mein erster Impuls ist, sofort einen Flug nach Indien zu buchen, um an Veros und Beas Seite sein zu können.

»Nein, lass das bitte, Kindchen«, wehrt Vero meinen Vorschlag umgehend ab. »Du kannst hier momentan sowieso nichts tun, und ich bin ja bei ihr. Ich melde mich, sobald es etwas Neues gibt, das verspreche ich. Nun mach dir bitte keine Sorgen, es wird schon alles gut werden. Du kennst doch deine Tante. Die ist zäh wie Leder, die kriegt keiner so schnell unter, schon gar nicht so ein dummer, kleiner Blutegel!«

Mit diesen Worten verabschieden wir uns, und ich verspreche Vero, mein Handy Tag und Nacht anzulassen und mich in den nächsten Flieger zu setzen, falls es Probleme gibt. Oder falls …

Den Gedanken, dass Bea es vielleicht nicht schaffen wird, versuche ich gar nicht erst an mich heranzulassen.

»Alles in Ordnung mit dir?«, vernehme ich Neles Stimme neben mir, dann löse auch ich mich in Tränen auf.

Die Angst um Bea greift mit kalter Hand nach mir, und ich bin froh, dass Nele mich an sich zieht, in ihren Armen wiegt und mir mit ihrer zarten, weichen Hand das Gesicht streichelt.

»Sch, sch, meine Süße, es wird alles wieder gut«, flüstert sie mir beruhigend zu, als ich ihr in knappen Worten erzähle, was passiert ist.

Auch sie versichert mir, dass Bea in ausgezeichneter Verfassung ist und mit einer solchen Krankheit sicher gut fertig werden wird. Ich schluchze noch ein Weilchen weiter, während mich Timo aus seinen braunen Hundeaugen traurig ansieht, als verstehe er jedes Wort, dann gehen wir zurück ins Restaurant, wo Nele für uns beide einen doppelten Aquavit bestellt. Die Runde ist derart in ein Gespräch vertieft, dass mein Wegbleiben gar nicht weiter aufgefallen ist und somit von niemandem kommentiert wird, was mir ganz recht ist. Umso schneller habe ich die Möglichkeit, wieder in die Realität zurückzukehren und mich ein wenig abzulenken.

Nur Leon schenkt mir einen tiefen, fragenden Blick, und ich bin froh, dass Julia ihn nicht bemerkt.

8. Kapitel

Die nächsten Tage vergehen wie in Trance, und ich starre ununterbrochen auf mein Handy, in der Hoffnung, eine erlösende Nachricht von Vero zu bekommen. Ich informiere Birgit Stade kurz und knapp darüber, was passiert ist, und auch sie zeigt sich optimistisch, was die Genesung ihrer Chefin betrifft.
Woher die alle nur ihre Zuversicht nehmen?, frage ich mich und versuche mich so gut es geht abzulenken. Leon, der inzwischen auch weiß, was passiert ist, erkundigt sich jeden Tag rührend danach, ob es Neuigkeiten gibt und ob er mir irgendwie helfen kann. Ich verneine jedes Mal, auch wenn mir seine Anteilnahme guttut.
Vier Tage später erhalte ich von Vero die beunruhigende Nachricht, dass es Bea immer noch nicht besser geht und die beiden in drei Tagen mit Air India nach Hamburg fliegen werden. Dort soll meine Tante umgehend ins Tropeninstitut eingeliefert werden, weil die Ärzte in Bombay die Verantwortung nicht mehr übernehmen können. Trotz der Tatsache, dass Bea offensichtlich immer noch sehr krank ist, freue ich mich, dass sie nun bald wieder in Deutschland ist. Immerhin kann ich meine Tante dann wenigstens im Krankenhaus besuchen.
Ich erhalte die Nachricht just in dem Moment, als Leon in der Bücherkoje ist, und bin so aufgewühlt, dass ich wieder zu weinen beginne. Leon drückt mich spontan an sich, als er hört, was passiert ist, und hält mich einen kurzen Moment lang fest, was sich seltsam vertraut und tröstlich anfühlt.

»Ich finde, wir sollten dich ein wenig von deinem Kummer ab-
lenken«, sagt er, als er mich loslässt, und ich nicke wortlos. »Was
hältst du davon, wenn ich dich morgen Abend zum Essen einla-
de? Bei all der Anspannung und den Sorgen tut es dir vielleicht
mal ganz gut, ein wenig rauszukommen. Wie wäre es mit einem
kleinen Ausflug?«, fragt er, und seine Augen funkeln abenteuer-
lustig.

Für einen Moment zögere ich, weil ich an Julia denke, doch
dann beschließe ich, dass es allein Leons Sache ist, wie er sich
mir gegenüber verhält.

»Gern«, antworte ich erfreut. »Was hast du vor?«, erkundige ich
mich neugierig, erhalte aber lediglich die lapidare Antwort, dass
es eine Überraschung sei und ich mich zusammen mit Timo um
19.00 Uhr in warmer Kleidung vor der Bücherkoje bereithalten
solle.

Die Mittagspause verbringe ich bei Nele, die sich ebenfalls mit
mir darüber freut, dass Bea in wenigen Tagen wieder in
Deutschland sein wird, aber versteht, dass ich mir Sorgen um
sie mache.

»Das wird schon wieder«, versucht sie mir Mut zu machen. »Du
wirst sehen, alles wird gut. Wenn Bea diese Krise erst überstanden hat, wird sie sich fühlen wie neugeboren und uns allen mit
ihrer Energie auf die Nerven gehen«, sagt sie, und ich muss wi-
der Willen über ihre Formulierung lachen.

Als ich Nele erzähle, dass Leon mich für den morgigen Abend
eingeladen hat, blitzt es kurz in ihren Augen auf, was ich nicht
näher deuten kann. Dann folgt, wie nicht anders zu erwarten
war, die übliche Art von Kommentar, wie er nur von Nele stammen kann. »Vergiss nicht, dir Kondome mitzunehmen«, sagt sie
grinsend.

Als Revanche für diesen Spruch kneife ich sie in die Seite. »Blöde Kuh, wie kommst du denn auf so was?«, knurre ich und finde meine Freundin zur Abwechslung mal wieder so richtig doof. »Hast du eigentlich nichts anderes im Kopf?«, frage ich. Allerdings kassiere ich wieder nur ein breites Lächeln und ein gutgelauntes »Nö, gibt's denn was Schöneres?«, woraus ich schließe, dass sie mit Valentin gerade eine gute Phase hat.

Tja, gibt es etwas Schöneres?, frage ich mich, als ich abends im Bett liege und den Tag Revue passieren lasse. Doch, ich wüsste etwas: die schnelle Genesung meiner Tante. Das ist das Einzige, das mich momentan wirklich interessiert und das ich mir sehnlicher wünsche als alles andere auf der Welt. Selbst wenn ich in Momenten wie diesen gern jemanden hätte, der mich festhält. Es hat gutgetan, von Leon umarmt zu werden, stelle ich fest und lasse meine Gedanken schweifen, um mich von meinem Kummer wegen Bea abzulenken.

»Kannst du mir sagen, wann ich mich wieder verlieben werde, Timo?«, murmle ich, während ich mich auf meine Einschlafseite drehe und mich wie ein Fötus zusammenrolle.

Müßige Frage! Es bleibt mir sowieso nichts anderes übrig, als alles auf mich zukommen zu lassen. Timo scheint der gleichen Ansicht zu sein und äußert sich vorsichtshalber erst gar nicht.

Am nächsten Abend stehe ich in meiner ältesten Jeans, einem dicken Rollkragenpulli, meinen Boots und Beas Parka vor der Bücherkoje und warte auf Leon. Am Vormittag war er nicht in der Buchhandlung, weil er diverse Besprechungen hatte, und so hat eine Praktikantin den Pressespiegel in seinem Auftrag abgeholt. Zu meiner eigenen Überraschung bin ich ein wenig nervös, auch wenn ich mir den Grund nicht ganz erklären kann.

Nun kenne ich Leon schon gute zwei Monate und sehe ihn fast täglich. Aber es ist das erste Mal nach der Lesung, dass wir verabredet sind, und das ist nun wirklich ungewohnt. Außerdem bin ich ein Mensch, der mit Überraschungen nicht immer souverän umgeht, weil ich es lieber mag, wenn ich einschätzen kann, was auf mich zukommt. Momentan bin ich natürlich noch unruhiger, weil ich jeden Moment mit einer Nachricht von Vero rechne und ständig auf mein Handy starre.

Meine mangelnde Freude am Unvorhersehbaren würde Nele sicher als spießig bezeichnen, doch meine Art hat immerhin den Vorteil, dass ich mich nicht so ins Chaos stürze wie meine Freundin. Da Leon sich ein wenig verspätet, können meine Gedanken ungehindert schweifen. Sie wandern wieder zu Bea und Vero, die nun bald nach Hause fliegen werden – ich hoffe sehr, dass dabei alles glattgeht –, und dann zu Nele und ihren Schwierigkeiten. Es ist nur noch eine Frage von wenigen Wochen, bis ihr die Probleme tatsächlich erneut um die Ohren fliegen werden, und es ist höchste Zeit, dass etwas passiert. Was nur?, frage ich mich und bin mal wieder ratlos.

»Na, startklar?«, unterbricht Leon meine Gedanken, während er aus dem Wagen steigt und Timo ihn freudig anspringt.

»Ja, ich bin bereit«, antworte ich und nehme auf dem Beifahrersitz Platz.

Es ist das zweite Mal, dass ich neben Leon im Auto sitze und keine Ahnung habe, was da auf mich zukommt. Wir verlassen Keitum und fahren Richtung Kampen. Wieder ist es eine sternklare, kalte Nacht, und ich beginne allmählich von Tropen- oder Wüstenklima zu phantasieren, so sehr fehlen mir Helligkeit, Wärme und Sonne. In drei Wochen ist Frühlingsanfang, versuche ich mir Mut zu machen, während ich froh darüber bin, dass der

Wagen über eine gut funktionierende Heizung verfügt, deren Gebläse der Fahrer netterweise auch noch wunschgemäß auf meine Füße richtet. In Kampen angekommen, biegen wir auf den Parkplatz ein, der dem Strand am Roten Kliff vorgelagert ist, wo um diese Uhrzeit natürlich gähnende Leere herrscht.

»Denkst du gerade an Bea?«, fragt Leon mit einem mitfühlenden Lächeln, während wir aus dem warmen Auto hinaus in die kalte Wirklichkeit steigen.

Timo hüpft aufgeregt und schwanzwedelnd um uns herum, während Leon eine große, schwere Tasche aus dem Kofferraum wuchtet und mir eine kleinere, leichtere in die Hand drückt.

»Ja, ich mache mir noch immer große Sorgen um sie«, antworte ich, während ich meinen Schal enger um mich ziehe und mich ärgere, dass ich meine Mütze zu Hause gelassen habe.

»Das kann ich gut verstehen«, pflichtet Leon mir bei und geht in Richtung Holztreppe. »Aber du musst mir versprechen, dass du jetzt versuchst, ein wenig abzuschalten und dich zu entspannen. Momentan kannst du leider sowieso nichts tun, und wie ich Bea kenne, würde sie nicht wollen, dass du ihretwegen Kummer hast. Lass uns den Abend genießen, okay? Ich kann übrigens diesen kalten, grauen Winter nicht mehr ertragen«, fährt Leon in dem Bemühen fort, ein unverfängliches Thema anzuschneiden. »Ich liebe Weihnachten, ich mag Silvester, und bis zum Biike-Brennen halte ich es auch noch irgendwie aus. Danach ist dann aber definitiv Schluss«, erklärt er mir seinen Standpunkt zum Thema Wetter.

Wir passieren das Häuschen, an dem sonst die Kurkarten kontrolliert werden, dann gehen wir ein Stückchen weiter Richtung Strand. Ich überlege schon, ob Leon mit mir ins Grande Plage will, als er sich unerlaubterweise links in die Dünen schlägt.

»Das ist Naturschutzgebiet, das ist verboten!«, protestiere ich, was Leon keineswegs von seinem Plan abhält.

Vorsichtig, um auch ja keine der Pflanzen zu zertrampeln, die dort ausgelaugt von der Kälte wachsen, folge ich ihm, bis er auf einmal stehen bleibt und seine Tasche öffnet. Heraus kommt ein Haufen Plastik, den Leon im Handumdrehen in ein Zelt verwandelt. Auf dem Boden verteilt er dicke Sitzkissen, zwei Decken, in die wir uns wickeln, und stellt ein Windlicht auf, dessen flackernde Kerze alsbald unsere Behausung in warmes Licht taucht. Aus der kleinen Tasche holt er zwei Becher, eine Thermoskanne mit Glühwein und mehrere Schüsseln, in denen sich allerlei Leckereien befinden, die er nach und nach auf dem Tischtuch plaziert, das er ebenso im Gepäck hat wie Servietten und Besteck.

Den Zelteingang lässt Leon offen, damit wir auf die Düne und aufs Meer schauen können. Wir haben Vollmond, der sich rund im Wasser spiegelt, dessen Abbild aber immer wieder durch die sich aufbäumenden Wellen gebrochen wird. Dankbar schlürfe ich den Glühwein, den Leon offensichtlich noch mit etwas Rum angereichert hat, weshalb das Getränk mir nicht nur schnell ins Blut schießt und damit meinen Körper wärmt, sondern auch in den Kopf.

»Ist es nicht wunderschön hier?«, fragt Leon und blickt verträumt nach draußen.

»Ja«, antworte ich und bin ganz gerührt wegen der Mühe, die er sich gemacht hat. »Nun hast du also das Programm realisiert, das du damals schon als Alternative im Kopf hattest, als wir zur Lesung von Marco Nardi gefahren sind«, stelle ich fest und nehme einen Happen von dem Krabbenbrötchen, das ich mir aus all den Köstlichkeiten ausgesucht habe.

»Stimmt«, pflichtet Leon mir bei und bestreicht eine Ciabatta-Hälfte mit Trüffelleberpastete. »Ich bin nun mal gern in der Natur und noch lieber am Wasser, auch wenn es um diese Jahreszeit eigentlich zu kalt ist für ein romantisches Strandpicknick. Wenn es dir also zu kühl wird, müssen wir eben zwischendurch mal ein paar Meter gehen oder noch mehr Glühwein trinken!«

Bei dem Wort »romantisch« verschlucke ich mich fast, denn ich muss an Julia denken und daran, ob sie wohl von unserem Ausflug weiß. »Wo ist Timo eigentlich hin?«, frage ich, um wieder neutraleres Terrain zu gewinnen und rufe nach dem Hund, der sich mittlerweile genüsslich in den Dünen wälzt. Bin ich froh, wenn wir bei dieser Aktion nicht erwischt werden!

»Timo geht es glaube ich bestens, um den musst du dir keine Gedanken machen«, antwortet Leon und mustert mich amüsiert.

»Weiß Julia, dass du mit mir unterwegs bist?«, entfährt es mir auf einmal, und während ich diese Frage stelle, könnte ich gleichzeitig vergehen vor Scham und Peinlichkeit.

»Klar weiß sie das«, lautet die ungerührte Antwort, während mein Gastgeber genüsslich an seinem Brötchen kaut. »Ich bin eigentlich kein Typ für Heimlichkeiten«, fährt er fort.

Ich überlege kurz, was ich mir unter der Einschränkung »eigentlich« vorstellen soll. »Wie lange seid ihr schon zusammen, Julia und du?«, erkundige ich mich dann, um damit von vornherein jedwede Spannungen aus dem Gespräch zu nehmen.

»Mit einer kleinen Unterbrechung ein gutes Jahr. Julia ist im Januar nach Sylt gekommen, weil sie ihr Volontariat beim *Sylter Tagesspiegel* absolviert hat. Damit ist sie nun fertig und seit Beginn dieses Jahres freie Redakteurin, allerdings arbeitet sie momentan ist erster Linie für uns.«

»Was heißt in diesem Zusammenhang ›momentan‹?«, frage ich interessiert. »Bedeutet das, dass sich an diesem Zustand bald etwas ändert?« Wie immer bin ich beeindruckt davon, wenn Menschen genau wissen, was sie beruflich machen wollen und diesen Weg konsequent verfolgen.

»Ja, ich denke schon. Der *Tagesspiegel* ist nun mal nicht die *Frankfurter Allgemeine* oder die *Süddeutsche Zeitung*. Wir machen schon ein gutes und engagiertes Blatt, aber um weiterzukommen, muss Julia auf jeden Fall etwas anderes kennenlernen. Ihr Traum ist es, nach Berlin zu gehen. Oder gleich ins Ausland. Am liebsten würde sie in Paris leben und von dort aus als Korrespondentin arbeiten. Ein Job beim Fernsehen wäre genau das Richtige für sie.«

Stimmt, ich erinnere mich. Beim Biike-Brennen hat sie auch für eine TV-Produktion gearbeitet. »Hat sie denn etwas Derartiges in Aussicht?«, hake ich nach.

»Momentan sieht es gar nicht so schlecht aus für sie. Heute ist sie zum Beispiel bei der *Berliner Zeitung,* um sich dort vorzustellen. Über kurz oder lang wird ihr schon gelingen, was sie vorhat. Julia weiß sehr genau, was sie will. Und sie bekommt es meist auch!«

So wie dich, denke ich und überlege, ob ich Leon eigentlich attraktiv finde. Im Schein der Kerzen sieht sein Gesicht sehr sanft aus, ein relativ energisches Kinn bewahrt ihn jedoch davor, zu bubihaft zu wirken, ebenso wie seine Brille. Er ist groß und schlank, aber nicht zu sehr, was ich ganz sympathisch finde, weil ich diesen perfekt geformten, unter Schweiß und Verbissenheit in Fitness-Studios modellierten Körpern überhaupt nichts abgewinnen kann. Für mich zeichnet sich ein attraktiver Mann durch kleine Fehler aus, Perfektion ist nicht das, was mich interessiert. Und ich liebe es, wenn jemand genussfreudig ist, gerne isst und am besten auch noch kochen kann.

»Kannst du eigentlich kochen?«, entfährt mir auf einmal eine Frage, die mit dem vorausgegangenen Gespräch nichts, aber auch rein gar nichts zu tun hat. Vielleicht sollte ich besser keinen Glühwein mehr trinken!

»Ja, ich glaube schon, zumindest behaupten das die Gäste, die ich bislang bewirtet habe. Auch Bea ist schon mal in den Genuss gekommen und war ganz zufrieden mit dem, was ich ihr vorgesetzt habe. Dabei fällt mir ein, wir haben noch gar nicht auf ihr Wohl und ihre Genesung angestoßen.«

Das holen wir an dieser Stelle nach, und ich werde für einen Moment wieder traurig.

»Und du?«, fragt er weiter.

Eigentlich habe ich keine Lust, mich über das Thema Kochen zu unterhalten, ich weiß gar nicht, was in mich gefahren ist, es anzuschneiden. Schnell versuche ich abzulenken und erzähle Leon von einem Roman, den ich gerade lese.

Drei Stunden später sehe ich auf die Uhr und stelle verwundert fest, wie schnell die Zeit vergangen ist und dass ich immer noch nicht friere. Von Büchern sind wir auf Filme gekommen, von Filmen auf Musik und davon auf Kunst. Leon ist ein wunderbarer Gesprächspartner, und die Tatsache, dass er für das Kulturressort arbeitet, macht ihn natürlich besonders kompetent. Unser Geschmack ist zwar nicht hundertprozentig identisch, auch kenne ich nicht alle Filme, die er gesehen, und nicht alle Bücher, die er gelesen hat, aber die Schnittmenge unserer Interessen ist doch recht groß.

Ich könnte hier noch Stunden sitzen bleiben, aber mittlerweile ist es fast Mitternacht, und ich muss morgen früh mit Timo raus.

Auch Leon gähnt ein paarmal, und so packen wir die Sachen zusammen und gehen zum Auto. Der Hund trottet müde hinterher, weil wir ihn aus seinen Träumen gerissen haben, und kuschelt sich Minuten später auf der Rückbank zusammen.

Während der Fahrt schweigen wir beide und lauschen der Musik aus Leons CD-Player. Es ist Chopin, der uns in die Nacht begleitet und den ich immer noch im Ohr habe, als ich endlich im Bett liege und umgehend einschlafe. Zuvor habe ich noch die beruhigende Nachricht bekommen, dass Vero und Bea wohlbehalten in Hamburg und damit im Tropenkrankenhaus gelandet sind, wo meine Tante nun erst einmal gründlich untersucht wird. Vielleicht wird ja doch noch alles gut!

»Post für Sie«, ruft Birgit Stade und holt mich mit diesen Worten aus der hintersten Ecke der Buchhandlung hervor, wo ich gerade die Rubrik »Sylt« sortiere. Hier ist es immer chaotisch, egal wie oft man aufräumt, weil sich hier natürlich die Touristen austoben, die unentschlossen einen Titel nach dem anderen aus dem Regal zerren, kleine Buchstapel bilden, letztlich dann doch die Buchhandlung ohne ein Sylt-Buch in der Hand verlassen, stattdessen mit dem neuesten Henning Mankell oder der neuen Donna Leon.

Meist ist ihr Interesse an der Urlaubsinsel nicht stark genug, um sich über die üblichen Restauranttipps hinaus detaillierter mit der Materie zu beschäftigen. Wen interessieren schon Sylter Sagen?, überlege ich seufzend und begebe mich dann nach vorne, um den Brief entgegenzunehmen. Als ich den Absender sehe, schlägt mein Herz einen Takt schneller, und ich hoffe sehr, dass es diesmal die positive Nachricht ist, auf die ich seit nunmehr eineinhalb Monaten warte. Dann beginne ich zu lesen:

Sehr geehrte Larissa Wagner,
wir möchten uns recht herzlich für die Zusendung des illustrierten Buchmanuskripts Ihrer Autorin Nele Sievers mit dem Titel *Das Gespenst im Wohnzimmer* bedanken.
Leider passt das Buchkonzept nicht in unser Programm, so dass wir Ihnen hierfür eine Absage erteilen müssen.
Die Illustrationen begeistern uns jedoch sehr, und aus diesem Grunde möchten wir anfragen, ob Frau Sievers sich vorstellen könnte, einen anderen Text für uns zu illustrieren. Wir würden sie gern persönlich kennenlernen und uns freuen, wenn sie uns bei dieser Gelegenheit ihre Mappe präsentieren könnte.
Mit herzlichen Grüßen

Renata Baumgarten
Programmleitung Sternenreiter Verlag

Ich lese den Brief zweimal durch, weil ich nicht fassen kann, was da steht. Nach zahlreichen Absagen hat endlich jemand Interesse an Neles Arbeit!
»Frau Stade, ich bin mal eben kurz im Möwennest«, rufe ich meiner verdutzt dreinblickenden Kollegin zu und stürme nach nebenan, um Nele die frohe Botschaft zu überbringen. Vor lauter Aufregung habe ich weiche Knie und renne fast einen Gast über den Haufen, der gerade das Café verlassen will.
»Nun ma nich so stürmisch, min Deern!«, ernte ich einen vorwurfsvollen Kommentar, aber momentan ist mir alles egal!
Nele ist gerade in der Küche und dekoriert einen Salatteller. Der ist sicherlich für Olaf Müller, der nach der Schule immer ins Möwennest geht, weil er nicht gerne allein isst und nicht kochen

kann. Im Grunde habe ich ihn aber in Verdacht, in meine Freundin verliebt zu sein, so wie fast alle Männer, die tagtäglich hier sitzen, um einen freundlichen Blick oder ein nettes Wort von ihr zu erhaschen.

»Nele«, rufe ich atemlos und verscheuche damit Blairwitch, die auf einem Tisch sitzt (was sie eigentlich nicht darf) und ihrem Frauchen interessiert bei der Zubereitung des Essens zusieht. Vermutlich spekuliert sie auf ein Stück Thunfisch.

»Um Himmels willen, hast du mich erschreckt!«, ruft Nele und sieht mich mit großen, runden Augen an. »Was ist denn los? Ist was mit Bea? Ist die Bücherkoje abgebrannt?«

»Nein, nein, keine Sorge«, antworte ich und schnappe mir eine halbe Möhre vom Schneidebrett. »Im Gegenteil: Ich habe wundervolle Neuigkeiten, und sie betreffen dich!«, sage ich und versuche die Worte möglichst wirkungsvoll zu betonen. Ich genieße die Sekunden, in denen meine Freundin sichtbar ratlos überlegt, worum es sich handeln könnte, und knabbere an meiner Karotte.

»Lissy, mach es bitte nicht so spannend! Die ersten Mittagsgäste stehen hier gleich im Café, und ich bin noch nicht ganz fertig. Also, spuck es aus, und mime hier nicht die Geheimnisvolle, ich habe zu tun!«

Mit diesen Worten sinkt meine gute Laune schlagartig, und ich habe plötzlich gar keine Lust mehr, ihr von dem Verlagsangebot zu erzählen. SO habe ich mir das Ganze nicht vorgestellt, denke ich beleidigt, während Nele hektisch Möhren raspelt und eine Gurke hobelt.

»Der Sternenreiter Verlag hätte dich gern als Illustratorin für eines seiner Kinderbücher«, teile ich ihr kurz und knapp mit und sehe meine Freundin triumphierend an.

»Was ist los?«, fragt sie leicht genervt, und ich merke, dass sie kaum bei der Sache ist. »Ich versteh nicht ganz. Welcher Verlag und welche Illustrationen?«

»Na, welche Illustrationen wohl?«, frage ich und fühle Ärger in mir aufsteigen. Nele ist doch sonst nicht so begriffsstutzig. »Du hast ein Buchdummy bei dir im Atelier mit dem Titel *Das Gespenst im Wohnzimmer*. Dein Gesellenstück. Du erinnerst dich? Dieses Buch habe ich mehrfach kopiert und aufbinden lassen, dann habe ich es den Vertretern der Kinderbuchverlage gezeigt, die in den letzten Wochen in der Bücherkoje waren, um ihr Programm zu präsentieren, und habe sie um eine Einschätzung gebeten. Fünf von ihnen waren spontan so begeistert, dass sie die Kopien ans Lektorat ihres Verlags weitergeleitet haben. Nach ein paar Absagen hat nun endlich jemand Interesse, und zwar ein hochkarätiger Verlag. Der Sternenreiter Verlag in Hamburg. Du weißt schon, der mit dem erfolgreichen Fantasy-Roman *Kinder des Lichts*, der seit Wochen auf den Bestsellerlisten steht, auch wenn das Buch eigentlich für Kinder geschrieben wurde und nicht für Erwachsene. DIESER Verlag hat dir zwar eine Absage für dein Buch erteilt, weil es nicht ins Programm passt, hätte dich aber gern als Illustratorin. Ist das nicht wundervoll? Die Lektorin fragt an, ob sie dich bald kennenlernen können, damit du ihnen deine Mappe zeigst. Da habe ich mir gedacht, dass du mich nach Hamburg begleiten könntest, wenn ich Bea im Krankenhaus besuche. Danach gehen wir schön essen und feiern, vorausgesetzt Bea ist in einem einigermaßen guten Zustand. Was hältst du davon?«, frage ich und bin überzeugt davon, dass Nele gar nicht anders kann, als begeistert zu sein.

Doch leider sieht meine Freundin alles andere als erfreut aus. Genaugenommen bilden sich gerade steile Zornesfalten auf ihrer Stirn, wie ich sie bereits ein paarmal gesehen habe, wenn Nele richtig wütend ist. Nur gilt ihre Wut diesmal offensichtlich mir, auch wenn ich gerade keine Ahnung habe, womit ich sie erzürnt haben könnte. »Du hast WAS getan?«, kreischt sie plötzlich derart laut, dass Blairwitch aus der Küche flüchtet. »Du hast einfach mein Buch genommen, es kopiert und irgendwelchen Idioten geschickt? Du hast mein persönliches und geistiges Eigentum, das ich dir lediglich zu Lektürezwecken geliehen hatte, öffentlich gemacht? Bist du eigentlich noch ganz bei Trost?«, schreit sie.

Ich bin kurz geneigt, sie für geistesgestört erklären zu lassen. »Was ist daran so falsch?«, stottere ich verdutzt. »Ich habe es doch nur gut gemeint. Ich wollte dir helfen und dachte, du freust dich.«

»Aha, da haben wir's! Da ist in der guten alten Lissy mal wieder das Helfersyndrom ausgebrochen. Du findest dich wahrscheinlich auch noch ganz toll mit dieser Aktion, oder? Weißt du was? Dein ewiges Ach-Nele-du-tust-mir-ja-so-leid-mit-all-deinen-Problemen-kann-ich-dir-irgendwie-helfen?-Getue geht mir unglaublich auf die Nerven. Was mich betrifft, so bin ich bislang auch ganz gut ohne dich klargekommen. Ich brauche keinen Babysitter, kapiert? Ruf gefälligst bei diesem Sterntaler-Verlag an, und sag ihnen, dass ich kein Interesse daran habe, für irgend so ein Kinderbuch zu pinseln und dass sie sich einen anderen Dummen suchen sollen, ist das klar?«

»Der Verlag heißt Sternenreiter«, murre ich, während ich mit hochrotem Kopf den sprichwörtlichen Rückzug aus der Küche antrete, vorbei an den Mittagsgästen, die auf Nele warten und offensichtlich jedes Wort unserer Auseinandersetzung mit angehört haben.

In der Bücherkoje angekommen, stürme ich an Birgit Stade vorbei die Treppen nach oben, wo sich die Toilette befindet, schließe mich ein und beginne hemmungslos zu weinen. Ich bin derart entsetzt von der Reaktion meiner Freundin, dass ich gar nicht weiß. wohin mit mir. Wie kann sie etwas, was ich nur gut gemeint habe, so falsch verstehen? Während ich weiter grüble und schluchze, bekomme ich auf einmal Angst, dass Nele nun nicht nur sauer auf mich ist, sondern mir womöglich sogar die Freundschaft aufkündigt.

Schließlich musste ich ihren Worten entnehmen, dass sie offensichtlich schon länger ein Problem damit hat, dass ich mich mit ihren Schwierigkeiten beschäftige. Warum nur hat sie bislang noch nichts gesagt? Außerdem dachte ich immer, Freunde seien dafür da, einander zu helfen. Zumindest ist es DAS, was ich unter dem Begriff Freundschaft verstehe. Mit den Minuten steigere ich mich immer mehr in mein Selbstmitleid hinein und stelle dabei fest, wie wichtig diese Frau mir in den vergangenen zwei Monaten geworden ist. Ich hatte noch nie jemanden, mit dem ich so viel lachen, mit dem ich so gut reden und mit dem ich so viel Zeit verbringen kann, ohne dass ich genervt bin oder es langweilig wird.

Mit Nele ist meine Welt auf einmal bunter geworden, heller und spannender. Mit ihrer seltsamen Sicht auf die Dinge hat sie mich angeregt, vieles differenzierter zu sehen. Auch mal mutiger zu sein, Fragen zu stellen. Sie hat mich in ihren Armen gewiegt, als ich von Beas Krankheit erfahren habe, sie hat mir den Einstieg hier auf der Insel erleichtert, mit ihr konnte ich meinen Kummer um Stefan vergessen. Dafür wollte ich mich bei ihr bedanken. Mich ein wenig revanchieren für die Zuneigung, die sie mir entgegengebracht hat. Das alles soll ich nun zerstört haben?

Bei dieser Vorstellung schüttelt es mich erneut, und ich habe das Gefühl, dass ich nie wieder werde aufhören können zu weinen.

Während ich mir mit dem Toilettenpapier die Nase putze, vernehme ich auf einmal die Stimme von Birgit Stade, die meinen Namen ruft und ganz offensichtlich auf der Suche nach mir ist. Schnell tupfe ich die verschmierte Wimperntusche, die mir mittlerweile überallhin gelaufen ist, aus dem Gesicht und fahre mir durch die Haare, die kreuz und quer in alle Himmelsrichtungen abstehen.

»Frau Wagner, sind Sie hier drin?«, höre ich die Stimme meiner Kollegin, die nun die Tür zum Toilettenvorraum öffnet.

»Ich komme gleich«, antworte ich und schließe auf.

»Haben Sie geweint?«, erkundigt sich Frau Stade, als sie sieht, in welchem Zustand ich bin. »Was ist denn passiert? Kann ich Ihnen irgendwie helfen? Haben Sie schlechte Nachrichten von Ihrer Tante?«, fragt sie ängstlich, und ich breche erneut in Tränen aus.

»Nein, mit Bea ist alles in Ordnung. Es ist etwas Persönliches. Bitte lassen Sie mich einfach, Sie können mir sowieso nicht helfen«, schluchze ich und versuche mich an ihr vorbei zum Ausgang zu drängen.

»Halt, hiergeblieben! In diesem Zustand lasse ich Sie nicht auf unsere Kunden los«, protestiert Birgit Stade und drückt mich, ehe ich es mich versehe, an sich. »Wollen Sie mir nicht erzählen, was passiert ist?«, erkundigt sie sich.

Da sowieso schon alle Schleusen offen sind, berichte ich ihr von meinem Streit mit Nele. Meine Kollegin ist einen Moment lang still, als müsste sie erst meine Worte verinnerlichen, und zupft mir dann ein Stück Toilettenpapier aus dem Haar.

»Tja, das ist in der Tat eine unglückliche Situation«, sagt sie. »Aus Ihrer Sicht haben Sie natürlich das Richtige getan, weil Sie Ihrer Freundin eine Freude machen wollten. Aber es handelt sich dabei nicht um eine spontane Einladung zum Essen oder ins Kino, sondern Sie haben etwas an die Öffentlichkeit gebracht, was für Frau Sievers sehr persönlich und intim ist, noch dazu ohne ihre Zustimmung. Das ist ein bisschen so, als hätte Nele Briefe, die Sie ihr geschrieben haben, zur Veröffentlichung gebracht, weil sie aus ihrer Sicht so schön geschrieben sind. Hätte sie jemals geplant, das Buch verlegen zu lassen, hätte sie sicherlich etwas in dieser Richtung unternommen, zumal Bea ihr gute Kontakte vermitteln könnte, meinen Sie nicht? Nicht alle Künstler wollen ihre Werke auch präsentiert sehen. Manche malen, schreiben oder komponieren in erster Linie für sich selbst. Es gibt Maler, die ihre Arbeiten wieder zurückkaufen, weil sie den Gedanken nicht ertragen können, dass ihr Bild im Wohnzimmer einer ihnen völlig fremden Person hängt und dort viel über sie selbst erzählt. Und zwar einem Publikum, das der Künstler nicht selbst für sich gewählt hat.«

Erschöpft vom vielen Weinen lausche ich Birgit Stades Worten, die immer mehr Nachhall in mir finden. Langsam begreife ich und schäme mich fast für das, was ich getan habe. »Wie soll ich das denn je wiedergutmachen?«, frage ich ängstlich und habe keine Ahnung, wie es jetzt weitergehen soll. Ob Nele eine Entschuldigung akzeptiert? So kompromisslos, wie meine Freundin ist?

»Nun machen Sie sich mal keine Gedanken, und versuchen Sie sich ein wenig abzulenken. Lassen Sie Nele ein wenig Zeit. Sie werden sehen, dass sie, nachdem der erste Ärger verraucht ist, erkennen wird, dass Sie ihr im Grunde etwas Gutes tun wollten.

Vielleicht geben Sie ihr diesen Tag und eine Nacht und sehen morgen noch mal bei ihr vorbei. So gut, wie Sie beide sich verstehen, werden Sie sich bestimmt bald wieder vertragen. Nun kommen Sie, unten ist niemand, und ich könnte wetten, es warten schon ein paar Kunden vor dem Kopierer!«

Nanu, denke ich verwundert, während wieder ein wenig Optimismus in mir aufkeimt. Kann es sein, dass ich soeben einen Hauch von Kritik aus dem Munde der ersten Sortimenterin vernommen habe?

Bis Ladenschluss vergeht die Zeit einigermaßen schnell, und als wir die Bücherkoje abschließen, stellen wir zu unserem Entsetzen fest, dass es wieder begonnen hat, zu schneien.

O nein, denke ich, nicht schon wieder! Mit Schaudern erinnere ich mich an die sich auftürmenden Eisschollen, bizarren Skulpturen ähnlich, die den Strand im Januar in eine Art Eismuseum verwandelt haben. Die Hagelkörner auf dem Boden sahen aus wie eine Perlenkette, deren Faden gerissen war und deren Einzelteile nun über den Strand verstreut lagen. Autos waren unter der Schneedecke begraben, wirkten wie kleine Iglus, und Kinder bewarfen sich gegenseitig mit Schneebällen, bis ihre Lippen vor Kälte blau anliefen und ihre Ohren glühend rot waren.

»ICH WILL FRÜHLING!«, schimpfe ich vor mich hin, nachdem Birgit Stade sich verabschiedet hat und ich mit Timo den Heimweg antrete.

»Hier ist er auch schon!«, erklingt auf einmal eine fröhliche Stimme neben mir, und ich drehe mich um. Es ist Nele, die mich anstrahlt und mir ein Eis am Stiel entgegenhält. »Hier, Schokolade, das magst du doch am liebsten, nicht?«

Für einen Moment weiß ich nicht, wie ich reagieren soll, so

überrascht bin ich, dass Nele offensichtlich bereit ist, mir zu verzeihen. Zumindest werte ich das Eis als Friedensangebot und lächle zurück.

Zwei Tage später fahren meine Freundin und ich mit der Nord-Ostsee-Bahn nach Hamburg. Nele hat ein Schild mit den Worten »Wegen Krankheit geschlossen« an die Tür des Möwennests gehängt, und nun sitzen wir beide todmüde im Zug und nehmen Kurs auf den Hindenburgdamm.

»Wusstest du, dass der Damm 1927 eingeweiht wurde und 11,2 Kilometer lang ist?«, versuche ich Nele durch mein Sylt-Wissen davon abzuhalten, wieder einzuschlummern.

»Ja, wusste ich«, antwortet sie nur knapp, stöpselt sich die Kopfhörer ihres I-Pods ins Ohr und gibt mir damit zu verstehen, dass sie ihre Ruhe haben will.

Mir soll es recht sein, schließlich bin ich froh, dass wir uns wieder vertragen haben und ich Nele überreden konnte, den Verlagstermin in Hamburg wahrzunehmen. Am Abend des »Friedensangebots« ist sie noch mit zu mir gekommen, und wir haben uns ausgesprochen. Dank des Gesprächs mit Birgit Stade konnte ich Nele schnell klarmachen, dass ich ihren Ärger verstehe. Sie selbst war wiederum im Laufe des Tages zu der Einsicht gekommen, dass ich zwar in der Wahl meiner Mittel nicht unbedingt feinfühlig gewesen war, dass aber letztlich allein die Tatsache zählte, dass ich ihr eine Freude hatte machen wollen.

Um 11.00 Uhr erreicht unser Zug Hamburg-Altona, und nach der Ankunft setzen wir uns in ein Taxi. Zuerst liefere ich Nele mitsamt ihrer riesigen Zeichenmappe beim Sternenreiter Verlag ab, der sich in Bahnhofsnähe befindet.

Hoffentlich läuft alles gut, denke ich, während ich meiner Freundin Glück wünsche und ihr zum Abschied zuwinke. Dann nimmt der Wagen Kurs auf das Tropenkrankenhaus in St. Pauli. Dank Vero weiß ich, wohin ich zu gehen habe, und muss mich gar nicht erst lange an der Pförtnerloge aufhalten. Im vierten Stock werde ich von dem typischen beißenden Krankenhausgeruch eingeholt und hoffe, dass Bea nicht mehr allzu lange hierbleiben muss.

»Da bist du ja, mein Liebling«, höre ich auch schon die dünne Stimme meiner Tante, die tief aus den weißen Kissen zu kommen scheint.

Als ich sie zwischen den Daunen entdecke, bin ich erschrocken, zu sehen, was die Krankheit mit ihr gemacht hat. Sie wirkt schmal und abgezehrt, und unter ihrer Sonnenbräune schimmert ein ungesunder grau-olivenfarbener Ton, der eindeutig davon zeugt, dass es meiner Tante wirklich nicht gutgeht. Ihre Augen haben jeglichen Glanz verloren, und es zerreißt mir das Herz, mit anzusehen, wie hilflos sie an irgendwelchen Kanülen und Schläuchen hängt – offensichtlich bekommt sie Infusionen.

»Hallo, Bea«, sage ich so gutgelaunt es eben geht und streichle ihr übers Gesicht. »Was machst du denn für Sachen?«, frage ich, während ich Vero zunicke.

Nach den Schatten unter ihren Augen, der zerknitterten Kleidung und dem Dutt, aus dem mehrere wirre Haarsträhnen hervorlugen, zu urteilen, hat sie die meiste Zeit an Beas Seite verbracht. Ich schließe Vero in die Arme und gebe ihr einen Kuss auf die Wange.

»Danke, dass du die ganze Zeit bei ihr warst«, flüstere ich ihr ins Ohr, in der Hoffnung, dass Bea es nicht hört.

»Schon gut mein Kind, das ist doch selbstverständlich«, antwortet sie, und damit wenden wir beide uns wieder der Patientin zu, die uns aufmerksam mustert.

»Na, na, nun tut mal nicht so, als ob ich gleich sterben müsste«, sagt Bea, wobei sie sich verschluckt.

Sofort ist Vero an ihrer Seite und reicht ihr ein Glas Wasser – die beiden sind ein eingespieltes Team! Ich ziehe den zweiten Besucherstuhl ans Bett und schaue meine Tante an. Wie gut es tut, sie zu sehen! Und wie froh ich bin, dass sie wieder hier ist, auch wenn sie das Schlimmste offenbar immer noch nicht überstanden hat.

»Wie lange wollen die Ärzte dich denn hier noch festhalten?«, erkundige ich mich. »Du kannst es sicher kaum erwarten, aus dem Bett zu hüpfen und in deine heißgeliebte Bücherkoje zu kommen, oder?«

Bei der Erwähnung der Buchhandlung wechseln die beiden Freundinnen bedeutungsvolle Blicke.

Ich bin irritiert. »Ihr guckt beide so geheimnisvoll. Gibt es irgendetwas, was ich wissen müsste?«, frage ich unsicher und sehe Vero eindringlich an. Das Letzte, was ich jetzt gebrauchen kann, ist Geheimniskrämerei! Steht es etwa schlechter um meine Tante, als die beiden mir sagen wollen?

»Mit dem Aufstehen und der Bücherkoje wird es so schnell nichts«, klärt Bea mich auf und sieht mich traurig an. Bei diesen Worten rutscht mir das Herz eine Etage tiefer, und ich habe Angst davor, was meine Tante mir jetzt sagen wird. »Die Ärzte wollen mich noch ungefähr zwei Wochen zur Beobachtung hierbehalten, weil sie immer noch nicht genau wissen, um welche Art Infektion und um welchen Erreger es sich genau handelt. Aber auch nach meiner Entlassung wird es noch eine Weile dauern, bis ich wieder stehen und laufen kann. Der blöde Egel hat sich tief in mein rechtes Bein gegraben, und bevor die Wunde nicht komplett verheilt ist, brauche ich gar nicht darüber nachzudenken, den ganzen Tag in der Buchhandlung zu stehen.«

Beunruhigt von dieser Information starre ich auf die kalte, kahle Krankenzimmerwand, die lediglich ein kleiner, leicht vergilbter Druck schmückt. Es ein Bild von August Macke, entstanden bei einem seiner zahlreichen Aufenthalte in Tunis. Momentan erscheint es mir fast zynisch, ausgerechnet hier das Dokument einer Reise zu sehen, wo doch genau eine solche Bea Unglück gebracht hat.

»Was bedeutet das im Klartext?«, frage ich, obwohl ich mir die Antwort im Prinzip selbst geben kann. »Was wird dann aus der Bücherkoje?«

Wieder wechseln Vero und Bea Blicke, und ich ahne, worauf das Ganze hinauslaufen wird.

»Da ich vermutlich mindestens ein halbes Jahr nicht werde arbeiten können, müssen wir entweder eine Buchhändlerin einstellen, oder aber du entschließt dich, deinen Aufenthalt auf Sylt zu verlängern. Natürlich würde ich mich sehr freuen, wenn du bleiben könntest, aber ich möchte dich auf gar keinen Fall unter Druck setzen. Wenn du wieder zurück nach Hamburg willst, verstehe ich das voll und ganz. Für diesen Fall werde ich Frauke Feddersen aus der Bücherstube in Kampen den Job anbieten. Sie fühlt sich dort unwohl und würde sich bestimmt darauf freuen, in der Bücherkoje zu arbeiten. Ob du bleiben willst, entscheidest allein du, und du weißt, es ist mir am wichtigsten, dass es dir gutgeht und du dich wohl fühlst!«

Ein halbes Jahr länger auf Sylt?, überlege ich und bin ein wenig verunsichert. Zunächst denke ich natürlich an meinen Job im

Hotel. Ob ich ihn behalten kann, wenn ich mir insgesamt ein Dreivierteljahr Auszeit nehme? Und will ich eigentlich wirklich zurück ins Hotel? Will ich überhaupt wieder zurück nach Hamburg?

»Denk einfach in aller Ruhe darüber nach, was du möchtest, das hat ja keine Eile. Momentan sitze ich hier sowieso noch fest«, sagt meine Tante, und ich nicke.

»Lissy, kommst du bitte mal kurz«, ertönt auf einmal Veros Stimme vom Gang – ich habe gar nicht bemerkt, dass sie das Krankenzimmer verlassen hat.

»Klar«, antworte ich und sehe, dass Bea die Augen geschlossen hat, vermutlich hat unser Gespräch sie sehr angestrengt. Endlich habe ich Gelegenheit, mit Vero zu sprechen, ohne dass wir Rücksicht auf meine Tante nehmen müssen.

»Lissy«, sagt Vero mit ernster Stimme, als wir auf dem Flur auf und ab spazieren und nimmt meine Hand. »So leid es mir tut, aber ich muss dir sagen, dass die Ärzte mit Beas Zustand ganz und gar nicht zufrieden sind«, erklärt sie, und ich bemerke Tränen in ihren Augen. »Die Infektion verläuft nicht wie gewöhnlich, und momentan sind die Ärzte sich nicht sicher, ob wirklich dieses Tier der Erreger ist oder ob es sich nicht um eine völlig andere Krankheit handelt. Bea hat noch viel zu hohes Fieber, und wenn das so weitergeht, kann es sein, dass man sie in ein künstliches Koma versetzen muss.«

Bei dem Wort »Koma« meine ich den Boden unter den Füßen zu verlieren und klammere mich an Vero, um nicht zu stürzen. Alles dreht sich um mich. Ich versuche so gut es geht, mich wieder zu fangen, weil ich weiß, dass ich jetzt stark sein muss, allein Vero zuliebe, die sich bislang ohne Hilfe mit dieser Situation auseinandergesetzt hat.

»Aber das wäre doch ein unheimlich riskanter Eingriff, oder nicht?«, frage ich, weil mir zahlreiche ähnliche Geschichten in den Kopf schießen, die alle kein gutes Ende genommen haben. Ich habe schon von Patienten gehört, die nicht mehr aus dem Koma zurückgeholt werden konnten. Und von welchen, die irreparable Hirnschäden davongetragen haben.

»Ja, das ist es, aber momentan müssen wir beide hoffen, dass das Fieber sinkt und die Ärzte gar nicht erst zu dieser Maßnahme greifen müssen. Bea ist eine Kämpfernatur. Du kennst deine Tante – die gibt nicht so schnell auf. Lass uns einfach auf ihre Zähigkeit vertrauen. Und glaub mir: So anstrengend, wie Bea manchmal sein kann, ist kein Arzt erpicht darauf, sie länger als nötig hierzubehalten. Sie werden alles dafür tun, um Bea so schnell wie möglich wieder loszuwerden.«

Bei diesen Worten muss ich dann doch lachen und verspüre endlich wieder ein Gefühl der Zuversicht.

Nachdem ich noch einmal nach Bea gesehen, ihr über den Kopf gestreichelt und Vero einen Kaffee geholt habe, sitze ich zwei Stunden später mit Nele im Café des Literaturhauses und erzähle ihr von meinem Besuch im Krankenhaus.

Auch meine Freundin ist bestürzt über die alarmierenden Nachrichten und versucht mir Mut zu machen, während der Kellner uns einen Prosecco bringt. Um Nele nicht auch noch zu betrüben, beschließe ich, das traurige Thema für den Augenblick hinter mir zu lassen, und erzähle, dass meine Tante mich gebeten hat, ein halbes Jahr länger auf Sylt zu bleiben.

»Das ist doch super!«, freut Nele sich. »Dann hätten wir den ganzen Sommer zusammen. Ich könnte dir das Surfen beibringen, wir bauen Sandburgen, lassen uns bis zum Umfallen in der

Sonne brutzeln, und abends kippen wir ein paar Caipis auf der Terrasse vom Samoa-Seepferdchen!« Nele ist völlig außer Rand und Band, und ich lasse mich nur allzu gern von ihrer guten Laune anstecken. »Außerdem ist es absolut an der Zeit, dass du dich mal wieder richtig verknallst und heißen Sex hast. Und wann kann man das besser als im Sommer auf Sylt, wo die Liebe wohnt? Wo die Luft wie Champagner prickelt und wo Sommerküsse so gut schmecken wie sonst nirgendwo?«

Ich muss lachen, weil Nele in ihrem Vokabular so große Schwankungen aufweist. Ihr Kaleidoskop reicht von romantischer Poetik bis zu drastischer Umgangssprache, wie Frauen sie nur selten benutzen. Doch genau das mag ich so an meiner Freundin: diesen Facettenreichtum in ihrem Wesen, ihre Begeisterungsfähigkeit und ihren Optimismus, auch wenn ihr bereits das Wasser bis zum Hals steht. Ihre Fähigkeit, sich über alles zu freuen und die Zukunft in bunten Farben zu malen.

Ich sehe sie an, mit ihren vom Verlagsgespräch und dem Prosecco geröteten Wangen, die störrischen Haare zu einem wilden Gebilde hochgesteckt, die Kleidung ein gewagter Mix aus Lilaund Rosatönen, die ihre Haarfarbe erst richtig zur Geltung bringen. Ihren Gesichtsausdruck, den ich mittlerweile immer besser lesen kann, ihre grünen Augen, die mich eindringlich mustern, weil sie wissen will, wie ich mich entschieden habe.

In diesem Moment weiß ich, was ich zu tun habe: Ich werde morgen im Hotel anrufen und meinen Job kündigen. Ich werde Bea helfen, wieder gesund zu werden, und ihre Buchhandlung am Laufen halten. Und ich werde mit Nele den Sommer verbringen. Weil ich zum ersten Mal im Leben eine richtige Freundin habe und mir nicht vorstellen kann, wie es wäre, sie nur noch gelegentlich zu sehen, wenn ich mal nach Sylt komme oder sie nach Hamburg. Außerdem will ich endlich etwas wagen! Auch wenn ich nicht weiß, ob ich ab September wieder eine Stelle bekomme, ich werde mich einfach in das Abenteuer Leben stürzen. Was soll schon groß passieren? Auf Sylt wimmelt es nur so von Hotels, in einem davon wird es sicher etwas für mich zu tun geben, und falls nicht, findet sich bestimmt eine andere Lösung!

»Dann lass uns anstoßen«, sage ich feierlich, erhebe mein Glas und proste Nele zu. »Auf deinen Illustratorenvertrag und darauf, dass ich auf Sylt bleiben werde!«

Ich schaffe es kaum, einen Schluck zu trinken, weil Nele mir wie ein Wirbelwind um den Hals fällt und mir mit ihren knallroten Lippen Küsse auf Stirn und Nase drückt. Zuerst ist mir diese Reaktion etwas peinlich, dann freue ich mich jedoch und umarme meine Freundin ebenfalls.

»Aber denk dran, dass wir beide den ganzen Tag arbeiten müssen, auch im Sommer«, sage ich gespielt streng und sehe Nele so ernst an, wie es mir möglich ist. »Es wird nicht blaugemacht, um faul am Strand zu liegen und mit irgendwelchen Beachboys zu flirten. Wir sind genauso fleißig und diszipliniert, wie wir es bislang waren, okay?«

»Okay, Frau Lehrerin, ich habe verstanden«, antwortet Nele und führt die Hand an die Stirn, als wollte sie salutieren. »Gegen Caipis in unserer Freizeit ist allerdings nichts einzuwenden, oder?«, fragt sie, und ich nicke.

Nachdem wir meine Zukunft geklärt haben, erzählt Nele endlich von ihrem Gespräch beim Sternenreiter Verlag. Sie ist außer sich vor Begeisterung und schildert alles in rosigen Farben. Das Buch, das sie illustrieren soll, gefällt ihr, und ihre Arbeiten sind wiederum beim Lektorat sehr gut angekommen. Renata Baumgarten muss eine strenge, aber nette Cheflektorin sein, mit der Nele allerdings nur die Konditionen geklärt hat. Für die Illustrationen ist Alexander Herzsprung, ein junger und offensichtlich attraktiver Lektor, zuständig.

»Und? Hat dein Herz bei seinem Anblick einen Sprung gemacht?«, witzle ich dümmlich.

Mittlerweile sind wir beim dritten Glas Prosecco angekommen, ohne vorher etwas gegessen zu haben. Wie gut, dass wir mit der Bahn und nicht mit dem Auto in Hamburg sind.

Nun grinst Nele bis über beide Ohren und sieht aus wie eine Katze, die in einen Sahnetopf gefallen ist. »Ja, das hat es, und ich glaube seines auch«, antwortet sie.

Ich kann kaum glauben, was ich da höre. Da lässt man Nele für ein paar Stunden alleine, und schon ist sie verliebt!

»Habt ihr denn auch über die Illustrationen und die Arbeit am Buch gesprochen oder euch nur tief in die Augen geblickt?«, frage ich süffisant, weil ich schon die nächsten Probleme am Horizont auftauchen sehe. Wie ich es auch drehe und wende, ich kann mir nicht vorstellen, dass es gut ist, wenn Nele gleich bei ihrem ersten Vertrag ein Verhältnis mit einem Verlagsmitarbeiter anfängt. Das KANN einfach nicht gutgehen! »Ich will ja nicht …«

»… spießig sein«, vollendet meine Freundin den Satz, den ich begonnen habe. »Aber findest du es richtig, etwas mit jemandem anzufangen, mit dem du auch beruflich zu tun hast? Hat dir die Geschichte mit Gregor Thade nicht gereicht?«

Ich fasse es nicht, das ist genau das, was ich gerade sagen wollte. Beinahe wortwörtlich!

»Keine Sorge, Süße, es ist noch nichts passiert«, versucht Nele mich zu beruhigen und sieht mich mit einem unschuldigen Augenaufschlag an. »Meinst du wirklich, ich tappe noch mal in die gleiche Falle? Dieser Alexander trägt einen goldenen Ring und hat das Foto einer wunderhübschen Blondine auf dem Schreibtisch stehen. Aber es hat Spaß gemacht, ein wenig mit ihm zu flirten, das muss ich schon zugeben. Er ist wirklich süß, und wenn er frei wäre …« Nele seufzt und nimmt einen weiteren Schluck Prosecco.

Ich sicherheitshalber auch. »Wie läuft das jetzt genau mit dem Buch?«, erkundige ich mich und versuche Nele wieder auf den Boden der Tatsachen zurückzubringen. »Wann wird es erscheinen, und wie viel zahlen sie dir?«

»Der Erscheinungstermin ist März nächsten Jahres. Den Text habe ich bereits bekommen, damit ich mich bald an die Skizzen machen kann. Sobald die fertig sind, bespreche ich sie mit Alexander Herzsprung«, erklärt sie.

Ich kann nicht umhin, mich bei der Erwähnung dieses Namens ein wenig unwohl zu fühlen.

»Aus dem Grund werde ich wohl demnächst mal wieder einen Tag nach Hamburg fahren und bin dann abends von Renata Baumgarten und Alexander Herzsprung zum Essen eingeladen. Ich bekomme übrigens fünftausend Euro Garantiehonorar und eine Verkaufsbeteiligung von fünf Prozent. Ist das nicht super?«, freut Nele sich.

Ich überlege, ob die Konditionen angemessen sind, und beschließe, Bea oder Birgit Stade danach zu fragen. Vielleicht hat eine von beiden Erfahrung mit so etwas.

»Ach, und weißt du, was noch lustig ist? Die haben mich die ganze Zeit gefragt, ob ich das nicht alles noch mal mit meiner Agentin Larissa Wagner besprechen will, bevor ich den Vertrag unterschreibe. Die halten dich tatsächlich für meine Agentin.

Cool, oder? Wie viel Provision nimmst du eigentlich dafür, dass du diesen Deal für mich eingefädelt hast?«, fragt Nele und lächelt schelmisch.

Agentin, haha, lustig, denke ich und bin gleichzeitig froh zu erfahren, dass Nele offensichtlich noch nichts unterzeichnet hat.

»Wie auch immer, ich habe gesagt, dass ich mich mit dir besprechen werde und dass du dich dann bei Frau Baumgarten melden wirst. Das war doch in Ordnung, oder?«, fragt Nele grinsend, und ich weiß nicht, ob ich lachen oder weinen soll. Jetzt trage ICH also die Verantwortung für Neles Vertrag! »Nun mach nicht so ein Gesicht. Du hast mein Buch an den Verlag geschickt, nun musst du mir auch beim Rest helfen«, sagt die frischgebackene Kinderbuchillustratorin, und ich kann ihren Gesichtsausdruck diesmal nicht ganz deuten.

Schwingt da etwa immer noch ein Rest an Ärger über mich mit?

9. Kapitel

Frau Sievers verlangt ein Garantiehonorar von achttausendfünfhundert Euro und eine Beteiligung von acht Prozent«, höre ich mich einige Tage später Renata Baumgarten die üblichen vertraglichen Konditionen für derlei Projekte unterbreiten, die ich dank Birgit Stade in Erfahrung gebracht habe.

Das Herz schlägt mir bis zum Hals, und meine Knie zittern, so nervös bin ich. Ich weiß, dass ich hoch pokere, weil Nele noch Debütantin ist. Aber ich habe einkalkuliert, dass die Lektoratsleiterin mich herunterhandeln wird. Renata Baumgarten und ich diskutieren eine Weile hin und her, während mir vor Aufregung beinahe die Sinne schwinden, je mehr Gegenargumente die Lektorin auffährt. Am Ende des Gesprächs habe ich jedoch mein Ziel erreicht, wie auch immer ich das geschafft habe, und kann es kaum erwarten, Nele davon zu berichten.

Diesmal lässt meine Freundin sich gern in ihrer Küchenarbeit unterbrechen, als ich ihr erzähle, was ich für sie an zusätzlichem Honorar herausgeholt habe. Nele ist überglücklich und strahlt wie ein Honigkuchenpferd. Nachdem sie mich umarmt hat und mit mir singend durch die Küche getanzt ist, spendiert sie Blairwitch in ihrem Überschwang zwei große Garnelen.

»Nanu, was ist denn hier los?«, fragt Leon, der plötzlich in der Küche steht. »Draußen war keiner, und da ich dringend einen doppelten Espresso brauche, dachte ich, ich sehe mal nach, wo du steckst«, erklärt er und sieht uns beide neugierig an.

»Ach was, Espresso«, ruft Nele und öffnet den Kühlschrank. »Du kannst einen doppelten Champagner haben, wenn du willst. Mit Kaffee geben wir uns heute nicht zufrieden, nicht wahr? Wir stoßen darauf an, dass ich ab heute eine echte Buchillustratorin bin und Lissy bis September auf Sylt bleiben wird.«

»Aber das sind ja wundervolle Neuigkeiten«, ruft Leon und küsst Nele links und rechts auf die Wange, woraufhin sie reflexartig zurückweicht. »Bea ist sicher überglücklich wegen deiner Entscheidung?«, fragt er dann mich, was ich bejahe.

Ich habe noch am selben Abend, als Nele und ich wieder auf Sylt eingetroffen sind, im Krankenhaus angerufen, um ihr meine Entscheidung mitzuteilen. Zum Glück war meine Tante noch wach und ich hatte zumindest am Telefon den Eindruck, dass es ihr ein kleines bisschen bessergeht. Erst recht, als ich ihr gesagt habe, dass ich auf Sylt bleiben werde. Ich konnte förmlich spüren, wie am anderen Ende der Leitung der Stein der Erleichterung zu Boden fiel. Die Situation muss meine Tante weit mehr belastet haben, als ich es geahnt habe.

»Ich danke dir, Kindchen«, hat sie mit leiser Stimme geflüstert.

Trotz aller Bedenken im Hinblick auf meine ungewisse Zukunft war ich in diesem Moment sicher, den richtigen Weg eingeschlagen zu haben.

»Dann nochmals herzlich willkommen auf Sylt, Lissy. Das gibt uns beiden übrigens die Gelegenheit, unser Strandpicknick bei wärmerem Wetter zu wiederholen, wenn du magst«, schlägt Leon vor.

Ich lächle zustimmend und bete nur inständig, dass es Bea bis dahin wieder bessergeht.

Am späten Nachmittag erhalte ich von Vero den Anruf, den ich so gefürchtet habe. Die Ärzte haben entschieden, meine Tante in ein künstliches Koma zu versetzen, um ihrem Körper die Möglichkeit zu geben, sich in dieser Form des Tiefschlafs zu regenerieren und den Kampf mit dem Erreger konzentriert aufzunehmen.

Ich bewundere Vero, dass sie – zumindest am Telefon – gelassen mit der Situation umgeht, während ich selbst schon wieder nicht mehr klar denken kann. Ich setze Birgit Stade von der neuesten Entwicklung in Kenntnis und melde mich bis zum Ladenschluss ab, weil ich jetzt nicht die Kraft habe, so zu tun, als sei nichts. Zu Hause lege ich mich ins Bett und weine, bis ich vor Erschöpfung einschlafe.

Von Alpträumen geplagt, wache ich am Abend auf und weiß plötzlich, was ich zu tun habe: Ich lasse Timo kurz in den Garten, stelle ihm seinen Futternapf hin und mache mich dann auf den Weg. Auf den Weg zur Kirche St. Severin.

Schon von weitem kann ich den Turm sehen, wie er in der Abenddämmerung erstrahlt. Wie die Leuchttürme, die einst Seefahrern in stürmischen Nächten den Weg gewiesen haben. Momentan fühle ich mich selbst wie ein schlingerndes Schiff, das vom Kurs abgekommen ist und wieder Orientierung benötigt. Ich öffne die Pforte zum Friedhof, der am Fuße der Kirche liegt, und wehre mich gegen den Gedanken, dass ich dort womöglich bald meine Tante werde begraben müssen. Ich passiere die Grabsteine, ohne ihnen einen Blick zu schenken, und bete inständig, dass die Kirche geöffnet haben möge.

Ich habe Glück und kann das Gotteshaus ungehindert betreten, in dem es kühl ist und ein wenig modrig riecht. Der Altar ist geschmückt mit einem riesigen Strauß weißer Lilien, deren strenger Duft sich mit der Feuchtigkeit mischt, die in der Luft liegt. Ich wähle die erste Reihe und knie mich auf die kalte, harte Holzbank. Dann schließe ich die Augen und halte Zwiesprache mit Gott, wie ich es zuletzt als Kind getan habe, als meine Eltern beerdigt wurden. Ich erzähle ihm von meiner Tante, von ihren Plänen, ihrem Lebenshunger, von ihrer Güte und davon, dass sie zeit ihres Lebens immer für andere da war.

»Bitte lass nicht zu, dass sie stirbt«, flehe ich stumm und betrachte eine Marienstatue am Altar. »Bitte lass Bea ihr Leben zu Ende leben. Nimm sie mir nicht. Ich habe schon so viele Menschen verloren, die ich liebe. Bitte lass mir wenigstens meine Tante!«

Nach diesem Gebet entzünde ich eine Kerze. »Die ist für dich, Bea«, flüstere ich und verlasse unter Tränen die Kirche.

Es liegt nicht in meiner Macht, etwas zu tun. Ich muss ab jetzt einfach darauf vertrauen, dass sich alles zum Guten wendet.

10. Kapitel

Mann, du machst vielleicht Sachen!«, schimpfe ich mit Bea, als diese mir zwei Wochen später von ihrem Bad im verbotenen See erzählt. »Warum musstest du auch ausgerechnet dort schwimmen, wo es nicht erlaubt ist?«, frage ich und erinnere mich an all die Stunden, die Vero und ich in größter Sorge verbracht haben.

Vero an Beas Krankenbett, ich am Telefon, in permanenter Alarmstimmung, bis ich endlich die erlösende Nachricht erhalten habe, dass es den Ärzten gelungen ist, meine Tante unbeschadet aus dem künstlichen Koma zu holen und sie sich im Anschluss daran erstaunlich schnell erholt hat. Zumindest, was die Ausheilung ihrer Infektion betraf.

Ich schmunzle, weil zwischen uns seit ihrer Rückkehr eindeutig die Rollen vertauscht sind. Ich, die Jüngere, offensichtlich Vernünftigere, schelte meine wesentlich ältere Tante, die aus Leichtsinn und Übermut ihre Gesundheit und beinahe ihr Leben aufs Spiel gesetzt hat. Doch obwohl ich sauer bin, weil Bea nach ihrer Kamikaze-Aktion nun mit hochgelagertem Bein, immer noch blass um die Nase, etliche Kilo leichter und mit fahlem Gesicht vor dem Kamin sitzt, bin ich doch heilfroh, sie wieder hier zu haben. Auch sie war mehr als erleichtert, als ich Vero und sie aus dem Tropenkrankenhaus abgeholt und ins Kapitänshaus gebracht habe. Timo war außer sich vor Freude, sein geliebtes Frauchen endlich wiederzuhaben.

Nachdem ich Vero zu ihrer Familie nach Morsum gebracht habe, bin ich wieder zu Bea zurückgekehrt, die völlig erschöpft in ihrem Lehnsessel am Kamin saß und aus dem Fenster starrte.

»Kann ich dir was bringen?«, rufe ich ihr aus der Küche zu, während ich ein paar Einkäufe in den Schränken verstaue, die ich für sie getätigt habe.

Nach all den exotischen Genüssen im Urlaub und dem faden Essen im Krankenhaus kann ich mir gut vorstellen, dass Bea Appetit auf etwas typisch Norddeutsches wie zum Beispiel Rührei mit Krabben oder Bauernfrühstück mit Katenrauchschinken hat. Außerdem muss meine Tante dringend wieder zunehmen, denke ich, während ich die frischen Krabben in den Kühlschrank lege.

»Ein richtig schöner Friesentee wäre jetzt nett«, antwortet Bea.

Sofort mache ich mich ans Werk und bereite den Tee so zu, wie es seit Jahrhunderten hier Brauch ist: Ich brühe eine kräftige Friesenmischung auf, fülle reichlich braunen Kandis in Beas Lieblingsbecher und gieße anschließend den Tee darüber, den ich genau drei Minuten habe ziehen lassen, damit er anregend wirkt. Dann lasse ich frische Sahne hineinlaufen. Es ist sehr wichtig, den Tee NICHT umzurühren, damit er sein Aroma in Etappen entfalten kann.

Wie die Friesen selbst ist das Heißgetränk dadurch erst ein wenig bitter und wird beim Trinken immer süßer. Mit den Worten »Tut das gut« belohnt sie mich für meine Bemühungen, und ich beobachte amüsiert, wie Bea sich in dem Genuss des Tees verliert. Eine halbe Stunde später lege ich eine warme Decke über sie, da sie erschöpft in ihrem Sessel eingeschlafen ist. Merkwürdig, denke ich, auch in dieser Hinsicht haben wir auf einmal die Rollen vertauscht. Nun ist meine Tante die Hilflose, der ich beistehe und die ich verwöhnen möchte.

Auf einmal bin ich nicht mehr die kleine Lissy, die ihr immer am Rockzipfel hing und getröstet werden musste. Aber so ist das wohl, wenn man erwachsen wird, überlege ich, auch wenn ich die neue Situation noch ein wenig gewöhnungsbedürftig finde.

Zwei Stunden später sitzen wir am Esstisch, und ich beobachte erleichtert, wie Bea sich mit gesundem Appetit über die Krabben mit Rührei hermacht und sogar ein Glas Rotwein trinkt, von dem ich denke, dass es in Maßen genossen eher eine therapeutische Wirkung hat als eine berauschende. Während wir essen, schildert meine Tante in groben Zügen die wichtigsten Etappen ihrer Reise, und allmählich bekomme ich einen Eindruck davon, was die beiden Freundinnen alles gesehen und erlebt haben. Schade nur, dass sie die Reise so früh abbrechen mussten.

Weitere Details will Bea mir später erzählen, weil es sie viel mehr interessiert, wie es mir in den drei Monaten ergangen ist und wie es in der Bücherkoje läuft. Selbstverständlich erfülle ich ihren Wunsch und bringe sie auf den neuesten Informationsstand.

»Fühlst du dich denn jetzt wohl hier oder immer noch ein wenig einsam?«, erkundigt meine Tante sich.

Ich bin froh, dass ich diese Frage eindeutig beantworten kann, denn ich habe mich wieder gut auf der Insel eingelebt und in Leon, vor allem aber in Nele echte Freunde gewonnen.

»Was ist mit Stefan? Hast du noch mal von ihm gehört? Denkst du noch ab und zu an ihn?«, hakt meine Tante nach.

Zu meinem großen Erstaunen stelle ich fest, dass ich gerade in den vergangenen Wochen so gut wie gar nicht mehr an ihn gedacht habe. Dabei habe ich angesichts der Trennung zeitweise geglaubt, die Welt würde untergehen ohne ihn. Wie seltsam das Leben doch ist. An einem Tag ist man überzeugt davon, auf der sicheren Seite zu sein und zu wissen, wie es mit einem weitergehen wird, und einen Tag später kann alles schon vorbei sein. An einem Tag besteigt man ein Kreuzfahrtschiff, um eine Weltreise zu machen, und einige Wochen später liegt man im Koma, weil man an irgendeiner Stelle eine falsche Entscheidung getroffen hat.

Oder man macht selbst alles richtig, und ein anderer Mensch entscheidet über den eigenen Kopf hinweg und bringt damit den eigenen Lebensplan ins Wanken.

Melanie ist jetzt im siebten Monat schwanger, Ende Mai müsste das Kind zur Welt kommen. Ob ich dann wohl eine Geburtskarte von meinem Exfreund bekommen werde?

»Macht dir die Arbeit in der Bücherkoje Spaß? Kommst du mit Birgit Stade gut zurecht?«, fragt Bea und wendet sich damit ihrem Lieblingsthema zu: der Buchhandlung.

Ich antworte wahrheitsgemäß, dass ich meine Aufgabe dort bislang lediglich als Übergangsjob gesehen habe, dass mir einige Bereiche großen Spaß machen, andere dafür überhaupt nicht, und dass ich aber noch nicht tief genug in die Materie eingedrungen bin, um wirklich beurteilen zu können, ob der Beruf der Buchhändlerin mich auf Dauer erfüllen könnte. Aber diese Frage stellt sich ja auch gar nicht, da ich voraussichtlich ab September wieder in der Hotellerie arbeiten werde.

Als ich Bea von meinem Ausflug mit Leon zur Lesung von Marco Nardi erzähle und meine Beobachtungen der kulturellen »Elite« Sylts schildere, muss sie lächeln, weil ich es mir nicht verkneifen kann, Frauen wie Isabell von der Gathen als äußerst fragwürdige Gestalten zu schildern und den sogenannten Literaturbetrieb, wie er in Kampen praktiziert wird, aufs Korn zu nehmen. Dass ich einen Verlag für Neles Buch gefunden habe, erstaunt sie, weil sie gar nichts davon wusste, dass meine Freundin ein Kinderbuch in der Schublade hatte.

»Da hast du ja eine ganze Menge erlebt!«, freut Bea sich.

Wenn ich es recht bedenke, stimmt das auch. Mein Leben hat sich um hundertachtzig Grad gedreht, und momentan kann ich mir kein anderes mehr vorstellen.

»Was macht die kleine Paula?«, erkundigt sich meine Tante und eröffnet damit die Tratschrunde, die sich um ihre Nachbarn, Freunde und Bekannten rankt, mit denen ich während ihrer Abwesenheit natürlich auch zu tun hatte.

Ich erzähle von meiner Begegnung mit Ole Hinrichs und den »Sjiplurtern«, die ich beinahe für die Öfen gesammelt hätte, und auch von dem Waffenstillstand, den ich mit der kleinen Paula geschlossen habe, nachdem das Mädchen endlich begriffen hatte, dass es sich in der nächsten Zeit von meiner Wenigkeit morgens zum Kindergarten chauffieren lassen muss.

Nach wie vor sind wir nicht gerade die besten Freundinnen, aber wir haben ein stillschweigendes Abkommen, dass wir uns gegenseitig in Ruhe lassen. Paula isst nach wie vor jeden Morgen ihr Marmeladenbrötchen bei mir und hat sich gegenüber Bestechungsversuchen in Gestalt von Schokomüsli und Nutella erstaunlich resistent erwiesen, was ich bemerkenswert finde. Nachdem wir die wichtigsten Informationen ausgetauscht haben, schicke ich meine Tante ins Bett und räume die Küche auf.

Wie wohl die kommenden Monate werden?, frage ich mich, während ich die Teller in die Geschirrspülmaschine stelle. Und was Bea wohl den ganzen Tag machen wird, wenn sie so viel liegen muss und sich kaum bewegen kann?

»Die sehen ja toll aus«, bedanke ich mich bei Pastor Lorenz Petersen und seiner Frau Lina und stelle den riesigen Blumenstrauß, den die beiden als Gastgeschenk mitgebracht haben, in eine Vase. Es ist Ostersonntag, und wir geben nach dem Gottesdienst für Freunde, Nachbarn und gute Bekannte einen Osterbrunch zur Feier der Rückkehr meiner Tante, obwohl sie immer noch recht wacklig auf den Beinen ist.

Ein Hauch von Frühling hat auf der Insel Einzug gehalten, und ich bin froh, dass die Tage nun endlich länger und heller sind, Blütenduft in der Luft liegt und wenigstens ab und zu mal die Sonne scheint. Auch heute haben wir Glück und können den Garten des Kapitänshauses für unsere Feier nutzen, auch wenn es doch noch ein wenig kühl ist. Vor dem Hauseingang haben Bea und ich eine Flagge mit dem Motiv einer lachenden Sonne gehisst, und ich freue mich über die ersten zarten Blätter an den berühmten Keitumer Rosen, die den Eingang säumen und sich um das Gartentor ranken. Noch ein paar Wochen, und die Blumen werden in voller Blüte stehen und mit ihrer farbigen Pracht den Garten in eine Oase verwandeln.

Die Friesenhäuschen scheinen sich angesichts der wärmeren Temperaturen nicht mehr ganz so sehr hinter den schützenden Steinwällen zu ducken, und am Meer sind mittlerweile die rund zwölftausend Strandkörbe aufgestellt, die an den einzelnen Badeabschnitten Sonnenhungrigen Schutz gegen den scharfen Ostwind bieten. An sich ist das Sylter Klima eher mild, doch heute ist es zu kühl, um sich ungeschützt irgendwohin zu setzen, und so prügeln sich unsere Gäste, allen voran die Kinder, um den einzigen Strandkorb im Garten.

Ständig klingelt es an der Tür, und wir haben alle Hände voll zu tun, gute Gastgeber zu sein. Wie immer ist Vero eine verlässliche Stütze, die mit unermüdlichem Eifer leere Gläser füllt und immer wieder die Krabbensuppe umrührt, die auf dem Herd vor sich hin köchelt. Sie hat ihren berühmten Osterzopf gebacken und eine himmlische Rote Grütze zubereitet.

»Leon, Julia, wie schön, dass ihr da seid«, begrüße ich das Paar, das heute etwas missmutig dreinblickt.

Ob sie sich gestritten haben?, frage ich mich, bekomme jedoch keine Gelegenheit, mir über die Gemütsverfassung der beiden Gedanken zu machen, weil nun Nele ihren Auftritt hat, die sich zur Feier des Tages »Möwennestfrei« gegeben hat.

Genaugenommen hat das Café schon seit Donnerstag geschlossen, weil sie nach Hamburg gefahren ist, um mit Alexander Herzsprung die Skizzen für das Buch durchzusehen, an denen sie in jeder freien Minute fieberhaft gearbeitet hat. Ich platze mittlerweile vor Neugier, weil Nele erst gestern Nacht zurückgekommen ist und außer ein paar geheimnisvoll klingenden SMS nichts von sich hat hören lassen.

»Wie war es in Hamburg?«, zische ich ihr zu, während ich den von ihr mitgebrachten Prosecco in den Kühlschrank stelle, und mustere meine Freundin eindringlich.

Sie sieht blendend aus, ihr Teint schimmert rosig und bringt ihre Sommersprossen heute noch besser zur Geltung als sonst. Sie trägt ein enggeschnittenes beigefarbenes Leinenkleid mit einem breiten, über und über mit bunten Steinen besetzten Gürtel. Die Haare hat sie ausnahmsweise offen, und so fallen ihre roten Locken auf den Hals und die Schultern und lassen sie aussehen wie eine Elfe. Ich kann nur hoffen und beten, dass ihre Attraktivität nicht das Ergebnis einer heißen Nacht mit ihrem Lektor ist, denn in Schwierigkeiten dieser Art würde ich meine Freundin höchst ungern sehen.

»Ah, Nele, hallo«, ertönt auf einmal die leicht unterkühlte Stimme Julias, die nun ebenfalls in die Küche gekommen ist, um sich etwas zu trinken zu holen.

Julia bildet einen absoluten Kontrast zur flippigen Nele, sie ist der Prototyp der Hanseatin. Auch heute hat sie ihr blondes Haar wieder zu einem strengen Zopf gebunden, und es gibt nicht ein klitzekleines Strähnchen, das sich aus ihrem Haargummi windet. Sie trägt sehr dezentes Make-up, im Gegensatz zu Nele, die heute, zumindest was ihre Lippenstiftfarbe betrifft, mal wieder einiges gewagt hat. Zum obligatorischen Hanseaten-Look gehört eine dunkelblaue, enganliegende Steghose, die Julias eher knabenhafte Figur mit flachem Bauch bestens zur Geltung bringt. Dazu trägt sie eine weiße Bluse und um die Schultern einen dunkelblauen Wollpulli, vermutlich Kaschmir. Natürlich dürfen auch die dezenten Perlenohrringe nicht fehlen, die das Styling konsequent abrunden.

Wie langweilig, denke ich und überlege, was Leon wohl an dieser Frau findet. Auf mich wirkt sie unterkühlt wie ein Eiszapfen, und so verhält sie sich uns gegenüber auch. Nele kann sie allem Anschein nach nicht ausstehen, und auch zu mir ist sie ganz offensichtlich nur höflich, weil sie zu Gast bei uns ist. Während meine Freundin schleunigst das Weite sucht und sich draußen mit Vero unterhält, versuche ich ein Gespräch mit Julia zu beginnen.

»Leon hat mir erzählt, dass du dich vor einiger Zeit bei der *Berliner Zeitung* vorgestellt hast. Wie ist der Termin denn gelaufen?«, frage ich, während ich ihr Orangensaft nachschenke.

Klar, dass eine Frau wie Julia am Vormittag noch keinen Alkohol trinkt, wie es sonst fast alle anderen hier tun, dazu ist sie sicher zu diszipliniert. Vermutlich muss sie nach dem Brunch noch in die Redaktion.

Bei der Erwähnung des Wortes »Berlin« erhellen sich ihre Gesichtszüge auf einmal merklich – offensichtlich habe ich das richtige Thema getroffen. Wie auf Kommando prasselt ein Schwall an Informationen auf mich ein, denen ich entnehme, dass der Job bei der *BZ* so gut wie sicher ist und der absolute Traum sein muss. Berlin ist für Julia DIE Stadt und die *BZ* DIE Zeitung des Jahrhunderts. Ich erfahre, dass Julia mit dem Chefredakteur zum Mittagessen im Borchardt war, und merke, wie wichtig es ihr ist, dass ich bei der Erwähnung des wohl bekanntesten Restaurants in Berlin auch entsprechenden Beifall spende.

»Wird so eine Fernbeziehung denn nicht schwierig für Leon und dich?«, frage ich nach dem psychologischen Aspekt dieser beruflichen Veränderung, in dem Versuch, Julia davon abzuhalten, mir den Inhalt der Speisekarte rauf und runter zu beten.

Über diesen Punkt hat sie sich wohl noch keine Gedanken gemacht und ist deshalb ganz offensichtlich erleichtert, als Leon den Kopf durch die Küchentür steckt.

»Da bist du ja, ich suche dich schon überall«, sagt er und gibt Julia ein Zeichen, das ich nicht verstehe.

Aber so ist es nun mal mit Liebenden. Sie sprechen eine geheime Sprache und bedienen sich eines speziellen Codes, der für Außenstehende unentschlüsselbar bleibt. Julia versteht Leons Signal, nimmt ihr Glas und verlässt ohne ein weiteres Wort die Küche. Vermutlich ist sie froh, dass ihr Freund sie von einer Ignorantin wie mir losgeeist hat.

Am späten Nachmittag neigt sich der Brunch dem Ende zu. Bea, Vero, Nele und ich sind vollauf damit beschäftigt, Teller und Gläser aus den entlegensten Winkeln des Hauses und des

Gartens zusammenzusammeln. Als wir das Gröbste geschafft haben, legt sich Bea, die mit einem Mal wieder sehr angegriffen aussieht, ein bisschen hin, und Vero steigt auf ihr Fahrrad, um zurück nach Morsum zu fahren.

»Wollen wir noch eine Runde mit Timo drehen?«, frage ich Nele, begierig darauf, endlich mit ihr über die Fahrt nach Hamburg zu sprechen.

Der Hund freut sich, den vielen Leuten entronnen zu sein, die ihn immer wieder getätschelt und gehätschelt haben, was selbst ein so menschenfreundlicher Hund wie Timo auf die Dauer nicht haben kann.

Nele und ich machen uns auf den Weg mit dem Ziel, unser Dörfchen in Richtung Archsum zu verlassen. Wir passieren das Altfriesische Haus und das Sylter Heimatmuseum und viele schnuckelige Friesenhäuser, die mit ihren halbkreisförmigen Sprossenfenstern und den knorrigen Apfelbäumen im Garten so heimelig aussehen, dass man niemals mehr woanders sein möchte als auf dieser Insel.

»Nun mach es nicht so spannend«, ermutige ich Nele, mir alles zu erzählen.

Doch sie beschäftigt sich ausgiebig mit Timo und spielt mit ihm Stöckchenwerfen. Der Hund ist so begeistert davon, nach dem vielen Herumliegen im Garten endlich laufen zu können, dass er gar nicht weiß, worauf er sich konzentrieren soll. Auf die Flugrichtung des Stocks oder auf die Kühe, Pferde und Schafe, die in friedlicher Koexistenz auf den Weiden grasen. Im Hintergrund läuten die Kirchenglocken von St. Severin den frühen Ostersonntagabend ein.

Ich nehme dieses Idyll tief in mir auf und bin beinahe ehrfürchtig angesichts der Stille, die über der Insel liegt. Die Sonntagsspaziergänger und Besucher irgendwelcher Festivitäten sind bereits in ihre Häuser zurückgekehrt, außer uns ist niemand auf der Straße. Es ist weit und breit kein Auto in Sicht, und ausnahmsweise ist auch nichts von der Bahn zu hören. Offensichtlich trägt der Wind die Geräusche heute in eine andere Richtung. Die Luft riecht würzig nach einem Gemisch aus Meersalz und dem typischen Geruch von Landwirtschaft.

»Bevor du vor Neugier platzt, will ich dich nicht länger auf die Folter spannen«, reißt Nele mich aus meinen Frühlingsimpressionen. »Frau Baumgarten und Alexander fanden die Skizzen bis auf die Coverillustration alle toll und haben mich sehr für meine Arbeit gelobt.«

Aha, denke ich, als ich registriere, dass Nele von ihrem Lektor ohne den dazugehörigen Nachnamen spricht.

»Nachdem wir damit fertig waren, hat Alexander mich im Verlag herumgeführt und mit allen Mitarbeitern bekannt gemacht, die ebenfalls mit dem Buch zu tun haben werden, also Vertrieb, Marketing, Presse und Herstellung.« Begeistert schildert Nele die Verlagsräume, die Angestellten und die Philosophie, der sich der Sternenreiter Verlag verschrieben hat.

Das alles klingt sehr gut und passt für mein Empfinden auch zu meiner Freundin, die zehn Zentimeter über dem Boden zu schweben scheint. Vermutlich muss ich sie gleich festhalten, sonst entschwindet sie noch mir nichts, dir nichts im Osterhimmel und ward nie wieder gesehen.

»Und das Essen?«, frage ich und pirsche mich damit vorsichtig an das Thema Alexander Herzsprung heran. »War es nett? Und wo wart ihr?«

»Im Eisenstein, also nahe beim Verlag. Die Pizza dort ist der Hit, davon kann ich mir bestimmt einiges für das Möwennest abschauen, und der australische Wein war ultralecker!«, schwärmt sie.

Ich muss schmunzeln, weil Nele mal wieder in einen Slang verfallen ist, der mitnichten geeignet ist, die Qualität des Weins zu beschreiben, den sie dort getrunken hat. »Und euer Gespräch? Worüber habt ihr euch unterhalten?«, bohre ich weiter nach und finde mich mal wieder leicht penetrant.

»Ach, über dieses und jenes«, antwortet meine Freundin gedehnt. »Über den Verlagskatalog, für den ich übrigens noch ein richtig tolles Foto brauche, über den Text dafür und über mögliche weitere Projekte. Dann hat jeder noch ein bisschen von sich erzählt, von seinem beruflichen Werdegang. Dies und das, worüber man sich eben so unterhält bei einem Geschäftsessen. Um zehn ist Renata Baumgarten nach Hause gegangen, und Alexander und ich sind noch Richtung Kiez weitergezogen. Erst waren wir in der Bar vom East-Hotel, haben einen Martini getrunken und sind später noch tanzen gegangen. Anschließend hat er mich zum Hotel gebracht und ist über Nacht geblieben.«

Mist, denke ich, ich hab es gewusst! Die ganze Geschichte riecht bereits jetzt meilenweit nach Ärger. Es ist nur eine Frage der Zeit, bis Nele wieder die ganze Insel mit ihrer Liebeskummer-Musik beschallen wird! Weshalb tut sie sich das bloß immer wieder an?

»Bevor du jetzt mit mir schimpfst, Lissy: Ich habe mich NICHT in Alexander verliebt, keine Sorge, und ich weiß sehr wohl, was ich da tue!«

Hoffentlich weiß es dieser Lektor auch, denke ich und bin wütend. Wütend auf einen Mann, den ich zwar nicht kenne, der sich aber gegenüber einer Illustratorin seines Verlags in höchstem Maße unprofessionell verhalten hat. Ich kann mir nicht vorstellen, dass die strenge Vorgesetzte, als die ich Renata Baumgarten erlebt habe, es guthieße, dass ihr Mitarbeiter bei der erstbesten Gelegenheit mit seiner neuen Illustratorin in die Kiste steigt. Angesichts dieser Formulierung rufe ich mich selbst zur Ordnung. Das ist Neles Vokabular in Liebesdingen, nicht meines. »Ich dachte, Alexander ist verheiratet oder hat zumindest eine Freundin? Hast du mir nicht etwas von einem Ring und dem Foto von einer Blondine erzählt?«, frage ich und hoffe gleichzeitig, dass mich mein Erinnerungsvermögen getrogen hat.

»Die Blondine heißt Judith, und die beiden leben gerade in Trennung«, erklärt Nele.

Ich frage mich, ob man allen Ernstes das Bild eines Menschen auf dem Schreibtisch stehen hat, von dem man sich scheiden lassen will, und ob man dann noch seinen Ehering trägt. Schweigend gehen wir beide weiter, jede in Gedanken versunken, und ich pfeife Timo zurück, der gerade im Begriff ist, unter einem Stacheldrahtzaun hindurchzukriechen und die Bewohner der Koppel einer näheren Betrachtung zu unterziehen.

Als wir Archsum erreicht haben, beschließen wir, im Hotel Christian der Achte noch einen Kaffee zu trinken, und stehen kurz danach vor der renommierten Parkresidenz, die mit ihrem edlen und gediegenen Ambiente so gar nicht zur bäuerlichen Umgebung von Archsum passt.

»Komm, ich spendiere uns einen Prosecco zum Kaffee«, ruft Nele fröhlich.

Ich hoffe, dass wir Timo mit hineinnehmen dürfen – durchaus keine Selbstverständlichkeit in edlen Sylter Hotels! Wir dürfen, und so machen wir es uns Minuten später vor dem offenen Kamin gemütlich, schlürfen einen Espresso und einen Prosecco.

»Wie geht es jetzt mit euch beiden weiter?«, erkundige ich mich. »Wann seht ihr euch das nächste Mal?«

»Alexander will mich in den nächsten Wochen irgendwann besuchen und ich ihn später in Hamburg«, antwortet Nele und nippt versonnen an ihrem Glas.

»Aber du hast doch gar keine Zeit für so was«, erwidere ich und bin besorgt um Neles Arbeitsmoral. »Du kannst nicht ständig das Möwennest schließen. Für den Verlagstermin ist es natürlich nicht anders gegangen, aber auf die Dauer ist das keine Lösung«, sage ich und weiß, dass ich Nele mit meiner Strenge auf die Nerven gehe.

»Dann hilfst du mir eben«, grinst sie, und ich glaube, mich verhört zu haben. »Ich leihe dich bei der Bücherkoje aus und bezahle dich in Naturalien. Du kannst dann immer und jederzeit bei mir essen und trinken, so viel du willst. Was hältst du davon?«

Ich sehe meine Freundin an und versuche zu ergründen, was in ihr vorgeht. Ist sie wirklich so naiv, oder versucht sie nur vor ihren Problemen zu flüchten, indem sie diese mit wirren Liebesgeschichten zu vergessen versucht, die zu allem Überfluss auch noch nichts als Unglück bringen?

»Nun guck nicht so, das war ein SCHERZ«, betont Nele, und ich schöpfe Hoffnung, dass ich doch noch vernünftig mit ihr reden kann. »Natürlich weiß ich, dass ich das Café nicht ständig schließen kann. Aber über Ostern war es in Ordnung, weil da sowieso alle Welt bei Familie und Freunden feiert und die Leute lieber spazieren gehen, als bei mir etwas zu konsumieren. Außerdem habe ich mir auch mal einen Urlaub verdient, und wenn es nur die paar Tage sind«, murmelt sie traurig.

Schon tut sie mir wieder leid. »Okay, okay, ich sage ja gar

nichts«, versuche ich meine Kritik zu verteidigen. »Ich helfe dir natürlich jederzeit im Möwennest, sofern Frau Stade mich entbehren kann. Schließlich will ich deinem Liebesglück nicht im Weg stehen.«

»Apropos Liebe! Wie sieht es denn da bei dir aus?« Meine Freundin nutzt die Gelegenheit, sich nach meinen amourösen Belangen zu erkundigen. »Hast du denn hier wirklich noch niemanden getroffen, der dir gefallen könnte? Was ist eigentlich aus Marco Nardi geworden, von dem du mir erzählt hast?«

Ich überlege einen Augenblick und schüttle dann den Kopf. Nein, ich habe niemanden kennengelernt, und die Begegnung mit dem Schriftsteller war zu kurz, um mich nachhaltig für ihn zu erwärmen, auch wenn ich ihn durchaus interessant und attraktiv fand. In diesem Zusammenhang fällt mir ein, dass ich sein Buch noch gar nicht zu Ende gelesen habe, obwohl es noch immer auf meinem Nachttisch liegt. Vielleicht sollte ich besser mal hineinsehen, denn in knapp zwei Wochen beginnt sein Aufenthalt als Inselschreiber. Da möchte ich dann doch lieber informiert sein, für den Fall, dass sich unsere Wege kreuzen.

Die nächsten Tage vergehen wie im Flug, denn ich muss viel arbeiten und versuche abends, Tante Bea bei Laune zu halten. Nachdem sie glücklicherweise keine Schmerzen mehr hat und nicht mehr den halben Tag unter dem Einfluss von Medikamenten verschläft, beginnt sie allmählich unruhig zu werden und für meine Begriffe auch ein wenig zickig, wie ich sie bislang überhaupt nicht kenne. Ich versuche ihr so gut es geht die Zeit zu vertreiben und ihr immer wieder eine kleine Freude zu machen.

Ich bekoche sie, besorge ihre Lieblingsschokolade, leihe Filme für sie aus oder kaufe ihr neue CDs. Doch sosehr ich mich auch bemühe – es nützt nicht viel, weil Bea im Grunde nicht nur die Arbeit in der Bücherkoje fehlt, sondern auch der Umgang mit anderen Menschen. Zwar bekommt sie immer wieder Besuch von Freunden und Nachbarn, doch hat etwa Vero zurzeit so viel auf dem Hof zu tun, dass sie sich nur selten im Kapitänshaus blicken lässt. Ich kann das absolut verstehen, schließlich war Vero auf der Reise sehr eng mit meiner Tante zusammen und während ihres Krankenhausaufenthaltes Tag und Nacht für sie da. Ich denke, dass Vero ein wenig Abstand ganz guttut.

»Lissy, kann ich mal mit dir reden?«, ertönt die Stimme meiner Tante aus der hinteren Ecke des Wohnzimmers, als ich eines Abends von einem Spaziergang mit Timo zurückkomme.

»Klar«, antworte ich, hänge meinen Mantel an die Garderobe und gehe zu Bea, die mit einem Buch auf den Knien im Sessel sitzt. Ich hole mir einen Schemel, lasse mich daraufsinken und sehe meine Tante fragend an. »Was gibt es? Ist irgendetwas nicht in Ordnung?«

»Das möchte ich so nicht sagen, aber ich wollte dich fragen, ob du mit Birgit Stade gut zurechtkommst oder ob es irgendwelche Probleme gibt, von denen ich wissen sollte.«

Ich überlege kurz, habe aber keine Ahnung, worauf Bea hinaus will.

»Kann es sein, dass ihr beide euch nicht ganz einig darüber seid, wie die Bücherkoje geführt werden sollte?«

Fieberhaft durchforste ich mein Gedächtnis nach einem Disput mit der ersten Sortimenterin, kann mich jedoch an nichts dergleichen erinnern. Gut, wir hatten eine kleine Diskussion über die Gestaltung der Schaufenster, aber das war meines Erachtens kaum der Rede wert.

»Wie wollt ihr denn morgen die Fenster dekorieren?«, fragt Bea und pirscht sich damit an dieses offensichtlich heikle Thema heran.

»In das linke kommen Reise- und Sprachführer, in das rechte Bücher, die zu dem Motto ›Träume und Sehnsüchte‹ passen. Wieso fragst du? Hat Frau Stade irgendetwas dazu gesagt?«

»Nein, nicht direkt«, antwortet meine Tante vage. »Es ist vielmehr das, was sie NICHT gesagt hat. Du weißt doch sicher, dass die Bestückung der Schaufenster und der Thementische ihr Bereich ist?«

Ich stutze einen Moment, weil ich mir dieser Tatsache nicht bewusst war.

»Wieso dekoriert ihr das andere Fenster nicht mit Diät- und Sportbüchern, wie jedes Jahr?«, hakt Bea weiter nach.

Ich merke, wie sich mir bei den Worten »wie jedes Jahr« sämtliche Nackenhaare aufstellen. Das erinnert mich fatal an den Anzeigentext für die Kochbuchpräsentation, den ich ebenfalls nicht mochte. »Ich finde es spannender, auch mal etwas Neues auszuprobieren. Momentan hat jede Buchhandlung die gleichen Themen im Fenster. Wenn es nach mir ginge, würden wir anstelle der Reiseführer alle Titel der Inselschreiber ausstellen. Das wäre eine gute Möglichkeit, Autoren in den Mittelpunkt zu rücken, die von der üblichen Ferienlektüre abweichen, findest du nicht?«

Ich sehe meine Tante neugierig und auch ein wenig kampflustig an, weil sie sonst auch kein Fan von übertriebener Konventionalität ist.

»Meinst du wirklich, dass es einen Feriengast reizt, einen hochliterarischen Text zu lesen, wenn er doch nichts anderes will als auszuspannen und sich einfach nur berieseln zu lassen?«

»Meinst du etwa, dass ein Feriengast, der seinen Urlaub hier auf Sylt verbringt, daran interessiert ist, sich Reiseführer von anderen Urlaubszielen zu kaufen, wo er doch froh ist, endlich HIER zu sein?«, kontere ich und merke, wie immer mehr Ärger in mir hochsteigt. Hat sich Birgit Stade etwa hinter meinem Rücken über mich und meine Ideen oder gar meinen Arbeitsstil beschwert? Kann sie nicht direkt zu mir kommen, wenn sie ein Problem mit mir hat?

»Lissy, Süße, ich will mich doch gar nicht mit dir streiten. Du hast prinzipiell recht und du weißt am besten, dass ich persönlich überhaupt nichts mit Unterhaltungsliteratur anfangen kann. Aber die Gestaltung von Schaufenstern, insbesondere während der Saison, ist eine sehr wichtige Sache. Man muss die Kunden in die Buchhandlung locken. Wenn sie erst einmal drin sind, kann man sie immer noch auf den Geschmack bringen, etwas anderes zu kaufen als das Übliche. So schön ich die Idee mit dem Traum-Motto auch finde. Aber sie ist eher etwas für eine Großstadt wie Hamburg.«

»Ich dagegen finde ehrlich gesagt, dass es allmählich mal an der Zeit ist, etwas in der Bücherkoje zu verändern«, kontere ich und bereue meine Worte sofort wieder, weil ich eigentlich keine schlafenden Hunde wecken will.

Doch nun ist es passiert und meine Tante wird hellhörig. »Was meinst du damit?«, will sie wissen.

Zwar bin ich mir nicht ganz sicher, ob dies der richtige Zeitpunkt ist, ihr zu sagen, worüber ich mir in den vergangenen Wochen den Kopf zerbrochen habe. Doch ich habe die Rechnung ohne meine Tante gemacht, die nun darauf besteht, dass ich ehrlich sage, was ich denke.

»Ich finde«, beginne ich vorsichtig mit meinen Ausführungen,

»dass es einige Punkte gibt, die meiner Meinung nach optimiert werden könnten. Zum Beispiel alles, was mit Technik zusammenhängt. Ich weiß, dass du kein Fan von Computern bist, aber heutzutage geht es einfach nicht mehr ohne. Dieses System mit den Buchlaufkarten ist absolut antiquiert und vor allem ziemlich störanfällig. Ich finde, dass wir wichtige Titel viel zu häufig nicht am Lager haben, weil mal wieder die entsprechende Laufkarte verschwunden ist. Auch die Buchbestellungen könnten wir wesentlich effizienter und schneller durchführen, wenn wir sie online eingeben und nicht aufwendig per Telefon bestellen würden. Die Großhändler könnten uns einen ganzen Tag und die Verlage sogar vier Tage schneller beliefern als bisher. Das habe ich bereits in Erfahrung gebracht. Wir könnten auch dieses unübersichtliche Abholfach effizienter organisieren, und wir hätten einen besseren Überblick über die Lagerumschlagsgeschwindigkeit unserer Titel. An der Kasse müssten wir nicht mehr alles per Hand eintippen, sondern würden nur noch die Barcodes scannen. Was meinst du, wie schnell wir im Weihnachtsgeschäft kassieren könnten? Die ersparte Zeit könnten wir in eine intensive Beratung der Kunden investieren.« Allmählich rede ich mich in Rage, so sehr beschäftigt mich dieses Thema.

Bea verzieht keine Miene, und ich weiß momentan nicht, ob das ein gutes oder ein schlechtes Zeichen ist.

Aber nun kann ich nicht mehr zurück und fahre ohne Rücksicht auf Verluste fort. »Was wir auch dringend abschaffen müssten, ist dieser dämliche Kopierer und den lästigen Briefmarkenverkauf. Weißt du eigentlich, wie viel Zeit dadurch verlorengeht? Außerdem fehlen uns im Sortiment alle Formen von elektronischen Medien. Wir führen weder Videos noch DVDs, und unser Hörbuchsortiment ist ein Witz. Dann sollten wir meines Erachtens dringend Taschenbücher und Hardcover bei den Romanen zusammenstellen, damit die Kunden auf einen Blick sehen, in welcher Ausführung das Buch erhältlich ist, das sie haben wollen.«

An dieser Stelle halte ich inne, weil mir die Situation langsam unheimlich wird. Ich klinge wie eine notorische Nörglerin und unangenehme Besserwisserin und spiele mich auf, als hätte ich die buchhändlerische Weisheit mit Löffeln gegessen.

Meine Tante empfindet offenbar ähnlich, denn sie sieht mich nicht besonders freundlich an. Genaugenommen mustert sie mich mit einem Blick, mit dem sie mich noch nie angesehen hat, und zwar seit ich denken kann. »Bist du jetzt fertig?«, fragt sie mit kalter Stimme.

Augenblicklich bereue ich, uns beide in diese unwürdige Situation gebracht zu haben. »Ja, bin ich«, antworte ich kleinlaut und wage es kaum, meine Tante anzusehen. Auf einmal fühle ich mich wie ein kleines Kind, das in der Schule zu vorlaut war und nun von seiner Lehrerin getadelt wird. Aber vermutlich geschieht es mir ganz recht.

»Ich danke dir für deine Ausführungen«, sagt Bea völlig sachlich, »und werde darüber nachdenken. Aber jetzt bin ich müde und möchte gern schlafen gehen. Du hattest sicher auch einen anstrengenden Tag mit dem Kassieren von Briefmarken, den telefonischen Bestellungen und den unzähligen Reparaturen des Kopierers. Schlaf gut, bis morgen«, sagt sie und geht, ohne sich noch einmal nach mir umzusehen oder mich versöhnlich anzulächeln, nach oben.

»Mist, Mist, Mist«, denke ich und gehe nervös im Wohnzimmer auf und ab. Was habe ich da nur angerichtet?

11. Kapitel

Nach einer unruhigen Nacht, in der ich überlegt habe, wie ich das mit Bea wieder geradebiegen kann, und zudem genervt von der Aussicht, heute Frau Stade zu begegnen und in Sachen Schaufensterdekoration klein beigeben zu müssen, betrete ich am folgenden Tag die Bücherkoje. Meine Kollegin ist zusammen mit Lisa dabei, die Fenster leerzuräumen. Mürrisch helfe ich den beiden und male Preisschilder für die Reiseführer. Birgit Stade verliert kein Wort darüber, dass ich mich von meinem Traum-Motto verabschiedet habe und nun stattdessen wieder Diät- und Sportbücher ins Fenster kommen.

Leon, der soeben die Buchhandlung betritt, wirkt ebenfalls nicht gerade gutgelaunt, so dass wir an diesem Tag kaum ein Wort miteinander wechseln. Der Vormittag plätschert dahin, und gegen Mittag beschließe ich, dass ich dringend einen Tapetenwechsel brauche. Das Schöne an der Inselsituation ist zwar, dass man sich im wahrsten Sinne des Wortes auf einer Insel fühlt und darüber die Realität vergessen kann. Alles, was zählt, ist der Mikrokosmos, in dem man sich Tag für Tag bewegt. Weltnachrichten wirken auf einmal seltsam fern und scheinen nichts mit dem eigenen Leben zu tun zu haben. Das ist natürlich der idyllische Aspekt, den vor allem die Urlauber hier genießen. Wenn man allerdings hier lebt und arbeitet, kann dieses vermeintliche Idyll auch schnell umschlagen und die Insel zu einem kleinen Gefängnis werden lassen.

Heute ist so ein Tag, an dem ich das Gefühl habe, trotz der gesunden Luft nicht richtig atmen zu können. Seit vier Monaten kreisen meine Gedanken um dieselben Themen, dieselben Personen, und mein Radius erstreckt sich lediglich über ein paar Kilometer. Vielleicht sollte ich im September verreisen. Als Zäsur zwischen meiner Zeit auf Sylt und dem neuen Lebensabschnitt, der danach auf mich wartet.

Auf einmal kommt mir Venedig wieder in den Sinn.

Vielleicht sollte ich mich mal erkundigen, wie teuer eine Woche Aufenthalt dort ist.

Da ich weder im Kapitänshaus noch in der Bücherkoje Zugriff auf einen Computer habe, beschließe ich, mir die relevanten Informationen ganz konventionell aus dem Reisebüro und nicht aus dem Internet zu holen und dafür meine Mittagspause zu nutzen. Eine halbe Stunde später sitze ich mit den Katalogen diverser Reiseanbieter auf der Terrasse der Kleinen Teestube, wo ich ein windgeschütztes Plätzchen ergattert habe.

»Darf ich mich zu Ihnen setzen, auch wenn Sie mich nicht angerufen haben?«, ertönt auf einmal eine männliche Stimme neben mir.

Ich bin für einen Moment verwirrt, weil ich in Gedanken gerade einen Cappuccino auf der Terrasse des Hotels Danieli getrunken habe. Ich blinzle in die Sonne und bin erstaunt zu sehen, dass die Stimme Marco Nardi gehört, der mich hier entdeckt hat und nun offensichtlich meine Gesellschaft sucht.

»Natürlich, setzen Sie sich. Schön, Sie zu sehen!«, antworte ich, schließe meinen Prospekt und deute auf den freien Stuhl mir gegenüber. Für einen Moment bin ich unsicher, weil ich überhaupt nicht damit gerechnet habe, mit ihm zusammenzutreffen, auch wenn mir durchaus bewusst war, dass er mittlerweile auf der Insel angekommen sein musste. »Wie geht es Ihnen?«, frage ich höflich, nachdem wir etwas zu trinken bestellt haben. »Sind Sie gut untergebracht?« Wie schon bei der Lesung bin ich auch jetzt wieder beeindruckt davon, wie attraktiv dieser Mann ist. Ich habe sogar das Gefühl, dass er noch besser aussieht als bei unserer Begegnung im Winter.

»Der Frühling steht Ihnen gut«, sagt Marco, mustert mich intensiv. Damit beantwortet er zwar meine Fragen nicht, hebt dafür jedoch meine leicht angeknackste Stimmung.

Ich bin froh, dass die Kellnerin in diesem Moment das Wasser serviert, weil ich nicht weiß, wie ich auf diese Bemerkung reagieren soll. Es ist schon eine ganze Weile her, seit ein Mann mit mir geflirtet hat.

»Was machen Sie eigentlich hier, Lissy Wagner? Ich dachte, ich sähe Sie nie wieder, nachdem Sie sich nicht bei mir gemeldet haben. Und ich wähnte Sie bereits zurück in Hamburg, oder habe ich da etwas falsch verstanden?«

Geschmeichelt davon, dass ihm meine Planung offensichtlich so gut im Gedächtnis geblieben ist, erkläre ich ihm in groben Zügen, was sich in den letzten Monaten in meinem Leben ereignet hat. Darüber verfliegt die Zeit, und ich stelle mit Bedauern fest, dass ich wieder zurück in die Bücherkoje muss, auch wenn ich es genieße, in der warmen Frühlingssonne zu sitzen und ein wenig zu plaudern.

Auch Marco findet es offensichtlich schade, dass ich los muss. »Haben Sie Lust, mal mit mir essen zu gehen?«, fragt er.

Für einen kurzen Augenblick setzt mein Herzschlag aus. NATÜRLICH habe ich Lust, und seine Einladung ist genau DIE Abwechslung, die ich jetzt gut gebrauchen kann, denn so schnell wird sicher nichts aus meinen Reiseplänen. Wer weiß? Vielleicht hat dieser Mann ein paar gute Reisetipps für mich?

Wir verabreden uns für den kommenden Abend, und ich registriere mit Erstaunen, wie aufgeregt ich bin.

Den Rest des Tages bin ich kaum zu gebrauchen und ertappe mich dabei, im Geiste meinen Kleiderschrank nach der passenden Garderobe zu durchforsten. Leider hat Marco aus dem Ort unsres Treffens ein Geheimnis gemacht, so dass ich keine Ahnung habe, ob ich besser etwas Schickes anziehen soll oder etwas, das »weniger aufgeregt« wirkt, wie Nele es nennt, als ich ihr am Abend bei einem Glas Wein von meiner Begegnung erzähle.

»Ich finde, dass dein Look wie zufällig wirken sollte. Lässig, locker und trotzdem sexy. Am besten eine enge Jeans und irgendein Oberteil, das dir hin und wieder mal über die Schulter rutscht. Oder irgendetwas Durchsichtiges (bei diesem Wort ziehe ich die Augenbrauen hoch), mit einem Top darunter. Aber so was hast du gar nicht, oder?«, fragt meine Freundin.

Ich bin kurz leicht beleidigt, weil sie die Wörter »so was« derart betont, als sei ich ausschließlich langweilig gekleidet, was natürlich nicht stimmt.

»Am besten, du gehst einkaufen!«, sagt Nele.

Das halte ich für eine ausgesprochen gute Idee. Außer dem Parka habe ich nämlich schon ewig nichts Neues mehr zum Anziehen gehabt, schließlich gab es hier bislang auch noch keine Veranlassung zum Garderobenwechsel. Aber jetzt, zum Sommer hin, könnte mein Kleiderschrank durchaus eine kleine Auffrischung vertragen.

»Wenn wir schon mal dabei sind: Du könntest ruhig mal wieder zum Friseur gehen. Ein paar helle Strähnchen würden bestimmt süß aussehen«, fährt Nele fort und ist voll in ihrem Element.

»Aber ich klebe mir keine falschen Fingernägel an, lasse mir keine Extensions einflechten und trage auch keinen Push-up-BH, nur damit du dir keine falschen Hoffnungen machst«, erwidere ich und merke, wie gut es mir tut, mal ein bisschen Mädchen zu sein und ein weniger tiefsinniges Gespräch über Kleidung und Frisuren zu führen.

Doch dann wird unser Styling-Diskurs von einer SMS unterbrochen. Sie ist von Alexander Herzsprung, der meine Freundin am kommenden Wochenende besuchen und mit ihr einen Segeltörn machen möchte. Offensichtlich hat der Mann keine Ahnung davon, dass meine Freundin ein Café führt, in dem sie Gäste bewirten muss. Ich lasse Nele mit ihrem Mobiltelefon und ihren Planungen allein und hoffe inständig, dass sie sich nicht zu irgendwelchen Leichtsinnigkeiten hinreißen lässt.

Als ich ins Kapitänshaus zurückkehre, habe ich fast ein wenig Angst davor, meiner Tante zu begegnen. Ich hasse Streit in jeder Form und will ihn immer so schnell es geht beilegen. Hoffentlich ist Bea nicht nachtragend, denke ich, während ich den Schlüssel ins Schloss stecke. Zu meiner großen Erleichterung scheint sie sich wieder gefangen zu haben und bittet mich zu sich auf die Terrasse, wo sie, in eine Decke gehüllt, sitzt.

»Lissy, da bist du ja«, sagt sie und bietet mir ein Glas Fruchtpunsch an. »Wie war es denn heute in meiner unorganisierten Buchhandlung?«, fragt sie und schmunzelt.

Mir purzelt ein Stein vom Herzen. »Bitte entschuldige, ich habe das, was ich gestern gesagt habe, nicht so gemeint«, setze ich zu einer Verteidigungsrede an. »Natürlich finde ich meine Ideen nach wie vor größtenteils richtig, aber es war falsch, sie dir so ungefragt und unreflektiert um die Ohren zu hauen. Schließlich hast du diese Buchhandlung seit ich dich kenne, und sie läuft sehr gut. Deine Kunden lieben dich und warten nur darauf, dass du endlich wieder arbeiten kannst. Du machst das schon alles richtig. Also, hör nicht auf deine altkluge Nichte, die mit ihren Umstrukturierungsideen ein wenig übers Ziel hinausgeschossen ist.«

An dieser Stelle lächelt meine Tante noch mehr und streichelt Timo, der es sich zu ihren Füßen gemütlich gemacht hat. »Ich hatte heute den ganzen Tag Zeit, über das nachzudenken, was du vorgeschlagen hast«, antwortet sie und sieht mich mit festem Blick an. »Und ich bin zu dem Ergebnis gekommen, dass du größtenteils wirklich recht hast. Vero ist im Übrigen auch deiner Meinung«, sagt sie, und ich frage mich, was auf einmal die Freundin meiner Tante damit zu tun hat. »Ich habe sie heute Nachmittag angerufen, weil ich eine neutrale Meinung zu diesem Thema haben wollte. Wir sind beide emotional sehr involviert und haben dementsprechend keinen objektiven Blick auf die Bücherkoje. Aber Vero hat nicht lange gezögert und dir in beinahe allen Punkten zugestimmt.«

»Aha«, antworte ich, neugierig zu erfahren, an welcher Stelle Vero nicht einer Meinung mit mir ist.

»Auch wenn du es nicht gern hören möchtest: Der Kopierer und die Briefmarken bleiben. Die sind notwendig, um Laufkundschaft in die Buchhandlung zu holen. Allerdings überlege ich, endlich ein neues Kopiergerät anzuschaffen, das nicht mehr so störanfällig ist und das die Kunden selbst bedienen können. Ich denke, ich werde in den kommenden Tagen mal einen technischen Berater kommen lassen, der mir einen Kostenvoranschlag für die Umstellung auf den Computer, die elektronische Kasse mit Scanner und das Warenwirtschaftssystem machen soll. Dich, Lissy, würde ich gern bitten, einmal eine Liste der Videos, DVDs und Hörbücher zu erstellen, die wir deiner Meinung nach im Sortiment führen sollten. Gleichzeitig könntest du dir darüber Gedanken machen, wie wir die Abteilungen in der Buchhandlung umräumen, damit die neue Warengruppe auch entsprechend Platz findet. Das kann dann gleich im Zuge der Zusammenführung der Taschenbücher und Hardcover in der Belletristik erfolgen. Außerdem möchte ich dir gerne die komplette Verantwortung für diesen Bereich übertragen, also auch für den Einkauf«, fährt sie fort.

Für einen Moment bin ich sprachlos. Ich hätte im Leben nicht damit gerechnet, dass meine Tante nach dieser ersten beleidigten Reaktion derart ins Gegenteil umschwenkt und mir auch noch einen eigenen Bereich überträgt. »Das ist ja super. Ich danke dir«, sage ich und freue mich wie ein kleines Kind. »Aber was wird Frau Stade dazu sagen, wenn ich diese neue Warengruppe allein betreue? Schließlich ist sie deine erste Sortimenterin?«

»Das wird sie schon verkraften«, antwortet Bea und schmunzelt. »So wie ich es verkraften muss, mir einzugestehen, dass ich diesen Beruf schon sehr lange ausübe und im Laufe der Zeit etwas betriebsblind geworden bin. Das gilt, wenn auch nicht in gleichem Maße, genauso für Birgit Stade. Die Zeiten ändern sich, und im Prinzip kann ich mich glücklich schätzen, dass dank dir ein neuer Wind in der Bücherkoje weht.«

Ich weiß immer noch nicht so recht, was ich denken oder sagen soll. Welch eine Wendung! »Und zu dieser bahnbrechenden Erkenntnis bist du ganz allein gekommen, oder hat Vero da ein bisschen nachgeholfen?«, piesacke ich meine Tante und sehe sie herausfordernd an.

»Wenn ich ehrlich sein soll, hast du meinen Meinungsumschwung in erster Linie ihr zu verdanken. Sie hat mich, wie man so schön sagt, ordentlich auf den Pott gesetzt und mir klargemacht, dass ich in den vergangenen Jahren eigensinnig geworden bin und zu Engstirnigkeit neige. Das hat sie wohl auf der Reise besonders deutlich festgestellt. Aber sie hat mich trotz aller Kritik auch getröstet und mir erklärt, es liege daran, dass ich eben hier alleine lebe und nicht so viel mit jüngeren Menschen zu tun habe.«

Tja, da lebt Vero mit ihren Kindern und Enkeln in der Tat ein anderes Leben, denke ich und bin froh, dass Bea eine so wunderbare Freundin hat. »Wenn das so ist«, sage ich grinsend und nehme noch einen Schluck Fruchtpunsch, »dann sollten wir der Bücherkoje auch gleich einen Internet-Auftritt gönnen.« Vorsichtshalber bringe ich mich in Sicherheit, bevor Bea mir ihren Schuh an den Kopf wirft.

Beglückt von unserem Gespräch, gehe ich nach einem gemeinsamen Abendessen, bei dem wir weitere Pläne schmieden (der Homepage hat Bea sich dennoch vorerst verweigert), nach oben. Ich durchforste meinen Kleiderschrank für mein bevorstehendes Rendezvous und komme zu dem Ergebnis, dass Nele recht hat: Ich muss dringend einkaufen und zum Friseur!

Am nächsten Morgen erwache ich gut gelaunt, sogar ein wenig früher als sonst, und bleibe noch einen Moment im Bett liegen, um dem Zwitschern der Vögel zu lauschen, die endlich aus ihren Winterquartieren zurück auf die Insel gekommen sind. Ich bin froh, dass es mittlerweile morgens schon hell ist, weil es mir dann viel leichter fällt, meine Runde mit Timo zu drehen. Singend mache ich mich im Bad zurecht und freue mich auf den vor mir liegenden Tag.

Da Lisa heute in der Bücherkoje ist, wird es sicher kein Problem sein, wenn ich mir den Nachmittag freinehme, um meine Haare in Form bringen zu lassen und mir etwas Schönes zum Anziehen zu kaufen.

»Hallo, Paula, meine Süße«, begrüße ich unsere kleine Nachbarin, die wieder mal etwas missmutig aus der Wäsche guckt. Sie ist blass wie eh und je, und heute fällt mir zum ersten Mal auf, dass ich sie noch nie habe lachen hören. Wie traurig, denke ich, wenigstens Kinder sollten unbeschwert und fröhlich sein, die Probleme im Leben beginnen schließlich früh genug. »Wollen wir mal zusammen schwimmen gehen?«, höre ich mich plötzlich zu meiner eigenen Überraschung fragen. O mein Gott, was ist nur mit mir los?

Auch Paula sieht verdutzt aus und antwortet zunächst gar nicht. Doch die Art, mit der sie in ihrem Kakao rührt, zeigt mir, dass sie mit sich kämpft.

»Ach, komm schon, Schätzchen, sag ja. Das wird bestimmt lustig! Du kannst doch schwimmen, oder?«, erkundige ich mich, weil mir plötzlich einfällt, dass Tanja als alleinerziehende Mutter womöglich vielleicht keine Zeit für einen Schwimmbadbesuch mit ihrer Tochter hat.

»Klar kann ich das«, lautet ihre selbstbewusste Antwort.

Daraufhin beschließe ich, vorerst nichts mehr zu diesem Vorschlag zu sagen. Jetzt ist es an Paula, den Ball aufzunehmen, den ich ihr soeben zugespielt habe.

Unser Frühstück verläuft schweigend, wie immer, und ich bin froh, als Bea den Kopf durch die Küchentür steckt.

»Guten Morgen, ihr beiden«, sagt sie und strahlt uns an. Offensichtlich wirken das schöne Wetter und unser gestriges Gespräch auch auf das Gemüt meiner Tante positiv. »Was habt ihr beiden Hübschen denn heute vor?«, erkundigt sie sich.

Das bietet mir eine gute Gelegenheit, ihr von meinen Plänen zu erzählen und sie zu bitten, die Abendrunde mit Timo zu übernehmen. Bea ist, was das Gehen und Stehen betrifft, immer noch nicht gut beisammen, so dass es heute wohl nur auf eine kleine Runde mit dem Hund hinauslaufen wird. Andererseits ist es schon ein Fortschritt, dass meine Tante ihre Krücken nicht mehr braucht, die sie in der ersten Zeit nach ihrem Krankenhausaufenthalt benötigt hat.

»Na, dann wünsche ich dir viel Spaß«, erwidert Bea lächelnd und gibt mir ein Küsschen auf die Wange. »Die Abwechslung wird dir guttun. Schließlich hockst du oft genug abends mit deiner alten Tante am Kamin. Das ist auf die Dauer auch nicht gut. Bis später dann«, sagt sie und geht ins Badezimmer, um sich fertig zu machen.

Nachdem ich Paula am Kindergarten abgesetzt habe, ohne dass sie das Thema Schwimmen noch mal aufgegriffen hat, mache ich mich an die Planung für den heutigen Tag. Von Nele habe ich eine Empfehlung für einen guten Friseur, einen Franzosen, der seinen Coiffeur-Salon in Westerland hat. Ich habe Glück und ergattere für 13.00 Uhr einen der heiß begehrten Termine bei Arnaud, der mich darauf aufmerksam macht, dass ich mindestens drei Stunden für meinen Aufenthalt in seinem Salon einplanen soll. Na toll, denke ich, dann wird die Zeit fürs Einkaufen fast schon knapp, wenn Marco mich um 20.00 Uhr vom Kapitänshaus abholt.

Pünktlich betrete ich den Salon und habe das Gefühl, im falschen Film zu sein. Aus dem hektischen Trubel der Friedrichstraße mit ihren Boutiquen und Kaufhäusern gelange ich auf einmal in so etwas wie ein französisches Boudoir aus der Zeit Ludwigs XIV. Die vorherrschenden Farben sind Lila und Rosa, und mir wird beinahe schwindlig von dem strengen Duft eines riesigen Straußes weißer Lilien, der auf dem Tresen im Eingang steht. Die Tapeten sind aus Brokat und tragen florale Muster. Auf den Frisiertischen stehen Schalen mit Orchideen, und die Stühle erinnern in ihrem Design an einen Thron.

»*Eh voilà,* Mademoiselle Wagner, rischtisch?«, begrüßt Arnaud mich erfreut, nachdem seine Assistentin Coco mich sanft zum Thron dirigiert und mich gebeten hat, Platz zu nehmen.

»Sie kommen auf Empfehlung von Mademoiselle Sievers?«, erkundigt sich Le Figaro und lässt die Hände fachmännisch durch meine Haare gleiten. »*Oh, là là«,* seufzt er dann.

Automatisch zucke ich zusammen. In dieser Beleuchtung und zwischen den langen, gut manikürten Fingern des Friseurs wirken meine Haare, mit denen ich sonst eigentlich ganz zufrieden bin, auf einmal stumpf, ausgelaugt, farblos und kaputt. Wieso ist mir das eigentlich vorher noch nicht aufgefallen?

»*Oh, là là«,* sagt Arnaud zum zweiten Mal.

Ich bin sehr gespannt, wie es nun weitergeht. Vielleicht beschließt der Meister gerade, dass es unter seiner Friseurwürde ist, jemanden wie mich als Kundin zu nehmen?

»Coco, schnell, schnell. Die *tableau!«,* ordnet der Figaro an, und Coco eilt los, um das Gewünschte binnen Sekunden herbeizuschaffen. »Wie ist Ihr original 'aarfarb?«, erkundigt sich Arnaud. Diesmal bin ich irritiert. Wieso fragt er? Das, was sich da auf meinem Kopf befindet, IST meine Originalhaarfarbe. Schließlich bin ich erst neunundzwanzig, weshalb also sollte ich da schon mit Tönungen oder dergleichen beginnen?

»Aah, wir müssen unbedingt nehmen diese warme Karamellton«, schwärmt Arnaud und deutet auf eine Haarsträhne, die an einer Pappe befestigt ist. »Und wir bringen 'inein ein wenisch

Frische mit ein paar blonde Strähnschen in Gold. Die 'aare werden wir ein wenig durchschtuf, aber nischt mit der Schere, sondern mit die Messer.«

Beim Stichwort Messer zucke ich zusammen. Wieso Messer? Ich muss ziemlich entsetzt aussehen, denn Arnaud tätschelt mir beruhigend die Schulter, während Coco mich nach meinem Getränkewunsch befragt.

»Ein Glas Cremant pour Mademoiselle?«, erkundigt sie sich charmant.

Wieder bin ich verwirrt, weil ich keine Ahnung habe, was ein Cremant ist. Aber gut, denke ich, heute ist ein Ausnahmetag. So etwas wie Geburtstag. Und wenn sie mir dieses Getränk anbieten, dann werde ich es nehmen.

»Ja, gern«, antworte ich, während Arnaud mit gerunzelter Stirn weiter meine Naturwellen examiniert, sich jedoch eines weiteren Kommentars enthält und stattdessen Coco beauftragt, mich zum Waschbecken zu geleiten, während er sich einer anderen Kundin zuwendet.

Als ich nach dem Shampoonieren und einer wunderbar beruhigenden Kopfmassage wieder auf meinem Thron sitze, inspiziert er erneut mein Haupthaar. »Sieht nass besser aus als trocken«, konstatiert er.

Spontan überlege ich, ob ich wohl heute Abend besser im Wetlook mit Marco essen gehen soll.

»Wie oft shampoonieren Sie Ihre 'aar?«, erkundigt er sich.

Ich überlege, wie an dieser Stelle wohl die richtige Antwort lautet. Täglich? Alle drei Tage? Gar nicht? Ich entscheide mich für die Wahrheit – alle drei Tage.

»*Oh, là là,* das ist zu viel«, antwortet Le Figaro und sieht mit einem Mal bestürzt aus. Und ein wenig traurig. »Das ist die

Problem mit die Deutschen und die Amerikaner. Sie shampoonieren ihre 'aar viel zu viel. Einmal die Woche genügt«, klärt er mich auf.

Unwillkürlich muss ich daran denken, dass die Franzosen in einer bestimmten Phase ihrer Geschichte kein besonders empathisches Verhältnis zu Wasser hatten. Vermutlich hätte Arnaud es lieber, wenn ich mir die Haare einmal wöchentlich mit Puder bestäuben würde.

Ich beschließe, fürs Erste nichts zu sagen, was auch nicht nötig ist, da Coco nun mit der Tönung und den Strähnchen beginnt. Während sie sich abmüht, blättere ich in der neuesten Ausgabe der *Vogue,* nippe an meinem Cremant (was auch immer es ist, auf alle Fälle enthält es Alkohol!) und träume vor mich hin. Bis eine SMS mich aus meinem Dämmerzustand reißt, was mir einen missbilligenden Blick von Arnaud einbringt, der gerade an meinem Thron vorbeigeht.

»Wie isses?«, erkundigt sich Nele, und ich tippe, das Handy verschämt unter dem Friseurkittel versteckt: »Skurril. Melde mich, wenn ich fertig bin.«

Um 16.00 Uhr ist es dann so weit: Ich sehe in den Spiegel und bin verzückt. Coco hat auf Arnauds Anweisung (»*Oh, là là,* die Brau is nisch sehr schön!«) aus meinen natürlich gewachsenen Augenbrauen einen schmalen, kunstvollen Bogen gezaubert, meine Haare haben durch das Durchstufen mit dem Messer Volumen bekommen (»Ah, der 'interkopf, er is wirklisch zauberhaft, Mademoiselle!«) und schimmern in einem warmen Braunton, durchwirkt von goldglitzernden Strähnen. Wenn ich zu Hause noch etwas Rouge auftrage und die Wimpern noch mal tusche (ich konnte Coco gerade noch davon abhalten, mir die Wimpern zu färben), sollte ich mich attraktiv genug für den Abend fühlen.

»Das macht dann hundertdreißig Euro«, flötet Coco mir zu. Augenblicklich bekomme ich weiche Knie. 130 Euro? Ich muss mich verhört haben!

Während ich hektisch nach meiner EC-Karte suche und überlege, wie viel Trinkgeld man angesichts eines solchen Betrags gibt, schiebt Coco mir die Rechnung über den Tresen, auf der jeder einzelne Posten fein säuberlich aufgelistet ist. Auch der Cremant, der mit 16 Euro zu Buche schlägt. Hätte ich das geahnt … Froh, nicht auch noch für die Lektüre der *Vogue* zahlen zu müssen, unterschreibe ich mit zitternden Händen meinen EC-Beleg, lächle Arnaud noch einmal dankend zu und begebe mich an die frische Luft.

Kein Wunder, dass Nele chronisch pleite ist, wenn sie zu DIE-SEM Friseur geht, denke ich, während ich die nächstbeste Boutique entere. Es dauert eine Weile, bis ich das Passende gefunden habe, doch nach vier bis fünf weiteren Anläufen setze ich mich, bepackt mit einigen Tüten, in den Jeep und trete den Heimweg nach Keitum an.

»Toll siehst du aus«, lobt Bea mich, als ich kurz vor 20.00 Uhr die Treppe herunterkomme. Mein Ausflug hat sich gelohnt, und ich trage voller Stolz ein schönes Sommerkleid aus blassrosa Chiffon mit einer passenden Wickeljacke aus Mohair. In meinen Ohrläppchen stecken kleine blassrosa Perlen, und ich kann nur noch hoffen, dass Marco mich in ein edles Restaurant ausführt, damit ich nicht völlig overdressed wirke. Und dass es dort einigermaßen warm ist …

Meine Befürchtungen erweisen sich als ungerechtfertigt, weil Marco mit mir zur Sturmhaube on the Beach nach Kampen fährt, einem edlen Restaurant unweit des Roten Kliffs, das berühmt für seine Bar ist, von der aus man einen unvergleichlichen Blick auf den Sonnenuntergang hat.

Das Interieur ist relativ cool und puristisch, jedoch nicht unpersönlich. Ein charmanter Kellner begleitet uns an unseren Tisch und serviert einen trockenen Martini, den Marco (wir haben beschlossen, uns zu duzen) als Aperitif für uns bestellt.

Wir beginnen mit einer Terrine von Meeresfrüchten auf Variationen von Blattsalaten, und Marco erzählt von seinen ersten Tagen als Inselschreiber.

»Das klingt ja nicht danach, als hättest du schon viel geschafft«, lache ich, weil Marco in erster Linie davon berichtet, wie er erste Surfversuche gewagt hat, auch wenn das Meer derzeit noch sehr kalt ist, einen Wellness-Tag eingelegt hat und offenbar viel am Strand spazieren gegangen ist.

»Ach was, darüber mache ich mir keine Gedanken«, verteidigt er seinen Müßiggang. »Das verstehe ich unter Akklimatisierung. Das Schreiben kommt ganz von allein. Wenn du allerdings in drei Wochen immer noch solche Geschichten von mir hörst, darfst du dich um mich sorgen.«

Müsste ich das? Ist das nicht ein wenig eingebildet? Denkt Marco etwa, dass ich mich so viel mit ihm beschäftige? Ich fühle eine kleine Irritation in mir aufsteigen, gepaart mit der Freude darüber, dass er offensichtlich plant, in drei Wochen noch Kontakt zu mir zu haben.

Während des Hauptgangs (Babysteinbutt auf Chablis-Gemüse für mich, Lammrücken mit grünen Bohnen für ihn) erzählen wir uns, woher wir kommen und wie es uns nach Sylt verschlagen hat. Marco ist Sohn einer deutschen Mutter, die als Designerin nach Mailand gegangen ist und dort einen Anwalt geheiratet hat. Nach seiner Kindheit und Jugend in Italien ging er nach München, um dort Journalismus zu studieren. Während des Studiums entdeckte er sein Talent fürs freie Schreiben und kam durch private Kontakte in die Verlagsbranche relativ schnell und problemlos zu einem Buchvertrag für seinen Erstling.

»Nun hast du dich also entschlossen, das Studium an den Nagel zu hängen und dein Geld als Schriftsteller zu verdienen?«, frage ich und halte das für eine sehr radikale und mutige Entscheidung. Wenngleich sicher die richtige, denn nach der Lektüre seines Buches bin ich überzeugt davon, dass Marco wirklich talentiert ist. Bea, der ich *Jenseits der Grenze* zu lesen gegeben habe, ist derselben Ansicht, dabei ist sie eine äußerst kritische Leserin.

»Tja, mal sehen, wie die Dinge sich so entwickeln«, antwortet Marco nachdenklich und bricht ein Stück von dem goldgelben Baguette ab, das in einem silbernen Körbchen liegt. »Das Wichtigste ist jetzt erst einmal, dass ich die Zeit hier nutze, um an meinem neuen Buch zu arbeiten. Aber jetzt sprechen wir mal von dir. Wie sieht es mit deinen Plänen aus? Bist du froh über deine Entscheidung, länger als geplant hierzubleiben, oder zieht es dich wieder zurück nach Hamburg?«

Gute Frage, denke ich und trinke einen Schluck Wein, um Zeit zu gewinnen. Meine Zukunftspläne sind die kardinale Frage, vor der ich nach wie vor davonlaufe, wenn ich ehrlich bin. Ich hangle mich von Tag zu Tag und vertraue darauf, dass sich schon alles irgendwie fügen wird. Die neue Aufgabe in der Bücherkoje motiviert mich, doch es handelt sich dabei nur um eine Übergangslösung, das muss ich mir immer wieder klar machen. Ich versuche Marco meine Situation so knapp wie möglich zu schildern, weil ich nicht so viel Aufmerksamkeit auf mich ziehen will.

»Kannst du dir nicht vorstellen, als Buchhändlerin zu arbeiten und vielleicht eines Tages die Bücherkoje zu übernehmen? Deine Tante ist schließlich nicht mehr ganz jung, und da sie offenbar keine Kinder hat, wäre es doch naheliegend, das Geschäft an dich zu übergeben?«, fragt Marco.

Ich verschlucke mich fast an meinem Wein. Die Buchhandlung übernehmen? Der Gedanke ist mir wahrlich noch nie gekommen, und ich kann mir auch beim besten Willen nicht vorstellen, dass Beas Überlegungen irgendwie in diese Richtung gegangen sein könnten. Die Bücherkoje ist ihr Ein und Alles, und sie wird sie leiten bis zum letzten Atemzug, da bin ich mir ganz sicher. Wenn sie die Buchhandlung jemals an jemanden übergibt, dann mit Sicherheit an Birgit Stade, die ausreichend Erfahrung hat und wesentlich jünger ist als meine Tante.

»Nein, das kann ich mir nicht vorstellen«, antworte ich. »Bea ist mit Leib und Seele mit diesem Laden verbunden. Sobald sie gesund ist, wird sie das Ruder wieder übernehmen. Sie leidet jetzt schon sehr, weil sie zur Untätigkeit verdammt ist.«

»Hat sie denn nichts anderes, womit sie sich beschäftigen kann?«, erkundigt sich Marco.

»Nur wenig. Meine Tante ist eine Macherin und es nicht gewohnt, dass andere Leute etwas tun, wofür sie sonst selbst zuständig ist. Nun sitzt sie den ganzen Tag da, kann sich kaum bewegen und wird nörgelig. Schließlich kann sie nicht den ganzen Tag nur lesen oder Hörbücher hören. Sie braucht dringend eine Aufgabe, doch die hat sie derzeit nicht. Ich hoffe, dass sie bald wieder gesund wird.«

Ich bin froh, als der Kellner das Dessert serviert, weil ich keine Lust mehr habe, über die Bücherkoje zu sprechen, schließlich war dieses Thema in den vergangenen Tagen präsent genug.

»Köstlich«, kommentiert Marco sein Birnensoufflé, während ich in einer Zitronenzabaione schwelge.

Ich genieße es, dass er ein Gourmet ist, denn ich mag es sehr, bei schönem Essen in Begleitung eines guten Weins intensive Gespräche zu führen.

»Okay, ich sehe schon, wir lassen das Thema Buchhandlung lieber. Sprechen wir über etwas anderes«, schlägt Marco vor, und ich bin dankbar, dass er mich nicht weiter drängt. Also plaudern wir den Rest des Abends über Bücher, über Sylt und über das Leben. Ich erzähle ihm von meinem Wunsch, im September nach Venedig zu fahren, und lasse mir ein paar Tipps geben. Auch Marco ist ein großer Venedig-Fan.

»Ich finde diese Stadt allerdings im November am schönsten, wenn die Touristen weg sind. Dann ist es zwar kalt und neblig, aber die Serenissima zeigt ihr wahres Gesicht. Kennst du den Film *Wenn die Gondeln Trauer tragen* mit Donald Sutherland und Julie Christie? Er basiert auf der Kurzgeschichte *Venedig kann sehr kalt sein* von Daphne du Maurier. Solltest du unbedingt mal lesen!«

Ich erinnere mich vage an den Film, der sehr traurig ist. Es geht um ein Ehepaar, dessen Kind gestorben ist und das nach Venedig reist, um mit diesem tragischen Verlust fertig zu werden. Irgendwie scheint diese Stadt stark mit dem Thema Tod verknüpft zu sein. Dieser Film, Thomas Manns *Tod in Venedig,* die letzte Reise, die ich mit meinen Eltern vor deren Unfall unternommen habe … Ich nehme einen weiteren Schluck Wein und wehre mich dagegen, melancholisch zu werden. Schließlich ist so eine Reise etwas, worauf man sich freuen sollte. Und dass ich dorthin fahren werde, ist mir nach dem Gespräch mit Marco noch klarer geworden als je zuvor.

Gegen Mitternacht stellen wir fest, dass wir die letzten Gäste sind. Die Kellner decken bereits für den nächsten Tag ein und hüsteln gelegentlich bedeutungsvoll.

»Ich glaube, wir sollten jetzt aufbrechen«, sagt Marco und geht nach vorne, um diskret die Rechnung zu bezahlen.

Ein echter Gentleman, denke ich, während wir das Restaurant verlassen und zum Wagen gehen.

»Oder hättest du gern noch einen Digestif an der Bar genommen?«, fragt Marco und lässt sicherheitshalber die Wagentür offen.

»Nein danke«, antworte ich. »Das war ein wunderschöner Abend und, was mich betrifft, hoffentlich nicht der letzte mit dir«, sage ich, während Marco nickt, und freue mich darauf, bald in mein Bett zu sinken, um dort in Ruhe über meine Venedig-Reise nachdenken zu können. Denn dazu habe ich nun auf alle Fälle den nötigen Anstoß bekommen.

»Und, wie war's?«, fragen am nächsten Tag sowohl Bea (erste Worte am Morgen) als auch Nele, die sogar noch vor der Öffnung des Möwennests einen kleinen Abstecher in die Bücherkoje macht.

»Schön«, antworte ich beiden einsilbig, weil ich momentan nicht das Bedürfnis habe, irgendeine meiner Empfindungen und Überlegungen, die mich seit gestern nahezu überfluten, zu teilen. Dieser Abend war MEIN Abend und ist durch die Themen, die wir berührt haben, weitaus mehr gewesen, als ein romantisches Rendezvous mit einem attraktiven Mann.

»Okay, du magst jetzt nichts erzählen, ich sehe schon«, sagt Nele beleidigt, aber auch amüsiert. »Dann muss es ja eine ganz große Sache gewesen sein. Deine Haare sehen übrigens toll aus. Und du auch!«, ruft sie mir im Hinausgehen zu. »Komm einfach rüber, wenn du dich ausgeschwiegen hast und doch noch etwas erzählen willst!«

»Mach ich«, rufe ich meiner Freundin hinterher und begrüße Leon, der sich quasi mit Nele die Klinke in die Hand gibt.

»Was hast du denn für ein großes Geheimnis?«, fragt nun auch Leon neugierig und zwinkert mir zu. Doch so scheinbar fröhlich diese Geste auch wirkt, so traurig scheint er in Wirklichkeit zu sein. Unter seinen sonst strahlend blauen Augen liegen tiefe, dunkle Schatten. Er ist blass und sieht aus, als hätte er die ganze Nacht nicht geschlafen.

»Nichts Besonderes«, wiegle ich ab, »du kennst doch Nele. Die wittert immer und überall irgendetwas. Aber was ist mit dir los? Du siehst heute, entschuldige, wenn ich das so direkt sage, nicht besonders gut aus!«

Leon schluckt einen Moment und blättert verlegen in seinem Pressespiegel. »Stimmt«, antwortet er schließlich, nachdem er offensichtlich darüber nachgedacht hat, wie ehrlich er mir gegenüber sein kann. »Mir geht es wirklich nicht gut, weil Julia und ich uns gestern getrennt haben.«

»Was?«, rufe ich entsetzt aus und vertippe mich vor Aufregung beim Kassieren. »Bist du dir sicher, dass es wirklich endgültig ist und nicht nur ein Streit? Ihr beide liebt euch doch!«, höre ich mich sagen, auch wenn ich in meinem tiefsten Inneren nie wirklich das Gefühl hatte. Zumindest nicht, was das Verhältnis von Julia zu Leon betrifft.

»Nein, das ist keine Phase«, seufzt Leon. »Dazu hält diese Phase schon viel zu lange an. Im Grunde haben Julia und ich wahrscheinlich nie wirklich zusammengepasst. Nun geht sie nach Berlin, und das ist vermutlich auch gut so.«

»Das tut mir leid«, sage ich mitfühlend, weil es mich bedrückt, zu sehen, wie Leon leidet.

Er ist so ein netter Mann, man kann viel Spaß mit ihm haben, und unser Strandpicknick gehört zu den schönsten Erlebnissen, die ich bislang auf Sylt hatte. Irgendwie habe ich das Bedürfnis, ihm über den Kopf zu streicheln und ihm zu sagen, dass alles wieder gut wird. So wie ich es mir selbst oft für mich wünsche. Der alte Kindertraum, in dem eine gute Fee alles Böse wegzaubert.

»Was hältst du davon, wenn ich dich diesmal ein wenig ablenke?«, frage ich in Gedanken an unser Strandpicknick und überlege gleichzeitig, womit ich das wohl schaffen könnte. Gegen echten Liebeskummer anzukommen ist schier unmöglich. Denn die Leere, die sich nach einer kurzfristigen Ablenkung auftut, ist meist noch größer als der Schmerz zuvor. Mit diesem Gefühl kenne ich mich nach der Trennung von Stefan bestens aus.

»Klingt gut«, antwortet Leon knapp, und ich habe das Gefühl, dass er mit Tränen kämpft.

»Wir könnten eine Radtour machen«, sage ich schnell, um zu verhindern, dass er hier in der Öffentlichkeit seinen Gefühlen freien Lauf lässt. Nicht, weil ich es peinlich finde, einen Mann weinen zu sehen, sondern weil ich weiß, dass es ihm anschließend unangenehm sein würde. »Wir könnten zum Rantum-Becken fahren, Vögel beobachten. Das habe ich schon ewig nicht mehr gemacht«, schlage ich vor, in Erinnerung daran, dass ich diesen Ausflug einmal im Jahr mit Onkel Knut unternommen habe, wenn er mal nicht auf See war. Und wie schön es war, sich von ihm die Natur zeigen und erklären zu lassen. »Ich sorge für ein Picknick, und du holst mich am Samstag um vier hier ab. Was meinst du? Hast du Lust?«

Leon bejaht, und so verabreden wir uns für den übernächsten Tag.

»Wer vertritt dich dann im Möwennest?«, frage ich am Nachmittag meine Freundin, die mir ihren neuen Sonnenhut vorführt, den sie beim Segeltörn mit Alexander Herzsprung tragen möchte.

»Ich habe Lisa gebeten, Samstag und Sonntag auszuhelfen. Am Wochenende ist sowieso nicht viel los, das schafft sie schon alleine. Sie kennt den Laden durch die Kochbuchpräsentation. Und ich wollte dich fragen, ob du eventuell mal bei ihr vorbeigehen könntest, um nachzusehen, ob alles in Ordnung ist«, sagt meine Freundin zaghaft und sieht mich bittend an.

Na toll, denke ich. Was soll ich an diesem Wochenende eigentlich noch alles machen? Leons Liebeskummer vertreiben? Meiner Freundin helfen? Zwischendurch Bea bei Laune halten? Schließlich muss ich am Samstag selbst arbeiten.

»Komm schon, Lissy, bitte! Bitte, bitte, bitte«, bettelt Nele wie ein kleines Kind.

Ich kann nicht umhin, zu lachen. »Aber nur, wenn du mir versprichst, Leon und mir einen Picknickkorb zu bestücken. Wir wollen nämlich Samstag eine Radtour machen. Ich bezahle natürlich auch dafür, aber du würdest mir die Zeit für die Vorbereitungen ersparen.«

»Du machst einen Ausflug mit Leon?«, fragt Nele und reißt die Augen auf. »Sag mal, Lissy, was ist denn plötzlich los mit dir? Du mutierst allmählich zum Vamp, so kenne ich dich gar nicht. Erst dieses Dinner mit Marco Nardi, aus dem du immer noch ein Geheimnis machst, und nun eine Radtour mit Leon. Was sagt denn Julia dazu?«

Ich kläre Nele darüber auf, dass Julia ab sofort nicht mehr das Recht hat, irgendetwas zu Leons Plänen zu sagen, und dass ich ihm auf freundschaftlicher Basis ein wenig helfen will, eine Pause von seinem Kummer zu bekommen.

»Das MUSSTE ja irgendwann so kommen«, kommentiert Nele die neuesten Ereignisse. »Ich fand diese Julia ja von Anfang an furchtbar. Dämliche Karrierezicke! Die soll mal ruhig nach Berlin abhauen. Vermutlich vögelt sie dort schon längst mit dem Chefredakteur und hat den Job nur wegen ihrer blauen Augen und ihrer langen Beine bekommen«, giftet Nele derart aggressiv, dass ich mich wundere. »Okay, was soll's. Kann mir persönlich egal sein. Klar mache ich euch einen Korb. Komm einfach um neun vorbei, dann können wir noch einen Kaffee trinken, bevor Alexander mich abholt.«

Mit diesen Worten verabschiede ich mich von meiner Freundin und gehe wieder zurück in die Buchhandlung, wo ich einen kurzen Blick auf mein Handy werfe, das immer in der Schublade unter der Kasse liegt.

»Zwei Kurzmitteilungen erhalten«, steht auf dem Display, und ich bin neugierig, zu erfahren, wer mir geschrieben hat. »Freue mich auf Samstag, hole dich um 16.00 Uhr ab. Besorge die Getränke. Gruß, Leon.« Die zweite stammt von Marco: »Der Abend mit dir war wunderschön. Darf ich dich wiedersehen?«

Mein Herz fängt an zu pochen, und ich weiß momentan nicht genau, wegen welcher der beiden Nachrichten. Vermutlich verwirrt es mich einfach, dass sich plötzlich alles überstürzt. Sind das die Auswirkungen des Frühlings? Ein romantisches Abendessen in der Sturmhaube? Neles Segeltörn mit Alexander? Eine Radtour mit Leon? Fehlt nur noch, dass Bea einen Verehrer hat … Wundert mich sowieso, dass nach Knuts Tod nicht längst jemand an ihrer Tür geklopft hat.

Ich muss schmunzeln, weil der Wortlaut von Marcos SMS so einen romantischen Unterton hat. Wie ein Minnesänger, der die Frau seines Herzens fragt, ob er gelegentlich einen Blick auf sie werfen darf.

»Gern. Wann?«, tippe ich und überlege, weshalb das Telefonieren heutzutage so sehr von den Kurznachrichten verdrängt wurde. Eigentlich schade, dass sich mittlerweile alles dem Schnelligkeitsprinzip unterordnet. Wann habe ich eigentlich das letzte Mal einen richtigen BRIEF bekommen?, überlege ich. Und zwar kein Schreiben von der Bank oder etwas in der Richtung. Auch keine schnell dahingeworfene Postkarte mit kurzen Urlaubsgrüßen, sondern einen richtigen handgeschriebenen Brief?

»Strandspaziergang am Wochenende?«, fragt Marco, und ich antworte, dass ich schon verplant sei. Ich verspreche ihm jedoch, mich zu melden, wenn ich weiß, wann ich wieder Zeit habe.

12. Kapitel

Samstagmorgen bin ich Punkt 9.00 Uhr bei Nele, die mir den Picknickkorb übergibt.

»Am besten, du stellst gleich alles bei euch in den Kühlschrank«, ordnet meine Freundin an.

Ich bedanke mich. »Du siehst beeindruckend aus, wie eine richtige Windjammerbraut!«, lobe ich sie.

Nele macht heute ganz auf Seglerin: weiße Leinenschuhe, weiße Hose, weißer Strickpulli und dazu der neue korallenrote Sonnenhut. Gut, dass sie den wenigstens trägt, sonst kann man sie vor dem Hintergrund der weißen Segel womöglich gar nicht erkennen. »Was plant ihr eigentlich für eine Tour?«, erkundige ich mich, auch wenn ich keinen blassen Schimmer vom Segeln habe.

»Alexander hat uns am Munkmarscher Hafen ein Boot gemietet. Von dort aus segeln wir los Richtung Dänemark. Übernachten werden wir vielleicht in Rømø oder auf dem Boot, je nachdem, wie die Wetterlage ist.«

»Kannst du überhaupt segeln?«, frage ich weiter nach, weil ich Nele durchaus einiges zutraue und weiß, dass sie surfen kann. Doch von Segeln hat sie bislang nichts gesagt.

»Nö«, lautet dann auch prompt die knappe Antwort. »Aber Alexander kann es, das muss reichen.«

»Na dann …«, antworte ich ungerührt und nippe an meinem Kaffee. Ich bin gespannt, wie es nach diesem Wochenende mit meiner Freundin und dem Lektor weitergeht. Irgendwie habe ich immer noch die Befürchtung, dass die Geschichte mit seiner Judith noch nicht ganz so geklärt ist, wie er es Nele weismacht. Doch das muss sie selbst herausfinden.

Nach einem kurzen Plausch verabschieden wir uns und verabreden uns für Sonntagabend, wenn Alexander Nele wieder im Möwennest abliefert.

Der Tag verfliegt im Nu, weil viele Touristen in die Bücherkoje kommen, um Strandlektüre, Postkarten oder Rätselhefte zu kaufen. Gegen die Neueinführung der Hefte haben Bea und Birgit Stade zunächst energisch protestiert, mir dann aber zugestanden, einen Probelauf damit zu starten. Die Resonanz auf dieses neue Angebot ist mehr als gut, und so ist die erste Kiste mit den Heften, die ich vor der Tür auf den Tisch mit den Sonderangeboten stelle, innerhalb von drei Tagen komplett leergekauft. Murrend gibt Bea mir auch in diesem Punkt recht und erlaubt mir, ein größeres Display zu bestellen, das sich ebenfalls in Windeseile leert.

Sylt ist nun mal wettertechnisch unberechenbar, und mit Rätseln kann man sich sowohl am Strand als auch in der Ferienwohnung beschäftigen, wenn es in Strömen gießt. Petrus ist Nele, Leon, den Touristen und mir an diesem Tag jedoch hold, so dass wir ideales Fahrradwetter haben, weil anstelle der steifen Brise heute nur ein laues Frühlingslüftchen weht.

»Da bin ich ja mal gespannt, wie Nele und Alexander das mit dem Segeln hinbekommen wollen«, kommentiert Leon die Witterung, als wir uns nach Ladenschluss auf die Räder schwingen und in Richtung Rantum fahren.

Ich habe von Bea noch Knuts altes Fernglas und eine Radkarte bekommen und mich für meine Verhältnisse relativ sportlich gekleidet. Nicht so schick und gestylt wie Nele, sondern eher praktisch. Schließlich will ich Fahrrad fahren und keinen Schönheitswettbewerb gewinnen.

Bis Rantum brauchen wir bei ziemlich hohem Tempo eine Stunde, und ich bemerke schmerzlich, wie wenig ich für diese Form von Bewegung trainiert bin. Ich bin zwar fit, was das Stehen und die Spaziergänge mit Timo betrifft, jedoch nicht beim Radfahren. Daher bin ich froh, als wir den Ortseingang erreichen und ein Schild mit dem Hinweis »Hafen« auftaucht – das Ziel unserer Tour. Vom Deich aus kommen wir an einen Anleger, an dem kleine Sportboote ankern. Sofort muss ich wieder an Nele denken und frage mich, wie es ihr wohl geht. Wir fahren weiter in Richtung Norden und erreichen schließlich den Damm, der das Rantum-Becken zur offenen See hin abgrenzt.

Dort liegt das Naturschutzgebiet, in dem sich unzählige Brut- und Rastvögel niedergelassen haben. Von Onkel Knut kenne ich noch die gängigsten Vogelarten und freue mich darüber, dass ich gegenüber Leon mit meinem Wissen angeben kann.

»Das da sind Seeschwalben«, doziere ich, »und dieser Vogel hier ist eine Uferschnepfe, auch wenn er aussieht wie ein ägyptischer Ibis.«

»Und wie heißt dieses gefiederte Exemplar hier?«, versucht Leon mich auf die Probe zu stellen.

Kühn behaupte ich, dass es sich hierbei um einen Säbelschnäbler handle. Keine Ahnung, ob das wirklich stimmt, doch es macht Spaß, sich einfach mal mit etwas anderem zu beschäftigen als mit seinen Mitmenschen oder der Arbeit.

Die Natur hat ihren eigenen Rhythmus, und wenn man sich darauf einlässt, erscheint einem so manches nicht mehr so furchtbar wichtig.

»Sieh mal. Schön, nicht?«, flüstere ich Leon zu und gebe ihm mein Fernglas. Auf einer der unzähligen Steininseln füttert gerade eine Silbermöwe ihre Jungen, die im kuscheligen Nest auf ihr Abendessen warten.

»Willst du eigentlich Kinder?«, fragt Leon mich unvermittelt.

Ich bin irritiert. Welch intime Frage, die so gar nicht im Kontext zu der Harmlosigkeit einer Radtour steht. »Ich wollte Kinder mit Stefan. Ob ich jetzt noch welche will, weiß ich ehrlich gesagt nicht (jedenfalls nicht, wenn ich an meine täglichen Begegnungen mit Paula denke). Momentan weiß ich noch nicht einmal, wie es mit mir selbst weitergeht, daher stellt sich diese Frage einfach gar nicht. Und du?«, spiele ich den Ball an Leon zurück. »Hattest du mit Julia Kinder geplant?«

»Nein«, lautet die prompte Antwort, auf die sogleich ein tiefer Seufzer folgt. »Ich hätte schon gern welche, schließlich stamme ich aus einer Großfamilie mit zwei Brüdern und einer Schwester. Aber dass das mit Julia nichts werden würde, war eigentlich von Anfang an klar. Sie hat, seitdem ich sie kenne, in erster Linie ihre Karriere im Kopf. Sie wollte immer schon viel reisen und im Ausland arbeiten. Keine ideale Voraussetzung, um eine Familie zu gründen.«

»Hmm«, sage ich und nicke. So etwas hatte ich mir schon gedacht. »Aber was ist mit dir? Du bist auf Sylt geboren. Wird dir das alles nicht manchmal zu eng? Hast du nie das Bedürfnis, noch einmal etwas anderes zu sehen?«, frage ich und starre gleichzeitig auf die unendliche Weite des Meeres, die im absoluten Widerspruch zu dem steht, was ich soeben über die Beengtheit des Lebens auf der Insel gesagt habe.

»Ich glaube, du hast ein falsches Bild von mir«, antwortet Leon beinahe ärgerlich. »Ich bin nicht hier festgewachsen, auch wenn es manchmal vielleicht den Anschein hat. Ich bin zwar auf Sylt geboren, aber studiert habe ich in Freiburg. Vor dem Studium war ich ein Jahr in England und habe dort ein Volontariat im Vertrieb eines Buchverlags gemacht. Nach der Uni habe ich eine Weile in Köln gelebt und dort für die *Rundschau* gearbeitet. Und, ach ja, gelegentlich pflege ich auch Urlaub zu machen und tatsächlich zu verreisen. Ich war schon in …«

»STOPP!«, rufe ich und halte Leon den Mund zu. »Ich hab es verstanden, bitte entschuldige! Ich weiß nicht, wie es dir geht, aber ich für mein Teil habe Hunger. Wollen wir nicht einfach picknicken?«

Während ich Neles Köstlichkeiten auspacke und eine Tischdecke auf dem ebenen Boden des Deiches ausbreite, vernehme ich auf einmal in der Ferne das Läuten von Glocken und ein Blöken.

»Hoffentlich müssen wir unser Picknick jetzt nicht mit den Schafen teilen«, sagt Leon lachend und öffnet eine Flasche Prosecco, die er in einem Kühler mitgebracht hat.

»Auf die Zukunft!«, sage ich, als wir eine Minute später anstoßen.

»Auf die Zukunft«, antwortet Leon und blickt dabei versonnen über das Meer.

Wir genießen den kühlen Prosecco, die Stille abseits des Touristentrubels und den friedlichen Anblick des Wassers. Nele hat uns köstliche Ciabattas gemacht und einen leckeren Schokoladenkuchen gebacken.

»So könnte es von mir aus immer bleiben!«, seufzt Leon und schenkt uns beiden nach. »Wenn man hier sitzt, hat man auf einmal das Gefühl, dass die Realität ganz weit weg ist. Dann möchte man gar nicht mehr zurück ins wahre Leben. Geht dir das nicht auch manchmal so?«, fragt er, und ich nicke zustimmend, während ich in ein Stück Kuchen beiße. »Du warst doch sicher auch froh, dass du nach der Trennung von Stefan erst mal Tapetenwechsel hattest und dich hierher zurückziehen konntest?«

Wieder nicke ich und überlege, wie ich wohl das alles verkraftet hätte, wenn ich in Hamburg geblieben wäre. Allein die Demütigung, aus Stefans Eigentumswohnung ausziehen zu müssen, um Platz für Melanie zu machen ... ein unerträglicher Gedanke! Ich bin sehr froh, dass das Schicksal mir die Chance gegeben hat, der Situation erhobenen Hauptes zu entkommen und hier einen – wenn auch zeitlich begrenzten – Neuanfang zu starten.

»Woran ist eure Beziehung eigentlich gescheitert?«, frage ich und hoffe, dass Leon die Frage nicht zu persönlich ist.

Doch er hat offensichtlich kein Problem damit, sich mir zu öffnen, und erzählt, wie schwierig es gewesen sei, mit einer Frau zusammenzuleben, die nahezu ausschließlich ihre Karriere und materielle Interessen im Kopf hat.

»Ihr habt zusammengewohnt?«, frage ich, weil mir diese Information neu ist. »In deiner Wohnung? Davon wusste ich gar nichts. Julias Name steht gar nicht auf dem Klingelschild.«

»Doch, wir haben zusammengewohnt, allerdings nur ein halbes Jahr lang, weil es Julia dann zu eng bei mir wurde. Oder mit mir, wer weiß das schon. Kurz vor Weihnachten ist sie zurück in ihr Apartment in Westerland gezogen, das sie zum Glück nicht gekündigt hatte. Im Grunde haben wir uns schon vor Weihnachten getrennt, uns aber an Silvester wieder vertragen. Wie man sieht, war das nur ein Trugschluss. Wir wollten offensichtlich einfach nicht wahrhaben, dass es mit uns nicht klappt. Als ich sie dann mit …« Leon hat keine Chance, den Satz zu vollenden, weil auf einmal sein Handy klingelt.

Nun bin ich aber neugierig! Wollte er durch dieses »mit« andeuten, dass seinerseits noch eine andere Frau im Spiel war?

»Entschuldige bitte, vielleicht ist es jemand von der Redaktion«, erklärt Leon und nimmt den Anruf entgegen. Dann verfinstert sich seine Miene. »Nein, ich kann jetzt nicht. Nein, keinesfalls. Das müssen wir dann am Montag regeln. Oder frag doch deinen Philipp, ob er dir helfen kann«, sagt er und beendet das Gespräch. »Das war Julia«, erklärt er, als er meinen fragenden Blick bemerkt. »Sie brauchte unbedingt ein Buch, das noch bei mir liegt, aber da muss sie bis Montag warten«, fährt er fort, und auf einmal ist die friedliche Stimmung wie weggeblasen.

»Wer ist Philipp?«, hake ich neugierig nach und wundere mich überhaupt nicht, als Leon mir erzählt, dass es sich bei dem Mann um den Chefredakteur der *Berliner Zeitung* handelt. Den neuen Vorgesetzten Julias und offensichtlich ihren Geliebten.

»Dann gehörst du also auch zu den Betrogenen?«, stelle ich betrübt fest. »Wie hast du davon erfahren?«

»Was heißt schon ›davon erfahren‹?«, sagt Leon gedehnt und spielt mit einem Grashalm. »Im Grunde habe ich mir schon so etwas gedacht, als Julia aus Berlin zurückkam. Sie war derart begeistert von dem Job, der Stadt und von der Zeitung, dass ich das Gefühl hatte, ihre Euphorie müsse auch noch eine andere Ursache haben. Dann habe ich sie neulich in der Redaktion bei einem Telefonat mit ihm erwischt. Ich kam spätabends in ihr Büro, als sie dachte, sie sei allein, und sie war dermaßen damit beschäftigt, mit ihm zu turteln, dass sie mich nicht gehört hat. Nach ein paar Sätzen war mir klar, dass es nun endgültig aus ist.«

»Das ist ja fast wie bei mir«, sage ich und erzähle Leon von Melanies SMS, die ich entdeckt habe, auch wenn es kein gutes Licht auf mich wirft, dass ich Stefans Handy kontrolliert habe. Aber das fällt Leon zum Glück nicht weiter auf, so sehr ist er mit seinen Angelegenheiten beschäftigt.

»Komm, lass uns zurückfahren«, sage ich, um Leon von seinen trüben Gedanken abzulenken und weil dieses Thema auch bei mir ungute Gefühle und Erinnerungen wachruft. »Allmählich wird es zu kühl, um hier zu sitzen. Außerdem habe ich Nele versprochen, Lisa im Möwennest ein wenig auf die Finger zu sehen.«

Rasch packen wir unsere Sachen zusammen und schwingen uns auf die Räder. Morgen werde ich einen ordentlichen Muskelkater haben, denke ich, während ich wie wild in die Pedale trete, um mich ein wenig aufzuwärmen. Denn noch ist nicht Sommer, und das Sitzen auf dem Deich hat mich ziemlich unterkühlt.

»Kannst ja noch auf ein Glas Wein mit reinkommen«, schlage ich Leon vor, als wir unsere Räder vor dem Café parken.

Doch ihm ist offensichtlich nicht mehr nach Gesellschaft zumute, was ich gut nachvollziehen kann. »Dann bis Montag«, sage ich zum Abschied und umarme ihn kurz. »Wenn dir die Decke auf den Kopf fällt, meldest du dich, versprochen?«

»Mach ich. Lass es dir gutgehen«, antwortet Leon und geht ins Treppenhaus.

Im Möwennest ist Lisa gerade dabei, die Tische abzuräumen, und ich helfe ihr schnell.

»War viel los?«, erkundige ich mich, in der Hoffnung, dass das Café an diesem Tag ordentlich Umsatz gemacht hat.

»Nö, nicht besonders«, lautet Lisas deprimierende Antwort. »Allerdings war eine große Gruppe von ungefähr zwanzig Leuten da, die einen Fahrradausflug gemacht haben und hier zu Mittag essen wollten. Da ich das aber nicht alleine bewältigen konnte und Nele nichts vorbereitet hatte, sind sie weitergefahren.«

Mist, denke ich. Klar, dass man es sich während der Saison bei schönem Wetter nicht leisten kann, so ein Café alleine zu bewirtschaften. Im Grunde müsste Nele längst draußen Tische und Stühle aufgestellt haben, schließlich wollen die Touristen beim ersten Sonnenstrahl im Freien sitzen.

Ich verspreche Lisa, an ihrer Stelle das Café abzuschließen, so dass sie früher als erwartet nach Hause kann. Bea ist heute Abend bei Vero, also wartet im Kapitänshaus niemand auf mich.

Rasch räume ich das Geschirr in die Spülmaschine und stelle bei dieser Gelegenheit fest, dass dringend Salz und Klarspüler nachgefüllt werden müssen. Ich mache mich auf die Suche nach beidem und werde dabei von Blairwitch begleitet, die mir maunzend um die Beine streicht.

»Hallo, meine Süße«, sage ich und streichle Neles Katze. Wie weich sie ist. Und wie hübsch! »Weißt du, wo Nele das Spülmaschinensalz versteckt hat?«, frage ich und suche die Küche ab.

Unter der Spüle kann ich nichts entdecken und auch nicht in der Abstellkammer, wo Nele ihr Putzzeug aufbewahrt. Okay, letzte Möglichkeit, denke ich, bevor ich nach oben zu Leon gehe und ihn frage, ob er so etwas im Haus hat. Ich sehe vorne unter dem Tresen nach, das ist zwar eine komische Stelle, aber bei Nele weiß man nie …

Ich wühle mich durch Berge von alten Zeitschriften, Plastiktüten und Servietten und werde schließlich tatsächlich fündig. Allerdings entdecke ich nicht nur das Gesuchte, sondern auch einen Brief von der Bank, den Nele zerknüllt und offensichtlich vergessen hat, wegzuwerfen.

Für einen Augenblick bin ich mit mir im Zwiespalt, doch bald schon siegt die Neugier. Ich glätte das Schreiben und lege es auf den Tresen.

Sehr geehrte Frau Sievers,
ich bedaure, Ihnen mitteilen zu müssen, dass wir Ihrem Antrag auf Kreditverlängerung nicht zustimmen können, sofern Sie uns keine weiteren Sicherheiten bieten.
Die noch ausstehenden Raten von Euro 10.000 sind ohne Abzug bis einschließlich 31. Mai auf das unten genannte Konto zu entrichten.
Bitte melden Sie sich bis Freitag, den 5. Mai, persönlich bei uns, um die weitere Vorgehensweise in dieser Angelegenheit zu besprechen.
Andernfalls sehen wir uns gezwungen, rechtliche Schritte gegen Sie einzuleiten.
Mit freundlichen Grüßen

Frank Degenhard
Leiter Kreditabteilung/Sparkasse Sylt

Verstört nehme ich den Brief und knülle ihn zusammen, wie es zuvor Nele getan hat. Ich bin verwirrt. Hat meine Freundin nicht behauptet, ihre Eltern bürgten mit ihrem Haus für das Möwennest? Und waren nicht die Geschäfte in den vergangenen Wochen wieder besser gelaufen? Zumindest nach Neles Aussage? Verwirrt und bedrückt gehe ich zurück in die Küche, stelle den Geschirrspüler an, füttere Blairwitch und schließe das Café ab. Wie unter Schock steige ich auf mein Fahrrad und radle zurück zum Kapitänshaus. Ich bin davon ausgegangen, dass Nele das

Schlimmste überstanden hat. Und nun läuft die Frist in gut drei Wochen ab, und anstatt etwas zu unternehmen, sitzt Nele mit ihrem Lektor auf einem Segelboot und flieht vor der Realität. Aber das Allerdümmste an der Situation ist, dass ich nicht weiß, wie ich mit dieser Information umgehen soll. Wenn ich meine Freundin darauf anspreche, wird sie mit Recht sagen, dass ich meine Finger von Briefen lassen soll, die nicht an mich adressiert sind. Andererseits kann ich diese brisante Information auch nicht ignorieren!

»Und, wie war's?«, frage ich am nächsten Abend, als Nele mit hochroten Wangen und weit mehr Sommersprossen als sonst im Möwennest auftaucht.

»Wunderschön«, sagt meine Freundin strahlend, begrüßt ihre Katze und händigt Lisa den Lohn aus.

Woher sie wohl das Geld dafür hat?

Nachdem Lisa gegangen ist, nehmen wir uns zwei Stühle und Decken und setzen uns vor die Tür des Cafés. Mit jedem Tag steigen die Temperaturen, und so haben wir die Chance, noch ein wenig Abendluft zu schnuppern, bevor die Sonne untergeht. Ich erfreue mich am würzigen Duft eines blühenden Kastanienbaumes, der die Straße säumt, und betrachte versonnen die weißen Blütenkerzen, die in den abendlichen Himmel ragen. Momentan explodiert die Natur, und ich kann mich kaum an ihr sattsehen.

Leider kann ich das alles nicht unbeschwert genießen, weil ich am liebsten Nele sofort auf den Brief von der Bank ansprechen würde. Ich wage es jedoch nicht, weil meine Freundin so fröhlich wirkt, dass ich es nicht übers Herz bringe, ihr die Laune zu verderben.

»Hattet ihr überhaupt genug Wind zum Segeln?«, erkundige ich mich und trinke einen Schluck Tee.

»Nein, hatten wir nicht«, antwortet Nele und lächelt vielsagend. »Aber wir haben uns auch so ganz gut amüsiert. Wir haben uns stattdessen für ein paar Stunden ein Motorboot gemietet und sind ein wenig um die Insel gebraust. Übernachtet haben wir dann im Fährhaus (das ist ein nobles Hotel am Hafen), wo wir zum Glück das letzte Zimmer bekommen haben. Heute haben wir ausgiebig auf der Terrasse gefrühstückt und sind spazieren gegangen«, fährt Nele mit der Schilderung ihres Wochenendes fort, so als könnte kein Wässerchen sie trüben und als sei alles in bester Ordnung.

»Und wie konntet ihr euch diesen Trip leisten?«, bohre ich weiter und komme mir dabei vor wie Fräulein Rottenmeier, die strenge Gouvernante von Clara und Heidi im Buch von Johanna Spyri. »Hat Alexander dich wenigstens eingeladen?«

»Ja, hat er, keine Sorge«, antwortet Nele nun mit leicht genervtem Unterton.

Ich frage mich, wie viel so ein Lektor wohl verdient, dass er sich mal eben einen Wochenendtrip nach Sylt inklusive Bootstour und teurem Hotel leisten kann. Aber wenn Nele Spaß hatte, soll es mir recht sein, schließlich wartet noch genug Unerledigtes und Unangenehmes auf sie.

»Und bei dir? Wie war dein Ausflug mit Leon?«, erkundigt sie sich nun nach meinen Erlebnissen, und ich erzähle, wie schön es war und dass Julia Leon wegen ihres Vorgesetzten bei der *Berliner Zeitung* abserviert hat. »Wusste ich es doch!«, sagt Nele und sieht ziemlich wütend aus. »Diese karrieregeile Schlange! Solange sie dachte, dass Leon ihr beim *Tagesspiegel* nützlich sein könnte, war er gut genug. Doch jetzt, wo sie nach Berlin will, ist natürlich auf einmal alles aus. So viel zum Thema wahre Liebe.«

»Was ist mit dir? Bist du jetzt in Alexander verliebt, oder ist er wieder nur ein Zeitvertreib, wie Valentin?«

»Keine Ahnung«, antwortet meine Freundin und nestelt an ihren Haaren. »Manchmal glaube ich, dass ich gar nicht weiß, was wahre Liebe ist. Ich bin gern mit Männern zusammen und habe meinen Spaß. Aber bevor ich leide, nehme ich es ehrlich gesagt lieber locker. Es gibt doch kaum Männer, die ihre Frauen oder Freundinnen nicht betrügen. Da ist so jemand wie Leon die totale Ausnahme. Was soll ich mein Herz an jemanden hängen, der mir am Ende doch nur wehtut?«

Tja, denke ich und überlege. Ob ich wohl je wieder werde vertrauen können? Denn in der Tat, nach alldem, was ich von Nele gehört habe, nach meiner Erfahrung mit Stefan und Julias Verhalten, wirkt die Zukunft nicht gerade motivierend. Das ist auch der Grund, weshalb ich mich nie in einen Mann wie Marco verlieben könnte, weil ich ständig Angst hätte, dass eine Frau versuchen würde, ihn mir wegzuschnappen.

Wie aufs Stichwort piepst mein Handy, und ich erhalte eine Nachricht von ihm, in der er mich für den morgigen Abend einlädt.

»Was hast du vor?«, tippe ich meine Gegenfrage in die Tastatur, bevor ich die Verabredung zusage.

»Spaziergang am Strand mit anschließendem Essen«, lautet die Antwort.

»Kann ich meinen Hund Timo mitbringen?«, frage ich, was Marco bejaht.

»Aha!«, sagt Nele und zieht die Augenbrauen hoch. »Wieder eine Verabredung mit Marco. Die zweite innerhalb von ein paar

Tagen. Lissy, sieh mich mal an. Bist du dir sicher, dass du nicht doch ein klitzekleines bisschen in den Typen verknallt bist? Nach allem, was du mir von ihm erzählt hast?«

»Nein, bin ich nicht, aber du bist die Erste, der ich es sage, wenn es so weit ist«, erwidere ich grinsend und beobachte eine Möwe, die am Himmel ihre Kreise zieht.

»Guten Abend, Frau Sievers«, ertönt auf einmal eine männliche Stimme und schreckt uns beide hoch. Vor uns steht ein Mann um die fünfzig, den ich nicht kenne und der Nele streng ansieht.

»Sie haben sich nicht auf meinen Brief gemeldet«, sagt er, und ich merke, wie meine Freundin unruhig wird. »Sie wissen, dass die Frist bis Ende des Monats abläuft und Sie bis Freitag bei mir hätten vorstellig werden müssen. Ich kann Ihnen nur dringend raten, morgen zu mir in die Bank zu kommen, ansonsten können wir nichts mehr für Sie tun. Nun wünsche ich den beiden Damen noch einen schönen Abend«, sagt er und geht weiter, wobei er einen Hund hinter sich herzerrt.

»Was war DAS denn?«, frage ich, obwohl ich vermute, dass es sich bei diesem Herrn um Frank Degenhard von der Sylter Sparkasse handelt. Aber das muss ich Nele ja nicht unbedingt auf die Nase binden. Es sieht ganz danach aus, als käme ich nun um mein Dilemma herum, Nele beichten zu müssen, dass ich den Brief von der Bank gelesen habe.

Meine Freundin ist schlagartig leichenblass, zittert am ganzen Körper und eilt mit den Worten »Ich hol uns mal eben was zu trinken« ins Café. Blairwitch umschmeichelt meine Füße und springt auf meinen Schoß, um sich dort zusammenzurollen. Die hat es gut, denke ich. So eine Katze hat doch weiter nichts zu tun, als zu schlafen, nachts auf Wanderschaft zu gehen, hübsch auszusehen und sich ab und zu ihr Fressen und ihre Streicheleinheiten abzuholen. Sie kennt keinen Kummer, keine Sorgen und lebt alles in allem ein überschaubares Leben. Und hat auch noch sieben davon, wenn man der Legende glauben darf.

Sieben Leben haben, das wär's, denke ich und überlege, was ich mit den anderen sechs anstellen würde, hätte ich die Chance, sie zu nutzen. Doch ich komme nicht sehr weit mit meinen Überlegungen, weil Nele mit einem lauten Plopp den Korken einer Flasche Prosecco knallen lässt und unsere Gläser füllt. Wenn das so weitergeht, werde ich noch zur Alkoholikerin, denke ich, wobei ich mir in dieser Hinsicht wohl eher um meine Freundin als um mich Gedanken machen muss.

»Also, sag schon, WAS ist los?«, fordere ich Nele energisch auf, mir ihre Sorgen anzuvertrauen. »Hast du schon wieder Ärger mit der Bank? Ich dachte, das sei alles durch die Bürgschaft deiner Eltern geregelt?«

Beschämt senkt sie den Kopf und blickt zu Boden. Es zerreißt mir das Herz, sie so zu sehen, weil ich weiß, wie unangenehm es ihr ist, dass ich sie in einer solchen Situation erwischt habe. Ich bin wütend auf Frank Degenhard und kann nicht glauben, wie indiskret er sich verhalten hat. Gibt es nicht auch in der Bank so etwas wie Schweigepflicht? Man kann eine Kundin doch nicht einfach in einer privaten Situation derart bloßstellen. An sich müsste man sich über ihn beschweren, denke ich, auch wenn das sicher nichts an Neles Situation ändert. Ein leises Schluchzen bringt mich von meinen Racheplänen ab, und ich nehme meine Freundin in den Arm, nachdem ich Blairwitch von meinem Schoß gescheucht habe.

»Nele, Süße, es wird alles wieder gut, glaub mir«, versuche ich sie zu trösten und streiche ihr durchs Haar. »Aber jetzt sag mir erst mal, was los ist, sonst kann ich dir nicht helfen.«

Unterbrochen von zahlreichen Schluchzern und Naseputzen gesteht Nele, dass sie in der Woche, in der sie verschwunden war, gar nicht bei ihren Eltern war, sondern in Hamburg eine alte Bekannte besucht hat. Und dass die Geschichte mit der Bürgschaft gar nicht stimmt.

»Weshalb hast uns denn angelogen?«, frage ich verwirrt, weil ich angenommen habe, dass meine Freundin mir inzwischen vertraut.

»Ich weiß auch nicht«, schluchzt Nele weiter und hat mittlerweile ein ganz verquollenes Gesicht. Ich bin froh, dass die Straße um diese Uhrzeit leer ist und außer mir niemand Zeuge ihres Zusammenbruchs wird. »Ich wollte eben nicht zugeben, dass ich hier nichts mehr im Griff habe. Und ich wollte einfach mal weg. Weg vom Möwennest, weg von der Insel. Einfach abhauen. Da ich für Mexiko nicht genug Geld hatte, bin ich eben nach Hamburg gefahren.«

»Woher hattest du denn plötzlich das Geld, um deine Miete zu zahlen? Das stammt sicher auch nicht von deinen Eltern?«, kombiniere ich und bin gespannt auf ihre Erklärung.

»Das Geld hat Gregor mir gegeben«, flüstert Nele.

Für einen Augenblick glaube ich, mich verhört zu haben. »Gregor?«, frage ich ungläubig. »DER Gregor, dein Professor?«

»Ja, genau der. Wir haben uns getroffen, und ich habe ihm von meinen Schwierigkeiten erzählt. Da fühlte er sich mitverantwortlich, weil ich damals seinetwegen nach Sylt gegangen bin und mein Studium abgebrochen habe. Gregor verdient sehr gut, also habe ich das Geld angenommen.«

Für einen Moment verschlägt es mir fast die Sprache. Nele hat sich quasi verspätet dafür bezahlen lassen, dass sie das Feld für das familiäre Glück von Gregor Thade geräumt hat. Momentan habe ich keine Ahnung, wie ich das Ganze werten soll, allerdings geht es im Augenblick nicht um Moral, sondern darum, dass meine Freundin wieder mal knietief im Mist steckt und ich ihr gern helfen möchte. Und das möglichst bis Ende Mai, bevor ihre gesamte wirtschaftliche Existenz ruiniert ist. Jetzt, wo sie mir nicht mehr vorspielen muss, dass sie alles im Griff hat, redet Nele sich den ganzen Kummer von der Seele. Sie erzählt, wie sehr es sie belastet, das Café alleine zu führen, dass sie viel zu wenig Zeit für sich und ihre Malerei hat, dass sie gern häufiger Aufträge wie die Illustration des Kinderbuches annehmen möchte, dass sie sich einsam fühlt und dass sie manchmal das Gefühl hat, ihrer Probleme nicht mehr Herr zu werden. Wie sehr sie sich einen Mann an ihrer Seite wünscht, an den sie sich anlehnen kann, anstatt immer nur die unkomplizierte Geliebte zu mimen und letztlich niemanden zu haben, auf den sie zählen kann, wenn die Dinge mal nicht so gut laufen.

»Du hast doch mich«, protestiere ich, während ich Nele die verschmierte Wimperntusche aus dem Gesicht wische. »Und du hast Leon und Bea. Das weißt du doch«, versuche ich meine Freundin ein bisschen zu trösten, die allerdings nicht sehr überzeugt wirkt. »Wie du siehst, hat auch Gregor dir in einer Notsituation beigestanden. Ich bin mir sicher, dass deine Eltern dir ebenfalls helfen würden, wenn sie wüssten, welche Schwierigkeiten du hast.«

Wie zur Bekräftigung springt Blairwitch auf Neles Schoß und schleckt ihr mit der rauhen Katzenzunge übers Gesicht – für eine Katze ein äußerst untypisches Verhalten. Es sieht ganz danach aus, als wolle auch das Tier Nele zeigen, wie sehr es sie mag.

»Siehst du, auch Blairwitch ist meiner Meinung«, sage ich und entlocke Nele endlich ein Lächeln. Auf einmal habe ich eine Idee! »Ich muss mal kurz telefonieren«, rufe ich und gehe ins Café, um mein Handy zu holen. Als ich das Gespräch beendet habe, ziehe ich Nele von ihrem Stuhl hoch. »Komm, Süße, wir müssen los. Bea erwartet uns zum Abendessen!

»Schön, dass ihr da seid«, begrüßt meine Tante uns eine halbe Stunde später, und wir nehmen am gedeckten Tisch Platz. Nele sieht immer noch furchtbar aus, was Bea jedoch diskret übergeht. »Es gibt Tagliatelle mit Spinat in Gorgonzolasauce«, ruft sie aus der Küche. »Ich hoffe, ihr mögt so was.«
Nele und ich nicken, während ich den Rotwein einschenke und den Salat verteile. Nach dem allgemeinen Geplänkel schildern Nele und ich abwechselnd die Situation, in der das Möwennest momentan steckt. Bea hört ruhig zu, stellt ab und zu eine kluge Frage, hält sich aber sonst mit Kommentaren jeder Art zurück. Wie immer bewundere ich sie für ihre Ruhe und Gelassenheit, wenn es gilt, Schwierigkeiten zu meistern.
»Was habt ihr jetzt vor?«, fragt sie, nachdem wir geendet haben. An dieser Stelle beginnt mein Herz zu pochen, weil ich es kaum wage, den beiden eine Idee zu unterbreiten, die meiner Meinung nach die Lösung für alle Probleme sein könnte. »Lissy, du siehst aus, als brütest du etwas aus«, stellt meine Tante fest und lächelt mich an. »Also, raus damit! Ich sehe es dir doch an der Nasenspitze an, dass du einen Vorschlag hast. Diesen Gesichtsausdruck hattest du schon als Kind.«
Ermutigt durch ihre Aufforderung stelle ich nun DIE Frage, die mir schon seit Wochen im Kopf herumgeistert. »Bea, Nele, könntet ihr euch vorstellen, dass wir das Möwennest und die Bücherkoje zusammenführen? Als eine Art Buchcafé? Als einen

kulturellen Treffpunkt für Lesungen, Ausstellungen, Konzerte oder andere Events? Als einen Ort der Begegnungen mit Literatur und Kunst, an dem man auch essen und trinken kann?«

Für einen Moment herrscht Stille im Esszimmer des Kapitänshauses. Es ist so leise, dass man sogar Timos Atem hört, der zu unseren Füßen neben dem Tisch liegt und schläft.

»Oh«, sagt Bea schließlich gedehnt, und Nele sieht mich irritiert an.

Mein Herz klopft, und ich habe auf einmal das Gefühl, noch nie im Leben etwas Dümmeres vorgeschlagen zu haben. »Schon okay«, wiegle ich verlegen ab. »Vergesst einfach, was ich gerade gesagt habe. Vielleicht ist es doch keine so tolle Idee. Außerdem müsste man erst einmal genügend Geld haben, um so etwas zu realisieren.«

Nun ergreift Bea das Wort, weil Nele immer noch aussieht wie ein verschrecktes Reh und keinen Mucks sagt. »Jetzt tu das nicht gleich wieder ab, Lissy. Dein Vorschlag ist gar nicht so uninteressant. Ich denke da spontan an euren Erfolg, als ihr die Kochbuchpräsentation ins Möwennest verlegt hattet. So etwas könnte man sicher häufiger machen. Besonders in der Saison, wenn es mal wieder regnet und die Touristen nicht wissen, wohin mit ihrer Langeweile. Prinzipiell passen Bücher und kulinarische Genüsse gut zusammen. Und die beiden Läden liegen direkt nebeneinander und werden von derselben Hausverwaltung vermietet. Man müsste sich also einfach mal erkundigen, ob eventuell ein Durchbruch erlaubt wäre und was ein solcher Umbau kosten würde.«

Ich bin erstaunt und beglückt zugleich, weil meine Tante die Idee nicht als komplett abstrus abweist.

Mittlerweile ist auch in Nele wieder Leben gekehrt, und ihre

Wangen nehmen Farbe an. »Woher sollen wir denn das Geld für so etwas nehmen?«, fragt sie und trifft damit den Kern des Problems.

»Das müssen wir sehen«, antwortet meine Tante und lächelt verschmitzt. »Ich habe im Moment doch sowieso nichts anderes zu tun, als hier den ganzen Tag untätig herumzusitzen. Ich denke heute Nacht mal ein wenig nach, anstatt wie sonst Schäfchen zu zählen, und werde morgen ein bisschen herumtelefonieren. Mit der Hausverwaltung und einem Architekten. Nele, du müsstest morgen zu diesem Frank Degenhard gehen und ihm klarmachen, dass du derzeit an einem Konzept bastelst, das du ihm so bald wie möglich unterbreiten willst. Du musst es irgendwie schaffen, ihn hinzuhalten. Wenn du willst, kannst du gerne andeuten, dass du mit mir in Verhandlungen über eine Zusammenarbeit stehst. Schließlich habe ich einen guten Ruf auf der Insel. Das sollte reichen, um dir ein paar Tage Aufschub zu verschaffen!«

Ich kann es kaum fassen! Da grüble ich tage- und wochenlang, verwerfe meine Idee immer wieder, weil sie mir zu versponnen scheint, und nun wirkt es so, als sei sie nicht völlig aus der Luft gegriffen. »Du bist ein Schatz!«, juble ich und falle Bea spontan um den Hals.

»Halt. Stopp, meine Süße. Immer langsam. NOCH ist nichts entschieden, freu dich also nicht zu früh.«

»Das ist aber immerhin eine Perspektive«, murmelt Nele, während ihr schon wieder Tränen über die Wangen kullern.

Als ich später im Bett liege und der Mond sein Licht durch das Fenster wirft, muss ich daran denken, was mein Vater früher immer zu mir gesagt hat: »Glaub an deine Träume, und lass dich nicht beirren. Behalte die Wirklichkeit im Blick, aber erlaube ihr nicht, die Herrschaft über deine Phantasie zu übernehmen. Denn Träume verleihen Flügel!«

Mit diesem Satz im Kopf schlafe ich schließlich ein und träume von einer pompösen Eröffnungsfeier des »Büchernests«, wie ich das Projekt von nun an nenne.

Am nächsten Tag ertappe ich mich mehrmals dabei, wie ich die Bücherkoje im Geiste umbaue. Als Laie habe ich den Eindruck, dass es gar nicht mit so viel Aufwand verbunden sein dürfte, einen Durchbruch zwischen den beiden Räumlichkeiten zu machen. Ich bin vollkommen aus dem Häuschen und würde am liebsten permanent bei Bea anrufen, um sie zu fragen, ob sie schon etwas in Erfahrung gebracht hat. Nele berichtet mir per SMS, dass sie Ende der Woche einen Termin bei Frank Degenhard hat, und ich hoffe, dass wir in den kommenden Tagen genug Informationen sammeln können, um einen Überblick über unsere Möglichkeiten zu haben.

»Nanu, du bist ja heute so gut gelaunt?«, stellt Leon am Nachmittag fest, als er – später als sonst – seinen Pressespiegel abholt. »Ist irgendetwas Besonderes passiert?«

Bevor ich antworten kann, steht auf einmal Paula vor mir, flankiert von Vero, welche die Kleine an der Hand hält. Zunächst sagt Paula gar nichts, sondern sieht mich nur stumm an. Ich bin leicht irritiert, weil das Kind noch nie in der Buchhandlung war, und auch Leon lächelt belustigt, angesichts dieser Szene.

»Hallo, Vero, hallo, Paula«, begrüße ich die beiden und umarme die Freundin meiner Tante. »Na, wie geht es euch? Willst du dich mal bei den Kinderbüchern umsehen, Paula?«, frage ich teils aus Verlegenheit, teils um das Eis zu brechen.

»Nein, will ich nicht. Ich möchte morgen mit dir schwimmen

gehen«, erklärt Paula knapp, dreht sich um und zieht Vero mit
sich aus der Buchhandlung. Dann sind die beiden auch schon
verschwunden.

»Was war denn das?«, fragt Leon amüsiert, während ich Vero
und Paula verwirrt nachsehe.

»Sieht ganz so aus, als hätte ich jetzt ein Date mit einer Vierjäh-
rigen«, murmle ich und überlege, wie ich das Ganze finden soll.
Vielleicht hätte ich an jenem Morgen mit meiner Euphorie etwas zurückhaltender sein sollen, anstatt Paula zu etwas zu ani-
mieren, wozu ich inzwischen gar keine Lust mehr habe. Ich erzähle Leon kurz, wie es zu dieser Idee kam, vermeide aber zu
erwähnen, dass der Grund für meine gute Laune die Aussicht
auf mein bevorstehendes Abendessen mit Marco Nardi war.
Aus irgendeinem Grund ist es mir wichtig, Leon nicht von Marco zu erzählen. Wie aufs Stichwort piepst mein Handy, doch ich
beschließe später nachzusehen, wer mir eine SMS geschickt
hat.

»Tja, dann musst du wohl morgen mit der Kleinen schwimmen
gehen, wenn du es ihr versprochen hast«, meint Leon schmunzelnd und zückt sein Portemonnaie. »Oder hast du vielleicht
Angst vor Paula und hättest mich gern als Bodyguard an deiner
Seite?«

Ich bin kurz versucht, dankend abzuwehren, doch auf einmal
erscheint mir die Vorstellung, einen ganzen Nachmittag allein
mit der stummen Paula zu verbringen, irgendwie bedrohlich.
Du wolltest mal Kinder haben, schimpfe ich mich innerlich und
sehe Leon gleichzeitig bittend an. »Wenn es dir morgen passt,
würde ich mich sehr freuen, wenn du mitkämst. Dann könnten
wir zur Sylter Welle nach Westerland fahren. Aber erstens muss
ich mit Frau Stade noch klären, ob ich frei bekomme, und zwei-

tens kann ich mir vorstellen, dass du morgen Wichtigeres zu tun hast, als mit uns zwei Grazien schwimmen zu gehen.«

»Das lass mal meine Sorge sein«, antwortet Leon, und ich stelle zu meiner Freude fest, dass er heute schon viel besser aussieht als am Samstag. Seine Augen blicken wieder klarer in die Welt, und er scheint auch ausreichend geschlafen zu haben. Vielleicht ist sein Kummer bereits auf dem Rückzug. »Gib mir einfach heute Abend Bescheid, wann wir los wollen, und ich hole euch beide mit dem Auto ab. Vielleicht können wir nach dem Schwimmen mit Paula noch zu McDonald's, falls ihre Mutter nichts dagegen hat.«

Mit diesen Worten verlässt Leon die Bücherkoje, und ich frage mich zum wiederholten Male, wie Julia sich wegen irgendeines Chefredakteurs von diesem netten Mann trennen konnte.

Am Abend holt Marco mich vom Kapitänshaus ab, plaudert noch eine Weile mit Tante Bea, während ich Timo suche und ihm die Leine anlege, und dann fahren wir mit seinem Wagen Richtung Kampen, um dort spazieren zu gehen. Als wir die Holztreppe zum Strand hinaufsteigen, muss ich an mein winterliches Picknick mit Leon denken. Diesmal bin ich mit einem anderen Mann hier, einem nicht minder attraktiven, charmanten und ebenso guten Gesprächspartner.

»Hast du inzwischen mit dem Schreiben begonnen?«, erkundige ich mich, während wir den endlos lang wirkenden Sandstrand entlanggehen.

Diesmal bietet sich ein völlig anderes Bild als im Winter: Zahllose Strandkörbe mit ihrem bunt gemusterten Inneren säumen das Ufer. Unzählige Sandburgen zeugen davon, dass hier schon einige Kinder (oder Erwachsene?) die Strandsaison eröffnet haben. Es ist ein milder Abend, und ich atme wie immer, wenn ich am Wasser bin, tief ein, um den hinter mir liegenden Tag aus dem Kopf zu pusten. Wir gehen Richtung FKK-Strand, und ich muss grinsen, weil einige dem Körperkult Frönende nackt Beach-Volleyball spielen. Kein besonders schöner Anblick.

»Wusstest du, dass Männer und Frauen auf Sylt erst ab 1902 zusammen baden durften?«, frage ich Marco, da er offensichtlich nicht über sein Schreiben sprechen will und stumm den Anblick des Meeres genießt. Ich kann mir vorstellen, dass die rauhe Nordsee für ihn einen reizvollen Kontrast zum lieblichen Blau des ruhigen italienischen Mittelmeers darstellt. »Und dass das Nacktbaden erst seit 1962 polizeilich erlaubt ist?«, frage ich weiter und klinge wie ein Fremdenführer. »Kann man sich kaum vorstellen, wenn man bedenkt, welchen Stellenwert FKK heute auf der Insel einnimmt.«

»Tja, da sind wir Italiener etwas prüder«, antwortet Marco und bückt sich, um eine schneckenförmige Muschel aufzuheben. »Was ist mit dir? Wie hältst du es damit? Findet man dich im Hochsommer hier an der Buhne 16?«, erkundigt er sich dann lachend und steckt die Muschel in seine Jackentasche.

»Nein, keinesfalls. Ich ziehe es vor, ein wenig Stoff an meinem Körper zu haben«, antworte ich und rufe nach Timo, der gerade mehr als ausgiebig an einer fremden Hundedame schnüffelt.

»Dein Hund ist auf Brautschau«, erklärt Marco belustigt und beobachtet Timo, der sich nicht von seiner neuen Bekanntschaft trennen will.

Den Rest der Strecke legen wir nahezu schweigend zurück, was ich als ausgesprochen angenehm empfinde, angesichts der Tatsache, dass ich sowieso den ganzen Tag mit Menschen kommuniziere. Nur ab und zu machen wir uns gegenseitig auf etwas aufmerksam oder kommentieren das frühabendliche Treiben am Strand. Nach einer Stunde strammen Marsches kehren wir zurück zum Auto.

»Hoffentlich hast du jetzt Hunger«, sagt Marco.

Ich nicke stumm. Das ist ja das Fatale an diesen Spaziergängen am Meer. Man geht ein paar Schritte und fühlt sich augenblicklich, als hätte man seit Tagen nichts gegessen.

»Das ist gut«, antwortet er.

Ein paar Minuten später halten wir jedoch nicht wie erwartet vor einem Restaurant, sondern vor einem Einfamilienhaus.

»Alle Mann bitte aussteigen«, sagt Marco. »Hier wohne ich.«

Erstaunt, dass ich offenbar privat bei ihm eingeladen bin, folge ich ihm ins Haus, das gemäß Kampener Tradition in völligem Kontrast zu der Bauweise der Friesenhäuschen von Keitum steht.

Während die Häuser Keitums eher klein, reetgedeckt und von einem Garten umsäumt sind, protzt Kampen mit großen, meist rotgeklinkerten Prachtbauten, die erst kürzlich erbaut und gar nicht typisch für Sylt sind. Sie sind einander so ähnlich, dass man meines Erachtens aufpassen muss, dass man nicht aus Versehen in das Haus des Nachbarn eindringt. Drinnen gibt es keine alten Dielenböden wie im Kapitänshaus, sondern moderne Terrakottaböden, die zwar pflegeleicht sind, aber ebenso wenig zum friesischen Stil passen wie die Buchsbäume, die rechts und links vom Eingang in schwere Tontöpfe gepflanzt sind. Auch hier ziehe ich eindeutig die Variante mit den rankenden Rosen vor.

Neugierig folge ich Marco, während Timo schnüffelnd hinter mir hertrottet.

»Ganz schön noble Unterkunft für einen Stipendiaten«, sage

ich, als ich feststelle, dass dieses Haus über mindestens zweihundert Quadratmeter Wohnfläche verfügt.

»Finde ich auch. Ist ganz nett hier, nicht?«, antwortet Marco, der in der Küche einen Napf mit Wasser für Timo füllt. »Du möchtest sicher lieber einen Prosecco, nehme ich an?«, fragt er lächelnd.

Ich nicke, auch wenn ich weiß, dass DAS auf nüchternen Magen sicher keine besonders gute Idee ist.

»Komm, ich zeig dir alles«, sagt Marco, während er mir ein Glas in die Hand drückt.

Auf einmal komme ich mir ein wenig vor, als hätte ich es mit einem Makler zu tun, der seine Kundin mit Hilfe von Alkohol in Stimmung bringen möchte, eine völlig überteuerte Villa zu kaufen. »Ich bin beeindruckt«, erkläre ich, als wir nach der Besichtigung im Esszimmer angelangt sind.

»Magst du Brahms?«, erkundigt sich Marco und macht sich am CD-Player zu schaffen.

Sofort muss ich an das Buch *Lieben Sie Brahms?* von Françoise Sagan denken, mit dem kleinen Unterschied, dass die Protagonistin in der Verfilmung von Ingrid Bergman gespielt wird, die ein Verhältnis mit dem wesentlich jüngeren Anthony Perkins, einem Pianisten, hat. Marco und ich sind dagegen ungefähr gleich alt, ich stamme nicht aus Schweden, und wir steuern mit Sicherheit nicht darauf zu, ein Liebespaar zu werden. Oder etwa doch?

Während die Klänge des Klaviers den Raum füllen, macht Marco sich in der Küche zu schaffen. »Eintritt und jede Form von Hilfe verboten«, sagt er und zwingt mich praktisch, den Aperitif auf der Terrasse zu nehmen.

Es wundert mich nicht, dass der Garten wirkt, als hätte man

den Rasen mit der Nagelschere geschnitten, und dass sich jede noch so kleine Pflanze exakt dort befindet, wo der Gartenarchitekt sie haben wollte. Wir müssen unbedingt schöne Möbel für das Büchernest kaufen und sie draußen aufstellen, und Töpfe, die ich am liebsten eigenhändig bepflanzen möchte. Vielleicht können wir uns sogar einen Strandkorb leisten oder zumindest den aus Beas Garten umsiedeln, überlege ich, inspiriert durch den Anblick des Gartens, und trinke meinen Prosecco ziemlich zügig. Je mehr ich trinke, desto farbiger male ich mir alles aus, und ehe ich es mich versehe, habe ich die Hälfte der Flasche allein geleert.

»Du scheinst durstig zu sein«, sagt Marco und lächelt, als er mich zum Essen ruft.

Ich lasse Timo draußen, weil er es sich dort unter einem Rhododendronbusch gemütlich gemacht hat und ich ihn nicht in seinem Idyll stören will. »Das duftet verführerisch«, lobe ich den Koch, während ich am Esstisch Platz nehme.

»Pasta alla Mamma«, betitelt Marco die Nudeln, die er mir auf den Teller füllt. »Eine Spezialität aus Mailand.«

Ich bin beeindruckt. Nicht nur die Pasta sieht ausgesprochen köstlich aus und duftet auch so, sondern auch der Salat, den Marco gezaubert hat.

»Als Dessert gibt es Panna Cotta. Ebenfalls selbst gemacht!«, sagt er stolz und füllt unsere Gläser mit blutrotem Wein. »Oder willst du erst noch dem Prosecco den Garaus machen?«, fragt er und schenkt mir nach, weil ich seinen Vorschlag bejahe.

»Du bist wirklich ein exzellenter Koch«, schwärme ich und gebe mich dem Essen mit großem Genuss hin.

»Darauf hat meine Mutter großen Wert gelegt«, erklärt Marco. »Bei einer typisch italienischen Mamma wüsste ich mit Sicherheit heute nicht mal, wie man ein Ei kocht oder Kartoffeln schält. Aber als Deutsche wollte meine Mutter immer, dass ich mich in Haushaltsdingen auskenne, und ehrlich gesagt bin ich auch ganz froh, dass dem so ist. Ich esse nämlich unheimlich gern und habe weder die Lust noch das Geld, ständig in Restaurants zu gehen.«

Ich nicke und kämpfe ein wenig mit der Wirkung des Alkohols. Das Ganze klingt so, als hätte Marco keine Freundin, mit der er zusammenlebt oder die ihn gelegentlich liebevoll bekocht. Merkwürdig. Ein Mann wie er kann sich bestimmt kaum vor Frauen retten, sinniere ich und spreche dem Rotwein zu. Ich freue mich, dass Neles Probleme sich vielleicht bald lösen und es Leon wieder bessergeht. Darüber, dass Paula mit mir schwimmen gehen möchte (ich habe mit Tanja besprochen, dass ich sie morgen um 15.00 Uhr abhole), meine Tante wieder auf dem Weg der Besserung ist und ich hier mit einem netten Mann sitze, der für mich kocht. Ich bin auf einmal derart beglückt, dass ich die ganze Welt umarmen möchte. Als Marco aufsteht, um eine neue CD einzulegen, habe ich den Eindruck, leicht angeheitert zu sein, was mich aber nicht weiter stört, und lächle still vor mich hin.

»Hör mal, eine Einstimmung auf deine Reise nach Venedig«, sagt er. »Diese CD ist anlässlich der Fiesta Venezia auf dem Markusplatz aufgenommen worden«, erklärt er, während erste Akkordeon- und Tangoklänge den Raum füllen. »Hast du vielleicht Lust zu tanzen?«, fragt er dann und zieht mich, ohne eine Antwort abzuwarten, vom Stuhl.

»Ich kann doch gar nicht tanzen«, protestiere ich, nur um Sekunden später in Marcos Armen zu liegen und mich – einer Puppe gleich – von ihm führen zu lassen.

Ich schnuppere sein Aftershave, sehe in seine dunkelbraunen Augen, und plötzlich dreht sich alles um mich. Wie durch Watte höre ich in der Ferne mein Handy klingeln und später den Eingang einer SMS. Ist mir jetzt alles egal, wird schon nicht so wichtig sein, denke ich und schwebe mit meinem Tanzlehrer durch den Raum. Vergessen ist Kampen, vergessen ist Sylt. Ich bin in Venedig, der Stadt meiner Träume. Es ist dunkle Nacht, der Markusplatz wird nur durch ein paar Fackeln erhellt, im Hintergrund plätschert leise der Canal Grande, und das Orchester spielt nur für mich allein.

»Geht es dir gut?«, sagt Marcos unvermittelt dicht an meinem Ohr, und auf einmal streifen seine Lippen meinen Hals.

Für eine Sekunde zucke ich zurück, doch eine innere Stimme flüstert mir zu, mich fallen zu lassen und den Augenblick zu genießen. Du hast es dir verdient nach all deinem Kummer, sagt diese Stimme, und so erwidere ich Marcos Kuss, als seine Lippen von meinem Hals zu meinem Mund wandern.

Berauscht davon, nach so langer Zeit wieder in den Armen eines Mannes zu liegen, genieße ich es, Marco zu küssen und mich streicheln zu lassen. Er duftet und schmeckt so gut, dass ich mich für den Moment im Himmel wähne.

13. Kapitel

Habt ihr es denn nun getan oder nicht?«, fragt Nele am nächsten Tag, als ich mittags zu Ausnüchterungszwecken einen Espresso bei ihr bestelle.

»Mein Gott, bist du prosaisch«, schimpfe ich, während ich eine Aspirin in Wasser auflöse. »Kannst du dir denn nicht vorstellen, dass man auch mal einen schönen Abend verbringen kann, ohne dass man gleich miteinander ins Bett geht? Ich kenne Marco doch gar nicht.«

»Schon gut, schon gut«, wehrt Nele ab und setzt sich zu mir. »Du glaubst eben immer noch an die wahre Liebe, und das ist ja auch süß und irgendwie romantisch. Lass dich von mir nicht ärgern. Ich wünsche dir nur, dass du endlich mal wieder Spaß mit einem Mann hast, das ist alles.«

Tja, hatte ich wirklich Spaß?, frage ich mich, während ich den Espresso schlürfe, in den Nele den Saft einer halben Zitrone geträufelt hat (das helfe gegen den Kater, behauptet sie), oder habe ich mich verliebt? Ich bin mir nicht sicher und beschließe, die Bewertung des vergangenen Abends vorerst zu vertagen. Heute steht schließlich etwas viel Pragmatischeres auf dem Programm: Schwimmen gehen mit Paula. Dabei fällt mir ein, dass ich Leon noch gar nicht Bescheid gegeben habe, wann wir losfahren wollen, und ich rufe ihn auf dem Handy an.

»Nett, dass du dich auch mal meldest«, murrt er, und ich entschuldige mich für die späte Benachrichtigung.

Wir verabreden uns für 15.00 Uhr am Kapitänshaus, und ich

bin froh, am Nachmittag nicht arbeiten zu müssen. Bea hat angesichts der Tatsache, dass ich ihrer geliebten Paula eine Freude mache, sofort bei Frau Stade angeordnet, dass Lisa für mich einspringen soll.

Zu Hause angekommen, packe ich meine Sachen und ringe mit mir, ob ich mich bei Marco melden soll. Ich könnte zumindest einen kleinen Gruß, verbunden mit einem Dank für das schöne Essen an ihn schicken, überlege ich und greife nach meinem Handy. Dabei entdecke ich, dass der gestrige Anruf und die SMS von Leon stammen, der wissen wollte, wann wir uns heute treffen. Und ich habe ihn nicht zurückgerufen. Peinlich! Ich entscheide mich gegen eine Nachricht an Marco und beschließe, darauf zu warten, dass er sich wieder meldet.

Punkt 15.00 Uhr klingelt Tanja, die ganz gerührt ist, dass ich mit ihrer Tochter schwimmen gehe.

»Damit machen Sie ihr und mir eine riesige Freude«, sagt sie.

Ich bekomme fast schon ein schlechtes Gewissen und verabrede mit ihr, dass ich Paula um spätestens 19.00 Uhr bei ihr im Restaurant abliefere, von wo aus sie ihre Tochter wieder mit nach Hause nehmen kann.

»Viel Spaß, meine Süße«, sagt unsere Nachbarin und drückt ihrer Tochter eine Tasche mit Badesachen in die Hand.

In diesem Moment kommt Leon um die Ecke, und wir machen uns auf den Weg. Während der Fahrt ist er ziemlich einsilbig, und da Paula bekanntermaßen auch nicht zu den Plaudertaschen gehört, drehe ich an den Knöpfen des Radios, um die Stille im Wagen zu übertönen. Kann es sein, dass Leon irgendwie beleidigt ist? Offensichtlich!

Als wir auf dem Parkplatz der Sylter Welle ankommen, fragt er plötzlich: »Wieso hast du dich nicht auf meinen Anruf und die

SMS gemeldet? Du hast doch sonst in allen Lebenslagen dein Handy an und bist erreichbar?«

Wie gut er mich nach dieser kurzen Zeit schon kennt, denke ich und überlege fieberhaft, was ich mir als Begründung einfallen lassen soll. So, wie der vergangene Abend verlaufen ist, will ich erst recht nicht, dass Leon von meiner Verabredung mit dem Schriftsteller weiß. Zumal er uns miteinander bekannt gemacht hat. »Mein Akku war leer, und ich habe es erst heute Mittag bemerkt«, schwindle ich und merke, wie mir die Schamröte ins Gesicht steigt. Ich hasse es, zu lügen, und bin deshalb auch nicht besonders gut darin.

Gott sei Dank ist Paula beim Anblick des Schwimmbades derart aus dem Häuschen, dass Leon keine Zeit hat, meine Erklärung zu hinterfragen oder zu kommentieren.

Wenige Minuten später stehen wir in der Umkleidekabine. Paula trägt einen niedlichen dunkelblauen Badeanzug mit gelben Sternchen und hat ihre langen blonden Haare zu Zöpfen geflochten. Für einen Moment hadere ich mit dem Anblick meines winterblassen Körpers und meines nicht ganz so tollen Bikinis (Nele hätte mich so niemals gehen lassen), beschließe dann aber, dass es hier nicht darum geht, mich zur Schau zu stellen, sondern dafür zu sorgen, dass Paula ein wenig Spaß hat.

»Fertig?«, fragt Leon und mustert uns beide, als wir aus der Damenumkleide kommen. »Schöner Badeanzug«, lobt er Paulas Outfit, die daraufhin zum ersten Mal seit Tagen lächelt.

Mein Aufzug bleibt zum Glück unkommentiert, doch ich habe ausgiebig Gelegenheit, Leons Körper einer genaueren Betrachtung zu unterziehen. Obwohl er in seinem Parka und seinen Hemden, die er gern über der Hose trägt, schlaksig wirkt, ist er eigentlich ganz gut in Form. Attraktiv, denke ich, während ich den beiden zum Erlebnisbereich folge. Wir sehen fast aus wie eine richtige Familie, schießt es mir durch den Kopf, als ich uns betrachte, wie wir in scheinbar trauter Dreisamkeit schwimmen gehen.

Der Nachmittag verfliegt entgegen meinen Erwartungen im Nu, und als wir bei McDonald's am Tresen stehen und auf unser Essen warten, stelle ich fest, dass es sogar richtig Spaß gemacht hat, mit Paula zusammen zu sein. Das Wasser ist ihr Element, ebenso wie Leons. Die beiden hatten binnen Sekunden einen guten Draht zueinander und waren nicht mehr zu bremsen. Ich dagegen habe zunächst eine Weile fröstelnd am Beckenrand herumgestanden und musste bei Paulas Anblick an meine ersten Schwimmversuche denken.

Mein Vater hatte im Wasser gestanden, beide Arme parallel ausgestreckt, und ich lag bäuchlings auf ihnen, wie ein steifes Brett. Ich hatte immer Angst vor Wasser gehabt und war nur zusammen mit meinen Eltern dazu zu bewegen, ins Schwimmbecken oder später ins Meer zu gehen. Beruhigt von dem Gedanken, dass mein Vater mich hielt, begann ich, mit den Armen und Beinen zu rudern. Behutsam, Schritt für Schritt, ließ mein Vater mich dann immer tiefer ins Wasser gleiten, und schließlich, als ich mich sicher fühlte, zog er die Arme unter meinem Bauch weg. Dann klappte es plötzlich von ganz allein – ich blieb an der Wasseroberfläche und ging nicht unter.

Wer wohl Paula das Schwimmen beigebracht hat?, überlegte ich, während ich Leon und sie dabei beobachtete, wie sie sich gegenseitig nass spritzten, wie das Mädchen auf Leons Rücken saß, während er prustend versuchte, sich über Wasser zu halten, oder wie sie beide einen Sprung vom Dreimeterbrett wagten.

»Und? Schmeckt es?«, fragt Leon, als wir am Tisch sitzen und jede Menge Fast Food vor uns stehen haben. Burger, Pommes frites, Chicken McNuggets, einen Milchshake – das volle Programm!

»Mhhm«, antworten Paula und ich synchron, und zum ersten Mal lacht das Mädchen mich an. Ich bin derart überrascht und gerührt, dass ich mich fast an meinem Cheeseburger verschlucke.

Leons Blick wandert amüsiert von Paula zu mir. Ich bin froh, dass er offensichtlich nicht mehr beleidigt ist, denn ich finde es unerträglich, wenn Unfrieden zwischen uns herrscht.

»Dann brauchst du ja heute kein Abendessen mehr«, sagt er zu Paula, die versunken mit einem Spielzeug aus der Junior-Tüte spielt, während sie mit den kleinen, fettigen Fingern der anderen Hand in der Pommes-frites-Tüte nach Resten sucht.

»Hier, kannst meine noch haben«, sage ich und ernte wieder ein Lächeln. Ich bin derart berauscht von diesem plötzlichen Stimmungsumschwung, dass ich Paula am liebsten auf der Stelle adoptieren möchte. Wie hübsch ihr kleines Gesicht auf einmal ist, wenn sie nicht die Stirn runzelt oder ihre Umgebung böse mustert.

»War es schön?«, fragt Tanja, als wir ihre Tochter später glücklich, müde und satt bei ihr im Restaurant abliefern. »Darf ich Sie zum Dank auf einen Wein einladen?«, fügt sie dann noch hinzu, und als Leon nickt, nehmen wir an einem Fenstertisch Platz.

Von dort aus haben wir einen schönen Blick auf den Strand, an dem sich die letzten Abendspaziergänger tummeln. Hier ist es natürlich nicht so idyllisch wie in Kampen oder in Rantum, aber der Blick aufs Meer ist eigentlich immer schön, egal wo man ist. Wir bestellen einen halben Liter Merlot und beobachten, wie Paula an einem Tisch nahe der Küche sitzt und malt, während sie darauf wartet, dass ihre Mutter Dienstschluss hat. »Ist das nicht furchtbar traurig?«, fragt Leon, als könne er meine Gedanken lesen. »Die Mutter kann sich nicht genug um ihre Tochter kümmern, weil sie hier in einem drittklassigen Restaurant kellnern muss, um den Lebensunterhalt für beide zu verdienen. Währenddessen vergnügt sich ihr Mann unter Garantie mit seiner neuen Freundin und lässt es sich gutgehen. Ich finde, auf der Welt geht es manchmal ziemlich ungerecht zu!«

»Das stimmt«, antworte ich, während ich Tanja beobachte, die fast genauso alt ist wie ich, aber um einige Jahre älter und zudem blass und überarbeitet aussieht. Sie steckt in einer unvorteilhaften Friesentracht und trägt dazu schäbige, ausgetretene Gesundheitsschuhe. »Da kannst du mal sehen, wie gut wir es eigentlich haben«, füge ich hinzu und proste Leon zu. »Darauf, dass es uns nie schlechtgehen möge!«

Als ich nach Hause komme, kann ich es kaum erwarten, mein Handy anzuschalten, um nachzusehen, ob ich eine Nachricht von Marco erhalten habe. Doch sosehr ich auch auf mein Display starre und am Mitteilungseingang herumspiele – keine SMS von ihm. Weitaus enttäuschter als gedacht, begebe ich mich nach unten zu Bea, die mit hochroten Wangen am Esstisch sitzt und irgendwelche Papiere vor sich ausgebreitet hat. Timo liegt zu ihren Füßen und schläft mal wieder.

»Was ist das?«, erkundige ich mich und setze mich zu ihr.

»Das sind die Baupläne der Bücherkoje«, antwortet meine Tante und deutet auf den Grundriss. »Ich überlege gerade, wo man am besten die Wand durchbrechen könnte und wie der Umbau dann vonstattengehen müsste. Wenn ich mir das so ansehe, kann das alles eigentlich nicht besonders aufwendig sein. Das einzig wirklich Teure wären sicher die Fensterfronten, die man komplett erneuern müsste. Beide Läden sind im Grunde genommen zu dunkel, und das wäre eine gute Gelegenheit, überall Schiebetüren einzubauen. Dann könnte man auch besser Gäste draußen bewirten!«

»Das klingt, als sei es dir wirklich ernst mit der Sache«, hake ich nach und schenke mir ein Glas Wasser ein. »Wie willst du es denn draußen machen? Wir bräuchten dann so etwas wie eine Terrasse, oder nicht?«

»Ja, bräuchten wir, und ich habe heute auch schon mit Ole darüber gesprochen, welches Material man da am besten nimmt und wie teuer so was ist. Ole findet dieses neue Tropenholz am besten, das man momentan überall auf den Balkonen sieht. Ist zwar nicht ganz billig, aber er hat Kontakte zu einem Holzhändler und würde uns einen guten Preis für den Bau machen. Außerdem hat er ein paar Freunde, die sich zu Hause langweilen und lieber für uns eine Terrasse bauen würden, als sich den ganzen Tag mit ihren Ehefrauen zu streiten.«

»Hast du dir auch überlegt, wovon du das alles bezahlen willst? Nele hat kein Geld. Und das Wichtigste wäre doch erst einmal, sich zu überlegen, wie ihr beide euch geschäftlich einigt. Wäret ihr trotzdem separate Geschäftsführerinnen, oder übernimmst du das Ganze und stellst Nele nur an?«

Ich schwanke gerade zwischen Begeisterung darüber, wie schwungvoll Bea sich auf dieses Projekt stürzt, und Bedenken, ob zwei so starke und selbständige Persönlichkeiten sich einigen können, was die Führung dieses Buchcafés betrifft.

»Ja, darüber zerbreche ich mir im Augenblick auch den Kopf.

Die Finanzierungsfrage sehe ich nicht als problematisch an, aber ob Nele und ich problemlos miteinander klarkommen, ist natürlich nicht gesagt.«

»Die wichtigste Frage bei diesem Vorhaben ist aber erst einmal, weshalb du dir den ganzen Stress überhaupt antun willst? Nur weil Nele in Schwierigkeiten steckt und diese Lösung ganz gut wäre, heißt das noch lange nicht, dass du dich in deinem ...« Mist, fast hätte ich mich verplappert, denke ich und beiße mir auf die Zunge.

»Sag es ruhig«, lacht Bea. »Du fragst dich, weshalb ich mir das in einem Alter antun möchte, in dem andere ihren wohlverdienten Ruhestand herbeisehnen.«

Ich nicke leicht verschämt, als auf einmal das Piepsen meines Handys die Stille durchbricht. Mein Herz klopft, und ich kann kaum an mich halten, nach oben zu stürzen, um nachzusehen, wer mir geschrieben hat.

»Was findest du eigentlich so toll an diesen Handys?«, fragt Bea. Währenddessen ermahne ich mich, nicht zu sehr darauf zu hoffen, dass die Nachricht von Marco ist. Schließlich hatten wir bloß einen netten Abend, mehr nicht. Kein Grund, aufzuspringen und das Gespräch mit meiner Tante zu unterbrechen.

»Na los, geh schon. Du kannst dich doch sowieso nicht konzentrieren«, sagt Bea.

Ich haste nach oben, nehme zwei Treppen auf einmal. Wie ein blöder verknallter Teenie, schimpfe ich mich, während ich mein Mobiltelefon aufklappe.

»Hast du morgen Abend Zeit?«, lautet die Frage, jedoch stellt sie mir nicht Marco, sondern Nele.

Enttäuscht lasse ich das Handy sinken. Auch im Zeitalter der mobilen Kommunikation hat sich im Grunde nichts geändert, wenn man auf die Nachricht eines Menschen wartet, den man ins Herz geschlossen hat. Man ist zwar nicht mehr zu Hause angekettet und starrt wie hypnotisiert auf das Telefon, aber das Prinzip ist dasselbe: Derjenige, der sich zuerst meldet, hat verloren. Weil er als Erstes zeigt, dass der andere ihm wichtig ist. Ab da sind dann auch meist die Rollen verteilt …

»Klar, komme im Café vorbei«, tippe ich als Antwort und gehe wieder nach unten zu Bea.

Sie sieht mich belustigt an. »Na, hat Marco sich gemeldet?«, erkundigt sie sich.

Ich bemühe mich, auf die Frage nicht ärgerlich zu reagieren, weil ich mich ertappt fühle. »Nein, hat er nicht«, antworte ich nur knapp und wende mich wieder dem Grundriss zu.

»Schade, ich finde ihn nämlich ausgesprochen nett und charmant. Und begabt noch dazu. Ich würde mich freuen, wenn du nach Stefan endlich mal wieder ein bisschen Spaß hättest. Muss ja nicht gleich etwas Ernstes sein. Aber ein kleiner Sommerflirt würde dir sicher guttun.«

Bea ist jetzt schon die Zweite innerhalb von wenigen Tagen, die mir eine Affäre oder dergleichen wünscht. Ich fasse es nicht. Dass Nele, die die Männer offensichtlich braucht wie die Luft zum Atmen, so denkt, ist mir klar. Aber meine Tante?

»Wie war das denn bei dir?«, frage ich und funkle Bea angriffslustig an. »Wann hattest du denn deine erste Verabredung mit einem Mann nach Knuts Tod? Soweit ich mich erinnern kann, hast du bislang keinen Menschen näher als zehn Meter an dich herangelassen, außer Vero und mir. Okay, Stefan ist zwar nicht tot, aber in gewissem Sinne dennoch für mich gestorben. Es ist gerade mal fünf Monate her, dass wir uns getrennt haben. So schnell geht das nicht!«

»Ach, apropos Stefan«, sagt meine Tante und erhebt sich von ihrem Stuhl. Etwas, das ihr noch immer Mühe bereitet, wie ich an ihrer steifen Körperhaltung erkennen kann. »Heute ist Post von ihm gekommen, fast hätte ich es vergessen.« Mit diesen Worten überreicht sie mir einen rosafarbenen Briefumschlag. Rosa?, denke ich alarmiert und öffne das Kuvert, auch wenn ich mir im Prinzip anhand der Farbe denken kann, was darin steckt.

Liebe Larissa,
wir freuen uns sehr, dir mitteilen zu können, dass unser Sohn Max am 10. Mai gesund und munter das Licht der Welt erblickt hat.

Ich lasse den Brief sinken und lese den Rest nicht, weil es mich im Grunde genommen nicht interessiert, wie groß, lang und breit dieser Max ist und ob seine Augen blau oder braun sind. Ich will auch das Foto nicht sehen und lege den Bogen auf den Tisch.

Da habe ich fünf Monate nichts von dem Mann gehört, den ich mal heiraten und mit dem ich eine Familie gründen wollte, und nun schwebt hier auf einmal dieses rosa Etwas in mein Leben und verhagelt mir die Laune.

»Dann ist es also soweit, Stefan ist Vater geworden«, kommentiert Bea den Brief, den sie nun ebenfalls liest. »Sei nicht traurig, Lissy«, sagt sie und nimmt mich in die Arme. »Du wirst sehen, es dauert nicht mehr lange, und wir bekommen eine solche Karte von dir. Falls nicht, dann wirst du sicher andere Dinge finden, die dich genauso sehr erfüllen, wie ein Kind und einen Mann zu haben.«

»Ach, Bea«, antworte ich und schniefe ein wenig. »Ich weiß gar nicht, woher du immer deine Zuversicht nimmst. Momentan habe ich doch so gut wie gar nichts Eigenes. Meine Möbel und meine Bücher stehen bei Stefan und warten darauf, dass ich sie abhole. Aber ich habe weder einen Wagen, um sie zu transportieren, noch eine Wohnung, um sie dort unterzustellen. Im Grunde habe ich auch keinen Job, um die Miete für eine Wohnung zu bezahlen, die ich noch nicht mal habe. Es ist auch weit und breit kein Mann in Sicht, mit dem ich dieses Kind produzieren könnte, von dem du gerade gesprochen hast. Mein Leben ist im Augenblick nichts weiter als ein einziger Schwebezustand. Ich hänge irgendwo zwischen dieser Insel und dem Festland. Aber wo meine wirkliche Heimat ist, weiß ich nicht.«

Just in diesem Moment passiert es: All die zurückgehaltenen Tränen der vergangenen Wochen, während derer ich immer wieder über meine ungewisse Zukunft gegrübelt habe, kullern mir nun über die Wangen, ohne dass es ein Halten gibt. Ich schwimme im wahrsten Sinne des Wortes in Selbstmitleid und sehe überhaupt keine Perspektive mehr.

Bea betrachtet mich besorgt und streicht mir übers Gesicht. »Ich wusste gar nicht, dass es dir immer noch so schlechtgeht, Mäuschen«, sagt sie und wiegt mich dann in ihren Armen, wie sie es früher getan hat, wenn ich mir die Knie aufgeschlagen oder mir sonst irgendwie wehgetan habe. Mit dem Unterschied, dass gerade meine Seele verletzt wurde und nicht mein Körper. Wieder einmal!

»Es geht mir auch nicht wirklich schlecht«, schluchze ich an ihrer Brust und tränke ihre Bluse mit meinen Tränen. »Im Grunde genommen ist alles in Ordnung. Ich bin gern hier, die Arbeit in der Bücherkoje macht mir Spaß, ich habe Freunde gefunden, und ich kann mit dir zusammen sein. Aber dieses Leben hier ist nun mal zeitlich begrenzt, und ich habe schlicht und einfach Angst davor, was ab September aus mir wird. Ob ich einen neuen Job bekomme, ob ich eine Wohnung finde. Eigentlich muss ich auch in Hamburg wieder komplett von vorne anfangen. Das wäre dann das zweite Mal innerhalb kürzester Zeit. Dazu habe ich im Augenblick weder Lust noch die Kraft, verstehst du?«

»Ja, Kindchen, das verstehe ich«, antwortet Bea und schenkt mir ein Glas Rotwein ein. »Komm, trink einen Schluck, und lass uns mal sehen, wie wir dieses Problem lösen können. Schließlich verdankst du deine Sorgen zu einem großen Teil der Tatsache, dass du mir geholfen hast.« Meine Tante legt ihre Stirn in Falten und starrt vor sich hin, während ich mir die Nase putze und einen Schluck Wein trinke.

Welch ein Kontrast! Gestern um diese Zeit lag ich noch in Marcos Armen, und die Welt war rosarot. Heute habe ich das Gefühl, dass sie durch und durch grau ist und nie wieder heller werden wird.

»Wie ist das eigentlich?«, hebt Bea zu einer Frage an und mustert mich intensiv über den Rand ihrer Lesebrille. »Könntest du dir vorstellen, deinen Job als Hotelfachfrau an den Nagel zu hängen und Buchhändlerin zu werden?«

Buchhändlerin werden? Ich verstehe nicht ganz. Irritiert sehe ich meine Tante an.

»Schließlich habe ich nicht vor, den Rest meines Lebens die Bücherkoje zu leiten. Natürlich möchte ich die Buchhandlung gerne behalten, aber ich habe in meinem langen Berufsleben genug Bücher verkauft und genug Kundengespräche geführt. Vielleicht ist es langsam an der Zeit, die Buchhandlung zu übergeben. Und zwar nicht an Birgit Stade, wie ich immer gedacht habe, sondern an dich. Du musst jetzt nicht sofort etwas dazu sagen, aber lass dir meinen Vorschlag mal durch den Kopf gehen. Ich fände es schön, wenn ich wüsste, dass die Bücherkoje in der Familie bliebe. Und ich hätte Spaß daran, im Hintergrund noch ein paar Fäden zu ziehen.«

Mein Herz klopft, und ich bin völlig durcheinander. Die letzten Tage haben es wirklich in sich. Momentan weiß ich gar nicht mehr, was ich will oder nicht will und wo mir der Kopf steht. »Aber ich kann doch die Bücherkoje nicht leiten, wie stellst du dir das denn vor?«, frage ich, während ich gleichzeitig merke, dass mir diese Aufgabe durchaus gefallen würde. Vielleicht wäre das ja die Lösung!

»Wieso denn nicht, wo ist dein Problem?«, fragt Bea und streichelt Timo, der gerade aus seinem Schlaf erwacht ist und offensichtlich seine Schmuseeinheiten braucht. »Du hast in den vergangenen fünf Monaten eine Menge gelernt, du hast gute Ideen, du hast Neuerungen eingeführt, die sich bewährt haben, du kommst gut bei den Kunden an, und du hast den nötigen Background, weil du immer schon gern und viel gelesen hast. Das bisschen Buchhaltung, vor dem du wahrscheinlich gerade Angst hast, kann ich doch erledigen. Irgendetwas muss ich auch noch zu tun haben, sonst werde ich unausstehlich, wie du weißt.«

»Was wird Birgit Stade dazu sagen?«, wende ich ein, denn ich will auf keinen Fall meiner Kollegin im Weg stehen, die sich gewiss bereits Hoffnungen gemacht hat.

»Das ist allerdings ein Problem«, antwortet Bea nachdenklich. »Wir haben zwar nie eine Vereinbarung darüber getroffen, aber im Grunde war es immer klar, dass sie die Buchhandlung eines Tages übernehmen würde. Ehrlich gesagt stehst du mir aber näher als sie, und ich würde sie ja nicht entlassen. Ihr seid doch im Großen und Ganzen ein ganz gutes Team, oder?«

Ich nicke und schenke mir ein weiteres Glas Wein ein.

»Ich möchte jetzt nicht die Pferde scheu machen, ehe du es dir nicht genau überlegt hast. Das ist keine Entscheidung, die man spontan bei einem Glas Wein treffen sollte. Immerhin geht es dabei um die Zukunft von mindestens drei Menschen. Aber solltest du dich entschließen, ja zu sagen, verspreche ich dir, dass wir eine Lösung finden werden. So, jetzt gehe ich ins Bett, es ist schon spät, und ich habe letzte Nacht sehr schlecht geschlafen. Wenn also mit dir alles so weit wieder in Ordnung ist und ich dich allein lassen kann, würde ich mich jetzt gern zurückziehen.«

»Natürlich, geh nur, ich bin kein Baby mehr«, antworte ich und gebe Bea einen Kuss. »Außerdem habe ich jetzt genug Stoff, um nachzudenken, und das kann ich nun mal am besten allein. Schlaf gut, bis morgen«, sage ich und sehe Bea dabei zu, wie sie schwerfällig die Treppe nach oben geht.

Als ich am nächsten Abend bei Nele im Möwennest sitze, weiß ich kaum, wo ich anfangen soll. Zu viel ist passiert. Das Café ist verhältnismäßig leer, was sicher daran liegt, dass es heute nach ein paar Tagen schönen Wetters mal wieder geregnet hat und kühler geworden ist. Wir brauchen unbedingt mehr Gäste, denke ich, während ich zusehe, wie Nele ein Essen serviert.

»Nun sag schon, hat deine Tante etwas in Erfahrung bringen können?«, drängt meine Freundin und sieht mich erwartungsvoll an.

Ich erzähle ihr von Beas Bauplänen, Ole und der Terrasse und zu guter Letzt von dem Vorschlag meiner Tante.

Für einen Moment ist Nele stumm, doch dann fliegt sie mir um den Hals. »Das wäre super, dann könnten wir zusammenarbeiten«, ruft sie begeistert, was der Gast irritiert zur Kenntnis nimmt. »Das ist DIE Lösung! Dass wir beide nicht selbst darauf gekommen sind.« Meine Freundin ist nun kaum mehr zu bremsen und schwelgt in der Vorstellung davon, wie unser künftiges Leben als Geschäftsführerinnen des Büchernests aussehen könnte. »Mit dir zusammen kann ich es schaffen, das weiß ich«, jubelt sie.

Ich habe Mühe, sie in ihrer Euphorie zu bremsen. »Moment mal, Nele. Noch ist nichts entschieden. Ich weiß doch noch gar nicht, ob ich das überhaupt machen will. Wozu habe ich denn die Ausbildung im Hotel gemacht? Selbst wenn ich mich dazu entschließen sollte, gibt es da immer noch das Problem mit Birgit Stade und der Finanzierung. Und beides ist nicht ganz unerheblich.«

»Okay, okay«, murmelt Nele und senkt den Kopf. »Du hast recht. Natürlich wünsche ich mir nichts sehnlicher, als dass wir das alles hier gemeinsam machen könnten. Ich weiß, dass wir toll zusammenarbeiten würden, weil wir unterschiedliche Stärken haben und uns gut ergänzen. Aber in erster Linie ist es wichtig, dass DU das alles auch wirklich willst. Selbst wenn du bleiben würdest, haben wir immer noch das Finanzproblem.«

»So ist es«, seufze ich.

»Okay, dann warte ich also ab, wie du dich entscheidest und was Bea noch in Erfahrung bringt. Vielleicht haben wir Ende der Woche genug Munition, um Frank Degenhard den Mund zu stopfen. Bis dahin werde ich eben noch ein bisschen arbeiten und nachdenken und du wirst wohl dasselbe tun. Oder hast du noch ein Date mit Marco, von dem ich nichts weiß?«, fragt Nele und ist damit sofort wieder bei ihrem Lieblingsthema: Männer.

»Nein, habe ich nicht«, antworte ich trübsinnig, weil Marco sich immer noch nicht gemeldet hat.

»Warum rufst du ihn nicht einfach an?«, fragt Nele. »Sei doch nicht so kompliziert! Wer weiß, vielleicht starrt er auch alle fünf Minuten auf sein Handy und wartet darauf, dass du dich bei ihm meldest. Immerhin sind bislang alle Verabredungen auf seine Initiative hin entstanden. Vermutlich möchte er jetzt, dass du dich ebenfalls ein bisschen in Bewegung setzt. Und zwar in seine Richtung.«

Nele hat recht, denke ich. Bislang ist in der Tat alles von Marco ausgegangen. Wo steht eigentlich geschrieben, dass Frauen darauf warten müssen, bis Männer sich bei ihnen melden? Aus dem Zeitalter sind wir Gott sei Dank lange raus. »Ich rufe ihn morgen an, wenn ich bis dahin nichts von ihm höre«, verspreche ich mehr Nele als mir selbst, und damit wenden wir uns dem Thema Alexander Herzsprung zu, der nach dem Wochenende verschollen zu sein scheint.

»Warum rufst du ihn nicht einfach an?«, frage ich, um meine Freundin zu ärgern.

»Wenn er sich bis morgen nicht meldet, mache ich das«, antwortet Nele, und wir müssen beide lachen.

Donnerstagvormittag hat Bea eine grobe Kalkulation für den Umbau erstellt, nachdem sie mit der Hausverwaltung, einem Architekten, einer Glaserei und der Holzhandlung telefoniert hat.

»Nun kennen wir in etwa die Kosten, aber was die Bank noch mehr interessiert, ist das Konzept, mit dem wir das neue Möwennest in die schwarzen Zahlen bringen wollen«, sagt sie am Telefon, während ich in der Bücherkoje stehe. »Am besten setzen wir drei uns heute Abend noch mal zusammen und brainstormen ein wenig, was wir an Veranstaltungen durchführen, was wir noch verbessern könnten und was das in etwa an Umsatz bringt. Dann müssen wir das Ganze in einen Businessplan umwandeln, den Nele am Freitag der Bank vorlegt.«

Ich muss grinsen, weil die Wörter »brainstormen« und »Businessplan« so gar nicht zum Vokabular meiner Tante passen, die aus Achtung vor der deutschen Sprache schon immer Amerikanismen aller Art abgelehnt hat.

»Wie ist es gelaufen?«, frage ich aufgeregt, als Nele von ihrem Banktermin zurückkommt und in der Bücherkoje vorbeisieht. Ich versuche den Gesichtsausdruck meiner Freundin zu deuten und hoffe inständig, dass sie erfolgreich war.

»Gut«, antwortet sie und spielt an den Postkarten herum, die am Tresen verkauft werden.

»Mehr hast du dazu nicht zu sagen?«, frage ich aufgebracht und ziehe sie zur Seite, damit Birgit Stade nichts mitbekommt.

Wir haben beschlossen, zunächst einmal alle Pläne im Zusammenhang mit dem Büchernest vor der ersten Sortimenterin geheim zu halten, um sie nicht unnötig zu verunsichern.

»Haben Sie Geheimnisse vor mir?«, fragt meine Kollegin prompt, während ich Nele nach draußen eskortiere, weil ich weiß, dass sie dazu neigt, sehr laut zu sprechen, wenn sie aufgeregt ist. Dass sie das ist, steht außer Frage, wenn ich sie mir so ansehe.

»Also wie gesagt: Alles in allem ist es gut gelaufen, und Frank Degenhard ist nicht abgeneigt, uns zu helfen, aber er knüpft natürlich einige Bedingungen an die Kreditverlängerung. Zum Beispiel braucht er mehr Sicherheiten, als wir sie ihm derzeit bieten können. Daran ändert auch die Tatsache nichts, dass deine Tante einen guten Ruf hat und ebenfalls Kundin bei der Sylter Sparkasse ist. Kommt doch beide heute Abend bei mir zu Hause vorbei, dann erzähle ich euch alles in Ruhe, okay? Jetzt muss ich nämlich dieses Café öffnen, solange ich es noch habe.«

Ich sage zu und gehe wieder zurück in die Buchhandlung.

Der Tag zieht sich wie Kaugummi, und ich streiche mehrmals um mein Handy herum. Obwohl ich Marco genauso gut anrufen könnte, hält mich irgendetwas davon ab, es zu tun.

»Hallo, Lissy, wie geht's? Lust, noch eine Runde schwimmen zu gehen?«, unterbricht Leons Stimme meine Gedanken.

Schnell schließe ich die Schublade, in der mein Mobiltelefon liegt. »Hi, Leon«, antworte ich und nehme ihm die Zeitschriften ab. »Frag das mit dem Schwimmen lieber Paula, die hat sich wohl vollkommen in dich verknallt«, sage ich und kassiere.

Dass Paula mir am Morgen nach dem Schwimmbadbesuch einen selbst gepflückten Blumenstrauß mitgebracht und ihn mir mit einem »Dankeschön« beim Frühstück überreicht hat, verschweige ich, denn das ist ein Geheimnis zwischen der Kleinen und mir.

»Das ist aber dumm«, antwortet Leon lachend und erklärt mir auf meine fragendes »Wieso? Bist du jetzt anderweitig vergeben?«, dass dem durchaus so sein könne.

Aha, denke ich, das ging ja schnell. Ob Julia weiß, dass er sie bereits ersetzt hat? »Wie geht es eigentlich Julia? Hat sie sich gut in Berlin eingelebt, oder sprecht ihr nicht mehr miteinander?«, höre ich mich auf einmal fragen und habe keine Ahnung, welcher Teufel mich da reitet.

»Ich weiß es nicht, und es ist mir ehrlich gesagt auch egal«, lautet Leons genervte Antwort, und ich könnte mich dafür ohrfeigen, dass ich damit angefangen habe. »Wenn wir gerade dabei sind. Wie geht es eigentlich Marco Nardi?«, fragt Leon und funkelt mich angriffslustig an.

Für einen Moment bin ich verwirrt. Wieso fragt Leon das? Weiß er, dass ich Kontakt zu Marco habe, oder fragt er nur ins Blaue hinein? »Keine Ahnung«, antworte ich wahrheitsgemäß und versuche mich damit aus der Affäre zu ziehen.

»Ach? Hat er sich nach eurem Rendezvous in der Sturmhaube etwa nicht mehr bei dir gemeldet?«, bohrt Leon weiter.

Wenn ich es nicht besser wüsste, könnte ich schwören, dass Eifersucht in seinen Worten mitschwingt. »Woher weißt du davon?«, frage ich, neugierig zu erfahren, wer uns beide da wohl beobachtet hat.

»Ich habe euch selbst gesehen. Ich war mit ein paar Kollegen an der Bar, um noch ein Bier zu trinken, und hatte von dort aus einen hervorragenden Blick auf euren Tisch. Dafür, dass ihr euch kaum kennt, habt ihr sehr vertraut gewirkt.«

»Warum bist du nicht vorbeigekommen, um Hallo zu sagen?«, frage ich und bin ein wenig ärgerlich, weil ich mich kontrolliert fühle.

»Ich wollte euch nicht stören. Wie gesagt, ihr habt sehr vertraut gewirkt. So, dank dir für die Zeitschriften, ich muss jetzt los. Redaktionskonferenz«, fügt er knapp hinzu und verlässt die Bücherkoje, ohne sich noch einmal umzudrehen.

Seltsame Begegnung, denke ich, während ich die Bestsellerwand auffülle.

Einige Stunden später sitzen Bea und ich an Neles Küchentisch und reden uns die Köpfe heiß. Frank Degenhard ist ein Banker ohne Herz (und ohne Visionen, wie Bea wütend bemerkt) und verlangt anstelle der schnell zusammengeschusterten Daten einen wirklichen Businessplan, den wir in Zusammenarbeit mit einem Steuerberater oder einem Profi in Sachen Unternehmensgründung erstellen sollen.

»Aber wir wollen doch gar kein Unternehmen gründen, sondern zwei bestehende zusammenführen«, mault Nele, was ich gut verstehen kann.

»Tja, wenn Herr von und zu Degenhard das so möchte und wir uns noch immer einig sind, dass wir das Büchernest haben wollen, wird uns wohl oder übel nichts anderes übrigbleiben, als einen Unternehmensberater zu engagieren«, sagt Bea und spricht damit exakt das aus, was ich denke. »Die gute Nachricht ist doch, dass die Bank uns momentan keine weiteren Steine in den Weg legt und uns genug Zeit gibt für diesen Plan. Ich finde das schon erstaunlich flexibel für einen friesischen Dickschädel, wie Frank Degenhard einer ist. Fragt sich bloß, wo wir auf die Schnelle jemanden herbekommen, der uns hilft. Mein Steuerberater steht kurz vor der Pensionierung und hat mit Sicherheit keine Lust dazu.«

Ich überlege fieberhaft, ob mir jemand einfällt, aber ich kenne kaum Leute auf der Insel, und schon gar niemanden, der Ahnung von Finanzen hat, oder etwa doch? »Ich glaube, ich weiß jemanden!«, rufe ich in die Runde und bin ganz aufgeregt, so gut finde ich meine Idee. »Was haltet ihr davon, wenn ich diesen Tilman Luckner von der Sylter-Quelle anspreche? Schließlich ist er als Marketingchef zum einen mit der Förderung des kulturellen Lebens auf Sylt betraut und zum anderen mit deren Finanzierung. Beim Büchernest handelt es sich immerhin um ein kulturelles Projekt, oder etwa nicht?«, frage ich, während Nele und Bea begeistert nicken. »Luckner anrufen«, notiere ich auf dem Zettel, den ich mir für unser Gespräch zurechtgelegt habe.

»Gute Idee«, lobt Bea und lächelt mich an. »Habe ich es nicht gesagt? Du hast immer kreative Einfälle, wenn Not am Mann ist. Aber wenn wir hier schon im trauten Kreise zusammensitzen: Hast du denn eigentlich schon eine Entscheidung getroffen?«

Zwei Augenpaare sehen mich gespannt an, und ich werde verlegen. Wie bringe ich es den beiden nur am besten bei?

»Nun sag bloß nicht, dass du dich gegen uns entscheidest!«, ruft Nele und mustert mich ängstlich, weil ich nicht sofort auf die Frage meiner Tante antworte.

Es nützt nichts, ich muss es jetzt sagen …

»Es tut mir leid«, leite ich meine Erklärung ein und merke, wie Neles Mundwinkel nach unten gehen. »Ich habe die letzten Tage andauernd über Beas Vorschlag nachgedacht. Bea, es ist wirklich ganz toll von dir, dass du mir zutraust, die Bücherkoje zu übernehmen. Ich weiß, was das für ein Vertrauensbeweis ist. Aber ich muss ablehnen.«

»Warum denn?«, fällt Nele mir ins Wort, ehe ich meine Entscheidung begründen kann.

»Zum einen möchte ich Birgit Stades Pläne nicht durchkreuzen. Sie hat sich so lange Hoffnungen gemacht, und die will ich ihr nicht nehmen. Denn selbst wenn sie es akzeptieren würde, dass ich jetzt an ihre Stelle trete, würde das auf die Dauer nicht gutgehen mit uns.« Aus den Augenwinkeln nehme ich wahr, wie Bea nickt, während Nele, die manchmal etwas robuster mit den Gefühlen anderer Menschen umgeht, kein Verständnis erkennen lässt. »Außerdem denke ich, dass auch du, Bea, irgendwann genug davon haben wirst, zu Hause herumzusitzen und nur noch die Buchhaltung zu machen. Die Bücherkoje ist dein Leben und wird es auch immer bleiben. Da müssen wir uns nichts vormachen, oder?«, fahre ich fort, während Bea kurz den Mund öffnet, um ihn gleich danach wieder zu schließen. »Aber der Hauptgrund ist, dass ich das Gefühl habe, es wäre besser für mich, wenn ich mir ein neues Leben jenseits irgendwelcher familiärer und beruflicher Fangnetze aufbaue. Ich habe das Hotelfach gelernt und diesen Beruf ergriffen, weil ich etwas von der Welt sehen wollte.«

An dieser Stelle halte ich inne und denke an den Moment, an dem ich diese Entscheidung getroffen habe. Ich war mal wieder mit Timo spazieren und habe am tiefblauen Himmel den Kondensstreifen eines Flugzeugs gesehen, den die Maschine wie eine Spur aus Schlagsahne hinter sich hergezogen hat. In diesem Augenblick ist mir klargeworden, dass es mich in die Ferne zieht, so wie die Passagiere, die in diesem Flugzeug saßen und sich darauf freuten, Deutschland für eine Weile hinter sich zu lassen und etwas Neues zu erfahren.

»Doch bislang ist nichts anderes passiert, als dass ich Stefans wegen in Hamburg geblieben und Beas wegen nach Sylt gegangen bin. Jetzt ist der Zeitpunkt gekommen, um die Welt zu erkunden, und zwar nicht nur in hundertachtundzwanzig Tagen per Kreuzfahrtschiff. Ich möchte Europa bereisen, vielleicht auch Asien. Doch zunächst einmal würde ich gern meinen Traum wahrmachen und nach Italien gehen. Genaugenommen nach Venedig. Ich werde mich in den kommenden Tagen ein wenig umhören und mich bewerben, sobald sich irgendeine Chance dazu ergibt. Ich weiß, ihr seid jetzt enttäuscht. Aber ihr beide habt eure Träume schon realisiert, und du, Nele, musst den deinen nur retten. Aber ich muss ihn erst mal leben. Könnt ihr das nicht verstehen?«

Für einen Moment herrscht Stille am Tisch, doch dann kommt Leben in Nele und meine Tante.

»Du hast vollkommen recht«, ergreift Bea als Erste das Wort. »Du bist noch jung und hast alles vor dir. Die Verpflichtung, ein eigenes Geschäft zu haben, kommt vielleicht noch ein bisschen zu früh für dich. Du siehst ja an mir, dass ich auch immer wieder mal das Gefühl hatte, etwas verpasst zu haben. Daher die Idee mit der Weltreise. Aber wo steht geschrieben, dass man seine Träume immer erst gegen Ende seines Lebens verwirklichen soll? Du machst das alles schon richtig. Bewirb dich, geh nach Venedig, genieß deine Jugend, und denk ab und zu an uns. Nele und ich werden das schon hinbekommen, nicht wahr?«, fragt sie und sieht meine Freundin an.

»Ich finde, deine Tante hat alles gesagt«, ergänzt Nele und lächelt mich an. »So schön ich es auch gefunden hätte, mit dir zusammen etwas aufzubauen. Aber wer weiß? Vielleicht hast du ja eines Tages die Nase voll vom Nomadenleben und kommst hierher zurück.«

»Bis dahin bin ich dann wirklich alt und grau und kann keinesfalls mehr in der Bücherkoje arbeiten«, ergänzt Bea, die heute Abend besonders vital wirkt, was so gar nicht zu ihren Worten passt. »Dann trinken wir jetzt auf unser aller Zukunft, würde ich sagen. Auf das Büchernest und auf dich, Lissy. Mögen alle deine Wünsche in Erfüllung gehen!«

14. Kapitel

Die kommenden Tage rasen nur so dahin. Bea und Nele hocken ständig zusammen und versuchen sich auf einen Modus der Zusammenarbeit zu einigen, ihre Konzepte zu verfeinern und rechnen und rechnen. Ich telefoniere inzwischen mit Tilman Luckner, der sich netterweise bereit erklärt, uns einen Volontär »auszuleihen«, wie er es formuliert, der Betriebswirtschaft studiert hat und dessen Spezialgebiet Unternehmensgründungen sind.

Daher sehe ich meine Tante und meine Freundin nur noch sporadisch und kann mich so auf meine eigenen Zukunftspläne konzentrieren. Ich setze mich mit mehreren großen Hotelketten in Verbindung und informiere mich über sämtliche Stellenausschreibungen in Italien. Leider ist Venedig nicht dabei, aber immerhin Rom und Neapel. Über die Bücherkoje bestelle ich mir einen Sprachkurs, um ein wenig Italienisch zu lernen, was mir verhältnismäßig leicht fällt, weil ich in der Schule gut in Latein war.

Über all diesen Aktivitäten vergesse ich Marco beinahe, bis ich von einer vakanten Stelle als Pressesprecherin eines bekannten Mailänder Hotels erfahre. Die Ausschreibung klingt verlockend, der Zeitpunkt würde auch gut passen. Starttermin ist der 1. November. Dann hätte ich genug Zeit, um meine Zelte auf Sylt abzubrechen, mich darum zu kümmern, die Reste meines Hamburger Hausstands aufzulösen, und meine geplante Reise nach Venedig anzutreten.

Beim Stichwort »Mailand« überlege ich, mich doch bei Marco zu melden. Schließlich kann er mir am besten sagen, ob diese Stadt für mich in Frage kommt, und mir eventuell sogar bei der Wohnungssuche behilflich sein. Ich ringe mit mir, denn unser Rendezvous liegt nun beinahe zwei Wochen zurück, und allmählich ist es fast absurd, bei ihm anzurufen.

»Was soll's«, spreche ich mir Mut zu und scrolle durch die Namenseinträge in meinem Handy.

»Marco Nardi«, meldet sich bereits nach dem ersten Klingeln eine sonore Stimme, und vor Schreck lege ich auf.

Dann fällt mir ein, dass mein Name auch in seinem Display auftauchen müsste, und so sollte ich mich wohl besser ein zweites Mal bei ihm melden, wenn ich mich nicht völlig blamieren möchte.

»Ich bin es, Lissy«, sage ich und bete inständig, dass Marco mein Auflegen nicht bemerkt hat.

Natürlich hat er es bemerkt, und ich versuche ihn davon zu überzeugen, dass mir das Handy heruntergefallen ist und die Leitung deshalb unterbrochen wurde. Doch das interessiert ihn gar nicht. Vielmehr ist er offensichtlich erfreut, von mir zu hören.

»Ich dachte schon, ich hätte an unserem letzten gemeinsamen Abend etwas falsch gemacht«, erklärt er. »Ich habe mir den Vorwurf gemacht, dass ich zu forsch war. Aber unser Tanz war so romantisch und deine Lippen waren so verführerisch, dass ich gar nicht anders konnte, als dich zu küssen. Bist du mir jetzt böse?«, fragt er und klingt dabei wie ein kleines Kind, das man beim unerlaubten Naschen ertappt hat.

»Nein, natürlich nicht, ich fand es doch auch sehr schön«, höre ich mich in den Hörer schnurren und frage mich, wieso ich ihn nicht schon viel früher angerufen habe.

»Dann bin ich ja beruhigt«, antwortet Marco und will kurz darauf wissen, ob ich mit ihm surfen gehen möchte.

»Ich kann das gar nicht«, protestiere ich, was ihn jedoch nicht weiter stört.

»Jeder, der hier auf der Insel ist, muss das Wasser einmal vom Brett aus erkunden. Wenn du nach ein paar Versuchen feststellst, dass du das Wellenreiten nicht magst, lassen wir es und gehen stattdessen spazieren, versprochen! Aber ich brauche nach dem vielen Schreiben ein wenig Bewegung, bevor mir noch der Schädel platzt und ich komplett einroste«, erklärt er dermaßen drastisch, dass ich gar nicht anders kann, als zuzusagen.

Was kann denn schon passieren?, versuche ich mich zu beruhigen. Wenn ich vom Brett purzle, falle ich ja nur ins Wasser. Wenn auch in sehr kaltes.

Am Samstag verlasse ich die Bücherkoje ein wenig früher als sonst und werde diesmal von Bea höchstpersönlich vertreten, der es Tag für Tag bessergeht und die es kaum abwarten kann, mal wieder ein paar Stunden in ihrer geliebten Buchhandlung zu verbringen. Sie will die Gelegenheit nutzen, sich selbst ein Bild von der Umgestaltung der Bücherkoje zu machen, die durch die Neuaufnahme der Warengruppe »Neue Medien« nötig war, und mal wieder ein bisschen mit Birgit Stade plaudern. Ich habe Glück, das Wetter ist gut, wenn auch immer noch etwas kühl für Anfang Juni. Marco holt mich wie versprochen von der Buchhandlung ab, und wir fahren Richtung Westerland zur Surfschule, wo wir uns alles Nötige ausleihen wollen. Missmutig betrachte ich mich im Spiegel der Umkleidekabine, nachdem ich mitsamt T-Shirt und Unterwäsche in meinen Neoprenanzug gestiegen bin. Ich sehe aus wie eine Presswurst, darüber kann auch das strenge grafische Muster nicht hinwegtäuschen. Vielleicht habe ich es in den vergangenen Wochen doch etwas mit dem Essen übertrieben, schimpfe ich mit mir, während ich mein Spiegelbild kritisch mustere. In diesem Ding kann man keine noch so winzige körperliche Unzulänglichkeit verstecken, stelle ich fest und bin gleichzeitig genervt, weil sich das Ganze obendrein auch noch klamm und irgendwie glitschig anfühlt. So ähnlich stelle ich es mir vor, einen Delphin zu streicheln, überlege ich, während ich mir die Haare hochstecke.

»Bist du startklar?«, fragt Marco mich ein paar Minuten später und mustert mich von oben bis unten. Unwillkürlich ziehe ich den Bauch ein, auch wenn es vermutlich gar nichts bringt.

»Steht dir gut«, lobt Marco mich, und ich finde, dass das eine glatte Lüge ist.

»15 Grad Wassertemperatur«, entnehme ich der Informationstafel und schaudere bei der Vorstellung, versehentlich ins Meer zu fallen. DAS darf auf gar keinen Fall passieren, nehme ich mir fest vor, während Marco mir ein kleines Surfbrett in die Hand drückt und sich ebenfalls bewaffnet.

Im Gegensatz zu mir macht er in seinem Anzug eine ausgesprochen gute Figur. Man sieht ihm seine zweiwöchige Schreibtischarbeit kein bisschen an, wie ungerecht! Am Wasser angekommen, erhalte ich eine detaillierte Anweisung und versuche, mir alles zu merken.

»Los geht's, viel Erfolg«, ruft Marco mir zu und steht Sekunden später wie eine Eins auf seinem Brett.

»Hübsches Segel«, denke ich, während ich versuche, mich erst einmal mit meinem Exemplar anzufreunden. NOCH habe ich kein Segel, denn ich muss zunächst einmal lernen, mich so auf dem Surfboard zu halten. Während Marco schon etliche Meter weiter ist, stehe ich immer noch unschlüssig am Strand und beobachte das Geschehen um mich herum misstrauisch. Zum Glück bin ich nicht die einzige Anfängerin! Doch was ich sehe, ermutigt mich ganz und gar nicht. Von überall her höre ich nur Kreischen, Gurgeln, Prusten und unschöne Schimpfwörter.

»Komm schon, Lissy, du schaffst das!«, feuert Marco mich aus der Ferne an.

Nun kann ich natürlich nicht anders, wenn ich mich nicht blamieren will. Todesmutig ziehe ich mein Brett ins Wasser und versuche es so zu erklimmen, wie Marco es mir gezeigt hat. Doch schon bei der ersten Welle verliere ich das Gleichgewicht und falle ins Wasser. Mein Körper ist zwar erstaunlich gut geschützt, doch an den Händen spüre ich, wie eiskalt die Nordsee noch ist.

»Versuch's noch mal«, ruft Marco mir zu, und ich bin froh, dass er mich nicht auslacht. Zumindest nicht offensichtlich.

Ich starte einen zweiten Versuch, einen dritten und einen vierten, mit dem Ergebnis, dass ich diesmal von einer besonders hohen Welle erfasst und zu Boden geschleudert werde. Binnen Sekunden verliere ich die Übersicht darüber, wo oben und unten ist, habe Wasser im Ohr, Sand in den Augen und zwischen den Zähnen.

Ich muss kurz an Nele denken, die begeisterte Surferin ist und mich beineidet hat, als ich ihr von meiner Verabredung mit Marco erzählt habe.

»Ich wünschte, ich könnte mit«, jammerte sie. »Ich könnte gut mal eine Pause von diesen ganzen Kalkulationen und Konzepten brauchen. Und ein Rendezvous«, beklagte sie sich und schimpfte zum wiederholten Mal darüber, dass Alexander Herzsprung auf Tauchstation gegangen war. So wie ich momentan.

Von wegen Wellenreiten, dass ich nicht lache!

Nach zwei weiteren kläglichen Versuchen beschließe ich, dass dies wahrlich nicht meine Sportart ist. Bislang bin ich auch ganz gut ohne Surfboard durch den Sommer gekommen, daran soll es in diesem Jahr gewiss nicht scheitern! Ich gebe Marco ein Zeichen, dass ich nicht mehr mag, und gehe zurück in die Umkleidekabine, froh, aus dem klammen und viel zu engen Anzug schlüpfen zu können. Danach setze ich mich in den Sand, der von der Nachmittagssonne ein wenig aufgewärmt ist, und beobachte Marco, der seinen Spaß im Wasser hat.

»Was machst du denn hier?«, ertönt auf einmal eine vertraute Stimme neben mir. Es ist Leon, der sich in den vergangenen Tagen kaum in der Bücherkoje hat blicken lassen. Und wenn er mal da war, dann war er für seine Verhältnisse äußerst einsilbig.

»Leon, hallo. Nett, dich zu sehen! Und was machst du hier?«, gebe ich die Frage an ihn zurück.

Derweil setzt er sich neben mich, zieht die Schuhe aus und bohrt die Zehen in den Sand. »Ich hatte in Westerland einige Besorgungen zu machen und wollte mir für morgen ein Surfbrett reservieren. Sonntags ist hier nämlich immer die Hölle los, und ohne Reservierung hat man keine Chance, eines zu bekommen. Und du? Lernst du jetzt Wellenreiten?«

Ich zögere mit meiner Antwort und versuche aus den Augenwinkeln die Entfernung zwischen dem surfenden Marco und uns auszumachen. Allzu lange kann es nicht mehr dauern, dann wird er zurückkommen.

»Bist du irgendwie nervös?«, erkundigt sich Leon, während er den warmen Sand durch die Finger rieseln lässt.

»Nein, bin ich nicht«, antworte ich und sehe Marco auf uns zusurfen.

Leon folgt meinem Blick und erkennt sofort, auf wen ich hier warte. »Ach so, du hast eine Verabredung mit deinem italienischen Lover. Dann will ich mal nicht weiter stören«, sagt er, steht auf und zieht sich die Schuhe wieder an.

Mein »Aber du störst doch gar nicht« klingt offenbar nicht sehr überzeugend, denn Leon verabschiedet sich mit einem knappen »Ein schönes Wochenende noch« und geht zurück zum Parkplatz.

»War das nicht Leon Winter vom *Sylter Tagesspiegel*?«, fragt Marco, als er sich prustend neben mich in den Sand legt und binnen Sekunden aussieht wie ein paniertes Schnitzel.

Ich nicke und muss lachen, weil Marco nun seltsame Verrenkungen am Boden macht und dabei aussieht wie ein Fisch, der im Netz zappelt.

»Das sind Rückenübungen«, verteidigt er sein seltsames Gebaren und begibt sich dann wieder ins Wasser, um den Sand von seinem Anzug zu spülen.

»Hast du Lust, nach List zu GOSCH zu fahren und dort ein paar Krabben zu essen?«, fragt Marco ein wenig später, nachdem er sich umgezogen und unsere Bretter ordnungsgemäß abgegeben hat.

»Klar«, antworte ich, weil ich schon wieder Hunger habe. Mein Anblick im Neoprenanzug ist längst vergessen.

»Köstlich«, schwärme ich wenig später beim Genuss einer Ofenkartoffel mit fangfrischen Flusskrebsen und einem Glas Chardonnay.

Wir sind in der Alten Bootshalle in List, am entgegengesetzten Ende der Insel. Der Hafen von List hat mittlerweile fast schon Jahrmarktcharakter, so stark ist er von Touristen frequentiert, die entweder essen und feiern wollen oder, von Dänemark kommend, hier mit der Fähre Sylt Express anlegen.

Die Bootshalle ist ein riesiger rustikaler Raum, von schweren Holzbalken durchzogen, an denen Fischernetze befestigt sind. Die in der Mitte gelegene Bar hat Platz in einem Schiffsrumpf gefunden und ist das Herzstück des Restaurants, in dem es zugeht wie auf dem Bahnhof. Es ist furchtbar laut, im Hintergrund singt Hans Albers »Seemannsbraut ist die See«, und zu später Stunde bemüht Fiete sein Akkordeon, um die anwesenden Gäste mit weiteren norddeutschen Musikschmankerln zu erfreuen. So absurd die Szenerie auch ist, hat sie doch auch jede Menge Charme, und manchmal mag ich dieses Urige.

»Ist das nicht total befremdlich für dich als Italiener?«, frage ich, als Marco uns einen weiteren Wein von der Bar geholt hat. Bei GOSCH gilt nämlich das Prinzip der Selbstbedienung.

»Ein bisschen skurril ist das hier schon«, stimmt er mir zu und lacht. »Aber ab und zu finde ich so etwas ganz amüsant. Ich beobachte gern die Leute, die hier sitzen, außerdem bin ich nach wie vor der Meinung, dass man auf Sylt nirgends so gut Fisch essen kann wie hier. Apropos, irgendwie habe ich noch Appetit, wie wäre es mit ein paar Sylter Royal?«

Obwohl die Insel quasi meine zweite Heimat ist, habe ich mich bislang davor gedrückt, Austern zu essen. Die Sylter Royal wird im Watt der Blidelsbucht vor Sylt gezüchtet und gilt als absolute Delikatesse. Bislang konnte ich mich nicht dazu durchringen, dieses glibberige Meeresgetier zu probieren, was ich Marco auch sage.

»Ach was«, lacht er und wischt damit meine Bedenken vom Tisch. »So wie die hier zubereitet werden, merkst du gar nicht, dass es Austern sind!«

Das erinnert mich daran, dass einige Menschen Schnecken derart mit Knoblauchsauce übertünchen, dass ich mich immer frage, weshalb um Himmels willen sie diese armen Tierchen überhaupt essen wollen, anstatt einfach nur Baguette mit Knoblauchbutter zu bestellen.

Doch Marco lässt sich nicht von seinem Plan abbringen und verschwindet in Richtung Austernbar. Offensichtlich ist heute der Tag, an dem ich so einiges ausprobiere, was mich bislang nicht sonderlich gereizt hat. Eine Weile später weiß ich, dass Austern genauso wenig für mich in Frage kommen wie das Surfen. Trotz der würzigen Kräutersahne aus frischem Dill, Salbei und Estragon schaffe ich es kaum, ein Exemplar hinunterzuschlucken, während Marco mit höchstem Vergnügen gleich fünf davon vertilgt.

»Sorry, aber das ist nichts für mich«, sage ich und trinke einen Schluck Chardonnay, um den salzigen Glibbergeschmack aus dem Mund zu bekommen.

»Okay, war ja nur eine Idee«, antwortet Marco und sieht mich mit seinen braunen Augen entschuldigend an. »Scheint so, als hätte ich heute kein Händchen dafür, dir eine Freude zu machen. Tut mir leid. Bei unserer nächsten Verabredung bestimmst du, was wir unternehmen, in Ordnung?«

Das nutze ich als Stichwort, um Marco über Mailand auszufragen. Wie erwartet beginnt der Italiener von seiner Heimatstadt zu schwärmen, und eine Stunde später kommt es mir vor, als kenne ich jeden kleinen Winkel, jedes Bauwerk, jede Boutique und jeden Park.

»Wenn du Lust hast, können wir für ein paar Tage dorthin fliegen. Am besten Anfang Juli, wenn mein Stipendium ausläuft. Ich habe meine Eltern seit einer Ewigkeit nicht mehr gesehen, und sie würden sich sicher freuen, dich kennenzulernen.«

»Aha«, antworte ich kühl, das geht mir jetzt doch alles ein bisschen zu schnell. Schließlich habe ich Marco erst viermal gesehen. Da kann ich doch nicht gleich mit ihm nach Italien fliegen! Schon gar nicht zu seinen Eltern.

Er scheint meine Bedenken zu erahnen, denn er nimmt meine Hand, küsst sie und lächelt mich an. »Keine Sorge, *bella*. Wir würden natürlich nicht bei meinen Eltern wohnen. Es gibt ganz in der Nähe ein romantisches kleines Hotel, das dir sicher gefallen wird.«

Auch wenn ich nicht genau weiß, weshalb, ziehe ich die Hand zurück und spiele mit meinem Glas. »Lass mir noch ein bisschen Bedenkzeit, okay? Schließlich kann ich nicht so ohne weiteres von der Bücherkoje weg. Außerdem wird es mir hier jetzt auch zu laut. Lass uns lieber noch ein paar Schritte gehen«, schlage ich vor.

Am darauffolgenden Tag genieße ich es, endlich ausschlafen zu können und im Bett liegen zu bleiben, ohne den morgendlichen Spaziergang mit Timo übernehmen zu müssen. Bea ist mittlerweile so gut in Form, dass sie problemlos bis zu einer Stunde spazieren gehen kann. Nur mit dem Stehen hapert es noch ein wenig.

»Guten Morgen, meine Süße. Ich dachte mir, du möchtest heute vielleicht mal im Bett frühstücken«, höre ich auf einmal die Stimme meiner Tante, die nach kurzem Klopfen die Tür öffnet und mit einem Tablett an mein Bett kommt.

»Wie lieb von dir«, antworte ich, richte mich auf und bin ganz gerührt von dieser Geste. Das Tablett ist mit einem Brötchen, einem Croissant, frisch gepresstem Orangensaft, einem weichgekochten Ei, Aufschnitt und Käse gefüllt. Dekoriert ist das Ganze mit einer roten Rose.

»Aber ich habe doch heute gar nicht Geburtstag«, wende ich ein, während Bea die Vorhänge aufzieht.

»Das weiß ich, mein Kind«, antwortet sie und setzt sich auf die Bettkante. »Aber, irgendwie war mir heute Morgen danach, dich ein bisschen zu verwöhnen. Wenn du erst einmal in Italien bist, kommst du vielleicht so schnell nicht wieder, und dann kann ich dir auch kein Frühstück mehr machen.«

Aha, denke ich, sie nimmt meine Entscheidung doch schwerer, als sie zugibt. »Aber Bea«, protestiere ich und trinke einen Schluck Saft. »Erstens bin ich noch volle drei Monate hier, zweitens habe ich mich bislang nicht einmal beworben, und drittens weiß ich überhaupt nicht, ob das alles so klappt, wie ich es mir vorstelle. Seid ihr beiden denn jetzt schon ein Stück weiter mit euren Planungen?«, erkundige ich mich nach dem Stand der Dinge in Sachen Büchernest.

»Ja, das sind wir«, erwidert Bea lächelnd und erhebt sich. »Ich glaube, es sieht sogar ganz gut aus. Ralf ist ein wahres Betriebswirtschaftsgenie, der wird es noch weit bringen. Am Dienstag übergeben Nele und ich Frank Degenhard den neuen, amtlich besiegelten Businessplan. Und dann werden wir sehen, was die Sylter Sparkasse dazu sagt.«

»Ich drücke euch die Daumen«, antworte ich und köpfe mein Ei, während Bea sich verabschiedet und zu einem Spaziergang mit Timo aufbricht.

Ich genieße mein Frühstück, und meine Gedanken wandern weiter zu Marco und dem vergangenen Tag. Es ist seltsam. Irgendwie kann ich meine Gefühle für diesen Mann nicht richtig einordnen. Einerseits finde ich ihn interessant, nett und aufregend. Andererseits hat er jedoch etwas an sich, was darauf schließen lässt, dass er ziemlich ichbezogen ist – trotz seines

Charmes, seiner Höflichkeit und vermeintlichen Aufmerksamkeit.

Vielleicht ist das so bei Künstlern, überlege ich und beiße in mein Croissant. Dann muss ich an Leon und sein Verhalten in den letzten beiden Wochen denken. Vermutlich ist er immer noch unglücklich wegen Julia. Schließlich hat es auch bei mir eine ganze Weile gedauert, bis ich Stefans Betrug halbwegs verdaut habe. Manchmal habe ich sogar das Gefühl, dass ich trotz der fünf Monate immer noch nicht ganz durch bin mit dem Thema. Mittlerweile habe ich es zwar geschafft, mir das Foto von Max anzusehen, aber als ich festgestellt habe, wie sehr es den Kinderfotos von Stefan ähnelt, habe ich das Bild und den Brief zerrissen.

»Hi, du Surferbraut«, begrüßt Nele mich, als ich am späten Nachmittag auf einen Kaffee bei meiner Freundin vorbeisehe.

»Hallo, Valentin«, sage ich zu dem Fotografen, den ich schon länger nicht mehr gesehen habe. Genaugenommen seit Nele Alexander Herzsprung kennengelernt hat. Ich erzähle ihr von meinem kläglichen Scheitern auf dem Brett und unterhalte mich dann eine Weile mit Valentin und Inga, die später ebenfalls ins Café kommt. Irgendwie hoffe ich, Leon zu treffen, bis mir einfällt, dass er sich ja für den heutigen Tag ein Surfbrett reserviert hat.

Die angespannte Stimmung zwischen uns beiden nagt an mir, und ich überlege kurz, ob ich nach Westerland fahren soll, um ihn dort abzufangen, entscheide mich dann aber dagegen. Was genau will ich ihm eigentlich sagen?

»Hat Alexander sich inzwischen bei dir gemeldet?«, frage ich Nele, als ich zu ihr in die Küche gehe, wo sie gerade frischen Erdbeerkuchen anschneidet.

»Ja, hat er. Notgedrungen«, antwortet sie und verteilt Sahne auf dem Gebäck.

Blairwitch turnt wieder einmal auf dem Beistelltisch herum und maunzt, als sie die weiße Creme sieht. »Nein, du bekommst keine Sahne, das ist nicht gut für dich!«, erklärt Nele ihrer Katze, und ich muss lachen.

»Meinst du, sie versteht dich?«, frage ich und denke gleichzeitig beschämt daran, dass ich manchmal auch mit Timo rede. Besonders dann, wenn mir viel im Kopf herumgeht. Ich glaube, dass der Hund mittlerweile mehr von mir weiß als Nele und Bea zusammen.

»Doch, das tut sie. Deshalb weiß sie auch, dass sie einen gewissen Herrn namens Alexander Herzsprung hier nicht mehr sehen wird«, erklärt Nele, und ihre Augen funkeln wütend.

»Was ist passiert?«, frage ich und bete inständig, dass meine Freundin, was auch immer es sein mag, professionell genug ist, ihre Arbeit für den Verlag nicht davon beeinträchtigen zu lassen.

»Das Übliche«, antwortet sie und stellt den Sahnetopf derart schwungvoll in den Kühlschrank, dass er überschwappt. »Natürlich ist seine Judith nicht wirklich getrennt von ihm, so wie er behauptet hat. Sie ist plötzlich wieder zu Hause aufgetaucht, obwohl sie angeblich bereits eine eigene Wohnung hatte. In Wirklichkeit hat sie bei einer Freundin gewohnt und irgendwann wohl festgestellt, dass sie doch lieber wieder zu Alexander zurück will, als den Rest ihres Lebens in einer Frauen-WG zu leben. Er spielt jetzt den Rosenkavalier, macht einen auf große Versöhnung und hat auf einmal komplett vergessen, dass er mich ja ach so toll fand. Der kann sich auf alle Fälle eine Neue suchen, die ihm sein Buch illustriert! Weißt du was? Ich glaube

Männern bald gar nichts mehr. Am besten, ich konzentriere mich in Zukunft nur auf das Café, auf das Malen und darauf, was mir sonst noch Spaß macht. Wenn ich körperliche Bedürfnisse habe, wende ich mich an Valentin und basta. Wo steht denn geschrieben, dass man einen Mann braucht, um glücklich zu sein?«

»Apropos Malen und Illustrationen«, hake ich ein, weil mir gerade einfällt, dass meine Freundin mir nach den Skizzen noch gar nichts von ihrer Arbeit gezeigt hat. »Wie kommst du mit den farbigen Reinzeichnungen voran? Oder war das eben dein Ernst, dass du den Auftrag nicht zu Ende führen willst?«, erkundige ich mich, während Nele einen Nusskuchen anschneidet, von dem ich mir sofort ein Stück stibitze.

Ich sehe, wie Röte im Gesicht meiner Freundin aufsteigt, als hätte ich sie bei irgendetwas ertappt. »Ehrlich gesagt, weiß ich es nicht«, antwortet sie. »Ich habe eigentlich keine Lust, mich für diesen Typen zum Affen zu machen«, sagt sie und rauscht hoheitsvoll aus der Küche.

Ich bleibe verblüfft zurück. »Ach, Blairwitch«, sage ich und streichele die Katze, die nun vom Tisch gesprungen ist. »Kannst du mir mal sagen, warum immer alles so kompliziert sein muss?«

Doch sie maunzt nur, windet sich aus meiner Umarmung und folgt ihrem aufgebrachten Frauchen. Wie soll mir auch eine Katze erklären, wie das Leben funktioniert? Doch eines ist auf alle Fälle klar: Nele darf nicht wegen einer gescheiterten Affäre ihren Vertrag und ihr Projekt beim Sternenreiter Verlag aufs Spiel setzen. Das muss ich verhindern!

Nach diesem Entschluss setze ich mich wieder an meinen Platz und trinke einen Latte macchiato, als Leon hereinkommt.

»Hat es mit dem Surfen nicht geklappt?«, erkundige ich mich, weil ich so schnell wie möglich das Eis zwischen uns brechen möchte.

Leon ist offensichtlich überrascht, mich im Möwennest zu sehen, setzt sich aber zu mir. »Ich musste heute wegen eines Krankheitsfalls für einen Kollegen einspringen, und jetzt ist es zu spät zum Surfen. So warm ist es um diese Jahreszeit noch nicht«, erklärt er mir und bestellt einen Cappuccino. »Was ist mit dir? Bist du heute gar nicht mit deinem Italiener verabredet?«

»Um das mal klarzustellen«, antworte ich, »dieser Italiener ist nicht ›meiner‹. Wir haben uns neulich per Zufall in der Kleinen Teestube getroffen, waren zweimal essen und gestern surfen, das ist alles.« Während ich Leon mein Verhältnis zu Marco erkläre, ärgere ich mich. Wieso fühle ich mich dazu verpflichtet? Es kann ihm vollkommen egal sein, mit wem und wann ich ausgehe.

»Aha«, kommentiert er meine Antwort lapidar und streut Zucker in seinen Kaffee. »Tut mir leid, dass ich gefragt habe. Eigentlich geht es mich nichts an. Das ist es doch, was du denkst und was ich gerade in deinen Augen lese, oder?«

»Stimmt genau«, entgegne ich und muss lächeln. »Es geht dich nichts an. Solche Informationen bekommst du in Zukunft nur im Tausch gegen eigene persönliche. Wir können uns ja an dieser Stelle versprechen, uns gegenseitig Bescheid zu geben, wenn es jemanden in unserem Leben gibt, der uns wichtig ist. Okay? Bis dahin bleiben wir das, was wir sind: gute Freunde.«

»Auf die Freundschaft«, antwortet Leon und erhebt feierlich seinen Cappuccino. »Es ist zwar ungewöhnlich, mit Kaffee anzustoßen, aber warum sollte man es nicht auch mal damit versuchen? Auf uns und darauf, dass wir uns immer so gut verstehen, wie wir es bisher getan haben!«

»Auf uns!«, entgegne ich und stoße mit meinem Glas an seine Tasse.

Am Abend hole ich meinen Laptop hervor, den ich wohlweislich von zu Hause mitgebracht habe, und bringe meinen Lebenslauf auf den aktuellen Stand. Nach alldem, was Marco über Mailand und das Hotel D'Angelo erzählt hat, in dem die Stelle der Pressereferentin frei ist, möchte ich nun keine Minute zögern und meine Bewerbung zusammenstellen. Wirklich zu blöd, dass das Kapitänshaus nicht über einen Internet-Anschluss verfügt und ich meine Unterlagen nicht per E-Mail losschicken kann, wie das heutzutage üblich ist. Ich hoffe, dass die Post von Sylt nach Italien nicht so lange braucht und die Stelle anderweitig vergeben wird, weil ich zu spät dran bin.

Während ich die Bewerbung so formuliere, dass es so wirkt, als hätte die Pressearbeit einen großen Teil meiner Zeit im Hotel in Anspruch genommen, sinniere ich darüber, wie es wohl wäre, wirklich in Italien zu leben. Ein Teil von mir sehnt sich danach, noch einmal neu anzufangen, andere Eindrücke aufzunehmen, ein fremdes Land kennenzulernen, eine neue Sprache zu sprechen und mit Menschen zu kommunizieren, die eine andere Mentalität haben. Den Duft von Oleander einzuatmen, die Sonne auf der Haut zu spüren, auf einer Piazza Eis zu essen oder den Mailänder Dom zu besuchen. Der andere Teil ist immer noch ein wenig ängstlich, fühlt sich verloren und heimatlos.

Jetzt, wo Nele so viel mit Bea zusammengluckt, hat sich auch unsere Freundschaft verändert. Unsere Treffen werden seltener und finden eher en passant im Café oder in der Buchhandlung statt. Richtig verabredet haben wir uns eigentlich schon lange nicht mehr, denke ich und überlege, ob es wirklich nur daran liegt, dass Nele derzeit um ihre Existenz kämpft. Die Dinge ändern sich eben, seufze ich, während ich den Computer herunterfahre und meine Bewerbung speichere.

Momentan bin ich noch nicht einmal mehr motiviert, Nele danach zu fragen, ob sie ihren Kinderbuchauftrag erfüllt. Meine Freundin geht jetzt ihren eigenen Weg und weiß immer besser, was sie tut – also wird sie sich auch für das Richtige entscheiden, was ihr Buchprojekt betrifft. Ich muss loslassen, ermahne ich mich, während ich gleichzeitig feststelle, dass mir für meine Bewerbung etwas Existenzielles fehlt, nämlich ein Drucker!

Ich überlege kurz, wer mir bei diesem Problem helfen könnte, und beschließe Leon zu fragen. Nele hat keinen Computer, und auch in der Bücherkoje hat sich noch nichts verändert, auch wenn zwei Computer und ein Internetanschluss sowie die Erstellung einer Homepage im Businessplan vorgesehen sind. An dieser Stelle hat Ralf Überzeugungsarbeit in meinem Sinne geleistet und Bea nachhaltig klargemacht, dass in der heutigen Zeit eine eigene Website aus Werbe- und Informationsgründen nahezu unumgänglich ist.

Ich überlege kurz, ob ich Leon heute noch anrufen soll, entscheide mich aber dagegen. In meine Gedanken platzt eine SMS von Marco, in der er fragt, wie es mir gehe und wann wir uns wiedersehen. Ich beschließe, vorerst nicht zu antworten, weil ich mir über mein Verhältnis zu diesem Mann immer noch nicht klar bin.

»Ich habe eine gute und eine schlechte Nachricht, welche wollt ihr zuerst hören?«, fragt Bea zwei Wochen später, als wir uns zu einem konspirativen Essen bei Fisch-Fiete treffen.

Heute Abend haben weder meine Tante noch Nele Lust zu kochen, und so haben wir beschlossen, uns etwas zu gönnen und bei dieser Gelegenheit auch gleich noch Vero mitzunehmen, denn meine Tante und sie haben sich in letzter Zeit ebenfalls ziemlich selten gesehen.

Das Interieur des traditionellen Fischlokals ist gemütlich wie eh und je, und ich erinnere mich an so manche Abende, die ich als Kind zusammen mit Bea und Knut hier verbracht habe.

Wir nehmen auf hellblau gestrichenen Holzstühlen Platz, die im Farbton zu den Fenster- und Türrahmen passen. Auch die alten friesischen Kacheln sind in diesem Farbton gehalten und verleihen dem Restaurant mit ihrem nostalgischen Dekor Charme und Behaglichkeit. An der Wand hängt ein riesiger blauer Fisch aus Metall. Als Kind habe ich mir immer vorgestellt, wie schön es sein müsste, ihn aufs Wasser zu setzen und als eine Art Luftmatratze zu benutzen.

Wir bestellen die Spezialitäten des Hauses: Gulasch vom Seeteufel, Labskaus, Steinbutt und eine kleine gemischte Fischpfanne.

»Zuerst die gute Nachricht«, bittet Vero, was ganz ihrem Naturell entspricht. »Wenn ich schon mal bei eurem geheimen Zirkel dabei sein darf, möchte ich wenigstens zum Einstieg etwas Positives hören.«

»In Ordnung. Nele und ich waren also bei der Bank, wie ihr wisst, und Frank Degenhard ist völlig begeistert von unserem Konzept. Er findet alles stimmig, realistisch kalkuliert und begrüßt es auch von Seiten der Sylter Sparkasse, mit diesem Projekt ein kleines kulturelles Gegengewicht zu dem zu schaffen, was in Kampen passiert. Schließlich verfügt unser Dorf über eine lange Tradition von Goldschmiedekunst, Töpfer- und Kunsthandwerk. Das haben wir alles in unser Konzept einbezogen, indem wir hiesigen Künstlern dauerhaft Ausstellungsmöglichkeiten geben und Veranstaltungen mit ihnen durchführen möchten.«

»Was gefällt ihm dann nicht, wenn alles so toll ist?«, werfe ich ein und bestreiche ein Stück Baguette mit frischem Gänseschmalz.

»Im Prinzip stört ihn nur, dass er eine weitere Sicherheit von uns braucht. Trotz des stimmigen Businessplans. Oder einen zusätzlichen Einschuss in das Eigenkapital des Büchernests, das dann als eigene Gesellschaft fungiert. Es gibt neue Bestimmungen, Basel 2 genannt, die einen Mindestprozentsatz als Eigenkapital vorschreiben. Genau da liegt das Problem.«

Ich nicke, denn ich kenne das Thema nur zu gut aus der Hotelbranche.

»Das Kapitänshaus allein reicht nicht als Sicherheit. Selbst wenn man Beas Jeep und meine Klapperkiste mit in den Topf nimmt, hat die Bank Bedenken«, erklärt Nele.

»Wie hoch ist denn der Betrag, der euch noch fehlt?«, fragt Vero, und ich habe den leisen Verdacht, dass sie gleich ihren Hof als Sicherheit anbieten wird, gutmütig und hilfsbereit, wie sie ist.

»Fünfzigtausend Euro«, antworten Nele und Bea im Chor.

Ich verschlucke mich fast an meinem Baguette, und auch Vero wird ganz blass im Gesicht.

Für einen Moment herrscht Schweigen am Tisch. Mit dieser Summe ist im Prinzip klar, dass das Projekt Büchernest gestorben ist.

»Kann man nicht noch eine andere Bank mit ins Boot holen?«, frage ich, bemüht, eine Lösung für das Problem zu finden. »Was ist mit der Westerland Bank?«

»Das funktioniert nicht, das hat Ralf schon geprüft«, antwortet Bea und sieht mich traurig an. Wie sehr sie doch mittlerweile an dieser Idee hängt, stelle ich fest und streichle kurz ihren Handrücken.

»Würde es euch denn helfen, wenn ich den Hof als Sicherheit anböte?«, schlägt Vero tatsächlich vor, worauf wir unisono mit einem entschiedenen »Nein« antworten.

»Das kommt überhaupt nicht in Frage«, sagt Bea energisch und sieht ihre Freundin streng an. »Ich weiß, dass du eine Seele von Mensch bist und dass ich immer auf dich zählen kann, wenn Not am Mann ist. Aber dies ist kein wirklicher Notfall, sondern nur eine Idee, die zwar schön ist, aber offensichtlich nicht ganz leicht zu realisieren. Ihr kennt mich, so schnell gebe ich nicht auf. Schließlich wollen wir in erster Linie das Möwennest retten, und dafür wird uns schon eine Lösung einfallen. Ich schlage vor, dass wir für heute das Thema ruhenlassen und jetzt das köstliche Essen genießen. Wir haben in den vergangenen Wochen genug gegrübelt und gearbeitet, jetzt haben wir uns als Belohnung einen schönen Abend verdient!«

Der Abend wird in der Tat schön, sehr schön sogar, und als wir zu später Stunde auf die Gartenterrasse treten, in deren Mitte ein Brunnen gemütlich vor sich hin plätschert, und ich den würzigen Duft von Ulmenblättern und Kastanienblüten einatme, habe ich auf einmal eine Idee.

»Ich möchte gern Stefan Koch sprechen«, sage ich und bin darauf gefasst, dass mich die Sprechstundenhilfe abwimmelt. »Sagen Sie ihm, Larissa Wagner ist am Apparat, und es ist dringend.«

»Handelt es sich um eine Privatangelegenheit, oder sind Sie Patientin von Doktor Koch?«, erkundigt sich das Mädchen.

Ich bin froh, dass es nicht Melanie ist, an der ich mich jetzt vorbeimogeln muss. Also versuche ich meiner Stimme einen besonders strengen Tonfall zu verleihen und antworte: »Es ist privat, und es ist sehr wichtig.«

»Moment bitte«, flötet es am anderen Ende der Leitung. »Ich versuche ihn zu erreichen.«

»Lissy, welch eine Überraschung«, vernehme ich eine Minute später die Stimme des Mannes, den ich einmal sehr geliebt habe.

Für einen Moment rutscht mir das Herz eine Etage tiefer, doch dann hole ich tief Luft, denn bei diesem Anruf geht es um viel.

»Herzlichen Glückwunsch zum Baby«, presse ich zwischen den Zähnen hervor, weil ich weder auf die Geburtskarte geantwortet habe, noch sofort mit der Tür ins Haus fallen will.

»Frau Peters hat gesagt, es ist dringend. Ist etwas passiert? Ist alles in Ordnung mit dir?«, erkundigt Stefan sich, und ich finde, dass er mit seiner Sorge reichlich spät dran ist.

»Alles okay bei mir«, antworte ich, »aber ich habe eine schlechte Nachricht für dich. Ich brauche das Geld, das ich in deine Praxis gesteckt habe. Und zwar nicht erst in einigen Monaten, sondern ziemlich schnell. Genauer gesagt, brauche ich es bis übermorgen.«

Für einen Moment herrscht Stille in der Leitung, und ich sehe im Geiste Stefans Gesicht vor mir. Ich fühle mich bei dieser Geschichte zugegebenermaßen nicht besonders wohl, doch es geht nicht anders, wenn ich Bea und vor allem Nele helfen will.

»Das kommt ein bisschen überraschend«, antwortet Stefan und ich spüre, wie er versucht, die Fassung zu wahren. »Wofür brauchst du das Geld denn? Und wieso ist es auf einmal so dringend? Als wir uns getrennt haben, hast du noch gesagt, dass ich mir mit der Rückzahlung Zeit lassen kann. Darauf habe ich mich verlassen. Ich weiß nicht, wo ich mal eben auf die Schnelle hundertfünfzigtausend Euro herbekommen soll. Wie stellst du dir das vor? Du weißt genau, dass dieses Geld in der Praxis steckt.«

Als WIR uns getrennt haben … Wie schön, dass mein Exfreund unter plötzlicher Amnesie leidet, was unsere Geschichte betrifft!

»Fürs Erste reichen mir auch siebzigtausend. Die brauche ich aber wirklich schnell. Den Rest dann spätestens in einem halben Jahr. Ich würde es nicht sagen, wenn es nicht so dringend wäre.« Stefan zu erklären, wofür ich das Geld brauche, halte ich nicht für nötig.

»Okay, okay, ich merke schon, es ist dir Ernst«, antwortet Stefan hastig.

Ich kann nicht umhin, ein wenig schadenfroh zu sein. Soll er doch seinen Porsche verkaufen, wenn er nicht so schnell an Bares kommt. In dem Auto hat sowieso weder ein Kinderwagen, noch ein Kindersitz Platz.

»Ich werde sehen, was sich machen lässt, und melde mich dann wieder bei dir. Wie kann ich dich erreichen?«

»Du hast meine Handynummer, an der hat sich nichts geändert. Und wie Bea mit Nachnamen heißt, müsstest du eigentlich auch noch wissen«, murre ich in den Hörer. »Aber lass dir nicht zu lange Zeit mit deinem Rückruf. Wie gesagt, es ist dringend.« Mit diesen Worten lege ich auf, ohne seinen Abschiedsgruß abzuwarten.

Mit klopfendem Herzen gehe ich aus dem Pausenraum, von wo aus ich telefoniert habe, nach unten in die Buchhandlung, wo Leon gerade an der Kasse steht und bei Frau Stade bezahlt.

»Lissy, wie siehst du denn aus? Ist alles in Ordnung mit dir?«, erkundigt er sich besorgt, während ich Übelkeit in mir aufsteigen fühle.

Das Telefonat hat mich doch mehr mitgenommen, als ich es für möglich gehalten hätte. »Mir geht es gut, mir ist im Augenblick nur gerade ein bisschen übel«, antworte ich und sehe, wie sich Leons Augen plötzlich verdunkeln.

»Übel?«, fragt er verwundert und mustert mich von oben bis unten. »Du bist doch sonst nie krank. Hast du was Falsches gegessen? Wart ihr nicht gestern bei Fisch-Fiete?«

»Daran liegt es nicht!«, wehre ich ab, weil ich nicht weiter auf das Thema eingehen, sondern momentan lieber meine Ruhe haben möchte. »Du weißt selbst, welchen Wert sie dort auf Frische legen. Mir ist einfach nur ein bisschen schlecht. Kleines Formtief. Das wird ja wohl mal vorkommen dürfen«, wiegle ich ab und habe das Gefühl, mich gleich übergeben zu müssen.

Leon sieht mich weiter durchdringend an. »Oder hat dein Zustand etwas mit diesem Marco zu tun?«, fragt er weiter.

Ich brauche einen Augenblick, um zu verstehen, was er mir damit unterstellt. »Sag mal, spinnst du? Was glaubst du eigentlich von mir?«, fauche ich ihn an und bin froh, dass Birgit Stade am anderen Ende der Buchhandlung damit beschäftigt ist, die Regale umzuräumen. »Hatten wir nicht vor ein paar Tagen besprochen, dass wir Freunde sind und uns ehrlich sagen, wenn es etwas zu berichten gibt? Wofür hältst du mich eigentlich? Für eine Frau, die gleich mit dem Erstbesten ins Bett hüpft? Es ist wohl besser, wenn du jetzt gehst und wir uns eine Weile nicht sehen.« Mit diesen Worten mache ich auf dem Absatz kehrt und haste nach oben in Richtung Pausenraum.

»Das ist doch alles nicht zu fassen!«, zetere ich, während ich mir eine Cola aus dem Kühlschrank nehme. Dieses Getränk hat seltsamerweise in allen Lebenslagen eine heilende Wirkung auf mich. Es hilft gegen Kreislaufbeschwerden, Übelkeit und sonstigen Kummer. Das mag daran liegen, dass mir meine Mutter als Kind immer Cola gegeben hat, wenn mir schlecht war. Das Streicheln meines Bauchs, das süße, klebrige Getränk und die beruhigenden Worte meiner Mutter haben immer schnell Wirkung gezeigt, seitdem trinke ich jedes Mal Cola, wenn es mir schlechtgeht.

Nachdem ich die halbe Flasche geleert habe, steigt mein Energiepegel, allerdings parallel dazu auch meine Wut auf Männer. Auf Männer im Allgemeinen und im Besonderen. Auf Marco, den selbstverliebten Schriftsteller, Männer wie Gregor Thade und Alexander Herzsprung, die mit meiner Freundin Nele umspringen, wie es ihnen gerade in den Sinn kommt. Auf Leon, der mir eine Schwangerschaft unterstellt, und auf Stefan, diesen Egoisten.

Natürlich haben wir damals abgemacht, dass er den Kredit nicht sofort zurückzuzahlen braucht. Das Geld – mein Erbe – stammte aus dem Betrag, den meine Eltern für ihr Ferienhaus gespart hatten, ihren langgehegten Wunsch. Dann wurde es zum Kapital, mit dem Stefan seinen Plan, sich selbständig zu machen, verwirklichen konnte. Doch nun ist es vielleicht an der Zeit, meinen eigenen Traum zu realisieren. Denn selbst wenn ich nicht unmittelbar etwas davon habe, weil ich nach Italien oder sonst wohin gehe, weiß ich doch, dass ich Bea und Nele eine Freude machen kann. Diese beiden Menschen sind mir nun mal momentan das Liebste auf der Welt!

Mit dem Gedanken an die Gesichter der beiden, wenn ich sie mit einem Schlag von ihren Sorgen befreie, steigt meine Laune wieder und die Übelkeit verschwindet. Jetzt tut es mir fast schon leid, dass ich Leon aus dem Laden geworfen habe. Seltsam, dass wir es seit einiger Zeit nicht mehr schaffen, unbefangen miteinander umzugehen. Ich kenne so etwas gar nicht.

15. Kapitel

Es vergehen ein paar Tage, ohne dass ich etwas von Stefan höre. Bei Nele und Bea rauchen schon wieder die Köpfe, weil sie weiter nach möglichen Geldquellen forschen. Mittlerweile sind sie sogar schon so weit, den Bürgermeister und die Kurverwaltung für ihr Vorhaben einspannen zu wollen. Schließlich könnte das Büchernest das Ferienangebot für Touristen erheblich erweitern.

Als das zeitliche Limit abläuft, das ich mir gesetzt habe, schicke ich Stefan ein Einschreiben und setze ihm darin eine Frist für die Rückzahlung der Summe. Ich drohe mit anwaltlichen Schritten, wenn das Geld nicht innerhalb von zehn Tagen auf meinem Konto eingeht, ebenso mit der Erhebung von Zinsen. Ich weiß aus Erfahrung, dass es nichts nützt, Stefan noch mal anzurufen. Bei Schwierigkeiten hat er die Tendenz, alles auszusitzen. Und die Zeit habe ich diesmal nicht.

Leon und ich gehen uns seit unserem Streit so gut es geht aus dem Weg. Von Marco erhalte ich eine SMS, in der er fragt, ob wir uns noch mal sehen, bevor seine Zeit auf Sylt abläuft, und ob ich mir Gedanken über Mailand gemacht hätte. Ich antworte, dass ich derzeit viel um die Ohren habe, ihn jedoch gern noch mal auf einen Kaffee treffen wolle. Und dass der Mailand-Trip auf keinen Fall für mich in Frage komme.

Schon gar nicht, solange ich nichts vom Hotel D'Angelo gehört habe. Meine Unterlagen müssten dort seit etwa einer Woche vorliegen. Ich habe die Bewerbung zu guter Letzt bei Veros

Sohn ausgedruckt, weil ich Leon nach unserem Streit nicht mehr fragen wollte. Nun laufe ich den ganzen Tag mit dem Handy herum und warte auf eine Nachricht aus Italien.

»Sieh mal, sind die nicht süß geworden?«, fragt Nele und übergibt mir einen Stapel Aquarellpapier.

Es sind ihre Zeichnungen für das Kinderbuch. Gott sei Dank, sie hat das Projekt nicht abgeblasen! Wir sitzen bei einem Glas Wein in ihrer gemütlichen Küche, und ich freue mich, dass wir endlich mal wieder Zeit haben, uns in aller Ruhe zu sehen – fernab von beruflichen Themen.

Verzückt blättere ich durch die Welt, die Nele mit ihren Bildern erschaffen hat. Vor meinen Augen entsteht die Geschichte einer Trollfamilie, die in einem Baumhaus wohnt. Neles Farben verfügen über eine derartige Intensität und Strahlkraft, dass ich mich nicht sattsehen kann.

»Guck mal, das ist Trollina, das Baby. Ist die nicht niedlich?«, schwärmt Nele nun selbst von ihrer Arbeit.

Sie muss Tag und Nacht daran gesessen haben, so spät, wie sie damit begonnen hat. Es ist mir absolut schleierhaft, wie sie dieses Pensum neben dem Café und den Konzepten für das Büchernest bewältigen konnte.

»Es ging nicht anders, ich musste mich zusammenreißen«, erklärt Nele, als ich sie darauf anspreche. »Irgendwie hat es mir aber auch Auftrieb gegeben, mal wieder etwas zu tun, eine echte Aufgabe zu haben und nicht nur so vor mich hin zu dümpeln, wie ich es mit dem Möwennest mache. Ich hoffe jetzt nur, dass sie es auch im Verlag mögen.«

»Die haben die Skizzen doch schon abgesegnet«, wende ich ein und muss an Neles Hamburg-Trip denken, als sie die Affäre mit

Alexander Herzsprung begonnen hat. »Was soll denn jetzt noch schiefgehen?«

»Eigentlich nichts«, antwortet meine Freundin und streichelt Blairwitch, die sich zu uns gesellt hat. »Aber sie müssen natürlich die Farben mögen. Und die Autorin muss ebenfalls einverstanden sein.«

Ich nicke und trinke einen Schluck Wein. »Wie schön, dass du über deinen Schatten gesprungen bist und das Projekt zu Ende gebracht hast, obwohl du mit Alexander nichts mehr zu tun haben willst«, lobe ich meine Freundin.

Nele seufzt kurz und verstaut ihre Illustrationen wieder in einer Mappe. »Na ja, optimal finde ich das alles nicht. In meiner ersten Wut wollte ich das Ganze tatsächlich hinwerfen, wie du weißt, aber als die nächste Mahnung ins Haus geflattert kam, war mir klar, dass ich mir das nicht leisten kann. Schließlich kann so ein Buch auch der Start für die Zusammenarbeit mit anderen Verlagen sein. Dann habe ich überlegt, ob ich Renata Baumgarten bitten soll, mir einen anderen Lektor zuzuteilen, was aber natürlich für alle Beteiligten peinlich geworden wäre.«

Ich bin froh, dass Nele keine der beiden Varianten gewählt hat.

»Letztlich habe ich beschlossen, dass es an der Zeit ist, erwachsen zu werden und die Suppe auszulöffeln, die ich mir eingebrockt habe. Immerhin war es nicht besonders schlau, etwas mit Alexander anzufangen (ich verkneife mir ein besserwisserisches Nicken). Aber er ist ja nicht die Liebe meines Lebens und offensichtlich ein kompetenter Lektor, also was soll's.«

»Wirklich schön, ich finde, das solltest du weiterverfolgen«, wiederhole ich nochmals, während ich im Geiste schon das fertige

Buch vor mir sehe. »Wenn es erschienen ist, können wir es in der Bücherkoje präsentieren. Ich finde sowieso, dass wir zu wenige Veranstaltungen für Kinder machen. Vielleicht hat die Autorin Lust, für eine Lesung nach Sylt zu kommen. Oder ich übernehme das, so viel Text ist es auch wieder nicht.«

»Ich höre dich immer WIR sagen und von der Zukunft sprechen«, sagt Nele mit einem Schmunzeln und stellt eine Schale mit Oliven auf den Tisch. »Hast du schon vergessen, dass du bald in Italien sein wirst? Oder hast du etwa eine Absage aus Mailand bekommen?«, fragt sie.

Für einen Moment habe ich den Eindruck, einen Hoffnungsschimmer in den Augen meiner Freundin aufglimmen zu sehen. »Nein, habe ich nicht. Aber auch noch keine Zusage«, murmle ich, weil ich nun selbst irritiert bin. Zu sehr habe ich mich gerade in die Vorstellung verliebt, eine Meute kleiner Kinder auf Sitzkissen in der Buchhandlung vor mir zu sehen, in der Mitte Nele und ich, wie wir aus dem Buch vorlesen und die Bilder herumzeigen. Man könnte von den Illustrationen auch Dias machen lassen und sie an die Wand projizieren. Außerdem könnte Nele Trollkekse backen und sie an die kleinen Zuhörer verteilen.

STOPP, ermahne ich mich und versuche stattdessen meine Gedanken wieder in Richtung Italien zu schicken.

»Die kommt schon noch«, unterbricht Nele mich, und für eine Sekunde weiß ich nicht, worauf sie sich bezieht. »Wenn du erst in Mailand wohnst, besuche ich dich. Bis dahin gibt es das Möwennest sicher nicht mehr, und ich bin arbeitslos. Dann habe ich Unmengen an Zeit und kann mit dir die Stadt erkunden. Ich werde zwar kein Geld haben, um bei den einschlägigen Designern einzukaufen, aber für ein Eis auf der Piazza wird es wohl noch reichen. Was meinst du? Dann wärst du dort nicht so einsam?«

Für einen Moment finde ich die Idee sehr schön, denn natürlich habe ich Angst davor, allein in einer fremden Stadt zu sein. Denn selbst Marco lebt nicht mehr dort. Andererseits muss ich mich allmählich mal meinen Ängsten stellen. Und eine Rückkehr nach Hamburg wäre definitiv der falsche Weg, das wird mir immer klarer. Im Grunde verbindet mich nichts mehr mit dieser Stadt, so schön sie auch ist.

»Ach, Nele«, antworte ich gerührt und zugleich bedrückt. »Natürlich fände ich es toll, mit dir dort zu sein. Aber ich weigere mich immer noch zu denken, dass es das Café irgendwann nicht mehr gibt. Ich glaube nach wie vor an den Plan mit dem Büchernest. Ihr werdet sicher Erfolg haben, und dann besuchst du mich einfach im Urlaub. Dann hast du nicht nur das Geld für Eis, sondern auch für die Mailänder Mode. Aber wenn ich es mir aussuchen könnte, würde ich ehrlich gesagt sowieso lieber mit dir nach Venedig fahren.«

»Ja, Venedig«, gerät nun auch Nele ins Schwärmen. »Am besten verbinden wir einfach beides. Wir machen eine Tour durch Norditalien. Und in Venedig bleiben wir mindestens fünf Tage. Wir füttern Tauben auf dem Markusplatz, trinken einen Cappuccino auf der Terrasse des Hotels Danieli (schön, dass meine Freundin und ich die gleichen Phantasien haben), schlendern durch die winzigen Gassen, kaufen uns diese kleinen, zierlichen Figuren aus Murano-Glas und machen uns über all die Liebespaare lustig, die völlig verkitscht in einer Gondel sitzen und sich über den Canal Grande fahren lassen.«

»Du hast wohl wirklich mit dem Thema Männer abgeschlossen, was?«, stelle ich schmunzelnd fest, während ich eine Olive esse und einen Schluck Rotwein trinke. Allein schon wegen der mediterranen Küche sollte man in Italien leben! »Gib es ruhig zu. Du bist doch bloß neidisch auf all diese Paare. Du wirst sehen. Eines Tages findest du jemanden, der perfekt zu dir passt. Irgendeinen unkonventionellen Mann, der es toll findet, mit einer so unkonventionellen Frau wie dir zusammen zu sein. Dann könnt ihr mindestens ebenso unkonventionell Urlaub machen. Ihr könntet zum Beispiel anstelle einer Gondel mit einem Faltboot über den Canal Grande schippern. Oder ihr baut euch ein Floß aus Bananenkisten, oder was weiß denn ich.«

»Mit Bananenkisten würden wir garantiert untergehen«, sagt Nele lachend, »aber das würde wiederum passen. Diese Form von Untergang wäre dann sozusagen symbolisch.«

Am nächsten Morgen ist Birgit Stade zu uns zum Frühstück eingeladen, weshalb ich eine Stunde früher aufstehen muss als sonst. Völlig übermüdet, weil Nele und ich die Nacht zum Tag gemacht und weiter über unseren Italien-Urlaub phantasiert haben, greife ich nach dem Wecker, um dem lästigen Piepsen ein Ende zu setzen. Timo steckt seine Hundeschnauze durch den Türspalt, und ich bete inständig darum, dass ich jetzt nicht auch noch mit ihm Gassi gehen muss. Schade, dass Paula noch so klein ist, sonst hätte man sie gelegentlich als Hundesitterin engagieren können.

Ich richte mich vorsichtig auf und stelle fest, dass ich einen Kater habe. Kein Wunder. Im Laufe des Abends waren Nele und ich so berauscht von dem Gedanken an Italien und so beglückt darüber, dass wir endlich wieder Zeit füreinander haben, dass wir insgesamt zwei Flaschen Rotwein getrunken haben. O nein, stöhne ich und überlege, ob Bea wohl Aspirin im Haus hat.

Wenigstens ist mir nicht übel. Doch meine Glieder fühlen sich an wie Blei, und ich möchte mich am liebsten umdrehen, mir die Decke über den Kopf ziehen und bis zum Nachmittag durchschlafen. Wieso mussten wir auch derart über die Stränge schlagen?, frage ich mich, während Timo aufgibt und wieder nach unten trottet.

Was Nele und ich in den frühen Morgenstunden besprochen haben, weiß ich schon fast gar nicht mehr. Ich habe nur noch dunkel in Erinnerung, dass meine Freundin zu guter Letzt Marco kennenlernen wollte, nachdem ich zuvor Stein und Bein geschworen hatte, nicht in ihn verliebt zu sein. Und dass ich ihre Idee mehr als blöd fand, auch wenn ich kein Interesse an dem Italiener habe. Aber die Vorstellung, dass irgendwie und irgendwann derselbe Mann eine Rolle in meinem Leben und in dem meiner Freundin spielen könnte, behagte mir zu diesem Zeitpunkt nicht und tut es auch jetzt nicht.

Immerhin haben Marco und ich uns geküsst.

Und ich küsse nicht jeden!

»Tut mir leid, Nele. Bei aller Freundschaft. Wenn es jemals dazu käme, dass sich derselbe Mann, in welcher Reihenfolge auch immer, für uns beide interessiert, dann müsste er verschwinden, und zwar aus unser beider Leben«, sagte ich energisch, warf eine Olive in die Luft und versuchte sie mit dem Mund aufzufangen. Was mir erstaunlicherweise auch gelang.

Nele sah mich daraufhin, soweit ich mich erinnere, leicht pikiert an, was ich allerdings auf die Wirkung des Weins zurückführte.

»Das würde ja bedeuten, dass du niemals mit …«

Wie dieser Satz vollständig hätte lauten müssen, habe ich in der Nacht nicht mehr erfahren, weil auf einmal mein Handy piepste und wir unbedingt wissen wollten, wer mir um diese Uhrzeit (es war 2.00 Uhr!) schrieb. Die Nachricht stammte merkwürdigerweise von Leon, auch er fand wohl keinen Schlaf. Was an der Tatsache gelegen haben mag, dass wir zu später Stunde lautstark Adriano Celentano gehört und mitgesungen haben.

»Friede?«, lautete die knappe Frage, die ich umgehend mit »Sehr gern« beantwortete, weil mir nie daran gelegen war, mich mit Leon zu streiten.

»So, so, dann schreibt mein Nachbar dir also mitten in der Nacht eine SMS?«, merkte Nele verwundert an und setzte erneut eine unergründliche Miene auf.

Dann feierten wir bis 3.00 Uhr weiter.

»Ich kann heute nicht arbeiten«, jammere ich voller Selbstmitleid und verfluche die Tatsache, dass meine Kollegin ausgerechnet heute hier frühstücken will.

Es nützt nichts, ermahne ich mich zehn Minuten später und ziehe vorsichtig die Vorhänge beiseite. Ein strahlender Sonnentag erwacht über Sylt und lässt den Wind durch die grünen Blätter rauschen wie ein leises Murmeln. Ich beschließe, mich zusammenzureißen. Schließlich hat Birgit Stade angekündigt, dass sie etwas Wichtiges mit Bea und mir zu besprechen hat. Und darauf bin ich natürlich neugierig.

»So, so«, kommentiert Tante Bea eine halbe Stunde später Frau Stades Eröffnung, sie könne künftig nicht mehr so viel wie sonst in der Buchhandlung arbeiten. Nachdenklich rührt sie mit ihrem Löffel in der Tasse herum und sieht für einen Moment sehr müde und blass aus.

Kein Wunder, denke ich und gieße mir noch etwas Orangensaft nach, um meinem Körper wenigstens ein paar Vitamine zuzuführen.

»Das bedeutet kurzfristig, dass wir eine weitere Aushilfe für drei Vormittage brauchen. Lisa wird das nicht schaffen, so wie ich ihre terminliche Situation einschätze. Wir müssen also jemand anderen suchen. Aber das ist ja nicht das wirkliche Problem.«

Birgit Stade nickt und senkt dann den Kopf. Eine Geste, der ich entnehme, dass sie sehr wohl weiß, was ihre private Entscheidung für das Fortbestehen der Bücherkoje bedeutet.

»Das eigentliche Dilemma ist, ich muss jetzt davon ausgehen, dass Sie die Buchhandlung nicht übernehmen können, wenn ich mich einmal entschließen sollte, in Rente zu gehen.«

Mit einem Schlag bin ich hellwach!

Zunächst habe ich in meiner Katerstimmung nicht das vollständige Ausmaß der Entscheidung unserer ersten Sortimenterin ersehen. Sie hat uns mitgeteilt, dass sie künftig ihrer Tochter Carola helfen müsse, die im vierten Monat ihrer Schwangerschaft einen Projektauftrag für das maritime Umwelt- und Erlebniszentrum bekommen hat, das gerade im Inselnorden entsteht.

Als ich mit Marco bei GOSCH war, haben wir uns nach dem Essen noch am Hafen von List die Infobox angesehen und uns gefreut, dass viel Geld in dieses schöne und sinnvolle Projekt investiert wurde.

Die Tochter meiner Kollegin ist Meeresbiologin und hat nun die Gelegenheit, in diesem Zentrum mitzuarbeiten. Die Grundidee besteht darin, Interessierten auf zweitausend Quadratmetern Grundfläche die Geheimnisse der Nordsee, ihrer Pflanzen- und Tierwelt nahezubringen.

Carola, überglücklich, nach zwei Fehlgeburten wieder schwanger zu sein, hat das Angebot über einen Kollegen ihres Mannes bekommen, der für die Wattenmeerstation Sylt tätig ist. Diese wiederum entwickelt das Projekt in enger Zusammenarbeit mit den Betreibern des Zentrums.

»Ich weiß, dass ich Ihre Pläne durcheinanderbringe«, antwortet Birgit Stade und spielt verlegen mit ihrer Tasse. »Aber Carola ist so glücklich, weil die Ärzte ihr Hoffnungen gemacht haben, dass diesmal alles gutgehen wird. Dann bekommt sie auch noch diese einmalige berufliche Chance. Da kann ich als Mutter nicht nein sagen, schließlich will ich, dass meine Tochter glücklich ist, und ehrlich gesagt freue ich mich auch darüber, mich eine Weile um mein erstes Enkelkind kümmern zu dürfen.«

Bea und ich nicken synchron, und ich merke, wie meine Tante um Fassung ringt.

»Wir trinken jetzt erst einmal auf das Glück der jungen Mutter«, sagt sie schließlich, und ich bin wie immer stolz auf Bea, weil sie nicht zuerst an sich denkt, sondern das Wesentliche im Blick behält. »Erheben wir unsere Teetassen auf Carola und das künftige Enkelkind!«

Birgit Stade ist sichtlich erleichtert, und wenn ich richtig sehe, glitzern Tränen in ihren Augenwinkeln. Diese Entscheidung ist ihr mit Sicherheit nicht leichtgefallen. Schließlich hängt sie mindestens so sehr an der Bücherkoje wie meine Tante.

Während wir weiterfrühstücken, klingelt auf einmal mein Handy.

»Entschuldigt bitte«, sage ich und schnappe mir das Mobiltelefon, das ich mittlerweile Tag und Nacht in Betrieb habe.

»Marina Rinaldi«, stellt sich eine weibliche Stimme vor, und mein Herz beginnt schneller zu schlagen. Sollte dies etwa der ersehnte Anruf aus Italien sein? »Ich bin die Personalchefin des Hotels D'Angelo in Mailand. Sie haben sich bei uns auf die vakante Stelle der Pressereferentin beworben. Ihre Unterlagen haben uns sehr gut gefallen, deshalb möchten wir Sie gern zum Vorstellungsgespräch einladen. Wir würden es sehr begrüßen, diese Position mit einer Deutschen zu besetzen, da unser Haus in deutschem Besitz ist. Könnten Sie Mittwoch nächster Woche bei uns vorbeikommen? Ist Ihnen das möglich?«

Für eine Sekunde bin ich sprachlos. Ich werde tatsächlich nach Mailand eingeladen? Und zwar schon nächste Woche?

»Kann ich Sie vielleicht zurückrufen?«, frage ich, weil ich erst noch mit Bea und Birgit Stade klären muss, ob ich wirklich hier weg kann.

»Aber natürlich«, antwortet Marina Rinaldi, die sehr sympathisch klingt und fast akzentfrei deutsch spricht. Vermutlich war das die Voraussetzung dafür, den Posten als Personalchefin zu bekommen.

Mit wackligen Knien kehre ich an den Frühstückstisch zurück und mag kaum fragen, ob ich nach Mailand fliegen kann. Ich komme mir vor wie eine Nestflüchtige, und das Timing ist auch nicht gerade günstig. Doch wie immer kann ich Bea nichts vormachen.

»Wenn ich deinen Gesichtsausdruck richtig deute, hast du soeben eine Einladung nach Mailand bekommen, stimmt's?«, fragt sie und lächelt mich liebevoll an.

Ich nicke stumm, während Birgit Stade mich neugierig mustert.

»Sie wollen Urlaub in Mailand machen? Wie schön«, freut sie sich.

Rasch kläre ich sie darüber auf, dass es sich bei dem geplanten Aufenthalt nicht um Ferien handelt, sondern womöglich um meine berufliche Zukunft.

»Oh«, antwortet sie leise, und ich lese an ihrem Gesicht ab, dass es in ihr arbeitet. »Aber das würde dann ja bedeuten, dass Sie auf absehbare Zeit auch nicht mehr in der Buchhandlung arbeiten können«, stellt sie fest. »Wenn ich das geahnt hätte«, sagt sie in bedauerndem Tonfall und starrt die Wand an.

»Wenn Sie das geahnt hätten, würde es auch nichts an Ihrer Entscheidung ändern. Ihre Tochter und Ihr Enkelkind brauchen Sie, und damit ist das Thema für mich erledigt. Ich finde, ihr zwei solltet euch beeilen, sonst kommt ihr noch zu spät. Ich werde mir schon etwas einfallen lassen, macht euch um mich mal keine Sorgen. Komm, Timo, es ist Zeit für einen Spaziergang«, ruft Tante Bea dem Berner Sennhund zu. »Das wird meinen Kopf ein wenig freipusten. Bis später, ihr beiden.«

Ich bin froh, dass Paula heute nicht in den Kindergarten muss, weil dort gerade die Windpocken ausgebrochen sind, und sie stattdessen den ganzen Tag bei Vero untergebracht ist, so dass ich mich in dieser Situation nicht auch noch um sie kümmern muss. Birgit Stade und ich steigen in den Jeep und machen uns auf den Weg zur Buchhandlung. Als wir ankommen, ist Lisa gerade dabei, den Marktkarren nach draußen zu fahren. Wir sind zehn Minuten zu spät.

»Na endlich«, begrüßt sie uns leicht genervt, und ich beginne wie üblich die Zeitungen und Zeitschriften in den Ständer zu sortieren. »Das hier lag übrigens vor der Tür. Dein Name steht drauf«, sagt Lisa und übergibt mir einen Briefumschlag.

Nanu?, wundere ich mich – heute ist wohl der Tag der Überraschungen! Ich öffne das Kuvert, und heraus fallen zwei Karten für das Sylter Meerkabarett für Samstagabend. Außerdem ein handgeschriebener Zettel, beides offensichtlich von Leon. »Weil du mein Friedensangebot angenommen hast. Ich hoffe, du hast Zeit und Lust!« Ich bin gerührt und stecke den Umschlag sofort in meine Tasche.

»Danke, ich komme gerne, das ist eine sehr schöne Idee. Alles Weitere dann mündlich«, schreibe ich in meine Antwort-SMS und wende mich dann wieder meinen morgendlichen Routinetätigkeiten zu. Mittlerweile ist es so, als hätte ich mein Leben lang nichts anderes getan. Sogar an den Kopierer und den Briefmarkenverkauf habe ich mich irgendwie gewöhnt und muss Bea recht geben – beides lockt nun mal Kundschaft in die Buchhandlung.

Während wir alle vor uns hin pusseln – es ist noch leer, vermutlich weil heute Markttag ist und unsere Kunden erst einmal Lebensmittel einkaufen –, denke ich über Mailand nach. Auf alle Fälle muss ich in der Mittagspause ins Reisebüro, um mir einen Flug zu buchen. Dann werde ich zur Bank gehen, um zu prüfen, ob Stefan endlich das Geld überwiesen hat.

Für morgen Abend bin ich mit Marco verabredet, für Samstag mit Leon. Auf beide Männer freue ich mich. Tja – Langeweile kommt in meinem Leben derzeit mit Sicherheit nicht auf. Trotz aller Ungewissheiten genieße ich die Situation auch, gestehe ich mir ein, während ich zum x-ten Mal Fahrradkarten sortiere, die unsere Kunden mit schöner Regelmäßigkeit durcheinanderbringen. Auf alle Fälle ist jetzt wieder alles offen, und die Karten meines Lebens werden neu gemischt. Das ist immerhin etwas, was nicht jeder von sich behaupten kann.

»Das ist ja super – ich komme mit!«, ruft Marco begeistert, als ich ihm von meinem Vorstellungsgespräch im Hotel D'Angelo erzähle.

Wir sind gerade zwei Stunden am Watt spazieren gegangen und sitzen nun in den Gewölben der Kupferkanne in Kampen, einem beliebten und stark frequentierten Café. Eigentlich bin ich hier nicht so gern, weil die verwinkelten Gänge und die niedrigen, höhlenartigen Decken Klaustrophobie bei mir erzeugen. Vor mehr als vierzig Jahren verwandelte ein Bildhauer den ehemaligen weitverzweigten Flakbunker in einen gastronomischen Betrieb, und irgendwie wird das Café meiner Meinung nach diese Atmosphäre nicht richtig los. Doch das Publikum stört das nicht weiter, was mit Sicherheit auch daran liegt, dass die Terrasse malerisch in die Kampener Heide eingebettet liegt und der Rhabarberkuchen, den sie dort servieren, Weltklasseniveau hat.

»Du siehst nicht gerade glücklich aus«, stellt Marco fest.

Also erkläre ich ihm, weshalb ich mich hier unten im Keller nicht wohl fühle. Allerdings ist mir vor allem auch deshalb unwohl, weil es draußen noch taghell ist.

»Ich dachte schon, du möchtest nicht, dass ich dich nach Mailand begleite«, antwortet Marco lächelnd und zieht mich auf der schmalen Treppe hinter sich her nach oben, wo wir uns an den nächstbesten freien Tisch setzen.

Nachdem wir uns mit wärmenden Decken versorgt und etwas zu trinken bestellt haben, beobachte ich amüsiert, wie einige Gäste um diese Uhrzeit noch Kuchen vertilgen. Aber so ist das auf Sylt. Frühstücken kann man in den meisten Cafés bis 17.00 Uhr, warum also nicht auch abends Kuchen essen? Durch das Party- und Nachtleben verkehrt sich bei einigen Urlaubern eben der komplette Tagesablauf.

»Ich würde mich freuen, wenn du mitkämst«, sage ich entgegen meiner anfänglichen Bedenken und gehe damit, wenn auch etwas verspätet, auf Marcos Vorschlag ein. »Vielleicht erwischst du ja noch einen Platz in derselben Maschine?«

Wie gut, dass mittlerweile auch die großen Fluggesellschaften wie Lufthansa und Air Berlin Sylt anfliegen. So brauche ich nur in Hamburg umzusteigen und erspare mir die aufwendige Fahrt über den Hindenburgdamm. Marco notiert sich den Termin, dann blicken wir andächtig in den rötlichen Abendhimmel und beobachten, wie ein Kirschbaum, von einer Windbö gebeutelt, mit einem Schlag seine Blüten fallenlässt und das zarte Gras mit rosafarbenen Tupfern bedeckt.

Wir sind beide erschöpft von unserem Fußmarsch und dem angeregten Gespräch über das Schreiben und Literatur im Allgemeinen. Marco hatte mir ausführlich vom Entstehungsprozess seines neuen Romans erzählt, und wie immer kann ich nicht umhin, all diejenigen zu bewundern, die es schaffen, etwas zu Papier zu bringen, das viele Leser begeistert.

»Die Möwen werde ich bestimmt vermissen, wenn ich in Italien bin«, sinniere ich, während ich als Einstimmung auf Mailand einen Campari Orange trinke und die Vögel beobachte, die am Himmel ihre Kreise ziehen. »Und natürlich die gute Sylter Luft.« Marco nickt und nippt an seinem Gin Tonic. »Tja, und so etwas passiert dir in Italien auch nicht«, sagt er grinsend, während ich etwas auf meiner Schulter spüre.

Irritiert sehe ich nach rechts und muss lachen. Auf meiner dünnen Strickjacke befindet sich ein Stück Kuchen – offensichtlich Rhabarber –, das eine Möwe im Flug hat fallenlassen.

»Komm her, ich wische das mal eben weg«, sagt Marco und beugt sich zu mir herüber, seine Serviette in der Hand.

Sein Eau de Toilette steigt mir in die Nase, und für den Bruchteil einer Sekunde habe ich die Bilder von unserem romantischen Tangotanz im Kopf. Verwirrt und verlegen zugleich nehme ich einen Schluck Campari, während Marco meine Jacke säubert.

»Ich weiß übrigens auch schon, wo ich abends mit dir essen

gehen werde«, sagt Marco freudestrahlend und beschreibt mir
in aller Ausführlichkeit sein Lieblingsrestaurant. »Am besten
sind dort die Gnocchi ai noci, die Nusssauce ist ein Traum.
Dazu trinken wir einen gut gekühlten Rosé. Du wirst sehen,
Mailand wird dir gefallen!«
Dem kann ich nur zustimmen und lasse meine Gedanken zum
wiederholten Male nach Italien wandern. Trotz meiner Träumereien behalte ich sicherheitshalber den Himmel und seine geflü-
gelten Bewohner im Blick. Wer weiß, was womöglich als Nächstes auf meiner Schulter landet?

Am nächsten Tag habe ich eine unangenehme Aufgabe zu bewältigen: Ich muss erneut Stefan anrufen, weil das Geld noch
nicht auf meinem Konto eingegangen ist. Trotz mehrfacher Versuche und diverser Auseinandersetzungen mit der Sprechstundenhilfe gelingt es mir nicht, meinen Exfreund an den Apparat
zu bekommen. Privat will ich ihn nicht anrufen, um nicht an
Melanie zu geraten, bleibt also nur noch der Versuch, ihn per
Handy zu erwischen. Doch auch der schlägt fehl.
Bei Bea und Nele ist die Stimmung mittlerweile ebenfalls etwas
pessimistisch, weil es schwieriger ist als gedacht, einen Termin
im Rathaus zu bekommen. Offensichtlich hat der Bürgermeister während der Saison alle Hände voll zu tun, und so bleibt den
beiden nichts weiter übrig als abzuwarten.
Geduld ist nun gar nicht Neles Stärke, wie ich bei der Gelegenheit feststelle. Ständig schwankt sie zwischen Optimismus und
totaler Verzweiflung, und das nicht nur tageweise, sondern nahezu minütlich, was auf Dauer etwas anstrengend für mich ist.
Als sie eines Abends im Möwennest beinahe zu hyperventilie-
ren beginnt, weil sie sich unter dem Einfluss einer selbst zuberei-

teten (und viel zu starken!) Caipirinha furchtbar in Rage redet, muss ich die ganze Palette von Entspannungsübungen anwenden, die mir spontan einfallen, um sie zu beruhigen. Schließlich sitzen wir einander gegenüber, eine Hand auf den Brustkorb gelegt (Thymusdrüse!), die andere oberhalb des Magens, um den Solarplexus zu schützen. In ihm sitzt nämlich – das weiß ich von Bea – das emotionale Zentrum, und das gilt es momentan bei Nele zu stärken. Das Einzige, was dann tatsächlich hilft, als wir bereits bei der dritten Übung sind, dem »Freiklopfen von Meridianen«, und ich mich fast wie ein Guru fühle, ist schlicht und einfach eine zweite Caipirinha (diesmal von mir zubereitet). Der Cocktail legt Nele umgehend lahm, so dass ich sie unter Aufbietung all meiner Kräfte in ihre Wohnung begleiten und ins Bett stecken kann.

Bea hingegen ist Gott sei Dank wesentlich gelassener und vertreibt sich die Zeit damit, potenzielle Kandidaten für den Job in der Bücherkoje ins Visier zu nehmen, was sich allerdings als nicht besonders einfach erweist. Es gibt zwar durchaus Interessenten, doch die suchen in erster Linie eine Vollzeitstelle und wollen nicht als Aushilfe arbeiten.

»Gib doch eine Anzeige im *Sylter Tagesspiegel* auf, in der du nicht nach einer Buchhändlerin suchst, sondern nach jemandem, der Erfahrung im Umgang mit Kunden hat und gern liest«, schlage ich vor, als ich abends zusammen mit Bea und Vero beim Essen sitze. Heute habe ich ausnahmsweise mal gekocht – es gibt Linguine mit Spitzen von grünem Spargel in Limonensauce und als Dessert Erdbeeren mit Zucker und Zitrone.

»Kompliment, das Essen ist absolut köstlich. Damit kannst du selbst einen echten Italiener beeindrucken«, lobt Vero fachmännisch meine Kochkünste.

Ich bin ein wenig stolz auf mich. »Freut mich, wenn es euch schmeckt«, antworte ich, und wir prosten uns mit einem Glas Grünen Veltliner zu.

»Wie läuft es mit eurer Finanzierung? Hoffentlich besser als die Suche nach einem Ersatz für Frau Stade?«, erkundigt sich die Freundin meiner Tante, und ich denke voller Wut an Stefan.

Bea erzählt daraufhin, dass sie auf einen Termin im Rathaus warte, und lehnt Veros erneutes Angebot ab, den Hof als Sicherheit einzubringen.

»Schlag dir das ein für alle Mal aus dem Kopf«, rufe ich energisch und stelle die Dessertschüsseln mit lautem Krachen auf ein Tablett auf der Anrichte

Timo hebt irritiert den Kopf, um sich jedoch Sekunden später wieder genüsslich in den Schlaf sinken zu lassen.

»Kein Mensch wird hier irgendetwas beleihen oder verpfänden müssen. Ihr bekommt das Geld, das euch fehlt, und zwar bald.« Triumphierend blicke ich in die verwunderten Gesichter meiner Tante und ihrer Freundin. »Das heißt, Nele und du bekommt das Geld, sobald Stefan, dieser grenzenlose Egoist, seine Schulden an mich zurückgezahlt hat. Was hoffentlich bald der Fall sein wird.«

»Du willst wirklich …«, antwortet Bea leicht stockend, als ihr klar wird, wovon ich spreche, und sieht mich streng an. »Soll das heißen, dass du das Erbe deiner Eltern in das Büchernest stecken willst? Obwohl du gar nicht selbst dort arbeiten wirst? Habe ich dich da richtig verstanden?«, hakt sie nach.

Irgendwie habe ich den Eindruck, dass ihr diese Lösung nicht behagt. »Ja, das hast du richtig verstanden«, antworte ich trotzig und schenke Wein nach. »Ich finde, es ist an der Zeit, mit diesem Geld etwas Sinnvolleres anzufangen, als Stefan und Melanie ein komfortables Luxusleben zu finanzieren. Die Praxis läuft gut, er hat andere Partner mit im Boot. Nenn mir also einen Grund, weshalb ich mein Geld jetzt nicht von ihm zurückfordern sollte.«

Für einen Moment herrscht Stille im Raum.

»Wenn du es so siehst«, fährt meine Tante einen Moment später fort, »hast du natürlich recht. Ich habe mich sowieso schon gewundert, dass du die Summe nicht sofort nach eurer Trennung zurückhaben wolltest. Aber ich kenne auch deine Gutmütigkeit, deshalb habe ich nichts dazu gesagt. Jetzt muss ich dir allerdings widersprechen. Du solltest das Erbe für dich selbst verwenden und nicht schon wieder für die Pläne von anderen. Wer weiß? Vielleicht entschließt du dich, in Italien zu bleiben und möchtest dir dort etwas aufbauen. Dir ein Apartment am Meer gönnen oder eine kleine Eigentumswohnung in Mailand. Es gibt so viel, wofür du den Betrag brauchen könntest. Nele und ich schaffen das auch so, mach dir um uns mal keine Sorgen.«

Vero nickt zustimmend, während Bea immer mehr in Fahrt gerät. »Ich habe es schon einmal gesagt, und ich sage es wieder: Dies hier ist kein Notfall, es steht keine Existenz auf dem Spiel. Wenn dem so wäre, würde ich dein Angebot vielleicht annehmen, aber so?«

»Natürlich steht eine Existenz auf dem Spiel«, widerspreche ich meiner Tante. »Und zwar die von Nele. Wie kannst du nur so etwas sagen?«

Wie aufs Stichwort läutet das Telefon, und nach einem kurzen Gespräch kehrt Bea zurück und teilt uns mit, dass bei Nele offensichtlich eine Katastrophe passiert ist und sie sich auf dem Weg zu uns befindet.

»Da siehst du mal«, kommentiere ich den Anruf, während ich mir Sorgen um meine Freundin mache. »Offensichtlich ist Nele mal wieder in Schwierigkeiten, und zwar in finanziellen, wie ich sie kenne.«

»Kind …«, entgegnet Bea.

Auf einmal sträuben sich mir alle Nackenhaare, denn ich fühle mich mittlerweile zu alt, um mich noch »Kind« nennen zu lassen. So süß das auch klingen mag.

»Es ist wirklich rührend von dir, wenn du deiner Freundin helfen willst, und ich verstehe dich auch ein Stück weit. Aber überleg doch mal. Du kennst Nele seit einem halben Jahr. Du magst sie, und du möchtest sie unterstützen. Das möchte ich auch. Trotzdem ist es an der Zeit, dass du dich endlich mal um dich selbst kümmerst. Immerhin bist du diejenige von uns, die ihren Platz im Leben noch nicht gefunden hat. Ich selbst weiß es und deine Freundin Nele im Grunde auch, denn trotz ihrer kleinen psychischen Einbrüche ist sie ein Stehaufmännchen und hat sogar einen ersten Erfolg mit ihren Kinderbuchillustrationen. Was auch immer mit dem Möwennest passiert – Nele wird ihren Weg gehen. Auch ohne dich und deine Hilfe. Deine Freundin ist eine sehr unabhängige Frau. Ich als deine Tante hätte gern, dass du ein Stück weit mehr auf dich achtest und dich nicht in die Träume anderer flüchtest, nur weil du momentan keine eigenen hast!«

Rumms, das sitzt! Für einen Moment habe ich das Gefühl, als hätte mir jemand eine Ohrfeige verpasst. Vero streichelt mitfühlend meine Hand, während ich mit den Tränen kämpfe.

»Doch«, rebelliere ich und sehe auf einmal alles klar vor mir. »Ich habe einen Traum, den Traum vom Büchernest. Ob ich nun selbst darin arbeite oder nicht. Ich finde die Idee toll und glaube nach wie vor daran. Und nicht nur ich bin überzeugt von dem Konzept, sondern auch die Bank. Betrachte es doch

319

auch mal als finanzielle Investition. Natürlich kann ich das Geld in eine Immobilie in Italien anlegen und selbst darin wohnen oder sie vermieten. Ich kann das Geld auch weiterhin bei Stefan lassen und kräftig Zinsen kassieren. Mir Aktien oder Wertpapiere kaufen. Aber ich kann genauso gut ins Büchernest investieren und einmal im Jahr nach Sylt kommen, um die Erträge zu kassieren, die ihr erwirtschaftet habt. Wie eine Art weiblicher Pate«, erkläre ich und versuche mit meinem letzten Satz die Situation wieder etwas aufzulockern.

»Ich finde, Lissy hat recht«, kommt mir Vero zu Hilfe, die unserer Auseinandersetzung die ganze Zeit stumm und konzentriert gelauscht hat. »Auf diese Weise ist allen geholfen. Dir, Lissy und Nele. Und mir als deiner arg strapazierten Freundin im Übrigen auch, weil ich weiß, dass du mit diesem neuen Projekt aufblühen wirst. Dieses Herumsitzen ist nichts für dich, wie wir alle wissen. Du bist schon viel ausgeglichener geworden, seit du wieder etwas zu tun hast.«

»Danke, Vero«, sage ich und erhebe mein Glas. »Das ist der rechte Moment, um auf das Büchernest anzustoßen. Denn im Grunde steht diesem Projekt nichts mehr im Wege, sobald Stefan den Kredit zurückgezahlt hat. Oder vielmehr sobald ich einen Anwalt gefunden habe, der ihn davon überzeugt, dass er jetzt besser schnellstens seinen Verpflichtungen nachzukommen hat. Wenn ich die ersten Erträge kassiere, nehme ich das Geld, um mir einen weiteren Traum zu ermöglichen, nämlich mit Nele nach Venedig zu reisen.«

»Dann also auf das Büchernest und Venedig«, sagt meine Tante und sieht nun wieder etwas überzeugter aus. »Und darauf, dass wir einander haben!«

Während wir uns erneut zuprosten, klingelt es an der Tür, und

Bea erhebt sich, um Nele zu öffnen. Meine Freundin ist völlig verheult und sieht aus, als hätte sie eine sehr schlechte Nachricht erhalten. Dem ist auch so, wie wir eine Minute später erfahren.

»Mein Vermieter wirft mich raus und gibt mir eine Woche Zeit, um aus der Wohnung auszuziehen«, erzählt sie unter Schluchzen, während Vero ihr ein Glas Veltliner einschenkt.

»Wieso das denn?«, frage ich und bin wütend, weil das Unglück meiner Freundin kein Ende nehmen will.

»Weil ich die Miete wieder nicht bezahlt habe«, erklärt Nele und trinkt einen Schluck Weißwein, während ich versuche, diese Information zu verarbeiten.

»Er kann dich doch nicht einfach rauswerfen, selbst wenn du mit der Miete im Rückstand bist«, mischt Vero sich ein. »Man hat doch als Mieter so viele Rechte. Ich weiß das von einer Freundin, die seit einem halben Jahr versucht, einen Mieter aus ihrem Apartment in Westerland zu bekommen, weil er nicht zahlt. Doch sie hat keine Chance, obwohl sie den Fall bereits ihrem Anwalt übergeben hat.«

»Im Prinzip stimmt das«, pflichtet Nele Vero bei, »aber in meinem Fall ist es leider anders. Ich hatte von Anfang an nur einen Zeitmietvertrag, und der läuft Ende des Monats aus. Da kann man absolut nichts machen, der Vermieter ist im Recht.«

Betreten sehen Vero, Bea und ich uns an, und ich bin endgültig ratlos. Sieht ganz so aus, als könne man tatsächlich nichts machen. Doch woher soll Nele so schnell eine Wohnung bekommen? Angesichts ihrer heiklen finanziellen Situation ist das eine schier unmögliche Aufgabe. Abgesehen davon, dass so ein Umzug und die Renovierung der alten und womöglich einer neuen Wohnung viel Geld kosten. Meine Freundin beginnt wieder zu weinen, und es zerreißt mir beinahe das Herz, sie so traurig und mutlos zu sehen. Wenn ich ihr doch nur helfen könnte.

»Wie willst du das Problem lösen?«, fragt Bea pragmatisch, während Nele sich die Nase putzt.

»Das ist ja das Fatale«, antwortet diese und bricht erneut in Tränen aus. »Ich habe keine Ahnung, wohin. Ich kann mir nicht vorstellen, dass es irgendeinen Vermieter gibt, der mich als Mieterin haben will. Die Leute kennen sich hier doch alle untereinander. Es spricht sich bestimmt in Nullkommanichts herum, dass ich noch Schulden bei ihm habe. Du kennst die Sylter – die stecken alle unter einer Decke!«

Bea steht auf und geht im Wohnzimmer auf und ab, während ich fieberhaft überlege, wie ich meiner Freundin aus der Patsche helfen kann. Wenn Stefan doch nur endlich das Geld überweisen würde! Mit der Differenz von zwanzigtausend Euro, die ich als Reserve eingeplant habe, könnte ich Nele locker einen Kredit geben.

»Dann werde ich wohl in der kommenden Woche Knuts altes Zimmer und seine Werkstatt im Garten entrümpeln«, sagt Bea, und drei Augenpaare sehen sie verwundert an. Soll das etwa heißen, dass Nele hier im Kapitänshaus einziehen soll? »Bis Ende der Woche müsste das zu schaffen sein, wenn wir alle mithelfen. Vielleicht packen noch Ole und seine Kumpane mit an. Die können uns bestimmt auch mit einem größeren Wagen für den Umzug aushelfen. Knuts Zimmer ist sowieso viel zu schön, um ewig leer zu stehen, und die Werkstatt gibt bestimmt ein schönes Atelier her.«

Für einen Moment bin ich sprachlos, und auch Nele sieht so aus, als könne sie nicht glauben, was meine Tante da eben gesagt hat. Dann fallen wir beide Bea nacheinander um den Hals, während Vero verspricht, für den Umzugstag einen Topf Chili con Carne zu kochen.

Am folgenden Nachmittag sitzen meine Tante und ich in der Kanzlei eines Anwalts, den Bea kennt. Ich schildere Christian Weber kurz die Sachlage und hoffe, dass er uns helfen kann.
»Haben Sie denn eine schriftliche Vereinbarung mit Herrn Stefan Koch?«, erkundigt sich der Anwalt.
Für einen Moment rutscht mir das Herz in die Hose. »Nein, habe ich nicht«, antworte ich kleinlaut, denn natürlich habe ich Stefan das Geld aus Liebe gegeben. Und Liebe bedarf meines Erachtens keiner Unterschriften und keines Vertrags.
»Hmmm«, kommentiert Christian Weber meine Aussage, und ich warte ängstlich darauf, was als Nächstes kommt. »Das ist natürlich keine besonders günstige juristische Voraussetzung. Aber zunächst gehe ich einmal davon aus, dass Ihr Ex-Freund so viel Ehrgefühl besitzt, dass er nicht abstreitet, die Praxis mit Hilfe Ihres Geldes finanziert zu haben.«
Ich versuche mir durch eifriges Nicken selbst Mut zu machen, während Bea nervös an ihrer Jacke nestelt.
»Was halten Sie davon, wenn ich Herrn Koch einmal anrufe, bevor ich den schriftlichen Weg wähle? Vielleicht kann ich mit ihm reden – sozusagen von Geschäftsmann zu Geschäftsmann. Sollte ich ihn nicht zur Zahlung bewegen können, müssen wir allerdings einen Nachweis erbringen, dass es Ihr Geld ist, das in seiner Praxis steckt. Vielleicht können Sie sich parallel zu meinen Bemühungen schon mal Gedanken darüber machen, was Sie als Beweis anführen könnten. Nur für den Fall, dass es zum Äußersten kommt.«

Ich stimme Herrn Weber zu und gebe ihm sämtliche Telefonnummern von Stefan.

»Kopf hoch, das bekommen wir schon hin«, ermutigt er uns und hält uns die Tür auf, als Bea und ich die Kanzlei verlassen.

»Das kann ja heiter werden«, stöhne ich, als wir später in einem Café in Westerlands Friedrichstraße sitzen und uns beratschlagen. »Ich habe nicht die geringste Ahnung, wie ich das beweisen soll, wenn es hart auf hart kommt. Ich bin nun mal kein misstrauischer Mensch, und ich konnte doch nicht ahnen, dass mir so etwas passiert«, sage ich und versuche mich wenigstens von der herben Süße meines Eiskaffees trösten zu lassen.

»Mach dir keine Sorgen«, antwortet Bea und rührt nachdenklich in ihrem Cappuccino. »Lass mich überlegen. Ich habe damals immerhin auch einiges mitbekommen und bin mir sicher, dass mir etwas einfällt, das wir als Beweis ins Feld führen können. Wir bekommen das Geld schon, da gebe ich Christian Weber recht. Aber um mal das Thema zu wechseln: Wann möchtest du Nele eigentlich von deinen Plänen erzählen?«

»Ich sage es ihr erst, wenn alles hieb- und stichfest ist und wenn wir ihren Umzug über die Bühne gebracht haben. Stell dir nur mal vor, ich mache ihr Hoffnungen, und dann klappt es doch nicht«, antworte ich und lecke mir die Reste des Eiskaffees von den Lippen. »Ich will nicht, dass sie sich vergeblich auf etwas freut, was dann gar nicht eintritt. Allmählich brennt die Finanzierung wirklich unter den Nägeln – lange darf sich das mit Stefan nicht mehr hinziehen.«

Die Woche vergeht in Windeseile, weil wir Neles Umzug organisieren, gemeinsam Knuts Zimmer und die Werkstatt entrümpeln und die Wohnung meiner Freundin streichen.

Ich warte jede Minute auf eine Nachricht von Christian Weber und bete inständig darum, dass Stefan nicht ausgerechnet jetzt in einen dreiwöchigen Urlaub entschwindet, auch wenn das mit einem Säugling eher unwahrscheinlich ist. Ich werde von Tag zu Tag, von Stunde zu Stunde nervöser, und auch bei Nele ist die Stimmung allmählich auf dem Nullpunkt. Sie ist gestresst davon, neben ihrer Tätigkeit im Möwennest abends zu renovieren, ihre Sachen zu packen, sich umzumelden, die Details mit ihrem Vermieter zu regeln.

Die einzig positiven Nachrichten sind, dass sie eine Woche länger in der Wohnung bleiben darf und ihre Illustrationen im Verlag mit großer Begeisterung aufgenommen wurden. Nele wird, so wie es aussieht, sogar einen weiteren Auftrag bekommen.

»Wer weiß, vielleicht habe ich bald alle Zeit der Welt, um Kinderbücher zu illustrieren«, seufzt sie, als ich sie auf eine kurze Nachmittagspause im Möwennest besuche und wir vor der Tür ein wenig frische Luft schnappen.

In diesem Moment hält ein Lieferwagen vor dem Café, und der Fahrer tritt auf uns zu. »Ist eine von Ihnen beiden Nele Sievers?«, erkundigt er sich, und meine Freundin nickt. »Ich habe hier Terrassenmöbel, die ich anliefern soll. Wo soll ich die abladen?«

Nele und ich sehen uns verwundert an, und meine Freundin schüttelt abwehrend den Kopf. »Das muss ein Irrtum sein, ich habe nichts bestellt«, sagt sie.

Der Lieferant studiert sein Formular. »Das stimmt«, sagt er dann und sieht Nele belustigt an. »Bestellt und bezahlt hat das Ganze eine gewisse Bea Hansen, aber als Lieferadresse steht hier eindeutig Café Möwennest im Strömwai. Und das ist auf alle Fälle hier.«

Wir sind beide unfähig, uns zu rühren, zu sehr sind wir von Beas großzügigem Geschenk überrascht.

»Na, dann wollen wir mal«, sagt der Lieferant zu seinem Kollegen, der nun ebenfalls aus dem Wagen steigt und die Laderampe herunterlässt. »Da es den beiden Damen offensichtlich die Sprache verschlagen hat und wir heute auch noch andere Kunden beliefern müssen, würde ich vorschlagen, dass wir die Möbel einfach hier an der Wand stapeln.«

Einige Minuten später fährt der Lieferwagen davon, und Nele und ich stehen inmitten einem Haufen von verpackten Stühlen und Tischen.

»Ich sage Frau Stade wohl besser Bescheid, dass ich dir hier helfen werde«, sage ich, um kurz darauf mit zwei Paketmessern wiederzukommen, mit denen wir sonst Bücherkisten öffnen.

»Ich fasse es nicht, ich fasse es einfach nicht«, murmelt Nele in regelmäßigen Abständen, während wir in Windeseile die Möbel von ihrer Verpackung befreien. »Deine Tante ist immer wieder für eine Überraschung gut.«

Eine Stunde später sieht es vor dem Möwennest aus, als hätte es die Terrassenbestuhlung immer schon gegeben. Die Möbel sind aus dunklem Teakholz und passen damit hervorragend zum Interieur des Möwennests. Nele zaubert schnell ein paar Vasen herbei, und ich flitze zum Blumeneck, um dort Ranunkeln und Tulpen zu holen. Gerade als wir fertig sind, lugt wie auf Kommando die Sonne hervor, die sich in den vergangenen Tagen ein wenig bedeckt gehalten hat. Schon bleiben die ersten Fahrradfahrer und Spaziergänger stehen, um die Speisekarten zu studieren, die Nele aus dem Café geholt hat, ebenso die Tafel mit den Tagesangeboten, die nun an der Außenwand des Möwennests lehnt.

Den Rest des Tages helfe ich meiner Freundin, die mit einem Schlag alle Hände voll zu tun hat und dem unerwarteten Andrang kaum Herr wird.

Am besten gehen natürlich Kuchen und Eis, doch der eine oder andere Kunde bestellt auch Pasta, Salat und Wein, so dass Nele am Abend eine Summe eingenommen hat, die bislang einmalig in der Geschichte des Cafés ist.

»Wie wunderbar«, freut Bea sich, als ich sie am Abend anrufe, um ihr zu sagen, dass ich noch ein wenig bleibe, um mit Nele zu feiern.

Dann übergebe ich den Hörer an meine Freundin, die sich vor Freude und Dankbarkeit beinahe überschlägt. »Wenn Herr Degenhard diese Zahlen sieht, dann MUSS er uns helfen«, sagt sie euphorisch, während ich realistischerweise daran denke, dass es auf Sylt leider nicht nur Sonnentage gibt.

Als Nele mir den Hörer wieder zurückgibt und in die Küche geht, erfahre ich von meiner Tante, dass Christian Weber Stefan endlich erreicht hat.

»Und?«, frage ich beinahe atemlos, denn nach dem heutigen Tag habe ich noch mehr als sonst das Gefühl, dass wir mit dem Büchernest auf dem richtigen Weg sind.

»Die gute Nachricht ist, Stefan hat ihm gegenüber nicht abgestritten, dass der Kredit von dir stammt, die schlechte, es wird ihm wohl nicht leichtfallen, seine Mittel zu liquidieren. Fürs Erste haben der Anwalt und er eine Überweisung von dreißigtausend Euro vereinbart, die Anfang kommender Woche auf deinem Konto eintreffen müsste.«

Toll, denke ich erleichtert und freue mich, auch wenn es nun immer noch die Differenz von 20.000 Euro zu überbrücken gibt.

»Dann müssen wir Frank Degenhard nur noch davon überzeugen, dass er noch eine Weile auf die restliche Summe warten muss«, sage ich mehr zu mir selbst als zu meiner Tante.

»Das bekommen wir auch noch hin«, antwortet sie.

Das glaube ich ihr aufs Wort.

16. Kapitel

Die Terrassenmöbel sehen wirklich toll aus«, kommentiert Leon am Samstagabend die Erweiterung des Möwennests, während wir vor dem Zelt der Fliegenden Bauten einen Prosecco als Aperitif nehmen, ehe die Vorstellung des Sylter Meerkabaretts beginnt.
»Du auch«, lobe ich meinen Begleiter, der sich heute richtig schick gemacht hat. »Das weiße Hemd steht dir wirklich gut.«
»Danke«, antwortet Leon leicht verlegen und sieht mich an. »Das Kompliment kann ich nur zurückgeben«, fügt er hinzu und trinkt einen Schluck.
Ich beobachte das Publikum, das auf den Eingang zustrebt, und freue mich wie immer über die Vielfalt an Eindrücken, die man bei einer solchen Gelegenheit sammeln kann. Auch wenn das Zelt eher rustikal ist, kann man drinnen sehr edel speisen, was Leon und ich jedoch nicht vorhaben. Wir planen ein ausgedehntes Abendessen im Samoa-Seepferdchen, wo Leon einen Tisch reserviert hat. Neugierig blättere ich im Programmheft und freue mich auf den vor mir liegenden Abend.
Drei Künstler werden heute auftreten, was ich gut finde, weil nicht jede Art von Humor meine Sache ist. Und es gibt nichts Schlimmeres, als einem Comedian zuhören zu müssen, den man schlicht und ergreifend nicht komisch findet. Neben Dr. Eckart von Hirschhausen und Dieter Nuhr, die ich beide aus dem Fernsehen kenne, tritt eine gewisse Katha-

rina Bausch aus Freiburg auf, angeblich DAS neue Talent der Comedyszene.

»Da hast du doch studiert?«, frage ich Leon, als ich die Biographie der Künstlerin durchgelesen habe, erhalte jedoch keine Antwort mehr, weil der Conferencier des Abends die Bühne betritt.

Das Programm beginnt mit dem ehemaligen Mediziner Eckart von Hirschhausen, der sein Metier perfekt beherrscht und den ich absolut begnadet finde. Sein trockener Humor, gepaart mit fundiertem medizinischem Wissen, ergibt eine kluge und äußerst niveauvolle Mischung.

Nach einer kurzen Pause betritt Katharina Bausch die Bühne. Wie auf dem Foto im Programmheft bereits zu erkennen war, handelt es sich um eine mehr als attraktive Frau. Die Kabarettistin ist etwa in Leons Alter, hat einen milchweißen Teint, hüftlange schwarze Locken, volle korallenrote Lippen und eine zierliche Figur. Alles in allem sieht sie ein bisschen aus wie Schneewittchen, und ich bemerke amüsiert, wie einige Männer um mich herum den Atem anhalten. Vermutlich könnte Katharina Bausch ihr Programm damit bestreiten, mit ihrer rauchigen Stimme aus einem Telefonbuch vorzulesen – das Publikum wäre absolut fasziniert.

Zu allem Überfluss (manchmal finde ich es schon ein wenig ungerecht, wenn die Natur ihre Gaben derart üppig einem einzigen Menschen angedeihen lässt) ist sie auch noch ein richtig guter Comedian. Die Zuschauer toben vor Begeisterung, und für einen Moment befürchte ich, dass Dieter Nuhr nach ihrem Auftritt keine Chance mehr haben wird. Leon und ich amüsieren uns prächtig, und ich beobachte meinen Begleiter aus den Augenwinkeln.

Irgendwie ist es mir plötzlich wichtig, zu erfahren, ob er ebenfalls dem Charme und der Attraktivität dieser Frau erliegt. In der Tat: Leons Augen glänzen, seine Wangen sind vom vielen Lachen leicht gerötet, und er verfolgt jede einzelne von Katharinas Bewegungen. Er ist so gebannt, dass er gar nicht bemerkt, dass ich keinen Wein mehr in meinem Glas habe, was ihm bei Eckart von Hirschhausen nicht passiert ist. Da hat er mir immer noch eifrig nachgeschenkt. Aha, denke ich und fühle leichten Ärger in mir aufsteigen, kaum betritt so ein Fräuleinwunder die Bühne, bin ich abgemeldet. Die Männer sind doch alle gleich. Und letztlich simpel gestrickt!

Ich versuche, mich nicht allzu sehr auf meine Empfindungen zu konzentrieren und stattdessen die Show zu genießen. Aber sosehr ich mich auch bemühe, es ist nicht mehr wie vorher. Beinahe erleichtert, dass der Programmteil zu Ende ist, klatsche ich, so laut ich kann. Schließlich soll mir keiner anmerken, dass ich gerade genervt bin, noch dazu von einer mir völlig fremden Frau.

»Ist sie nicht super?«, fragt Leon und beugt sich zu mir, als sie endlich die Bühne verlässt, während er sich Lachtränen aus den Augenwinkeln wischt.

»Ja, ganz toll«, antworte ich so enthusiastisch es mir eben möglich ist und schenke mir demonstrativ selbst Wein nach.

»Bitte entschuldige, ich habe gar nicht gesehen, dass dein Glas leer ist«, sagt Leon und nimmt mir sofort die Flasche aus der Hand.

»Du hattest ja auch offensichtlich andere Interessen«, antworte ich und bemerke peinlich berührt, dass mein Tonfall leicht zickig klingt.

Leon sieht mich irritiert an, wendet sich dann aber wieder der Bühne zu, die Dieter Nuhr gerade betritt.

»Wie hat dir die Show gefallen?«, erkundigt sich Leon nach der Vorstellung und winkt den Kellner zu sich heran, um eine weitere Flasche Wein zu bestellen. »Und noch ein Glas, bitte«, ordert er, was mich verwirrt. »Überraschung«, kommentiert Leon sein Handeln knapp, und mir bleibt nichts anderes übrig, als der Dinge zu harren, die da kommen.

Ich werde nicht lange auf die Folter gespannt, denn kurz nachdem der Kellner seine Bestellung gebracht hat, ist klar, für wen das zusätzliche Glas ist.

»Darf ich bekannt machen: Katharina Bausch, eine alte Freundin aus Freiburg, und Lissy Wagner, eine neue Freundin aus Sylt«, klärt er uns beide über den jeweiligen Status der anderen auf.

»Freut mich sehr, dich kennenzulernen, Lissy«, sagt Katharina, strahlt mich an und reicht mir die Hand zur Begrüßung.

»Freut mich auch«, antworte ich höflich, während ich überlege, wie ich am schnellsten von hier nach Hause komme. Ich fühle mich von Leons Überraschung völlig überrumpelt und bin überhaupt nicht in Stimmung für Small Talk mit der mir fremden Frau. Im Grunde genommen empfinde ich es auch als Frechheit, so zu tun, als sei die Einladung für diesen Abend für mich persönlich bestimmt, während ich nun den Eindruck bekomme, dass ich als eine Art Kulisse für die Wiedersehensfeier zwischen Katharina und Leon dienen soll. Hätte er nicht gleich mit offenen Karten spielen können?

Während ich ein weiteres Glas Wein trinke, reden die beiden alten Freunde (wirklich nur Freunde oder eher ein ehemaliges Liebespaar?) ohne Punkt und Komma und scheinen darüber völlig zu vergessen, dass ich ebenfalls am Tisch sitze. Irgendwann gehe ich zur Toilette, obwohl ich gar nicht muss, und als ich wieder an meinen Platz zurückkehre, habe ich das Gefühl, dass keiner von beiden meine Abwesenheit wirklich bemerkt hat. Katharina hat mittlerweile ihre Hand auf Leons Arm gelegt, was mich maßlos irritiert, und Leon hängt an ihren Lippen, als hätte er noch niemals zuvor etwas Intelligenteres oder Berauschenderes gehört.

»Ich will euch ja nicht stören«, unterbreche ich die Konversation der beiden Turteltauben, als mein Magen leise knurrt. »Aber ich habe Hunger und befürchte, dass die Küche vom Samoa schließen wird, wenn wir nicht bald losfahren.«

»Du hast völlig recht«, pflichtet Leon mir bei, nachdem er einen Blick auf seine Uhr geworfen hat. »Bitte entschuldige, aber Katharina und ich haben uns schon so lange nicht mehr gesehen.«

»Kommen Sie doch einfach mit zum Essen«, höre ich mich zu meiner eigenen Verwunderung sagen und könnte mir gleichzeitig vor Wut auf die Zunge beißen.

»Sehr gern, wenn ich nicht störe«, antwortet Katharina mit großem Augenaufschlag.

Ich muss feststellen, dass ihre Iris leuchtend blau ist. Auch das noch!

Als wir gemeinsam zum Parkplatz gehen, rumort es in meinem Inneren. SO habe ich mir den Abend nicht vorgestellt! Ich hatte mich darauf gefreut, mit Leon zusammen zu sein, denn irgendwie habe ich mich im Laufe der Zeit an ihn gewöhnt. Ich freue mich immer, ihn zu sehen, will wissen, wie es ihm geht, und leide darunter, wenn es Spannungen zwischen uns gibt.

In der Nähe von Leons Auto stehen einige Taxis, die auf die Gäste des Meerkabaretts warten, und ehe ich es mich versehe, stürme ich los, rufe Leon im Hineinspringen noch zu, dass ich müde bin und sie beide allein essen gehen sollen. Eine Minute später befinde ich mich auf dem Weg zurück nach Keitum, während ich durch das Fenster noch die verdutzten Gesichter von Leon und Katharina im Scheinwerferlicht des Wagens erkennen kann.

O mein Gott, was habe ich da nur getan?, frage ich mich, als das Taxi vom Parkplatz fährt, und bin entsetzt über meine Reaktion. Was ist da nur plötzlich in mich gefahren?

Eine Viertelstunde später setzt der Fahrer mich zu Hause ab, und ich versuche mich so leise es geht ins Haus zu schleichen, damit Bea mich nicht bemerkt. Doch das Glück ist mir nicht hold, und meine Tante hört sehr wohl, dass ich wesentlich früher als gedacht zurück bin.

»War es denn nicht nett?«, ruft sie mir aus dem Wohnzimmer zu, während im Hintergrund der Fernseher läuft.

Ich habe nicht die geringste Lust, ihr zu antworten oder etwas zu erklären, was ich selbst noch nicht zuordnen kann, stehle mich mit einem kurzen »Bin total müde, alles Weitere morgen früh« die Treppe nach oben und bin froh, dass sie nicht weiter nachfragt, sondern mir ebenfalls eine gute Nacht wünscht.

Als ich eine Weile später im Bett liege und an die Zimmerdecke starre, finde ich mich plötzlich unglaublich kindisch und schäme mich. Was Leon jetzt von mir denken mag? Und Katharina erst? Während meine Gedanken zu den beiden wandern und ich überlege, wie sie wohl den Abend verbringen, steckt auf einmal Timo die Nase zur Tür herein. Offensichtlich habe ich vergessen, sie zu schließen.

»Hallo, Süßer«, locke ich den Hund an mein Bett und versenke mein Gesicht tief in seinem warmen Fell. »Bleib doch noch ein bisschen bei mir, ich kann deine Gesellschaft jetzt gut gebrauchen«, sage ich und kraule ihm den Nacken. »Eigentlich wäre es allmählich an der Zeit, dass MICH jemand streichelt«, murmle ich.

Daraufhin gibt Timo ein unbestimmtes Brummen von sich, das ich als Zustimmung werte. Wenigstens versteht dieser Hund mich, wenn ich es schon selbst nicht tue.

Am nächsten Morgen ist mir der Gedanke, Leon vor die Augen treten zu müssen, noch peinlicher als am Abend zuvor. Ich habe schlecht geschlafen, irgendwelchen Unsinn von ihm und Katharina geträumt und bin heilfroh, dass heute Sonntag ist und ich ihm nicht in der Bücherkoje über den Weg laufen werde.

Bea ist zum Glück so diskret, mich nicht auf den vergangenen Abend anzusprechen, und so beschließe ich, einen langen Strandspaziergang mit Timo zu unternehmen, auch wenn das Wetter heute nicht besonders gut ist. Ich schnappe mir eines von Beas Regencapes und wappne mich damit gegen den feuchten Nieselregen, der wie ein Tuch über Keitum hängt.

Wie schnell sich je nach Wetterlage der optische Eindruck des Dorfes verändert! Wo gestern noch Rosen und Hortensien in leuchtenden Farben geblüht haben, liegt auf einmal ein grauer Schleier auf Straßen, Häusern und Steinwällen. Es sind kaum Menschen draußen, vermutlich legen die meisten Urlauber heute einen Wellness-Tag ein, spielen »Mensch ärgere Dich nicht« in ihren Ferienwohnungen oder lesen ein gutes Buch.

Auch Timo scheint der Wetterumschwung aufs Gemüt zu

schlagen, und so trotten wir beide lustlos nebeneinander her. Wir biegen Richtung Watt ab, doch auch dort bietet sich uns kein belebenderer Anblick. Hier ist ebenfalls alles verhangen, selbst die Vögel haben sich verkrochen. Die Ebbe hat einige Muscheln und ein paar Strandkrabben zurückgelassen, die wie tot zwischen Seetang und Steinen schlummern.

»Ist das trostlos«, sage ich zu Timo, der noch nicht einmal Lust hat, Stöckchenfangen zu spielen. Aber obwohl ich am liebsten wieder umkehren und mich faul aufs Sofa legen möchte, treibt es mich weiter Richtung Munkmarsch. Vielleicht kann ich mich im Café des Hotels Fährhaus mit einer heißen Schokolade belohnen, Leute beobachten und damit auf andere Gedanken kommen. Ich biege also nach links und folge dem Strand, der an dieser Stelle von hohem Seegras gesäumt wird. Im Hintergrund sehe ich ein kleines Wäldchen und die Holzbrücke, die nach Munkmarsch zum Hafen führt.

Sosehr ich mich auch bemühe, an etwas anderes zu denken – ich bekomme den gestrigen Abend einfach nicht aus dem Kopf. Mir ist absolut schleierhaft, was mit mir los ist. Würde mir eine Freundin so etwas erzählen, würde ich sofort Eifersucht diagnostizieren. Aber in meinem Fall? Weshalb sollte ich eifersüchtig auf Katharina Bausch sein? Ich bin schließlich nicht in Leon verliebt. Worauf sollte da ein Gefühl wie Eifersucht basieren?

»Merkwürdig, merkwürdig«, murmle ich vor mich hin und stapfe weiter, während der Regen allmählich an Intensität zunimmt. Ob ich doch lieber wieder umdrehen soll? Ich entscheide mich gegen einen Rückzug, weil es mittlerweile in beide Richtungen gleich weit ist, und ziehe das Regencape an, in dem ich meiner Meinung nach aussehe wie Rumpelstilzchen. Auch Timo versucht sich vor dem Guss zu schützen, senkt den Kopf und schnüffelt am Boden herum.

Minuten später erreiche ich die Waldlichtung und sehe dort einen Sonnenstrahl durch die Bäume blitzen. In einigen Ästen hängen Spinnennetze, in denen die Regentropfen glitzern wie kleine Diamanten. Alles riecht nach feuchter Erde, und plötzlich habe ich gar nicht mehr das Gefühl, an der Nordsee zu sein.

»Hallo, Lissy, das ist ja eine Überraschung«, vernehme ich auf einmal eine mir vertraute Stimme.

Rasch streiche ich eine nasse Haarsträhne beiseite, um zu sehen, ob ich mit meiner Vermutung richtig liege.

Es ist tatsächlich Leon, der offensichtlich den gleichen Gedanken hatte wie ich. Ehe ich es mich versehe, steht er direkt vor mir und wischt mir einen Regentropfen von der Nasenspitze. Für eine Minute ist sein Gesicht ganz dicht an meinem, und ich blicke in die blauesten Augen der Welt.

»Du bist ja ganz nass«, sagt er und reicht mir ein Stofftaschentuch. »Hier, wisch dir das Gesicht ab, du Arme«, fügt er hinzu, und ich nehme seine Hilfe dankbar an.

Für eine Sekunde habe ich das Bild meines Vaters vor Augen, der mir immer, wenn ich als Kind geweint habe, ein Stofftaschentuch gab, das mit seinen Initialen bestickt war. Er war immer ein Gegner von Papiertaschentüchern gewesen, weil sie seiner Meinung nach zwar dazu taugen, sich die Nase zu putzen, aber nicht, um echte Tränen zu trocknen.

»Tränen muss man auffangen und aufbewahren. Denn Tränen sind wichtig. Man darf sie nicht einfach wegwerfen, sie sind ein Teil von einem selbst«, hatte er immer gesagt und das Taschentuch dann zum Trocknen auf die Heizung gelegt. »Siehst du, jetzt sind sie hier drin. Der Stoff ist nun äußerlich zwar trocken, aber in ihm wohnen deine Tränen. Und das ist auch gut so. Denn auch Tränen brauchen eine Heimat!«

»Danke«, antworte ich und gebe Leon das Taschentuch zurück. »Willst du auch zum Fährhaus?«, erkundige ich mich dann und deute mit dem Kopf Richtung Hafen.

»Ehrlich gesagt, komme ich da gerade her«, antwortet er.

Ich verspüre leises Bedauern, denn ich hätte Lust gehabt, mit ihm einen Kaffee trinken zu gehen, um ihm mein Verhalten am gestrigen Abend zu erklären.

»Wenn du nichts dagegen hast, begleite ich euch beide, schließlich muss ich die Gunst der Stunde nutzen, wenn ich dich hier schon treffe«, fährt er zu meiner Freude fort und streichelt Timo über das nasse Fell.

»Einen Schwarztee Vanille, einen Latte macchiato, und eine Schale Wasser für den Hund bitte«, bestellt Leon ein paar Minuten später unsere Getränke, als wir im Wintergarten des Hotels Platz genommen haben.

Draußen wird es immer ungemütlicher, doch von drinnen hat man einen wunderbaren Blick auf den Hafen, auf das graue Meer und die hin und her schwankenden Boote. Versonnen starren wir beide aufs Wasser, und ich bin dankbar, dass Leon mich nicht mit Fragen nach dem gestrigen Abend löchert. Als ahnte er, wie peinlich mir mein Verhalten ist. Wir plaudern über dieses und jenes, und ich erzähle ihm alles, wofür wir gestern keine Zeit gehabt haben. Von den Umbauplänen des Möwennests, dem bevorstehenden Umzug meiner Freundin, davon, wie gut es läuft, seitdem Nele die

Terrasse bestuhlt hat, und schließlich von meinem Entschluss, das Café mitzufinanzieren, und von meiner Einladung nach Mailand.

Eine nette Kellnerin serviert unsere Getränke, und als wir beide nach der Zuckerdose greifen, berühren sich unsere Hände für den Bruchteil einer Sekunde. Die kleine Geste durchfährt mich wie ein Stromschlag, und auch Leon sieht für einen Moment irritiert aus. Wie auf Kommando zucken wir beide zurück, bereit, dem anderen den Vorzug zu lassen.

»So bekommen wir beide keinen Zucker«, löst Leon schließlich lächelnd die Spannung und holt mit dem Löffel Kandis aus der Dose. »Ein Stück ist doch richtig?«, fragt er, und ich nicke. »Die meisten Frauen nehmen entweder gar keinen oder zwei Stück. Du bist die Erste, die das nicht so macht«, erklärt er.

Ich bin erfreut, dass er sich diese Kleinigkeit gemerkt hat.

»Bist du dir wirklich sicher, dass du nicht auf Sylt bleiben willst?«, fragt er und sieht mich mit unergründlichem Blick an. »Du hast dich hier gut eingelebt. Der Job in der Bücherkoje macht dir Spaß, du verstehst dich gut mit Nele, und deine Tante freut sich über deine Gesellschaft. Jetzt willst du auch noch dein Erbe investieren und dann gar nicht daran teilhaben, was aus deiner Idee wird? Irgendwie ist es manchmal sehr schwer, dich zu verstehen, Lissy«, sagt er und seufzt.

»Ich weiß, dass das für einen Außenstehenden seltsam wirkt«, entgegne ich und rühre in meiner Teetasse. »Aber momentan zieht es mich eben hinaus in die Welt. Sylt läuft mir nicht weg. Vielleicht habe ich nach einem Jahr die Nase voll von der ewigen Sonne, der Pasta, dem Eis und den Italienern. Ich meine, wer mag schon die ganze Zeit Dolce Vita, wenn er hier schlechtes Wetter, Labskaus und Friesen mit Dickschädel ha-

ben kann?«, versuche ich durch einen Witz darüber hinwegzu-
täuschen, dass es mir selbst schwerfällt, an meinem Entschluss
festzuhalten.

Leon hat natürlich in allem, was er sagt, recht. »Ich sehe schon,
ich kann dich nicht überzeugen«, antwortet er und sieht aus
dem Fenster. »An Tagen wie diesem kann ich dich auch absolut
verstehen. Dann sehne ich mich ebenfalls nach Sonne, Wasser-
temperaturen über fünfundzwanzig Grad und Landschaften
wie der Toskana oder der Provence. Aber ich tröste mich immer
damit, dass ich auf diese Weise wenigstens schöne Urlaubsziele
habe und dort nicht arbeiten muss. Was hast du schon von der
Mailänder Sonne, wenn du den ganzen Tag Pressearbeit für ein
Hotel machen musst?«

»Ich arbeite einfach auf der Hotelterrasse«, antworte ich und
versuche mir vorzustellen, wie ich unter dem Schutz einer
Markise sitze, anstatt in einem schlecht beheizten Büro zu
frösteln. »Wozu gibt es schließlich Handys, Laptops und
BlackBerrys?«

»Schon gut, ich verstehe – ich habe wirklich keine Chance, dich
umzustimmen. Es ist nur so, dass du mir fehlen wirst, Lissy«,
sagt Leon und streichelt für einen kurzen Moment meine
Hand.

»Du wirst mir auch fehlen«, antworte ich leise, während die
Kellnerin unsere leeren Tassen abräumt. »Aber wie es aussieht, hast du gestern eine alte Freundschaft mit einer wirklich hübschen Frau wiederaufleben lassen. Tröstet dich das
nicht?« Noch während ich den Satz sage, ärgere ich mich über
mich selbst. Ich war so froh, den vergangenen Abend nicht
thematisieren zu müssen, und nun liefere ich selbst eine Steil-
vorlage!

»Du bist doch nicht etwa eifersüchtig?«, fragt Leon amüsiert. »Lass uns gehen, bevor wir hier noch anfangen, Trübsal zu blasen. Sieh nur, die Sonne kommt raus, ich schätze mal, dass wir es halbwegs trocken nach Keitum schaffen werden.«

Timo und ich folgen ihm, und ich überlege, weshalb Leon nicht auf meine Bemerkung eingegangen ist.

17. Kapitel

W»ie war es in Mailand?«, fragt Nele mich mit leuchtenden Augen, als ich nach der Rückkehr von meinem Vorstellungsgespräch mit ihr im Möwennest sitze.

»Toll«, antworte ich und blicke versonnen auf die ochsenblutfarbene Wand des Cafés, die ich von nun an immer mehr mit meinem Traumland assoziieren werde. Toll ist gar kein Ausdruck.

»Nun lass dir doch nicht jedes Wort aus der Nase ziehen, Lissy. Ich will ALLES wissen. Wie war der Flug? Wie ist Mailand? Wie war der Abend mit Marco?«

Beim Gedanken an die Zeit mit Marco muss ich lächeln. Traumhafter kann man seinen Aufenthalt in dieser Stadt vermutlich nicht gestalten. Marco hat mich nach meinem Gespräch im Hotel D'Angelo abgeholt und ist zu Fuß mit mir durch die Innenstadt spaziert. Wir haben zuerst den Dom besichtigt – schließlich ist das ein absolutes MUSS, wenn man in dieser Stadt ist – und waren danach Eis essen. Das Wetter war traumhaft, und ich habe es sehr genossen, mit diesem charmanten Mann in aller Ruhe auf einer Piazza zu sitzen und die Mailänder zu beobachten.

Gerade im Kontrast zu den friesischen Bewohnern Sylts war es ein Erlebnis, den vielen attraktiven Menschen dabei zuzusehen, wie sie auf der Piazza ihren Espresso genommen, die *Gazetta dello Sport* gelesen und sich wild gestikulierend über den Leitartikel unterhalten haben. Oder wie sie, bepackt mit zahlreichen

Einkaufstüten, den Platz überquert haben, um wieder in ihre klimatisierten Büros zurückzukehren. Den Männern schienen die Handys förmlich am Ohr zu kleben, und die Mailänderinnen stöckelten auf derart hohen Absätzen umher, dass mir beim bloßen Anblick schier die Luft wegblieb.

Nach einem Besuch in der Mailänder Scala (Karten für die Oper sind wirklich schwer zu bekommen, doch Marco ist dieses Kunststück gelungen), waren wir in einem lauschigen, kleinen Ristorante essen. Die Terrasse lag über den Dächern von Mailand, umrankt von Töpfen mit würzig duftendem Oleander, und als der Mond aufging, dachte ich, dass genau SO das Paradies sein müsse.

»Wie fühlst du dich?«, fragte Marco lächelnd und streichelte dabei zart meinen Arm. »Meinst du, du könntest dich an ein Leben hier gewöhnen? Und dir mich als den Mann an deiner Seite vorstellen?«

Für einen Moment war ich sprachlos und kurz geneigt, mich der Romantik des Augenblicks hinzugeben. Doch so wunderbar ich es fand, hier mit Marco zu sitzen, so sehr spürte ich auch, dass ich nicht mit dem Herzen dabei war. Wo auch immer es sich versteckt hielt – in Italien war es auf alle Fälle nicht. Ich zögerte einen Moment, entschloss mich dann jedoch, die Wahrheit zu sagen. Alles andere wäre unfair gewesen. Zu meiner großen Erleichterung nahm Marco es einigermaßen gelassen oder ließ sich seine Enttäuschung zumindest nicht anmerken.

Auf dem Weg zurück zum Hotel kamen wir an einem Brunnen vorbei, dessen Wasser im Mondlicht verführerisch glitzerte. Unwillkürlich musste ich an die Szene in Fellinis *La dolce vita* denken, in der Anita Ekberg in den Brunnen steigt und nackt darin badet. Ich war zwar nicht nackt, aber ich zog mir die

Schuhe aus, ermutigt von Marco, der meine Gedanken zu lesen schien und sich die Hose hochkrempelte. Sekunden später standen wir im kalten Wasser und blickten in den Sternenhimmel. Wenn ich die Zeit hätte anhalten können, ich hätte es getan. Denn solche Augenblicke sind für die Ewigkeit ...

»Jetzt erzähl mir bloß nicht, dass du nach diesem romantischen Bad im Brunnen nicht doch noch schwach geworden bist«, sagt Nele und sieht mich erwartungsvoll an, als ich meine Schilderung des Mailand-Aufenthalts beendet habe.

»Tut mir leid, dich wieder enttäuschen zu müssen«, antworte ich. »Ich bin nicht schwach geworden, wie du es nennst, weil ich Marco wirklich nur nett finde, weiter nichts. Aber mir ist etwas anderes, viel Wichtigeres klargeworden«, fahre ich fort, bereit, meine Freundin in mein Geheimnis einzuweihen.

Doch Nele ist noch zu sehr damit beschäftigt, die Information zu verdauen, dass ich mir eine so tolle Chance wie eine Affäre mit Marco habe entgehen lassen. Wie soll ich meiner Freundin jemals klarmachen, dass sich ein ganz anderer Mann langsam, dafür aber umso nachhaltiger in mein Herz geschlichen hat?

»Okay, wenn du also schon Marco in den Wind geschossen hast, was ist dann aus dem Hoteljob geworden?«, erkundigt sich Nele und sieht mich fragend an.

»Nett, dass du fragst«, antworte ich grinsend. »Wenn ich mich recht erinnere, war ich eigentlich wegen eines Vorstellungsgesprächs in Mailand und nicht wegen einer Romanze. Also, um es kurz zu machen: Ich hätte den Job sehr gern und hoffe, dass ich ihn auch bekomme.«

»Oh«, antwortet sie und wirkt noch enttäuschter als vorher. »Wie es aussieht, gehst du also wirklich nach Italien. Irgendwie hatte ich gehofft, dass das Hotel in Wirklichkeit ein total morbider Kasten ist, in dem es spukt. Oder dass diese Marina Rinaldi sich als Drache entpuppt. Oder dass du dort rund um die Uhr für ein Minigehalt arbeiten musst.«

»Nein«, antworte ich lachend. »Es gibt kein D'Angelo-Gespenst, Marina Rinaldi ist eine ausgesprochen entzückende Personalchefin, die Arbeitszeiten sind moderat, und die Bezahlung ist ehrlich gesagt mehr als gut. Natürlich gibt es mehrere Bewerberinnen, die in Frage kommen. Ich bin mit drei weiteren Kandidatinnen in der Schlussrunde.«

»Wann erfährst du, ob es klappt?«, fragt Nele und sieht aus, als wollte sie sich selbst am liebsten dort bewerben.

»Ich hoffe bald. Marina Rinaldi will sich melden, sobald die Besitzer des Hotels ihre Entscheidung getroffen haben.«

»Na, dann hoffen wir mal das Beste«, murmelt meine Freundin.

Zwei Tage später ist es so weit: Nele und Blairwitch ziehen bei uns ein. Ole Hinrichs und seine Freunde laden das Hab und Gut meiner Freundin in einen Kleinlaster und transportieren es zum Kapitänshaus. Lisa übernimmt solange das Möwennest, assistiert von Vero, denn heute ist ein Sonnentag und aller Voraussicht nach werden sämtliche Plätze vor dem Café besetzt sein. Ich werde von Bea vertreten, die Birgit Stade in der Bücherkoje zur Seite steht.

Am spannendsten finde ich die Frage, wie sich Timo und Blairwitch verstehen werden, denn trotz ihrer bisweilen friedlichen Koexistenz dringt nun die Katze in das Revier des Hundes ein. Am späten Nachmittag – bei der fünften Fuhre mit den Möbeln aus Neles Atelier – hilft auch Leon mit, der sich ebenfalls ein paar Stunden freigenommen hat, um uns zur Seite zu stehen.

Ermüdet machen wir uns am frühen Abend über Veros Chili con Carne her.

Ich bin den ganzen Tag schon vollkommen durcheinander und den anderen vermutlich keine besonders große Hilfe beim Umzug. Zu sehr geistert mir meine neu gewonnene Erkenntnis in Bezug auf Leon im Kopf herum. Bereits am frühen Morgen hat mein Herz wie wild bei der Aussicht gepocht, ihn nachmittags zu sehen. Als es schließlich so weit war, habe ich mich vor lauter Aufregung ins Bad verkrümelt. Dort habe ich mich mindestens eine halbe Stunde damit aufgehalten, immer wieder mein Spiegelbild zu überprüfen, und mir gut zugeredet, dass es keinen Anlass zur Nervosität gebe.

Doch jetzt bin ich nervös, SEHR sogar. Immer wieder geistern mir Bilder von unseren gemeinsamen Erlebnissen durch den Kopf: das romantische Strandpicknick im Winter, der Einbruch in Neles Wohnung, die Fahrradtour nach Rantum, unser erstes Treffen im Kapitänshaus, das gemeinsame Schwimmen mit Paula. Seit ein paar Tagen besteht meine Lieblingsbeschäftigung darin, mir minuziös jede unserer Begegnungen ins Gedächtnis zu rufen. Ich bewerte jedes Wort, jede noch so kleine Geste und versuche mir darüber klar zu werden, weshalb ich nicht schon viel früher bemerkt habe, was mich nun mit voller Wucht getroffen hat: die Erkenntnis, dass ich mich mit Haut und Haar in Leon verliebt habe.

Ich spüre noch immer seine Nähe, als er mir am Watt die Regenspuren vom Gesicht getupft hat, habe den Duft seines Eau de Toilette in der Nase und wünsche mir momentan nichts sehnlicher, als endlich in seinen Armen zu liegen. Doch genau an diesem Punkt schrillen meine Alarmglocken alle auf einmal. Erstens habe ich keine Ahnung, ob Leon auch nur im Ansatz dasselbe für mich empfindet. Schließlich hat er mir vor einiger Zeit angedeutet, dass es jemanden gibt, für den er sich interessiert. Und kurz danach ist diese Katharina aufgetaucht. Zweitens denke ich, dass er sicher noch nicht über die Trennung von Julia hinweg ist, auch wenn er sich das selbst vielleicht nicht eingestehen will. Ich kann mich noch gut daran erinnern, wie sehr ihn ihr Betrug verletzt hat und wie traurig er am Tag unserer Radtour war. Drittens denke ich, dass ich selbst noch nicht bereit für eine neue Liebe bin. Immerhin habe ich mich gerade entschlossen, nach Mailand zu gehen, falls ich die Stelle im Hotel bekomme. Und Mailand–Sylt ist eine viel zu große Distanz, da mache ich mir überhaupt nichts vor.

All das schießt mir durch den Kopf, während wir am Esstisch sitzen und Leon mit Ole plaudert, den ich ebenfalls zum Essen eingeladen habe. Nele ist völlig überdreht und kann kaum still sitzen. Blairwitch ist nach langem Zögern endlich aus ihrem Katzenkorb gekrochen und angesichts der ihr fremden Umgebung mindestens ebenso durcheinander wie ihr Frauchen. Timo ist mit Bea in der Bücherkoje – das Aufeinandertreffen der beiden Tiere steht uns also noch bevor.

Ich bin froh, dass Leon völlig in das Gespräch mit Ole vertieft ist. Auf diese Weise habe ich Gelegenheit, ihn in aller Ruhe zu beobachten. Sein attraktives Profil, die kleinen Lachfalten um die Augen, sein welliges Haar, das allmählich mal geschnitten werden müsste, seine schmalen, gepflegten Hände, die mit dem Glas spielen. Seine breiten Schultern, die in mir sofort das Bedürfnis wecken, mich an sie zu lehnen, und nicht zuletzt seine Lippen, von denen ich gern endlich geküsst werden möchte. Während ich in meinen Träumereien versinke, entschwindet Nele mit der Bemerkung, sie wolle weiter auspacken, in Richtung ihres Zimmers und ruft eine Viertelstunde später nach Leon. Ich stutze für einen Moment, werde jedoch umgehend von Ole mit Beschlag belegt, der sich nach meinen Italien-Plänen erkundigt. Unfassbar, wie schnell sich das wieder herumgesprochen hat! Ich unterrichte unseren Nachbarn über den neuesten Stand der Dinge, bin jedoch nicht recht bei der Sache, weil Leon für meinen Geschmack einen Moment zu lange in Neles Zimmer bleibt.

Was die beiden wohl machen?, frage ich mich und überlege, wie ich meine Unterhaltung möglichst schnell beenden kann. Doch ich habe Glück. Ole verabschiedet sich, weil er sich ein wichtiges Fußballspiel im Fernsehen ansehen will, und nachdem ich ihn zur Tür begleitet habe, beschließe ich nachzusehen, was meine Freundin und Leon dort so lange treiben. So leise wie möglich gehe ich die Treppe nach oben, betrete Neles Zimmer und kann kaum glauben, was ich da sehe: Meine Freundin liegt schluchzend in den Armen des Mannes, in den ich mich verliebt habe. Leon streichelt ihr über den Kopf und murmelt tröstende Worte.

Die Szene ist derart innig, und die beiden wirken so vertraut miteinander, dass es mir für einen Moment den Boden unter den Füßen wegzieht. Gerade als ich unbemerkt den Rückzug antreten will, vibriert mein Handy in der Hosentasche. Es ist Marina Rinaldi.

»Hallo, Frau Wagner, schön, dass ich Sie erreiche«, sagt sie, und ich gehe mitsamt Telefon wieder die Treppe hinunter.

Leon und Nele haben nicht bemerkt, dass ich sie beobachtet habe, und das soll auch so bleiben.

»Frau Wagner, ich freue mich, Ihnen die gute Nachricht übermitteln zu können, dass die Geschäftsleitung sich entschieden hat, Ihnen die Position als Pressereferentin anzubieten.«

Ich nehme die Information wahr und bleibe seltsam unberührt. Da warte ich nun seit Tagen auf diesen Anruf und kann mich nun überhaupt nicht über meinen Erfolg freuen.

»Frau Wagner, sind Sie noch dran?«, erkundigt sich Marina Rinaldi.

Ich bejahe. Mechanisch bedanke ich mich für die Zusage und bespreche mit ihr wie in Trance die notwendigen weiteren Schritte. Nachdem wir das Gespräch beendet haben, setze ich mich auf die Couch, die Blairwitch mittlerweile okkupiert hat. Da wird sich Bea aber freuen, wenn sie die Katzenhaare auf ihrem Sofa sieht, denke ich, während sich zeitgleich alles um mich dreht.

In diesem Moment kommen Leon und Nele die Treppe herunter und benehmen sich so, als sei nichts Ungewöhnliches passiert. Ich beäuge die beiden misstrauisch und suche nach weiteren Anzeichen von Vertraulichkeit, kann jedoch nichts entdecken. Leon mustert mich kurz, wie ich da auf dem Sofa sitze: zusammengesunken, das Handy immer noch aufgeklappt in der Hand.

»Schlechte Nachrichten?«, erkundigt er sich besorgt.

Ich nicke. »Ja«, antworte ich. »Ich habe die Zusage aus Mailand bekommen.«

»Das nennst du eine schlechte Nachricht?«, kommentiert Nele die neuesten Ereignisse und fällt mir um den Hals. »Aber das ist doch toll, herzlichen Glückwunsch!«, ruft sie euphorisch – keine Spur mehr von verzweifeltem Weinen – und eilt in die Küche. Bestimmt köpft sie dort die Flasche Prosecco, die ich für den heutigen Abend kalt gestellt hatte, um ihren Einzug im Kapitänshaus zu feiern. Nur ist mir momentan nicht mehr nach Feiern zumute, sondern eher danach, hier wegzukommen und mich umgehend in das nächste Flugzeug nach Mailand zu setzen.

»Oh, dann gehst du also wirklich«, murmelt Leon und schafft es kaum, mich anzusehen.

Ich nicke wortlos und nehme das Glas Prosecco entgegen, das Nele mir reicht.

»Also dann, auf Italien«, sagt Leon und prostet mir zu.

»Auf Italien«, antworte ich fast tonlos und leere mein Glas in einem Zug.

»Das ist ja wundervoll«, sagt Bea später am Abend, als sie aus der Bücherkoje zurück ist und ich ihr von der Zusage erzähle.

Als Timo Blairwitch bemerkt, versteckt sich die Katze fauchend unter dem Sofa, beäugt von dem Hund, der misstrauisch um das Möbelstück herumschnüffelt.

Nele ist mittlerweile wieder oben in ihrem Zimmer und beschallt das Haus mit den Klängen von Coldplay. Doch so gern ich diese Band sonst mag – heute nervt mich die Musik. Und zwar richtig! Aber wenn ich ehrlich bin, stört mich nicht nur die Musik, sondern auch die Anwesenheit meiner Freundin, auf die ich mich noch bis vor ein paar Stunden so sehr gefreut habe.

Der Gedanke daran, dass wir nun quasi Zimmernachbarinnen sind und viel mehr Zeit miteinander verbringen können, hat mir in den vergangenen Tagen viel Freude bereitet. Ich habe uns schon im Geiste nachts bei Kerzenschein in ihrem Zimmer sitzen und ihr endlich von meiner neu entdeckten Liebe zu Leon erzählen sehen. Wie gut, dass ich es bislang nicht getan habe.

»Na, dann hat sich ja endlich alles zum Guten gewendet«, kommentiert Bea meine Zukunftsaussichten. »Ich habe übrigens noch eine gute Nachricht für dich: Stefan hat das Geld auf das

Konto von Christian Weber überwiesen. Und zwar nicht nur die ursprünglich verlangte Summe, sondern sechzigtausend Euro. Wie findest du das? Ist das nicht wundervoll? Ich werde gleich morgen früh Frank Degenhard anrufen«, sagt sie, und ich sehe ihr an, wie sehr sie sich freut.

»O ja, das ist toll«, antworte ich lahm und spüre Ärger in mir aufsteigen. Schön, dass ich gerade Neles finanzielle Existenz gerettet habe und sie zeitgleich mit dem Mann herumturtelt, den ich liebe.

»Ist alles in Ordnung mit dir?«, erkundigt Bea sich und sieht mich besorgt an. »Wo sind die Luftsprünge? Wo bleibt dein ›Hurra, wir haben es geschafft‹?«

»Keine Ahnung«, murmle ich und schütze Unwohlsein vor. Ich behaupte, dass mich der Umzug vollkommen erschöpft habe und ich jetzt dringend ins Bett müsse. Ich will auch wirklich nichts weiter, als mir die Decke über den Kopf ziehen und schlafen – vorausgesetzt Nele hat Erbarmen mit mir und stellt die Musik leiser.

Während ich die Treppe hinaufgehe, nehme ich aus den Augenwinkeln wahr, dass Blairwitch sich unter dem Sofa herausgetraut hat und nun Timo gegenübersitzt. Die beiden funkeln sich sprichwörtlich an wie Hund und Katz. Ich muss mich sehr zusammenreißen, um nicht Nele und mich als ebensolche Gegner zu sehen.

Oben angekommen, öffnet meine Freundin just in dem Moment ihre Zimmertür, als ich ins Badezimmer gehen will.

»Sieh mal, ist doch ganz süß geworden, oder nicht?«, fragt sie und weist stolz in das Innere ihres neuen Zuhauses. »Bin ich froh, dass Leon mir geholfen hat, die Anlage und den Fernseher anzuschließen«, sagt sie.

Mein Blick wandert durch das Zimmer, in dem einst Onkel Knut gelebt hat. Seine ehemaligen Segelschiffmodelle und die gerahmten Seekarten sind durch Neles Bilder ersetzt. Der dunkelbraune Ledersessel ist auf den Dachboden verbannt, stattdessen thront dort nun Neles großer Korbstuhl.

»Gemütlich«, kommentiere ich die Veränderungen und hoffe, dass meine Freundin mich möglichst schnell in Ruhe lässt.

»Was ist denn nur los mit dir?«, fragt sie und sieht mich verwundert an. »Irgendwie habe ich den Eindruck, es gefällt dir plötzlich gar nicht mehr, dass ich hier wohne«, fährt sie fort.

Rasch überlege ich, wie ich reagieren soll. Ich beschließe, ihre Frage mit einer Gegenfrage zu beantworten, und erkundige mich nach dem Grund für ihren Tränenausbruch, dessen Zeugin ich geworden bin.

»Ich hab gar nicht bemerkt, dass du im Zimmer warst«, erwidert Nele erstaunt, wirkt jedoch überhaupt nicht, als hätte ich sie bei irgendetwas ertappt. »Wieso bist du denn nicht reingekommen?«, bohrt sie weiter, ohne meine Frage zu beantworten.

»Ich wollte euch nicht stören«, antworte ich. »Ihr habt so vertraut gewirkt.«

»Ach, du meinst unsere Umarmung«, lacht sie und macht eine abwehrende Handbewegung. »Ich hatte mal wieder einen meinen kleinen Nervenzusammenbrüche, weil ich so kaputt war vom Umzug und dieser Renoviererei. Und weil ich immer noch Angst habe, was nun aus mir und dem Möwennest wird. Als ich mir dann auch noch beim Aufhängen eines der Bilder mit dem Hammer auf den Daumen geschlagen habe, war es endgültig aus. Nett, wie Leon nun mal so ist, hat er mich eben in den Arm genommen und getröstet. Ist doch nichts dabei, oder? Es ist auch nicht das erste Mal, dass er das gemacht hat. Schließlich ist er mein Nachbar. Na ja, mein ehemaliger Nachbar, muss ich jetzt wohl sagen.«

»Was meinst du damit, dass er das nicht zum ersten Mal gemacht hat?«, frage ich, nun noch misstrauischer als zuvor.

Nele antwortet ohne jede Ahnung davon, welchen Hintergrund meine Frage hat. »Na ja, in letzter Zeit nicht mehr. Zuletzt glaube ich im Dezember, als wir uns gegenseitig über unseren Kummer hinweggeholfen haben. Er hatte gerade Stress mit Julia, und ich hatte Panikattacken wegen des Möwennests. Irgendwie – genau weiß ich auch nicht mehr, wie es passiert ist – haben wir dann eines Abend, nach zwei Flaschen Wein etwas miteinander angefangen.«

Bei diesen Worten bleibt mir beinahe das Herz stehen. Meine beste Freundin und Leon haben miteinander geschlafen? In diesem Moment fällt es mir wie Schuppen von den Augen: die laute Musik, die zu unserem ersten Zusammentreffen im Möwennest geführt hat, und meine Frage nach der Ursache für ihren Liebeskummer, die sie nie beantwortet hat. Neles zickige und zurückweisende Reaktion auf den Kuss, den Leon ihr gegeben hat, als er ihr zum Illustratorenvertrag gratulieren wollte. Leons unvollendeter Satz, als er von einer Unterbrechung in seiner Beziehung mit Julia erzählt hat. Neles Reaktion, als ich ihr klargemacht habe, dass es für mich nie in Frage komme, etwas mit jemandem anzufangen, der sich zu uns beiden hingezogen fühlt.

All das ergibt auf einmal Sinn!

Wieder dreht sich alles um mich, und ich schaffe es kaum, meiner Freundin in die Augen zu sehen, so sehr bin ich verletzt. Weniger von der Tatsache, dass die beiden etwas füreinander empfinden, dagegen ist man bekanntlich machtlos, doch umso mehr entsetzt von diesem Vertrauensbruch. Enttäuscht davon, dass keiner von beiden es für nötig gehalten hat, mir davon zu erzählen.

»Bitte entschuldige, Nele, ich bin total kaputt«, sage ich und versuche mich aus der Affäre zu ziehen. »Ich muss jetzt dringend ins Bett, wir reden morgen weiter, okay?«, sage ich und gehe, ohne eine Antwort abzuwarten, in mein Zimmer.

Dort lege ich mich sofort ins Bett und beginne hemmungslos zu weinen.

18. Kapitel

Am nächsten Morgen fühle ich mich wie gerädert. Ich habe nicht die geringste Lust, zusammen mit Nele zu frühstücken, und überlege kurz, ob ich mich für den heutigen Tag krankmelden soll. So verlockend der Gedanke ist, entschließe ich mich dennoch, den Tatsachen ins Auge zu sehen. Nicht zuletzt, weil Paula Nele noch nicht kennt und sicher nicht mit ihr allein am Frühstückstisch sitzen möchte.

Seit wir zusammen schwimmen waren, ist die Kleine mir immer mehr ans Herz gewachsen, und wir haben sogar begonnen, ein bisschen Konversation miteinander zu betreiben. Behutsam nähern wir uns Tag für Tag einander an, und ich habe mittlerweile sogar Spaß an unserem morgendlichen Ritual.

Okay, raus aus den Federn, und ab ins Bad, feuere ich mich selbst an, um kurz darauf festzustellen, dass es blockiert ist, und zwar von meiner Freundin, wie ich anhand ihrer Stimme feststellen kann, die gut gelaunt »It's a beautiful day« singt. Ich finde diesen Tag alles andere als beautiful und gehe missmutig hinüber in Tante Beas Bad, um dort zu duschen. Das kann ja heiter werden, denke ich mürrisch, während ich mir die Haare wasche (seit meinem Besuch bei Monsieur Arnaud übrigens nur noch mit mildem Babyshampoo!). Ich hoffe nur, dass Frank Degenhard so schnell wie möglich sein Okay für das Büchernest erteilt, dann werde ich Nele sofort Geld geben, damit sie sich wieder eine eigene Wohnung suchen kann.

Meine Tage bis zu meinem Jobantritt in Mailand würde ich nämlich gern noch in Ruhe und Frieden verbringen.

Die Aussicht, dass Neles Anwesenheit vielleicht nur von kurzer Dauer ist, bringt meine Stimmung zumindest insoweit wieder ins Lot, dass ich mich ohne Gedanken an sofortige Flucht zum Frühstück begeben kann. Während ich die Brötchen halbiere, die uns Ole jeden Morgen an die Tür hängt, und Teewasser aufsetze, kommt meine Freundin singend die Treppe herunter, schnappt sich einen Apfel aus dem Obstkorb, gibt mir einen Kuss und setzt sich an den Esstisch.

Innerhalb von Sekunden stellen sich sämtliche meiner Nackenhaare auf, und ich habe Mühe, ein einigermaßen freundliches »Guten Morgen« von mir zu geben. Im Moment stört mich alles an Nele. Ihr Aussehen (weshalb sieht sie eigentlich am frühen Morgen so aus, als wolle sie in die Disco?), ihre Art, wie sie sich ohne zu fragen, ob sie mir helfen könne, an den Tisch setzt. Wie sie geräuschvoll in den Apfel beißt, was meinen Kopf schier zum Platzen bringt. Ich bin froh, dass Paula an der Tür klingelt, bevor ich noch ernsthaft Mordgedanken hege.

»Hallo, Paula, meine Süße«, flöte ich übertrieben freundlich und bugsiere das Mädchen an seinen Platz. »Darf ich bekannt machen? Nele, Paula«, sage ich knapp und wende mich dem pfeifenden Teekessel zu. Vor lauter Wut habe ich vollkommen vergessen, die Milch für Paulas Kakao zu erhitzen.

»Morgen die Damen«, flötet zu allem Überfluss auch noch Bea, die im Bademantel die Küche betritt. Das tut sie sonst nie. »Ich wollte mal sehen, wie es euch so geht«, erkundigt sie sich und blickt prüfend von der einen zur anderen.

»Gut«, antworte ich, als könne ich kein Wässerchen trüben, und gieße Milch in den Topf.

»Wie war deine erste Nacht im Kapitänshaus?«, wendet sich
Bea nun an meine Freundin, die gerade genüsslich gähnt.

»Sehr gut, danke. Nett, dass DU wenigstens fragst«, antwortet
sie.

Ich spüre förmlich, wie sich der Blick aus ihren grünen Augen
in meinen Rücken bohrt, während ich das Kakaopulver aus
dem Hängeschrank hole. Meine Tante mustert mich irritiert,
während ich es vorziehe, nicht auf Neles Stichelei zu reagieren.

»Das freut mich«, antwortet Bea und streicht Paula übers Haar.
»Dann wünsche ich euch allen einen schönen Tag. Ich habe
übrigens Leon und seinen Freund Dirk für heute Abend eingeladen. Dirk hat sich gerade als Webdesigner selbständig gemacht und will uns ein paar Vorschläge für unseren Internetauf-
tritt unterbreiten. Wir essen um acht, es gibt Zanderfilets und
Rosmarinkartoffeln. Bitte seid pünktlich. Nele, dir heben wir
natürlich etwas auf, weil du später kommst.«

»Ich kann heute auch nicht«, antworte ich reflexartig, weil ich
den Gedanken, Leon zu sehen, nicht ertragen kann. Fieberhaft
überlege ich, was ich als Ausrede ins Feld führen könnte. »Ich
treffe mich mit Veros Sohn, weil ich noch ein paar Unterlagen
für Mailand ausdrucken muss«, sage ich wenig überzeugend,
was einen bedeutungsvollen Blickwechsel zwischen meiner
Tante und Nele zur Folge hat.

»Wenn das so ist, esse ich eben mit den beiden Jungs alleine und
lasse dir ebenfalls etwas übrig. Aber das mit dem Ausdrucken
wird sicher nicht lange dauern, oder? Außerdem hast du doch
die ganze Zeit auf eine Website für die Bücherkoje gedrängt. Aus
diesem Grunde hätte ich dich an sich schon ganz gerne dabei!«

»Okay, ich werde mich beeilen«, murmle ich leicht beschämt
und gehe nach oben, um meine Tasche zu holen.

Am Vormittag bessert sich meine Laune kein bisschen. Ich behalte die ganze Zeit die Eingangstür im Blick, weil ich es auf alle Fälle vermeiden will, Leon zu begegnen, wenn er seinen Pressespiegel holt. Doch ich habe Glück, denn an seiner Stelle kommt eine Praktikantin vorbei, so dass ich mich den Rest des Tages ein wenig entspannen kann.

Heute ist es ziemlich ruhig in der Bücherkoje, weil die Sonne scheint und die meisten Leute lieber am Strand sind, anstatt in eine Buchhandlung zu gehen. So habe ich Gelegenheit, über meinen geplanten Umzug nach Mailand nachzudenken, und schicke Marco eine SMS, um ihn über den neuesten Stand der Dinge zu informieren.

»Herzlichen Glückwunsch!«, schreibt er zurück. »Schade, dass ich nicht mehr in der Stadt wohne. Ich hoffe aber, dass wir uns trotz allem nicht aus den Augen verlieren. Meld dich, wenn du meine Hilfe brauchst. Alles Liebe, Marco.«

Wie nett, denke ich und lächle ein wenig. Zum ersten Mal an diesem seltsamen Tag.

Gegen Spätnachmittag fällt mir ein, dass ich mir noch etwas für den Abend überlegen muss. Schließlich bin ich angeblich mit Veros Sohn verabredet. Ich zerbreche mir den Kopf und ärgere mich über meine eigene Dummheit. Wo soll ich denn nun so lange hin? Wenn Leon und Dirk um 20.00 Uhr bei Bea sind, kann ich keinesfalls vor 23.00 Uhr auftauchen. Mist, so lange kann ich unmöglich spazieren gehen. Zu meiner großen Erleichterung löse ich ein paar Minuten später das Problem, weil mein Blick auf das Programm des Lichtblick-Kinos in Westerland fällt. Dort läuft um 20.30 Uhr einer meiner Lieblingsfilme: *E-Mail für dich,* den ich zwar in- und auswendig kenne, der aber für den heutigen Abend genau das Richtige ist. Wenn ich vorher noch essen gehe und danach etwas trinken, müsste es allemal so spät sein, dass ich Leon nicht mehr antreffe. Und Nele ebenso wenig.

Mit dem Gefühl einer Heimatvertriebenen betrete ich eine Weile später den dunklen Kinosaal, in dem außer mir gerade mal fünf Leute sitzen. Kein Wunder, denn das Lichtblick ist ein ziemlich altes, wenn auch uriges Programmkino, das seit Jahren am Existenzminimum herumkrebst. Ich schaffe es beinahe, für ganze neunzig Minuten abzuschalten, und fiebere mit Meg Ryan, die als Inhaberin einer kleinen Kinderbuchhandlung gegen die Übermacht eines Buchkaufhauses im Besitz von Tom Hanks ankämpft. Die Geschichte ist eine Mischung aus meiner Situation und Neles.

Als ich an meine Freundin denke, überkommen mich widersprüchliche Gefühle: Einerseits bin ich sauer auf sie, weil sie mir nichts von ihrem Verhältnis zu Leon erzählt hat, andererseits bin ich nach wie vor daran interessiert, dass Nele ihr Möwennest behalten kann. Schließlich weiß ich aus eigener Erfahrung, wie furchtbar es ist, etwas zu verlieren, woran man mit ganzem Herzen hängt.

So, wie ich an Leon, denke ich und werde von einer riesigen Trauerwelle überrollt. Als der Film dem Ende zustrebt und Meg Ryan für immer ihre Buchhandlung schließen muss, kullern auch bei mir die ersten Tränen, und ich weine mit der Schauspielerin um die Wette.

Weshalb muss ich mich eigentlich immer in den falschen Mann verlieben?, frage ich mich und denke an meine Eltern, die eine liebevolle und harmonische Ehe geführt haben. Ich will auch so was, schluchze ich innerlich und kann es kaum mit ansehen, als die beiden Protagonisten sich am Ende des Films in die Arme sinken.

Traurig verlasse ich einige Minuten später das Kino und setze mich anschließend in ein Café, um dort ein Glas Wein zu trinken. Es ist erst 22.15 Uhr … Irgendwie schaffe ich es, die Zeit totzuschlagen, indem ich trüben Gedanken nachhänge, und erreiche schließlich um 23.30 Uhr das Kapitänshaus. In der Küche sehe ich noch Licht, als ich aus dem Taxi steige, das mich nach Keitum gebracht hat. Im Esszimmer ist alles dunkel, so dass ich davon ausgehen kann, dass Beas Besuch nicht mehr da ist. So ist es auch. Ich treffe meine Tante an, wie sie Teller und Gläser in die Geschirrspülmaschine räumt und vor sich hin summt. Mann, hat die gute Laune, stelle ich missmutig fest, und versuche, mich unbemerkt an ihr vorbeizuschleichen.

»Halt, hiergeblieben«, ruft Bea, als sie mich hört, und ihr Tonfall duldet keinen Widerspruch!

»Okay, okay, ich komme ja schon«, murmle ich und mache Kehrtwendung in Richtung Küche.

»So, und jetzt verrätst du mir mal, was mit dir los ist«, sagt meine Tante energisch und sieht mich streng an. »Hast du Ärger mit Nele, oder welche Laus ist dir seit gestern über den Weg gelaufen? Und streite bloß nichts ab, ich kenne dich. Du hast dich weder über den Einzug deiner Freundin gefreut, noch darüber, dass Stefan endlich das Geld überwiesen hat, und auch nicht über die Zusage aus Mailand. Was ist los mit dir? Bereust du deinen Entschluss, nach Italien zu gehen und willst es jetzt nicht zugeben?«

Verlegen steige ich von einem Fuß auf den anderen und halte mich am Türrahmen fest. Ich fühle mich ertappt, wenngleich ich froh bin, dass Bea nicht ganz auf der richtigen Spur ist. Doch es ist sicher nur eine Frage der Zeit, bis sie mich völlig durchschaut hat.

»Möchtest du noch einen Gutenachttee?«, fragt sie, und ich nicke.

Heute Nacht möchte ich endlich ein wenig schlafen, damit die Welt morgen ein wenig freundlicher aussieht. »Wie war euer Essen?«, erkundige ich mich, um Bea abzulenken – was natürlich nicht klappt. Das hätte ich mir gleich denken können.

»Gut und produktiv«, antwortet meine Tante knapp, während sie einen Mix aus verschiedenen Kräutern in den Teebeutel füllt. »Aber lenk jetzt nicht ab, ich habe dich etwas gefragt. Ich möchte keine komische Stimmung hier im Haus haben und auch nicht, dass du traurig bist und alles mit dir allein ausmachst.«

Damit ist der Damm gebrochen, und alles poltert ungefiltert aus mir heraus. Mein ganzer Kummer, meine Unsicherheit, meine Wut. Bea hört sich alles ruhig und gelassen an und rührt nur ab und zu in ihrem Tee. Mittlerweile sitzen wir im Dunkeln auf dem Sofa, und ich bete inständig, dass Nele ihre Zimmertür geschlossen hat und nicht hören kann, was ich sage.

»So, so, du hast dich also in Leon verliebt«, erwidert meine Tante. »Hab ich es mir doch gleich gedacht. Nun glaubst du, dass er und Nele das Verhältnis, das sie vor knapp einem halben Jahr hatten, wieder aufleben lassen, nur weil er ihr beim Umzug geholfen und sie ein bisschen getröstet hat? Hast du denn irgendwelche weiteren Anzeichen dafür, als nur die Szene, deren Zeugin du geworden bist?«

Nein, denke ich beschämt. Wenn ich ehrlich bin, habe ich die nicht.

»Meinst du nicht, dass Nele in ihrer extrovertierten Art dir erzählt hätte, wenn da etwas mit Leon wäre?«

Auch diese Frage kann ich nicht wirklich mit ja beantworten. Schließlich trägt meine Freundin, gerade was ihre Männergeschichten betrifft, ihr Herz auf der Zunge. Für einen Moment gerate ich ins Schwanken. »Aber es geht ja auch nicht darum, dass ich die beiden verdächtige, JETZT etwas miteinander zu haben«, verteidige ich meine misstrauische Haltung. »Vielmehr hätte ich es einfach gern gewusst, dass zwischen den beiden mal etwas war, das ist alles.«

»Was würde es ändern, wenn Nele dir von dieser Nacht im Dezember erzählt hätte?«, erkundigt sich meine Tante und streichelt liebevoll meinen Arm.

»Dann hätte ich mich erst gar nicht in Leon verliebt«, antworte ich trotzig und merke selbst, wie unlogisch das Ganze klingt.

»Was ist denn so schlimm daran, wenn deine Freundin, die du selbst immer als Männertyp beschrieben hast, und Leon, der zu dieser Zeit offensichtlich Liebeskummer wegen Julia hatte, sich einmal gegenseitig getröstet haben?«, fragt Bea beharrlich weiter und bringt mich damit vollkommen durcheinander.

»Ich hätte immerzu Angst, dass zwischen den beiden jederzeit wieder etwas aufflammen könnte«, erwidere ich und spüre, wie sich mir bei dem Gedanken an einen möglichen neuerlichen Betrug die Kehle zuschnürt. Ein zweites Mal könnte ich so etwas nicht verkraften. Schon gar nicht, wenn es sich bei der Kontrahentin auch noch um meine beste Freundin handelt.

»Aber, Süße«, antwortet meine Tante und seufzt tief. »Du kannst dich doch nicht den Rest deines Lebens davor fürchten, dass du betrogen wirst, nur weil es dir einmal passiert ist. Ich will damit keineswegs deinen Kummer schmälern und weiß Gott Stefan nicht verteidigen, aber so etwas kann schon mal vorkommen. Besonders, wenn man wie ihr noch recht jung ist und nicht so recht weiß, wo man im Leben hingehört.«

So, wie sie es sagt, hat Bea natürlich recht, dennoch bleibt dieser nicht ganz unwichtige weitere Punkt. »Das ist ja alles schön und gut, aber mein Hauptproblem ist, dass ich gar nicht weiß, was Leon für mich empfindet. Vielleicht ist es sowieso müßig, sich zu überlegen, was da mit Nele ist oder auch nicht ist, weil ich gar nicht sein Typ bin.«

»Was willst du tun, um es herauszufinden?«, fragt Bea, und obwohl ich es nicht sehen kann, weiß ich, dass sie lächelt.

»Keine Ahnung«, antworte ich und fühle mich hilflos. Momentan weiß ich überhaupt nichts mehr, außer dass ich todmüde bin und endlich ins Bett möchte. Ich gähne auffällig und hoffe, dass meine Tante diesen Wink mit dem Zaunpfahl versteht.

»Vielleicht solltest du jetzt lieber ins Bett gehen, Mäuschen«, schlägt sie prompt vor, und ich bin dankbar, dass dieses wenn auch lieb gemeinte Kreuzverhör beendet ist.

Doch in diesem Moment fällt mir noch etwas Wichtiges ein. »Was hat Frank Degenhard eigentlich dazu gesagt, dass wir jetzt das Geld zusammenhaben?«, frage ich mit letzter Kraft, weil ich weiß, wie wichtig es für Bea und Nele ist.

»Er war erfreut zu hören, dass wir unser Problem offenbar gelöst haben, und bespricht unseren Fall nun im großen Gremium. Ende der Woche dürften wir wieder von ihm hören«, antwortet sie.

»Klingt gut«, murmle ich, nachdem ich mich verabschiedet habe, und wanke die Treppe nach oben. Minuten später liege ich im Bett und falle auf der Stelle in einen tiefen, traumlosen Schlaf, dem Kräutertee sei Dank.

Am folgenden Morgen erlebe ich eine Überraschung, als ich nach unten komme. Nele ist bereits wach und hat den Frühstückstisch gedeckt. Und zwar nicht nur mit dem Üblichen, sondern auch mit weichgekochten Eiern und frisch gepresstem Orangensaft.

»Was ist denn hier los?«, frage ich und reibe mir ungläubig die Augen, während der Duft von frischem Kaffee durchs Haus zieht.

»Frühstück, siehst du doch«, antwortet sie und lächelt mich an. »Gestern war ich noch so erledigt vom Umzug, dass ich dir unmöglich helfen konnte. Aber heute bin ich wieder fit wie ein Turnschuh und wollte mich nützlich machen.«

»Was dir zweifelsohne auch gelungen ist«, antworte ich und nehme Platz, während Nele mir Kaffee einschenkt.

»Außerdem will ich mit dir reden«, sagt meine Freundin und wirkt dabei sehr geheimnisvoll.

»Worüber?«, frage ich misstrauisch, weil ich überhaupt keine Lust habe, schon wieder Probleme zu wälzen.

»Ich habe ohne es zu wollen einen Teil deines Gesprächs mit Bea gehört«, sagt Nele und setzt sich ebenfalls. Auweia, denke ich und überlege, welchen Part sie wohl mitbekommen hat. »Ich wollte wirklich nicht lauschen, aber als ich zur Toilette gegangen bin, habe ich gehört, wie du von Leon und mir gesprochen hast, und bin natürlich neugierig geworden. Tut mir leid, wenn ich etwas gehört haben sollte, was nicht für meine Ohren bestimmt war. Aber ich glaube, es ist ganz gut, dass ich jetzt weiß, was in den letzten beiden Tagen in deinem Kopf herumgespukt ist«, sagt sie und strahlt übers ganze Gesicht.

Merkwürdig.

»Was genau hast du denn gehört, und wofür soll es gut sein?«, frage ich mürrisch und bestreiche ein Croissant mit Butter und Marmelade.

»Ich weiß jetzt, dass du in Leon verknallt bist und dass du denkst, wir beide hätten miteinander geschlafen. Und ich vermute, dass du befürchtest, Leon könnte in mich verliebt sein.«

Mist, dann hat sie ausgerechnet den wichtigsten Teil mit angehört! Ich spüre, wie die Röte meine Wangen hinaufkriecht, und bin gespannt, welche Eröffnung meine Freundin mir nun machen wird.

»Ich denke, dass es ganz gut ist, wenn ich dir sage, wie es wirklich um uns beide steht«, fährt sie fort, und ich würde mir am liebsten die Ohren zuhalten, um nicht hören zu müssen, was jetzt folgt. »Es ist nämlich keineswegs so, wie du denkst. Als ich davon gesprochen habe, dass Leon und ich einander in jener Nacht im Dezember getröstet haben, ist nichts weiter passiert als ein wenig Händchenhalten und ein paar Küsse. Dass es so war, lag weiß Gott nicht an mir, so gut kennst du mich inzwischen. Leon hat mich gebremst, obwohl ich ernsthaft versucht habe, ihn zu verführen, betrunken und verstört, wie ich war. Doch er ist zum einen ein Mann mit Anstand – und er wollte keineswegs etwas mit mir anfangen, solange die Sache mit Julia noch in der Schwebe war –, und zum anderen bin ich überhaupt nicht sein Typ. Wir beide mögen uns, aber weder er noch ich sind an mehr als Freundschaft interessiert. Ich dachte immer, das wüsstest du.«

Ich schlucke und fühle mich furchtbar unwohl. Wie peinlich das Ganze ist. Ich mag meiner Freundin kaum in die Augen blicken, so unangenehm ist mir, was ich in den letzten Tagen über sie gedacht habe. Sieht ganz so aus, als hätte ich einen großen Fehler gemacht! Verlegen trinke ich einen Schluck Kaffee und überlege, wie ich nun reagieren soll. Zum einen macht sich Erleichterung breit, zum anderen bleibt trotz der guten Nachricht immer noch die Unsicherheit, was Leons Gefühle für mich betrifft.

»Was machst du denn für ein Gesicht?«, fragt Nele prompt und mustert mich besorgt. »Ich dachte, nun sei alles wieder gut, und wir können wieder Freundinnen sein.«

»Ja, nein, ich meine ja«, antworte ich unzusammenhängend und sehe Nele unglücklich an. »Es tut mir leid, dass ich so blöd zu dir war und dir nicht gezeigt habe, wie sehr ich mich darüber freue, dass du jetzt hier wohnst. Es ist nur …«, füge ich hinzu und weiß nicht, wie ich diesen Satz beenden soll.

»Ah, allmählich ahne ich, woher der Wind weht«, stellt Nele fest und betrachtet mich amüsiert. »Du bist zwar in Leon verknallt, weißt aber nicht, ob es ihm genauso geht. Und jetzt hast du keine Ahnung, wie du herausfinden sollst, ob er dich auch mag.«

»Genau«, stimme ich meiner Freundin zu und beiße nachdenklich in mein Croissant.

Doch bevor wir weiterreden können, muss ich erst die Tür öffnen, um Paula hereinzulassen. Schade. Gerade jetzt hätte ich gern die Gelegenheit genutzt, in Ruhe mit Nele zu sprechen.

»Ich lasse mir was einfallen, okay?«, verspricht meine Freundin.

Und so frühstücken wir in aller Ruhe mit Paula, die heute außergewöhnlich kommunikativ ist und von ihrem geplanten Ausflug mit dem Kindergarten zu den Robbenbänken erzählt. Wie niedlich, denke ich, da wäre ich auch gern dabei.

Beschwingt davon, dass mein Verhältnis zu Nele wieder in Ordnung ist, mache ich mich auf den Weg zur Post, um mal wieder die erforderlichen Briefmarken zu holen. Nicht mehr lange, rede ich mir gut zu, während ich am Schalter anstehe, wo unzählige Touristen darauf warten, sämtliche Postkarten zu frankieren, die sie im Verlauf ihres Urlaubs geschrieben haben.

Die Sonne scheint, die Vögel zwitschern – es ist ein strahlender Julitag. Wenn Frank Degenhard den Kredit bei seinem Ausschuss durchfechten kann und wir endlich den Umbau der beiden Läden in Auftrag geben können, ist meine Mission hier bald beendet. Dann bin ich in Italien und werde hoffentlich irgendwann mein Unglück vergessen haben.

Während ich nachdenklich zur Bücherkoje gehe, spüre ich, wie sich mir auf einmal jemand nähert. Jemand, dessen Duft mir inzwischen sehr vertraut ist: Leon. Verlegen sage ich »Hallo« und habe das Gefühl, dass mir meine Liebe zu ihm unübersehbar ins Gesicht geschrieben steht.

»Lissy, schön dich zu sehen«, begrüßt der Mann meiner Träume mich, und ich lächle ihn etwas verschämt an. »Hast du zufällig Zeit und Lust, einen Tee mit mir trinken zu gehen?«, fragt er.

Spontan muss ich an unser erstes zufälliges Zusammentreffen denken, als ich gerade auf Sylt angekommen bin. Eigentlich habe ich keine Zeit, doch auf einmal ist mir alles egal. Ich habe keine Lust, immer brav und zuverlässig zu sein. »Lass uns in die Kleine Teestube gehen«, sage ich daher und schalte mein Handy aus. Wer auch immer jetzt nach mir sucht, muss sich noch ein wenig gedulden!

»Gute Idee«, antwortet Leon und strahlt mich an. »Genau das hätte ich dir auch vorgeschlagen. Erinnerst du dich noch an unser erstes Treffen dort?«, fragt er.

»Natürlich«, antworte ich. »Wie könnte ich das jemals vergessen?«

Minuten später sitzen wir wie damals vor Rauchtee mit Rumkirschen und friesischen Waffeln mit Pflaumenmus. Wir sagen beide kein Wort, und ich habe plötzlich das untrügliche Gefühl, dass es auch nicht nötig ist. Als sich unsere Hände wie zufällig berühren, während wir beide nach dem Kandis greifen, zuckt keiner von uns zurück. Stattdessen nimmt Leon meine Hand, drückt sie sanft, aber fest und sieht mir tief in die Augen.

»Diesmal lasse ich dich nicht mehr los, egal, was passiert«, sagt er.

Dann küssen wir uns. Endlich.

Es ist Sommer.

Zeit für Sommerküsse.

Für die schönsten Küsse, die ich je bekommen habe.

19. Kapitel

Das muss weiter da rüber«, kommandiert Bea einige Wochen später, als Ole auf der Leiter herumturnt und versucht, ein Schild über dem Laden anzubringen. In schwungvollen Lettern prangt der Name »Büchernest« auf der Tafel, die so schwer ist, dass Ole beinahe droht, sie fallen zu lassen.
»Komm schon, Ole, mach hinne«, feuert Vero ihn an und blinzelt in die Sonne. »Wir wollen heute noch fertig werden.«
»Schon gut«, antwortet er genervt, und dann sitzt das Schild exakt da, wo es sein soll.
»Bravo«, rufen Bea, Nele, Vero und ich und klatschen Beifall. Dabei blicken wir alle vier stolz auf den neuen Eingang mit den Schiebetüren, die im Sonnenlicht glänzen, weil Vero sie wie eine Verrückte geputzt hat.
»Na, werdet ihr auch rechtzeitig zur Eröffnung heute Abend fertig?«, erkundigt sich Leon, der wie jeden Tag vorbeikommt, um seinen Pressespiegel zu holen. Nur mit dem Unterschied, dass er mich jetzt nicht mehr freundschaftlich grüßt, sondern umarmt und leidenschaftlich küsst.
»Klar schaffen wir das!«, antworten Nele und ich unisono. »Wir haben schon ganz andere Sachen hinbekommen.«
»In der Tat«, antwortet Leon und lacht. »Also dann, bis heute Abend«, sagt er und verabschiedet sich, während ich ihm sehnsuchtsvoll nachsehe.
Die vergangenen Wochen mit ihm waren ein absoluter Traum und sind verflogen, als ob es nur wenige Tage gewesen wären.

Ich bin verliebt bis über beide Ohren, und das Schönste ist, dass es Leon ebenso geht. Der einzige Wehmutstropfen ist der, dass meine Zeit in Mailand immer näher rückt. Genaugenommen bleiben uns nur noch zwei Monate, bis ich nach Italien gehe. Der Vertrag ist zwar immer noch nicht unterschrieben, doch das ist laut Marina Rinaldi »ganz normal«. Wir telefonieren ungefähr einmal die Woche und haben auf diese Weise die wichtigsten Modalitäten per E-Mail festgehalten.

Auch das ist neu: Die ehemalige Bücherkoje verfügt jetzt über elektronisches Equipment, also auch über zwei Computer und einen Internetanschluss. Das muss auch so sein, weil wir mittlerweile aufgrund der gelungenen Website, die Leons Freund Dirk kreiert hat, viele Anfragen bekommen.

Bea, Vero und Nele strahlen um die Wette, so sehr freuen sie sich über die bevorstehende Eröffnung des Büchernests. Wir werden heute Abend mit großem Tamtam feiern und haben zu diesem Zweck Martina Meier engagiert, deren Fischspezialitäten schon einmal gut bei den Kunden angekommen sind.

»So, ihr Süßen, ich muss jetzt los«, sage ich und verweise auf meinen anstehenden Friseurtermin. Schließlich will ich heute Abend gut aussehen, wenn Beas und Neles Traum wahr wird. Und Monsieur Arnaud darf man keinesfalls warten lassen!

Während ich kurz darauf erneut auf dem Thron sitze, die Tönung einwirken lasse und Tee trinke (den Cremant lasse ich mir diesmal nicht aufschwatzen), denke ich über die vergangenen Wochen nach. Sie waren turbulent und anstrengend, aber in erster Linie wunderschön. Ich kann mich kaum an einen Lebensabschnitt erinnern, den ich so schön fand wie diesen Sommer.

Nach unserem ersten Kuss mussten Leon und ich uns natürlich vorsichtig einander annähern. Zu groß war der Sprung von platonischer Freundschaft zum Liebespaar. Doch wir haben uns für alles Zeit gelassen und dafür jede Minute genossen, die wir zusammen verbracht haben. Wir redeten ganze Nächte hindurch, gingen zusammen mit Timo endlos am Strand spazieren, holten unser Abendessen im Samoa-Seepferdchen nach und waren noch mal mit Paula schwimmen. Nie zuvor in meinem Leben habe ich mich bei einem Mann so gut aufgehoben gefühlt. Leon ist sensibel, warmherzig, ein wunderbarer Zuhörer und kluger Ratgeber, und nicht zuletzt bringt er mich immer wieder zum Lachen. Es gibt nichts, was ich ihm nicht erzählen könnte, und ich weiß, dass es ihm genauso geht.

Vergessen sind all die Schmerzen wegen Stefan und Julia. Vergessen sind auch die eifersüchtigen Turbulenzen um Marco, Katharina und Nele. Wenn ich jetzt in Leons Armen liege, habe ich das Gefühl, dass wir schon immer füreinander bestimmt waren und das Schicksal nur einen Umweg genommen hat. Wenn wir zusammen in den Himmel blicken, was wir beide liebend gern tun, versetzt es mir jedes Mal wieder einen Stich, dass ich Leon bald verlassen muss. Ich denke dann immer an einen Satz aus seinem Lieblingsgedicht. »Ich habe dich gewählt, unter allen Sternen«, den er zitiert hat, als wir durch sein Dachgeschossfenster in die klare Nacht geblickt haben und eine Sternschnuppe an uns vorübergezogen ist.

Bislang haben wir versucht, das Thema Mailand möglichst zu meiden, weil die Aussicht auf Trennung uns beiden schier das Herz zerreißt. Ich finde es wunderbar, dass Leon nicht versucht, mich von meinem Weg abzubringen, weil er weiß, wie wichtig dieser Schritt für mich ist. Stefan wäre damit nie so gelassen umgegangen, denke ich und bin froh, dass dieser Lebensabschnitt weit hinter mir liegt. Ende des Jahres wird er mir die noch ausstehenden neunzigtausend Euro überweisen, so dass das Büchernest auf alle Fälle über die nötigen finanziellen Reserven verfügt, sollte es mal wieder eine Notsituation geben. Meine Möbel werde ich vor meinem Umzug nach Mailand von einer Spedition abholen lassen und in der zweiten Garage von Ole Hinrichs lagern, die er nicht mehr benötigt, seit seine Frau ihren Wagen verkauft hat. Es ist so weit alles geregelt.

Nele ist versorgt, sie kann, solange sie will, bei Bea bleiben, die froh ist, nicht alleine im Kapitänshaus wohnen zu müssen. Die vergangenen Wochen haben gezeigt, dass die beiden nicht nur geschäftlich miteinander harmonieren, sondern auch problemlos zusammenleben können. Selbst Timo und Blairwitch haben sich inzwischen arrangiert … Neles Buch wird im Frühjahr kommenden Jahres auf der Buchmesse in Leipzig präsentiert, wo meine Freundin auch endlich die Autorin persönlich kennenlernen wird. Momentan sitzt sie an den Skizzen für ein neues Projekt, das Alexander Herzsprung ihr angeboten hat. Das umgebaute Atelier ist traumhaft schön geworden und kann es mit Neles Galeriezimmer in jeder Hinsicht aufnehmen.

Ich hoffe, dass ich mir für Leipzig freinehmen kann, denke ich seufzend, während Coco die Alufolie aus meinen Haaren entfernt. Natürlich möchte ich keinesfalls den großen Auftritt meiner Freundin verpassen. Ich plane sowieso, in jeder freien Minute nach Deutschland zu kommen, alleine weil ich vor Sehnsucht nach meinen Lieben umkommen werde. Selbstverständlich werden wir uns mit den Besuchen abwechseln, und Leon freut sich schon darauf, mich unter italienischer Sonne küssen zu können, wie er sagt.

»Baci per mon amore«, hat er erst neulich theatralisch ausgerufen – mein italienisches Wörterbuch in der Hand. Keine Ahnung, ob es stimmt, was er da von sich gegeben hat, denn meine Bemühungen, diese Sprache zu erlernen, haben erheblich unter meiner neuen Liebe gelitten.

»Eh voilà«, kommentiert Arnaud sein Werk, als ich eine halbe Stunde später gestriegelt und gebürstet am Tresen stehe und bezahle. »'aben Sie denn 'eute Abend etwas Schönes vor?«, erkundigt er sich.

Ja, in der Tat – heute Abend feiere ich die Erfüllung eines großen Traums dreier Menschen, die Eröffnung des Büchernests.

Um 20.00 Uhr ist es so weit. Der Eingang des Buchcafés ist voller Besucher, die mit Spannung Beas und Neles Rede erwarten. Noch ist die Tür mit einem Absperrband versehen, das ich gleich mit der Schere durchtrennen werde. Die beiden Inhaberinnen stehen links und rechts vom Eingang, und ich beobachte sie stolz und glücklich. Ich werde flankiert von Leon, Vero, Lisa und Birgit Stade. Wir alle blicken gebannt auf meine Tante und meine Freundin, die sich für diesen Anlass hübsch gemacht haben.

Bea trägt einen atemberaubend geschnittenen schwarzen Leinenanzug, der ihre schlanke Figur gut zur Geltung bringt, und schwarze Ohrringe, die ich ihr zur Feier des Tages geschenkt habe. Nele ist in ein Lagenkleid aus grünem Chiffon gehüllt und sieht aus wie ein Engel. Das scheint auch Valentin Kremer zu finden, der schräg vor mir steht und meine Freundin mit Blicken verschlingt. Auch sie hat einen Talisman von mir bekommen – eine Kette mit einer Schutzelfe als Anhänger.

Während die beiden ihre Eröffnungsrede halten und ich in zahlreiche vertraute Gesichter sehe, die gerade in den vergangenen Wochen viel dazu beigetragen haben, das Projekt Büchernest zu verwirklichen, schießen mir auf einmal Tränen in die Augen. Ich bin gerührt von so viel Solidarität und so viel freundschaftlichem Engagement. Und ich sehe in die Gesichter meiner Tante und meiner Freundin, die erwartungsvoll in die Zukunft blicken – eine Zeit, die ich leider nur am Rande werde verfolgen können.

Leon drückt meine Hand, als ahnte er, was in meinem Kopf vor sich geht.

Auf einmal weiß ich, dass ich es nicht tun kann.

Ich kann nicht nach Mailand gehen.

Alles, was ich liebe, ist hier.

Hier auf Sylt.

Alles, wonach ich mich immer gesehnt habe, Geborgenheit, Freundschaft und Liebe, habe ich hier gefunden.

Weshalb sollte ich das Leben nicht endlich einmal genießen?

»Ich bleibe«, flüstere ich Leon ins Ohr.

Zuerst sieht er mich verwundert an, dann drückt er mich an sich. So fest, dass ich kaum atmen kann. »Ich danke dir«, flüstert er zurück, und mir wird beinahe schwindlig von meinem Entschluss.

Was wohl Bea und Nele dazu sagen werden? Und erst Marina

Rinaldi, wenn ich ihr mitteile, dass sie sich eine andere Pressereferentin suchen muss?

Während ich fieberhaft überlege, ob sie mich wegen Vertragsbruchs belangen kann, erhasche ich einen Blick von Bea, die mich fragend mustert, während Nele gerade von den geplanten Veranstaltungen in den kommenden Monaten erzählt. Ich nicke ihr zu und signalisiere ihr, dass ich gleich mit ihr sprechen muss. Meine Tante lächelt zurück, als wisse sie, was ich ihr mitteilen werde.

Dann ist endlich der große Moment gekommen: Das Publikum klatscht Beifall, und ich zerschneide das Band. In Scharen strömen die Besucher in das umgebaute Büchernest, flankiert von Martina Meiers Servicekräften, die Prosecco und Orangensaft reichen.

»Du hast dich entschieden, hierzubleiben?«, fragt Bea, als sie auf mich zutritt, und sieht mich hoffnungsvoll an.

»Ja, habe ich, wenn ihr mich hier haben wollt und brauchen könnt«, antworte ich und lächle meine Tante an.

»Ob wir dich hier haben wollen? Machst du Witze?«, entgegnet sie und umarmt mich. »Natürlich brauchen wir dich. Was glaubst du wohl, weshalb ich immer noch niemanden als Ersatz für Frau Stade eingestellt habe? Ich habe die Hoffnung noch nicht aufgegeben, dass du es dir anders überlegst.«

»Wer hat sich was anders überlegt?«, fragt nun Nele mit hochrotem Kopf und gesellt sich zu uns.

»Lissy bleibt«, beantwortet Bea an meiner Stelle die Frage und strahlt über das ganze Gesicht.

»Wie wundervoll«, ruft Nele so laut, dass sich alle Umstehenden nach mir umdrehen und nun auch Vero und Birgit Stade aufmerksam werden.

Meine Freundin und ich fallen uns um den Hals, und ich habe das Gefühl, noch nie in meinem Leben glücklicher gewesen zu sein.

»Ist das wahr? Du gehst nicht nach Mailand?«, erkundigt sich nun auch Vero und sieht beglückt aus.

»Ja«, antworte ich und lehne mich an Leon, der hinter mir steht und mich umarmt. »Ich kann euch doch unmöglich alleine lassen!«

In diesem Augenblick wechseln Vero und Bea bedeutungsvolle Blicke, und meine Tante nickt ihrer Freundin zu. Was die beiden wohl im Schilde führen? Dann zieht Vero einen Umschlag aus ihrer Handtasche und sieht Nele und mich feierlich an. »Bea und ich haben ein Eröffnungsgeschenk für euch beide«, sagt sie, und ich bin gespannt, was jetzt kommt.

»Mit diesem Geschenk möchten wir uns bei dir dafür bedanken, dass du uns die Möglichkeit gegeben hast, auf Weltreise zu gehen, Lissy. Auch wenn wir die Tour wegen Beas Krankheit vorzeitig abbrechen mussten, gehört sie doch zu den schönsten Erlebnissen unseres Lebens.«

»Weil wir auf dieser Reise so glücklich waren, wollten wir nun euch beiden eine Freude machen«, vervollständigt Bea den Satz ihrer Freundin und übergibt mir den Umschlag.

Mit zitternden Händen öffne ich das Kuvert, während Nele und Leon mir interessiert über die Schulter blicken.

Es ist ein Gutschein, den eine Gondel ziert.

Ein Gutschein über eine zweiwöchige Reise nach Venedig und Norditalien für Nele und mich.

Für einen Moment bin ich sprachlos, so sehr freue ich mich über diese liebevolle Geste. Auch Nele ist überrascht und stößt einen spitzen Freudenschrei aus.

»Aber wer arbeitet dann im Büchernest?«, frage ich zaghaft, weil ich mal wieder praktisch denke.

»Na, wer wohl? Birgit Stade, Lisa und ich«, antwortet Bea und lächelt.

»Und wer wird solange kochen?«, äußert nun Nele ihrerseits ihre Zweifel und sieht fragend in die Runde.

»Das übernehme ich«, antwortet Vero, und ich bin sprachlos. »Damals habt ihr uns geholfen, unseren Traum zu verwirklichen, nun sind wir dran. Oder etwa nicht?«, fragt sie, und ich falle ihr um den Hals.

Nachdem ich meine Tante und Vero abwechselnd umarmt und geküsst habe, liegen Nele und ich uns in den Armen.

Zwei Wochen Italien, davon eine Woche in Venedig. Und das mit meiner besten Freundin, wie wundervoll!

»Solltest du nicht lieber mit Leon nach Venedig fahren? Das ist schließlich DIE Stadt für Verliebte«, äußert Nele auf einmal Bedenken, und ich stutze einen Moment.

»Da hast du völlig recht«, antwortet Leon, und für einen Moment sinkt mir das Herz in die Hose. Immerhin will ich ihn nicht verletzen. »Aber ich denke, dass man Venedig durchaus häufiger besuchen kann. Zum Beispiel im Rahmen einer Hochzeitsreise«, antwortet er.

Mir schwinden schon wieder die Sinne. Ich werde darauf nicht sofort etwas erwidern, denn dazu bin ich zu vernünftig.

Doch darüber nachdenken werde ich natürlich, das ist klar.

Denn meine Träume haben Flügel bekommen.

Warum sollten mich diese Flügel nicht endlich an das Ziel meiner Wünsche bringen?

Ich betrachte das Büchernest und die glücklichen Gesichter der Menschen, die mir am Herzen liegen. Dann blicke ich nach oben in den Sommerhimmel und denke an meine Eltern.

»Danke, dass ihr mir dies alles ermöglicht habt«, flüstere ich ihnen leise zu und beobachte, wie zwei Möwen ihre Kreise ziehen und alsbald meinem Blick entschwinden.

»Gabriella Engelmanns Protagonistin Marie
reißt einen mit in eine Verlagswelt voller Witz,
Humor, Flirts und ... eigener Erfahrung.«

Gaby Hauptmann

Gabriella Engelmann
Die Promijägerin

Roman

14 Tage – mehr Zeit hat Verlagslektorin Marie Teufel nicht,
um zehn Prominente davon zu überzeugen, unbedingt ein
Buch schreiben zu müssen. Zu dumm, dass sie gleich den
ersten Kandidaten, den berühmten Schriftsteller Miguel Var-
gas, so sehr verärgert, dass er sich wütend auf seine Finca
auf Mallorca zurückzieht. Was nun?

»Top-Lektüre für die Badewanne«
Jolie

»Marie Teufel ist keines dieser Superweiber,
sondern eine Frau mit Ecken und Kanten.
Ich würde sie gern spielen, wenn das Buch verfilmt wird.«
Ann-Kathrin Kramer in *Bunte*

Knaur Taschenbuch Verlag

Anne Hertz
Glückskekse

Roman

Ausgerechnet an ihrem 35. Geburtstag wird Jana von ihrem Freund verlassen. Grund genug, mehr als eine Flasche Sekt zu leeren und sternhagelvoll folgende SMS an eine unbekannte Nummer zu schicken: *Was kann ich tun, um glücklich zu werden? SIE*
Am Morgen danach hat Jana einen Kater – und die Antwort: *Das frage ich mich auch oft. ER*
Erst ist Jana überrascht. Dann muss sie lächeln. Und schließlich macht sie sich mit einem Unbekannten auf die Suche nach dem Glück …

»Eine Liebesgeschichte, von der man sich wünscht,
sie möge nie enden.«
Bella

Knaur Taschenbuch Verlag